太平廣記鈔

태평광기초 4

〈지식을만드는지식 고전선집〉은
인류의 유산으로 남을 만한 작품만을 선정합니다.
읽을 수 없는 고전이 없도록 세상의 모든 고전을 출판합니다.
오랜 시간 그 작품을 연구한 전문가가
정확한 번역, 전문적인 해설, 풍부한 작가 소개, 친절한 주석을
제공합니다.

太平廣記鈔

태평광기초 4

풍몽룡(馮夢龍) 엮음
김장환(金長煥) 옮김

대한민국, 서울, 지식을만드는지식, 2024

편집자 일러두기

- 이 책은 명나라 천계(天啓) 간본을 저본으로 교점한 배인본 중에서 번체자본(繁體字本)인 웨이퉁셴(魏同賢)의 교점본[2책, 《풍몽룡전집(馮夢龍全集)》 8·9, 펑황출판사(鳳凰出版社), 2007]을 바탕으로 하고 기타 배인본을 참고했습니다. 아울러 《태평광기》와의 대조를 통해 교감이 필요한 원문에 한해 해당 부분에 교감문을 붙이고, 풍몽룡의 비주(批注)와 평어(評語)까지 포함해 80권 2584조 전체를 완역하고 주석을 달았습니다. 《태평광기》는 왕샤오잉(汪紹楹)의 점교본[베이징중화수쥐(中華書局), 1961]을 사용했습니다.
- 《태평광기초》는 총 80권으로 되어 있습니다. 이 번역본에는 편의상 한 권에 원서 5권씩을 묶었습니다. 마지막권인 16권에는 전체 편목·고사명 찾아보기, 해설, 엮은이 소개, 옮긴이 소개를 수록했습니다.
제4권은 전체 80권 중 권16~권20을 실었습니다.
- 국내에서 처음으로 소개됩니다.
- 해설 및 주석은 독자들의 이해를 돕기 위해 모두 옮긴이가 붙인 것입니다.
- 옮긴이는 독자들이 이해하기 쉽도록 각 고사에는 맨 위에 번역 제목을 붙였고 그 아래에 연구자들이 작품을 찾아보기 쉽도록 원제를 한자 독음과 함께 제시했습니다. 주석이나 해설 등에서 작품을 언급할 때는 원제의 한자 독음으로 지칭했습니다.
- 옮긴이는 원전에서 제시한 작품의 출전을 원제 아래에 "출《신선전(神仙傳)》"과 같이 밝혔습니다. 또한 원문 뒤에는 해당 작품이 《태평광기》의 어느 부분에 실려 있는지도 밝혀 《태평광기》와 비교 연구할 수 있도록 했습니다.
- 본문에서 "미 : "로 표기한 것은 엮은이 풍몽룡이 본문 문장 위쪽에 단 미주(眉注)이고 "협 : "으로 표기한 것은 문장과 문장

사이에 단 협주(夾注)입니다. "평 : "으로 표기한 것은 풍몽룡이 본문을 읽고 자신의 평을 추가한 것입니다.
• 한글에 한자를 병기할 때 괄호 안의 말과 바깥 말의 독음이 다르면 [ ]를 사용하고, 번역어의 원문을 표시할 때는 ( )를 사용했습니다. 또 괄호가 중복될 때에도 [ ]를 사용했습니다.
• 고대 인명과 지명은 한자 독음으로 표기하고 현대 인명과 현대 지명은 국립국어원의 중국어 표기법에 따라 표기했습니다.

차 례

권16 보은부(報恩部)

보은(報恩)

16-1(0303) 미축(麋竺) · · · · · · · · · · · · · 1411

16-2(0304) 유가(劉軻) · · · · · · · · · · · · · 1415

16-3(0305) 차를 대접하고 얻은 보람(饗茗獲報) · · · 1417

16-4(0306) 유홍경(劉弘敬) · · · · · · · · · · · 1419

16-5(0307) 손태(孫泰) · · · · · · · · · · · · · 1423

16-6(0308) 요우(姚牛) · · · · · · · · · · · · · 1426

16-7(0309) 한 무제(漢武帝) · · · · · · · · · · · 1428

16-8(0310) 유언회(劉彦回) · · · · · · · · · · · 1433

16-9(0311) 공유(孔愉) · · · · · · · · · · · · · 1435

16-10(0312) 엄태(嚴泰) · · · · · · · · · · · · 1436

16-11(0313) 정영선(程靈銑) · · · · · · · · · · 1438

16-12(0314) 위단(韋丹) · · · · · · · · · · · · 1441

권17 원보부(冤報部)

원보(冤報) 1

17-1(0315) 진패선(陳覇先) ·············1449

17-2(0316) 두백(杜伯) ··············1452

17-3(0317) 후주의 여자(後周女子) ·······1455

17-4(0318) 강융(江融) ··············1458

17-5(0319) 진훈(陳勛) ··············1460

17-6(0320) 악생(樂生) ··············1462

17-7(0321) 위 판관(韋判官) ···········1470

17-8(0322) 태악의 악공(太樂伎) ········1477

17-9(0323) 장손무기 등(長孫無忌等) ·····1479

17-10(0324) 곽패(郭霸) ·············1483

17-11(0325) 양사달(楊思達) ··········1485

17-12(0326) 장화사(張和思) ··········1486

17-13(0327) 진결(陳潔) ············1487

17-14(0328) 소회무(蕭懷武) ··········1488

17-15(0329) 누사덕(婁師德) ··········1490

17-16(0330) 송신석(宋申錫) ··········1493

17-17(0331) 원휘(元徽) ············1496

17-18(0332) 하후현(夏侯玄) ··········1497

17-19(0333) 기주의 주지승(岐州寺主) ····1499

17-20(0334) 진광모(秦匡謀) ··········1501

17-21(0335) 마봉충(馬奉忠) ･･･････ 1505

17-22(0336) 조유사(曹惟思) ･･･････ 1508

17-23(0337) 장 절도사(張節使) ･･････ 1515

17-24(0338) 두통달(杜通達) ･･･････ 1520

17-25(0339) 최 현위의 아들(崔尉子) ････ 1521

17-26(0340) 정생(鄭生) ･･･････････ 1527

17-27(0341) 공손작(公孫綽) ･･･････ 1531

17-28(0342) 합두사(榼頭師) ･･･････ 1533

17-29(0343) 당소(唐紹) ･･･････････ 1535

17-30(0344) 이생(李生) ･･･････････ 1540

17-31(0345) 변주의 객승(汴州客僧) ･･･ 1547

17-32(0346) 노사언의 딸(魯思鄾女) ･･･ 1553

권18 원보부(寃報部)

원보(寃報) 2

18-1(0347) 진현(陳峴) ･･･････････ 1557

18-2(0348) 변사유(卞士瑜) ･･･････ 1559

18-3(0349) 최도(崔導) ･･･････････ 1561

18-4(0350) 유약시(劉鑰匙) ･･････ 1563

18-5(0351) 유자연(劉自然) ･･･････ 1565

18-6(0352) 후생(侯生) ･･･････････ 1568

18-7(0353) 엄무(嚴武) ･･･････････ 1572

18-8(0354) 두응(竇凝) · · · · · · · · · · · 1578

18-9(0355) 형양씨(滎陽氏) · · · · · · · · · 1584

18-10(0356) 서철구(徐鐵臼) · · · · · · · · · 1589

18-11(0357) 호양의 첩(胡亮妾) · · · · · · · · 1593

18-12(0358) 금형(金荊) · · · · · · · · · · · 1595

18-13(0359) 이 명부(李明府) · · · · · · · · · 1597

18-14(0360) 녹교(綠翹) · · · · · · · · · · · 1600

18-15(0361) 이지례(李知禮) · · · · · · · · · 1605

18-16(0362) 주화(朱化) · · · · · · · · · · · 1610

18-17(0363) 이첨(李詹) · · · · · · · · · · · 1613

18-18(0364) 장역지 형제(張易之兄弟) · · · · · · 1615

18-19(0365) 이영(李嬰) · · · · · · · · · · · 1617

18-20(0366) 오당(吳唐) · · · · · · · · · · · 1618

18-21(0367) 광릉의 남자(廣陵男子) · · · · · · · 1620

18-22(0368) 패국의 선비(沛國士人) · · · · · · · 1622

18-23(0369) 전창(田倉) · · · · · · · · · · · 1624

18-24(0370) 황민(黃敏) · · · · · · · · · · · 1626

18-25(0371) 최도기(崔道紀) · · · · · · · · · 1627

18-26(0372) 양 원제(梁元帝) · · · · · · · · · 1629

18-27(0373) 기주의 아이(冀州小兒) · · · · · · · 1630

18-28(0374) 왕공직(王公直) · · · · · · · · · 1633

권19 징응부(徵應部)

휴징(休徵)

19-1(0375) 진창현의 보계(陳倉寶鷄) · · · · · · · · 1639

19-2(0376) 한고조(漢高祖) · · · · · · · · · · · 1641

19-3(0377) 흰 제비(白燕) · · · · · · · · · · · 1642

19-4(0378) 진 원제(晉元帝) · · · · · · · · · · 1643

19-5(0379) 북제 신무제(北齊神武) · · · · · · · · 1644

19-6(0380) 당 태종(唐太宗) · · · · · · · · · · 1646

19-7(0381) 당 중종(唐中宗) · · · · · · · · · · 1647

19-8(0382) 당 현종(唐玄宗) · · · · · · · · · · 1648

19-9(0383) 당 숙종(唐肅宗) · · · · · · · · · · 1650

19-10(0384) 당 선종(唐宣宗) · · · · · · · · · 1657

19-11(0385) 후당 태조와 명종(後唐太祖·明宗) · · · 1659

19-12(0386) 왕촉 선주(王蜀先主) · · · · · · · · 1662

19-13(0387) 맹촉(孟蜀) · · · · · · · · · · · · 1663

19-14(0388) 한 원제의 황후(漢元后) · · · · · · · 1665

19-15(0389) 여망(呂望) · · · · · · · · · · · 1666

19-16(0390) 중니(仲尼) · · · · · · · · · · · 1667

19-17(0391) 왕맹(王猛) · · · · · · · · · · · 1669

19-18(0392) 장전(張籛) · · · · · · · · · · · 1671

19-19(0393) 장안의 장씨(長安張氏) · · · · · · · 1672

19-20(0394) 하비간(何比干) · · · · · · · · · · 1673

19-21(0395) 오록충종(五鹿充宗)・・・・・・・・・1675

19-22(0396) 왕부(王溥) ・・・・・・・・・・・1676

19-23(0397) 진중거(陳仲擧) ・・・・・・・・・1678

19-24(0398) 무사확(武士彠) ・・・・・・・・・1680

19-25(0399) 최행공(崔行功) ・・・・・・・・・1681

19-26(0400) 이규(李揆) ・・・・・・・・・・・1682

19-27(0401) 정인(鄭絪) ・・・・・・・・・・・1686

19-28(0402) 이빈(李蠙) ・・・・・・・・・・・1687

19-29(0403) 우승유(牛僧孺) ・・・・・・・・・1688

19-30(0404) 주경원(朱慶源) ・・・・・・・・・1690

19-31(0405) 손악(孫偓) ・・・・・・・・・・・1691

19-32(0406) 이전충(李全忠) ・・・・・・・・・1693

19-33(0407) 유면(劉沔) ・・・・・・・・・・・1695

19-34(0408) 후홍실(侯弘實) ・・・・・・・・・1697

19-35(0409) 고병(高騈) ・・・・・・・・・・・1699

19-36(0410) 대사원(戴思遠) ・・・・・・・・・1700

구징(咎徵)

19-37(0411) 지양현의 소인(池陽小人) ・・・・・・・1705

19-38(0412) 동영공(東瀛公) ・・・・・・・・・1707

19-39(0413) 장광현의 사람(長廣人) ・・・・・・・1708

19-40(0414) 낙양의 황금 불상(洛陽金像) ・・・・・・1709

19-41(0415) 양 무제(梁武帝) · · · · · · · · · · 1710

19-42(0416) 두꺼비(蝦蟆) · · · · · · · · · · · 1711

19-43(0417) 왕봉(汪鳳) · · · · · · · · · · · · 1713

19-44(0418) 커다란 까마귀(大烏) · · · · · · · 1717

19-45(0419) 도림의 벼와 설로봉(桃林禾·薛老峰) · · 1718

19-46(0420) 팽언(彭偃) · · · · · · · · · · · 1720

19-47(0421) 왕돈(王敦) · · · · · · · · · · · 1722

19-48(0422) 환현(桓玄) · · · · · · · · · · · 1723

19-49(0423) 최계서(崔季舒) · · · · · · · · · 1725

19-50(0424) 심경지(沈慶之) · · · · · · · · · 1726

19-51(0425) 장역지(張易之) · · · · · · · · · 1728

19-52(0426) 방집과 유흥도(房集·劉興道) · · · · 1730

19-53(0427) 양신긍(楊愼矜) · · · · · · · · · 1732

19-54(0428) 최언증(崔彦曾) · · · · · · · · · 1735

19-55(0429) 여군(呂群) · · · · · · · · · · · 1737

19-56(0430) 백마사(白馬寺) · · · · · · · · · 1743

감응(感應)

19-57(0431) 한 무제(漢武帝) · · · · · · · · · 1747

19-58(0432) 소령 부인(昭靈夫人) · · · · · · · 1749

19-59(0433) 임성왕(任城王) · · · · · · · · · 1750

19-60(0434) 유경(劉京) · · · · · · · · · · · 1752

19-61(0435) 안함(顏含) · · · · · · · · · · · · · · 1753

19-62(0436) 최서(崔恕) · · · · · · · · · · · · · · 1754

19-63(0437) 스님에게 공양한 촌사람(村人供僧) · · · 1756

19-64(0438) 나도종(羅道悰) · · · · · · · · · · · 1757

19-65(0439) 이언좌(李彥佐) · · · · · · · · · · · 1759

19-66(0440) 땜장이 호씨(胡釘鉸) · · · · · · · · · 1761

19-67(0441) 역양현의 노파(歷陽嫗) · · · · · · · · 1764

19-68(0442) 하간군의 남자(河間男子) · · · · · · · 1766

19-69(0443) 신사총(神士冢) · · · · · · · · · · · 1768

19-70(0444) 분 파는 여자와 최호(賣粉兒 · 崔護) · · · 1770

19-71(0445) 옥소(玉簫) · · · · · · · · · · · · · 1777

참응(讖應)

19-72(0446) 당흥촌과 할미 얼굴(唐興村 · 阿婆面) · · 1787

19-73(0447) 필설아와 입파(苾挈兒 · 入破) · · · · · 1790

19-74(0448) '국' 자를 바꾸다(改國字) · · · · · · · 1792

19-75(0449) 왕탁(王鐸) · · · · · · · · · · · · · 1794

19-76(0450) 글자를 이룬 나무(木成文) · · · · · · 1797

19-77(0451) 원재(元載) · · · · · · · · · · · · · 1799

19-78(0452) 지공 대사의 예언(志公詞) · · · · · · 1800

19-79(0453) 스님 보만(僧普滿) · · · · · · · · · · 1801

19-80(0454) 무성히 자라는 풀(草重生) · · · · · · 1803

19-81(0455) 최서(崔曙) · · · · · · · · · · · · 1805

19-82(0456) 우구곡(牛口谷) · · · · · · · · · 1806

19-83(0457) 매회촌(埋懷村) · · · · · · · · · 1808

권20 정수부(定數部)

정수(定數) 1

20-1(0458) 두로서(豆盧署) · · · · · · · · · · · 1813

20-2(0459) 이퇴(李頤) · · · · · · · · · · · · · 1815

20-3(0460) 세 번 급제한 정씨(鄭氏三榜) · · · 1817

20-4(0461) 육빈우(陸賓虞) · · · · · · · · · · 1822

20-5(0462) 왕현(王顯) · · · · · · · · · · · · · 1825

20-6(0463) 두붕거(杜鵬擧) · · · · · · · · · · 1827

20-7(0464) 장가정(張嘉貞) · · · · · · · · · · 1837

20-8(0465) 설옹(薛邕) · · · · · · · · · · · · · 1840

20-9(0466) 이규(李揆) · · · · · · · · · · · · · 1844

20-10(0467) 최원종(崔元綜) · · · · · · · · · 1848

20-11(0468) 배서(裴諝) · · · · · · · · · · · · 1852

20-12(0469) 장거일(張去逸) · · · · · · · · · 1857

20-13(0470) 오소성(吳少誠) · · · · · · · · · 1860

20-14(0471) 위징(魏徵) · · · · · · · · · · · · 1863

20-15(0472) 적인걸(狄仁傑) · · · · · · · · · 1865

20-16(0473) 국사명(麴思明) · · · · · · · · · 1867

20-17(0474) 맹 원외(孟員外) ・・・・・・・・・・・1870

20-18(0475) 두사온(杜思溫) ・・・・・・・・・・・1873

20-19(0476) 이민구(李敏求) ・・・・・・・・・・・1877

20-20(0477) 이 군(李君) ・・・・・・・・・・・・1886

20-21(0478) 울지경덕(尉遲敬德) ・・・・・・・・・1893

20-22(0479) 왕무애(王無㝵) ・・・・・・・・・・・1896

20-23(0480) 노회신(盧懷愼) ・・・・・・・・・・・1898

20-24(0481) 왕수(王叟) ・・・・・・・・・・・・1900

권16 보은부(報恩部)

보은(報恩)

미 : 보은과 보원이 모두 실려 있다. 저승에서의 인과는 인간 세상과 같아서 서로 보답하는 일은 이루 다 기록할 수 없다
眉 : 報恩·報怨皆載. 冥中因果若人間, 相報之事, 不可勝書也.

16-1(0303) 미축

미축(糜竺)

출'왕자년(王子年) 《습유기(拾遺記)》' 미 : 이하는 귀신의 보은이다 (以下鬼報恩).

 미축은 도주공[陶朱公 : 범여(范蠡)]의 방법을 이용해 그 재물이 왕후(王侯)에 맞먹었다. 1000칸의 보물 창고가 있었고 계란만 한 크기의 진주가 뜰에 가득했기에 그 뜰을 보정(寶庭)이라 불렀는데, 외부 사람들은 그곳을 엿볼 수 없었다. 미축은 본디 삶과 죽음을 꿰뚫어 볼 수 있었다. 그의 집 마구간 옆에 오래된 무덤이 있었는데, 미축이 어느 날 밤에 울음소리를 찾아보았더니 홀연히 한 부인이 등을 드러낸 채로 와서 말했다.

 "옛날 한(漢)나라 말에 적미군(赤眉軍)[1]이 제 관을 열고 옷을 벗겨 내는 바람에 지금까지 땅속에 해골이 버려진 채로 200여 년 가까이 지냈습니다. 그래서 이렇게 장군을 찾아와 저를 다시 깊이 묻어 주길 청하고, 아울러 해진 옷으로 저

---

1) 적미군(赤眉軍) : 서한 말에 번숭(樊崇) 등이 이끈 농민 봉기군으로, 눈썹에 붉은색을 칠해서 왕망(王莽)의 군대와 구별했기에 '적미'라 불렀다.

를 덮어 주길 비는 것입니다."

미축은 즉시 돌로 된 겉 관과 옹기로 된 속 관을 준비하게 하고, 제사를 지내고 나서 푸른 베로 만든 치마와 저고리를 무덤 위에 덮어 주었다. 1년이 지나서 미축이 길모퉁이를 지나가다가 문득 보았더니, 이전에 부인을 묻어 주었던 곳에 푸른 기운이 용과 뱀처럼 서려 있었다. 그래서 가동에게 물었더니 가동이 말했다.

"때때로 푸른 갈대 지팡이가 저절로 묘문(墓門)을 드나드는 것을 보았는데, 그것이 귀신이라고 의심은 했지만 감히 말씀드리지 못했습니다."

미축은 성격이 꺼리는 것이 많았고 자기 뜻에 거슬리는 말을 하는 자는 즉시 처형했기 때문에 가동이 말을 하지 않았던 것이다. 며칠 뒤에 푸른 옷을 입은 동자 몇 명이 홀연히 찾아와서 말했다.

"당신의 집에 틀림없이 화재가 일어나서 하나도 남는 것이 없게 될 것입니다. 그러나 당신이 마른 해골까지도 측은히 여길 줄 아는 덕분에 하늘의 도리상 당신의 덕을 저버릴 수 없기 때문에 화재를 물리쳐 주고자 찾아왔습니다. 마땅히 당신의 재물이 다 없어지지는 않도록 해 주겠지만, 오늘 이후로는 또한 스스로 방비하는 것이 좋겠습니다."

그래서 미축은 창고를 빙 둘러서 봇도랑을 파 놓았다. 열흘 뒤에 과연 불이 창고 안에서 일어나 주옥을 태워 10분의

1밖에 남지 않았다. 이 모든 것은 양수(陽燧)[2]가 뜨거운 열을 받아 저절로 불이 나서 물건을 태운 것이었다. 불이 한창 타고 있을 때, 푸른 옷을 입은 동자 수십 명이 와서 불을 끄는 것이 보였는데, 구름 같은 푸른 기운이 불 위를 덮자 즉시 불이 꺼졌다. 동자가 또 말했다.

"황새는 둥지에 물을 모아 두는 습성이 있으니, 황새와 같은 새들을 많이 모아 화재를 막으십시오."

그래서 하인들이 황새 수천 마리를 모아 봇도랑 안에서 길렀다. 미축이 탄식하며 말했다.

"사람의 재운(財運)에는 한계가 있는 법이어서 차고 넘칠 수는 없으니, 스스로에게 근심이 될까 두렵구나!"

당시 삼국이 교전하느라 군비가 이전의 만 배나 필요하자, 미축은 진귀한 보물과 수레와 의복 등을 실어 내 선주[先主 : 유비(劉備)]를 도왔다.

麋竺用陶朱之術, 資擬王侯. 有寶庫千間, 大珠如卵, 散滿於庭, 謂之寶庭, 外人不得窺焉. 竺性能振生死. 廐側有古冢, 竺夜尋其泣聲, 忽見一婦人, 袒背而來云 : "昔漢末, 爲赤眉發棺見剝, 今遺骸在地, 垂二百餘年. 就將軍求更深埋, 並乞

---

2) 양수(陽燧) : 햇빛을 받아 불을 일으킬 때 사용하던 볼록한 동제(銅製) 기구.

弊衣自掩." 竺卽令爲石槨瓦棺, 設祭旣畢, 以靑布裙衫置冢上. 經一年, 行於路曲, 忽見前婦人葬所, 靑氣如龍蛇之形. 乃問其家童, 云:"時見靑蘆杖, 自然出入於門, 疑其神也, 不敢言." 竺性多忌, 有言觸忤, 卽加刑戮, 故家童不言. 數日, 忽有靑衣童子數人來云:"君家當有火厄, 萬不遺一. 賴君能惻愍枯骨, 天道不辜君德, 故來禳却. 當使君財物不盡, 此後亦宜自衛." 竺乃掘溝繞庫. 旬日, 火從庫內起, 燒其珠玉, 十分得一. 皆是陽燧得旱爍, 自能燒物也. 火盛時, 見數十靑衣童子來撲火, 有靑氣如雲, 覆火上卽滅. 童子又云:"多聚鸛鳥之類以禳災, 鸛能聚水巢上也." 家人乃收集鸛鳥數千頭, 養池渠中. 竺嘆曰:"人生財運有限, 不得盈溢, 懼爲身患!" 時三國交兵, 軍用萬倍, 乃輸其珍寶車服以助先主.

* 이 고사는 《태평광기》 권317 〈귀(鬼)·미축〉에 실려 있다.

16-2(0304) 유가

유가(劉軻)

출《운계우의(雲溪友議)》

당(唐)나라 시어사(侍御史) 유가는 소우(韶右) 사람이다. 황노(黃老)의 책을 읽으면서 불교에도 정통했다. 일찍이 여악(廬岳: 여산)의 동림사(東林寺)에서 머물고 있을 때, 꿈에 짧은 베옷을 걸친 한 사람이 나타나 말했다.

"저는 서생인데 근래에 타향에서 공부하다가 이 승방에서 죽었습니다. 그런데 주지승이 그 사실을 군읍(郡邑)에 알리지 않고 그대로 들창 아래에 묻는 바람에 시체가 굽은 상태로 있습니다. 당신이 다른 곳으로 옮겨 묻어 주신다면 반드시 보답이 있을 것입니다."

그래서 스님들에게 알아보았더니 정말로 그런 일이 있었다. 유가는 입고 있던 옷을 벗어 해골을 덮어 주고 관을 마련해서 호계(虎溪) 가에 다시 묻어 주었다. 그날 밤 꿈에 서생이 찾아와서 감사드리고 계란 세 개를 주면서 유가에게 그 자리에서 먹게 했다. 훗날 유가는 유학에 정통하고 문장을 잘 지었기에 우수한 성적으로 과거에 합격해 사관(史館)을 역임했다.

唐侍御劉軻, 韶右人. 讀黃老書, 復通釋敎. 嘗居廬岳東林寺, 夢一人衣短褐, 曰:"我書生也, 頃因遊學, 逝於此室. 以主僧不聞郡邑, 乃瘞於牖下, 而尸骸踢促. 君能遷葬, 必有酬謝." 訪於緇屬, 果然. 劉解所著之衣, 覆其骸骼, 具棺改窆於虎溪之上. 是夜, 夢書生來謝, 將三鷄子, 勸軻立食之. 後乃精於儒學, 善屬文, 因策名第, 歷任史館.

* 이 고사는 《태평광기》 권117 〈보응・유가〉에 실려 있다.

16-3(0305) 차를 대접하고 얻은 보답

향명획보(饗茗獲報)

출《고저산기(顧渚山記)》

섬현(剡縣)에 사는 진무(陳務)의 부인은 젊어서 과부가 되어 두 아들과 함께 살았으며, 차 마시기를 좋아했다. 집에 오래된 무덤이 있었는데, 매번 차를 마실 때면 먼저 그 무덤에 제사 지냈다. 그러자 두 아들이 짜증 내며 말했다.

"무덤이 무얼 안다고 헛되이 수고롭게 제사를 지냅니까?"

그러고는 무덤을 파서 없애 버리려고 했는데, 어머니가 한사코 말리는 바람에 그만두었다. 그날 밤에 어머니의 꿈에 한 사람이 나타나 말했다.

"나는 이 무덤에 머문 지 300여 년이 되었는데, 당신의 두 아들이 항상 무덤을 훼손하려 했지만 당신 덕분에 보호받았고 또한 나에게 좋은 차를 대접했으니, 비록 황천의 썩은 해골이라 한들 어찌 예상(翳桑)의 보은[3]을 잊을 수 있겠습니

---

[3] 예상(翳桑)의 보은 : 춘추 시대에 진(晉)나라 사람 영첩(靈輒)이 예상에서 굶어 죽게 되었는데, 조선자[趙宣子 : 조순(趙盾)]가 그에게 음식을 내려 살려 주었다. 나중에 영첩이 진 영공(靈公)의 호위 무사가

까?"

다음 날 정원 안에서 돈 10만 냥을 찾았는데, 오랫동안 묻혀 있었던 것 같았다. 어머니가 두 아들에게 그 사실을 말했더니, 두 아들은 부끄러워했으며 이때부터 더욱 지극정성으로 무덤에 기도하고 제사 지냈다.

剡縣陳婺妻, 少與二子寡居, 好飮茶茗. 以宅中有古冢, 每飮, 先輒祀之. 二子患之, 曰 : "冢何知, 徒以勞祀?" 欲掘去之, 母苦禁而止. 及夜, 母夢一人曰 : "吾止此冢三百餘年, 二子常欲見毀, 賴相保護, 又饗吾嘉茗, 雖泉壤朽骨, 豈忘翳桑之報?" 明日, 於庭內獲錢十萬, 似久埋者. 母告二子, 二子慚之, 從是禱酹愈至.

* 이 고사는 《태평광기》 권412 〈초목·향명획보〉에 실려 있다.

되었는데, 영공이 조선자를 죽이려 할 때 영첩이 보호해 조선자가 화를 면할 수 있었다.

16-4(0306) 유홍경

유홍경(劉弘敬)

출《음덕전(陰德傳)》

　당(唐)나라 팽성(彭城)에 사는 유홍경은 자가 원부(元溥)다. 대대로 회수(淮水)와 비수(淝水) 사이에서 살았는데 재물이 아주 많았다. 장경(長慶) 연간(821~824) 초에 관상을 잘 보는 사람이 있었는데, 수춘(壽春)에서 원부를 만나자 앞으로 2~3년 뒤에 반드시 죽을 것이라고 점쳤다. 원부는 그 말을 믿고 사후의 계획을 세웠다. 그에게는 시집보낼 딸이 있었는데, 유양(維揚)으로 가서 딸에게 딸려 보낼 몸종을 구해 돈 80만 냥을 들여 네 명을 얻었다. 그 가운데 방난손(方蘭蓀)이라는 여자는 미색이 남달랐고 풍모와 자태가 천한 부류와는 사뭇 달랐다. 원부가 그 사정을 캐물었더니 그녀가 한참 만에 겨우 대답했다.

　"천첩은 본래 하락(河洛 : 낙양)에서 살았고 선친은 회서(淮西)에서 낮은 벼슬을 하셨는데, 불행히도 오(吳) 땅의 도적이 발호했을 때 성(姓)이 도적과 같다는 이유로 그들의 친척이라 의심받았습니다. 몸은 도적의 칼날에 맡겨졌고 가산은 관에 몰수당해, 이 때문에 몰락했지만 하소연할 데도 없었습니다. 천첩의 이 한 몸은 두 번 주인이 바뀌어 지금 여기에 이르게 되었습니다."

원부는 한참 동안 탄식하더니 그녀의 친척에 대해 물어보고 나서야 그 외가가 유씨(劉氏)라는 것을 알았다. 원부는 마침내 노비 문서를 불태우고 그녀를 조카딸로 삼았으며, 50만 냥의 재물을 들여 자기 딸보다 먼저 그녀를 시집보냈다. 미 : 누가 이러려고 하겠는가? 방난손이 시집간 뒤에 원부의 꿈에 한 사람이 나타났는데, 푸른 옷을 입고 홀(笏)을 든 채 멀리서 바라보고 절하며 말했다.

"나는 방난손의 아비입니다. 당신의 수명이 장차 다하려 하는데, 내가 당신의 은혜에 감격해 마땅히 당신을 위해 상제께 간청하겠습니다."

사흘 뒤에 원부는 다시 꿈을 꾸었는데, 방난손의 부친이 정원에 서서 자색 옷을 입고 상아홀을 든 채 매우 삼엄한 시위들을 거느리고 다가와 원부에게 감사드리며 말했다.

"내가 다행히 당신을 위해 상제께 간청해서 당신의 수명을 25년 연장하고 삼대에 걸쳐 부유함을 누리도록 허락받을 수 있었습니다. 우리 가족을 해친 자들은 모두 심문을 받고 처리되었습니다. 상제께서 또한 나의 원통함을 불쌍히 여겨 중요한 직책을 맡아보도록 하셨기에 지금 회해(淮海)에서 산천을 주관하고 있습니다."

그러고는 오열하며 재배하고 떠났다. 3년 뒤에 관상쟁이가 다시 찾아와서 원부를 맞이해 축하하며 말했다.

"당신의 수명이 연장되었군요! 당신의 눈썹부터 머리카락까지 사이를 살펴보니, 위로 하늘을 감동시킨 음덕이 있습니다."

원부가 그제야 방난손의 부친 이야기를 들려주었더니 관상쟁이가 말했다.

"옛날에 한자(韓子 : 한궐)⁴⁾가 남몰래 조씨(趙氏)를 보호해 주었는데, 태사공(太史公 : 사마천)⁵⁾은 한씨(韓氏)가 10대 동안 왕후(王侯)의 지위에 이른 것은 음덕을 쌓았기 때문이라고 여겼습니다."

---

4) 한자(韓子) : 한헌자(韓獻子) 한궐(韓厥)을 말한다. 한궐은 춘추 시대 진(晉)나라의 경대부로, 전국 시대 한(韓)나라의 시조다. 처음에는 진나라 대부 조씨(趙氏)의 가신(家臣)이 되었다가 나중에 팔경(八卿) 가운데 하나가 되었다. 진 경공(景公) 때 사구(司寇) 도안고(屠岸賈)가 권력을 장악하고 조씨를 멸족시키려 했을 때, 조씨의 고아 조무(趙武)를 보호해 주었으며 나중에 조씨의 영지를 되찾아 주었다. 도공(悼公) 때 집정이 되었다.

5) 태사공(太史公) : 사마천(司馬遷)을 말한다. 사마천은 《사기(史記)》〈한세가(韓世家)〉의 논평에서 "한궐이 진 경공의 마음을 감동시켜 조씨 고아 조무에게 조씨의 제사를 잇게 함으로써 정영과 공손저구의 의로움을 이루었으니, 이는 천하의 음덕이다. 한씨의 공은 진에서는 그 큰 것을 보지 못했다. 그러나 조·위와 함께 결국 10여 대에 걸쳐 제후가 된 것은 당연하도다!(韓厥之感晉景公, 紹趙孤之子武, 以成程嬰·公孫杵臼之義, 此天下之陰德也. 韓氏之功, 於晉未睹其大者也. 然與趙·魏終爲諸侯十餘世, 宜乎哉!)"라고 했다.

唐彭城劉弘敬, 字元溥. 世居淮淝間, 資財豐盛. 長慶初, 有善相人, 於壽春相逢, 決其更二三年必死. 元溥信之, 乃爲身後之計. 有女將適, 抵維揚, 求女奴資行, 用錢八十萬, 得四人焉. 內一人方蘭蓀者, 有殊色, 而風骨姿態, 殊不類賤流. 元溥詰其情, 久乃對曰:"賤妾家本河洛, 先父以卑官淮西, 不幸遭吳寇跋扈, 緣姓與寇同, 疑爲近屬. 身委鋒刃, 家乃沒官, 以此湮沈無訴. 賤妾一身, 再易其主, 今及此焉." 元溥太息久之, 因問其親戚, 知其外氏劉也. 遂焚其券, 收爲甥, 以家財五十萬, 先其女而嫁之. 眉:誰肯? 蘭蓀旣歸, 元溥夢見一人, 被青衣秉簡, 望塵而拜曰:"余蘭蓀之父也. 君壽限將盡, 余感君之恩, 當爲君請於上帝." 後三日, 元溥復夢蘭蓀之父立於庭, 紫衣象簡, 侍衛甚嚴, 前謝元溥曰:"余幸得請君於帝, 許延君壽二十五載, 富及三代. 其殘害吾家者, 悉獲案理. 帝又憫余之寃, 署以重職, 獲主山川於淮海之間." 嗚咽再拜而去. 後三年, 相者復至, 迎而賀元溥曰:"君壽延矣! 自眉至髮而視之, 有陰德上動於天者." 元溥始以蘭蓀之父爲告, 相者曰:"昔韓子陰存趙氏, 太史公以韓氏十世而位至王侯者, 有陰德故也."

* 이 고사는 《태평광기》 권117 〈보응·유홍경〉에 실려 있다.

16-5(0307) 손태

손태(孫泰)

출《척언(摭言)》

[당나라의] 손태는 산양(山陽) 사람이다. 젊어서 황보영(皇甫穎)을 스승으로 모셨는데, 절조를 지킴에 자못 옛 현인의 풍모를 지니고 있었다. 손태의 처는 바로 그의 이모의 딸이다. 이전에 이모가 늙었을 때 두 딸을 그에게 부탁하며 말했다.

"큰애가 한쪽 눈을 잃었으니, 너는 그 동생을 아내로 맞이해라."

이모가 죽자 손태는 그 언니를 아내로 맞아들였다. 미:누가 이러려고 하겠는가? 어떤 사람이 그 이유를 물었더니 손태가 말했다.

"그 사람은 불구이니, 내가 아니면 누구에게 시집가겠습니까?"

사람들은 모두 손태의 의로움에 탄복했다. 한번은 도성의 저잣거리에서 철 등대(燈臺)를 보고 그것을 사 가지고 와서 갈아서 닦으라고 했는데 알고 보니 은이었다. 그래서 손태는 급히 가서 주인에게 돌려주었다. 중화(中和) 연간(881~885)에 손태는 장차 의흥(義興)으로 이사하려고 돈 200민

(繒)을 들여 별장 하나를 마련하고 이미 그 반값을 지불했으며, 오흥군(吳興郡)을 유람하고 돌아오는 날에 반드시 그 집을 찾아가기로 약속했다. 두 달이 지난 뒤에 손태는 돌아와서 별장 앞에 배를 정박하고 다시 나머지 집값을 지불했으며, 그 사람에게 다른 곳으로 옮겨 가라고 했다. 그때 한 노파가 대성통곡하는 것을 보고 손태가 깜짝 놀라 그 노파를 불러 이유를 물었더니 노파가 말했다.

"이 늙은 아낙은 예전부터 줄곧 이곳에서 시부모를 모시고 살았는데, 자손이 불초해 이 집이 다른 사람의 소유가 되었기에 슬퍼하는 것입니다!"

손태는 한참 동안 씁쓸해하다가 말을 둘러댔다.

"내가 방금 도성에서 보내온 편지를 받았는데, 이미 다른 관직에 제수되어 굳이 이곳에 머물 필요가 없게 되었으니, 이 집을 당신의 아들에게 관리하게 하겠소."

손태는 말을 마치고 배를 풀어 떠나가서는 다시는 돌아오지 않았다. 미 : 양보하고도 드러내지 않았으니, 이를 일러 음덕이라 한다. 손태의 아들 손전(孫展)은 진사(進士)에 급제했으며, 양(梁 : 후량)나라로 들어가 성랑(省郞)을 지냈다.

唐孫泰, 山陽人. 少師皇甫潁, 守操頗有古賢之風. 泰妻, 卽姨女也. 先是姨老, 以二子爲託, 曰:"其長者損一目, 汝可娶其女弟." 姨卒, 泰娶其姊. 眉:誰肯? 或詰之, 泰曰:"其人有廢疾, 非泰何適?" 衆皆伏泰之義. 嘗於都市遇鐵燈臺, 市之, 而命磨洗, 卽銀也. 泰亟往還之. 中和中, 將家於義興, 置一別墅, 用緡二百千, 旣半授之矣, 泰遊吳興郡, 約回日當詣所止. 居兩月, 泰回, 倚舟墅前, 復以餘資授之, 俾其人他徙. 於是睹一老嫗, 長慟數聲, 泰驚悸, 召詰之, 嫗曰: "老婦嘗迨事舅姑於此, 子孫不肖, 爲他人所有, 故悲耳!" 泰憮然久之, 因紿曰: "吾適得京書, 已別除官, 固不可駐此也, 所居且命爾子掌之." 言訖, 解維而逝, 不復返矣. 眉: 讓而不明, 是之謂陰德. 子展, 進士及第, 入梁爲省郞.

* 이 고사는 《태평광기》 권117 〈보응·손태〉에 실려 있다.

16-6(0308) 요우

요우(姚牛)

출《유명록(幽明錄)》

    수현(須縣)의 백성 요우가 10여 세 되었을 때 부친이 마을 사람에게 살해되었다. 그래서 요우는 칼을 감추고 다니면서 복수하려고 했는데, 나중에 수현 앞에서 원수를 만나자 군중이 보는 앞에서 손에 들고 있던 칼로 찔렀다. 관리가 그를 사로잡았으나 현령은 그의 효행을 깊이 동정해 사건 처리를 미루었는데, 때마침 사면령이 내려 풀려날 수 있었다. 또 주군(州郡)에서 그의 구원을 논한 끝에 마침내 아무 탈이 없게 되었다. 그 후에 현령이 사냥을 나갔다가 사슴을 쫓아 풀 속으로 들어갔는데, 거기에는 오래된 깊은 우물이 몇 군데 있었다. 현령이 탄 말이 그곳으로 달려가려 하자 갑자기 한 노인이 나타나 막대기를 들어 말을 쳤다. 말이 놀라 피하는 바람에 결국 사슴을 쫓아가지 못했다. 미 : 귀신이 은혜에 보답한 일 중에서 사람들은 결초보은(結草報恩)만 알고 격마보은(擊馬報恩)은 알지 못한다. 현령이 화가 나서 활을 당겨 그 노인을 쏘려고 하자 노인이 말했다.

    "이 속에 우물이 있는데 당신이 떨어질까 걱정되어 그렇게 했을 따름입니다."

현령이 말했다.

"너는 누구냐?"

노인이 꿇어앉아 말했다.

"소인은 백성 요우의 아비입니다. 나리께서 요우를 살려주심에 감격해 보답하러 왔습니다."

그러고는 사라져 보이지 않았다.

須縣民姚牛, 年十餘, 父爲鄕人所殺. 牛嘗藏刀圖報, 後在縣前相遇, 手刃之於衆中. 吏擒得, 官長深矜孝節, 爲推遷其事, 會爲州郡論救, 遂得無他. 令後出獵, 逐鹿入草中, 有古深井數處. 馬將趣之, 忽見一翁, 擧杖擊馬. 馬驚避, 不得及鹿. 眉: 鬼報恩事, 人但知結草, 不知擊馬. 令奴¹引弓將射之, 翁曰: "此中有井, 恐君墮耳." 令曰: "汝爲何人?" 翁長跪曰: "民姚牛父也. 感君活牛, 故來謝." 因滅不見.

* 이 고사는 《태평광기》 권320 〈귀·요우〉에 실려 있다.

1 노(奴): 《고소설구침(古小說鉤沈)》에 집록된 《유명록》에는 "노(怒)"라 되어 있는데, 문맥상 타당하다.

16-7(0309) 한 무제

한무제(漢武帝)

출《삼진기(三秦記)》·《유명록》

곤명지(昆明池)는 한 무제가 팠으며 여기서 수전(水戰)을 연습시켰다. 그 안에는 신령스러운 연못이 있었는데, 요(堯)임금 때 홍수가 나서 배를 이 연못에 정박했다고 전한다. 곤명지는 백록원(白鹿原)과 통하는데, 어떤 사람이 백록원에서 물고기를 낚다가 낚싯줄이 끊어져 물고기를 놓쳐버렸다. 물고기가 무제의 꿈에 나타나서 낚싯바늘을 빼 달라고 요청했다. 다음 날 무제가 연못에서 노닐다가 큰 물고기가 낚싯줄을 물고 있는 것을 보고 말했다.

"혹시 어제 꿈에서 본 물고기가 아닐까?"

그러고는 물고기를 잡아 낚싯바늘을 빼내고 놓아주었는데, 그 후에 무제는 야광주를 얻었다.

한 무제가 미앙궁(未央宮)에서 연회를 열고 막 기장과 고깃국을 먹으려 하다가 문득 어떤 사람의 말소리를 들었다.

"노신이 죽음을 무릅쓰고 아룁니다."

그 모습은 보이지 않았다. 한참을 찾다가 대들보 위에서 한 노인을 발견했는데, 키는 8~9촌이었고 붉은 얼굴에 머리가 새하얬으며 지팡이를 짚고 꾸부정하게 걸었다. 무제가 노인의 성명과 거처를 물으면서 말했다.

"어떤 괴로움이 있어 짐에게 하소연하러 왔는가?"

노인은 기둥을 타고 내려와서 지팡이를 놓고 머리를 조아린 채 묵묵히 말을 하지 않았다. 이어서 고개를 들어 지붕을 쳐다보다가 고개를 숙여 무제의 다리를 가리키더니 홀연히 사라졌다. 무제는 놀라면서 어찌 된 영문인지 모르다가 말했다.

"동방삭(東方朔)은 반드시 알 것이다."

이에 동방삭을 불러 그 일을 알려 주자 동방삭이 말했다.

"그 이름은 조염(藻廉)이고 물과 나무의 정령으로, 여름에는 깊은 숲에 살고 겨울에는 깊은 물속에 있습니다. 폐하께서 근래에 궁실을 자주 만드시느라 그들의 거처를 베어 냈으므로 와서 하소연했을 따름입니다. 고개를 들어 지붕을 쳐다보다가 다시 고개를 숙여 폐하의 다리를 가리킨 것은 만족한대[足]는 뜻입니다. 폐하께서 궁실을 이쯤에서 만족하시길 바라는 것입니다."

무제는 마음이 움직여 곧 궁실 공사를 멈추었다. 무제가 호자하(瓠子河)에 행차했다가 물속에서 악기와 노래 소리를 들었는데, 예전에 대들보 위에 있던 노인과 몇 명의 젊은 이가 붉은 옷에 흰 띠를 매고 매우 고운 갓끈과 패옥을 차고 있었으며 모두 키가 8~9촌이었다. 또 키가 1척 남짓 되는 한 사람이 파도를 가르고 나왔는데 옷이 젖지 않았으며, 어떤 사람은 악기를 들고 있었다. 무제는 식사를 하던 중이었는데 그 때문에 음식을 거두게 하고 그들에게 식탁 앞에 늘어앉으라고 명했다. 무제가 물었다.

"물속에서 악기를 연주한 것이 그대들이었는가?"

노인이 대답했다.

"노신이 다행히도 폐하의 천지를 덮을 만한 은혜를 입어 거처를 온전히 할 수 있게 되었기 때문에 저희끼리 서로 축하하고 있었습니다."

무제가 말했다.

"악기를 연주할 수 있겠는가?"

그러자 그들 가운데 가장 키가 큰 사람이 곧장 현을 퉁기며 노래했다.

"천지를 덮을 덕으로 지극한 인자함을 베푸시고, 아득한 정령까지 가련히 여겨 도끼질을 멈추게 하셨네. 움막을 보존해 미천한 몸을 지켜 주시니, 원컨대 천자께서는 만수를 누리소서."

노랫소리의 크기는 인간과 다르지 않았으며, 맑고 깨끗한 소리가 대들보를 감쌌다. 또 두 사람이 피리를 불고 박자를 맞추었는데, 가락이 들어맞고 소리가 조화로웠다. 무제가 기뻐하며 술잔을 들어 모두에게 권하자, 노인 등이 모두 일어나 절하며 잔을 받았는데 각자 몇 되를 마시고도 취하지 않았다. 노인이 무제에게 자주색 소라 껍데기 하나를 바쳤는데, 그 안에 쇠기름 같은 것이 있었다. 노인 등은 홀연히 사라졌다. 무제가 동방삭에게 자주색 소라 껍데기 속에 있는 것이 무엇인지 물었더니 동방삭이 말했다.

"이것은 교룡(蛟龍)의 정수(精髓)로서 얼굴에 바르면 그 사람의 안색을 좋아지게 합니다. 또 여자가 임신 중일 때 바르면 반드시 쉽게 출산하게 됩니다."

마침 후궁 중에 난산을 겪는 이가 있어 시험해 보았더니 신비한 효험이 있었다. 무제가 그 기름을 얼굴에 바르자 곧바로 화사해지고 윤이 났다.

昆明池, 漢武帝鑿之, 習水戰. 中有靈沼神池, 云堯時洪水, 停船此池. 池通白鹿原, 人釣魚於原, 綸絶而去. 魚夢於武帝, 求去其鉤. 明日, 帝遊戲於池, 見大魚銜索, 曰: "豈非昨所夢乎?" 取魚去鉤而放之, 帝後得明珠.
漢武帝宴於未央, 方啖黍臛, 忽聞人語云: "老臣冒死自訴." 不見其形. 尋覓良久, 梁上見一老翁, 長八九寸, 面皺髮白, 拄杖僂步. 帝問叟姓字居處: "何所病苦而來訴朕?" 翁緣柱而下, 放杖稽首, 嘿而不言. 因仰頭視屋, 俯指帝脚, 忽然不見. 帝駭愕, 不知何等, 乃曰: "東方朔必識之." 於是召朔以告, 朔曰: "其名藻廉, 水木之精, 夏巢幽林, 冬潛深河. 陛下頃日, 頻興宮室, 斬伐其居, 故來訴耳. 仰頭看屋而復俯指陛下脚者, 足也. 願陛下宮室足於此." 帝感之, 旣而息役. 幸瓠子河, 聞水底有弦歌聲, 前梁上翁及年少數人, 絳衣素帶, 纓佩甚鮮, 皆長八九寸. 有一人長尺餘, 凌波而出, 衣不霑濡, 或有挾樂器者. 帝方食, 爲之輟膳, 命列坐於食案前. 帝問曰:"水底奏樂, 爲是君耶?" 老翁對曰:"老臣幸蒙陛下天地之施, 得全其居, 故私相慶樂耳." 帝曰:"可得奏樂否?" 其最長人便弦而歌, 歌曰:"天地德兮垂至仁, 愍幽魄兮停斧斤. 保窟宅兮庇微身, 願天子兮壽萬春." 歌聲小大, 無異於人, 淸徹繞梁. 又二人鳴管撫節, 調契聲諧. 帝歡悅, 擧觴並勸, 老翁等並起拜受觴, 各飮數升不醉. 獻帝一紫螺殼, 中有物, 狀如牛脂. 翁等忽然而隱. 帝問朔紫螺殼中何物, 朔曰:"是蛟龍髓, 以傅面, 令人好顔色. 又女子在孕, 産之必易." 會後宮産難者, 試之, 神效. 帝以脂塗面, 便悅澤.

* 이 고사는 《태평광기》 권118 〈보응·한무제〉와 〈동방삭〉에 실려 있다.

16-8(0310) 유언회

유언회(劉彦回)

출《광이기(廣異記)》

당(唐)나라의 유언회는 부친이 호주자사(湖州刺史)로 있었는데, 하급 관리가 은광에서 길이가 1척인 거북 한 마리를 잡아 자사에게 갖다 바쳤다. 그러자 관리들이 모두 축하하며 말했다.

"이 거북을 얻은 사람은 천년을 살 수 있습니다."

사군(使君 : 자사)은 자신은 그런 사람이 아니라고 거절하면서 직접 말을 타고 가서 거북을 은광에 놓아주었다. 10여 년 후에 자사는 죽었다. 유언회는 방주사사(房州司士)가 되어 가족들을 데리고 임지로 갔는데, 산의 물이 범람해 평지가 다 잠겼다. 온 가족이 당황하고 두려워하면서 어디로 가야 할지 몰랐다. 잠시 후에 커다란 거북이 와서 길을 인도했는데, 마치 앞장서려는 것 같았다. 유언회는 신령이라 생각하고 30여 명의 사람들이 거북을 따라갔는데, 모두 물이 얕은 곳이었다. 10여 리를 가서 마침내 평지에 도착해 수해를 피할 수 있었다. 온 가족은 놀라 기뻐했지만 그 이유를 알지 못했다. 그날 밤에 유언회의 꿈에 거북이 나타나 말했다.

"저는 옛날에 은광에 있다가 돌아가신 사군의 은혜를 입

있기 때문에 이렇게 은혜를 갚은 것입니다."

唐劉彦回, 父爲湖州刺史, 有下僚於銀坑得一龜, 長一尺, 持獻刺史. 群官畢賀云 : "得此龜者, 壽一千歲." 使君謝己非其人, 自騎馬送龜至於坑所. 後十餘年, 刺史亡. 彦回爲房州司士, 將家屬之官, 屬山水泛溢, 平地盡沒. 一家惶懼, 不知所適. 俄有大龜來引路, 似相導者. 彦回意其神, 三十餘口, 隨龜而行, 悉是淺處. 歷十餘里, 乃至平地, 得免水難. 擧家驚喜, 亦不知其由. 其夕, 彦回夢龜云 : "昔在銀坑, 蒙先使君之惠, 故此報恩."

* 이 고사는 《태평광기》 권472 〈수족(水族)·유언회〉에 실려 있다.

16-9(0311) 공유

공유(孔愉)

출《회계선현전(會稽先賢傳)》

　공유는 일찍이 오흥(吳興)의 여불정(餘不亭)에 갔다가 길에서 어떤 사람이 거북을 대나무 통에 넣고 다니는 것을 보았다. 공유가 거북을 사서 놓아주었더니, 거북이 물에 이르자 고개를 돌려 공유를 쳐다보았다. 나중에 공유가 여불정의 정후(亭侯)에 봉해져서 관인(官印)을 주조했는데, 거북의 머리 부분이 뒤로 굽었다. 세 번을 주조해도 똑바로 되지 않았는데, 예전의 거북이 돌아보던 모습과 비슷했다. 공유는 그 연유를 깨닫고 곧 가져와서 찼다.

孔愉嘗至吳興餘不亭, 見人籠龜於路. 愉買而放之, 至水, 反顧愉. 及封亭侯而鑄印, 龜首回屈. 三鑄不正, 有似昔龜之顧. 愉悟, 乃取而佩焉.

* 이 고사는《태평광기》권118〈보응·공유〉에 실려 있다.

16-10(0312) 엄태

엄태(嚴泰)

출《독이지(獨異志)》

　진(陳)나라 선제(宣帝) 때 양주(揚州) 사람 엄태(嚴泰)는 강을 지나가다가 어선을 만났다. 어부에게 무엇을 잡았냐고 물었더니 어부가 말했다.

　"거북 50마리를 잡았습니다."

　엄태는 5000냥을 들여 거북을 사서 놓아주었다. 그런데 수십 걸음을 갔을 때 어선이 곧 뒤집혔다. 그날 저녁에 검은 옷을 입은 사람 50명이 엄태 집의 문을 두드리더니 엄태의 부모에게 말했다.

　"아드님이 돈 5000냥을 보냈으니 받으십시오."

　돈꿰미가 모두 젖어 있었다. 부모는 비록 돈을 받기는 했지만 어떻게 된 영문인지 이상하게 생각했다. 엄태가 돌아오자 부모가 물었더니, 엄태는 거북을 사서 놓아주었던 기이한 일을 이야기했다. 그래서 그 집을 절로 만들었고, 마을 사람들은 그 절을 엄법사(嚴法寺)라 불렀다.

陳宣帝時, 揚州人嚴泰, 江行逢漁舟. 問之, 云:"有龜五十頭." 泰用錢五千贖放之. 行數十步, 漁舟乃覆. 其夕, 有烏衣五十人, 扣泰門, 謂其父母曰:"賢郎附錢五千, 可領之." 緡皆濡濕. 父母雖受錢, 怪其無由. 及泰歸問, 乃說贖龜之異. 因以其居爲寺, 里人號曰嚴法寺.

* 이 고사는 《태평광기》 권118 〈보응·엄태〉에 실려 있다.

16-11(0313) 정영선

정영선(程靈銑)

출《흡주도경(歙州圖經)》

흡주(歙州) 흡현(歙縣)에 황돈호(黃墩湖)가 있는데, 그 호수에 사는 이무기는 늘 여호(呂湖)의 이무기와 다투었다. 호수 근처의 마을에 정영선이란 사람이 있었는데, 매우 용맹하고 활을 잘 쏘았다. 그의 꿈에서 이무기가 도사로 변해 그에게 말했다.

"나는 여호의 이무기에게 심한 곤욕을 당하고 있소. 그 이무기가 내일 또 올 것이니, 당신이 나를 도와줄 수 있다면 반드시 후하게 보답하겠소."

정영선이 물었다.

"어떻게 구별합니까?"

도인이 말했다.

"흰 비단을 매고 있는 것이 나요."

정영선은 이상하게 생각했다. 다음 날 마을의 젊은이들과 함께 호숫가에서 북을 울리며 소란을 피우자, 잠시 후에 파도가 크게 일렁이고 천둥 같은 소리가 나더니 소 두 마리가 서로에게 달려드는 것이 보였다. 그중 한 마리가 크게 힘이 부족했는데, 배 부분이 모두 흰색이었다. 정영선이 활을 당겨 쏘아 뒤의 이무기를 정확히 맞혔더니, 잠시 후에 물이 피로 변했다. 상처를 입은 이무기는 결국 여호로 돌아가다가 미처 도착하기 전에 죽었다. 후인들은 그 이무기가 죽은 곳을 신탄(蜃灘)이라 부른다. 여호도 이때부터 점차 물이 줄어들어 지금은 겨우 심장(尋丈 : 8~10척) 남짓의 너비만 남았다. 1년 남짓 지난 후에 정영선이 우연히 외출했을 때, 한 도인이 그의 어머니를 찾아와서 음식을 구했는데, 식사를 마치고 나서 말했다.

"수고롭게도 당신이 음식을 차렸지만 달리 보답할 것이 없으니, 당신을 위해 좋은 묏자리를 찾아 드리겠습니다."

그러고는 어머니를 산에까지 따라오게 해서 흰 돌로 그 자리를 표시하더니 말했다.

"이곳에 묘를 쓰면 갑자기 부귀해질 것입니다."

잠시 후에 정영선이 돌아오자 어머니가 그 일을 말해 주면서 급히 도인을 찾아보게 했지만 아무것도 보이지 않았다. 정영선은 마침내 조상의 묘를 그곳으로 이장했다. 나중에 후경(侯景)이 난을 일으키자, 정영선은 고을 사람 만여 명을 이끌고 신안(新安)을 굳게 지켰다. 결국 진(陳) 무제(武帝)를 따라 역적을 평정했는데, 훌륭한 공적을 많이 세워 군중에서 그를 정호(程虎)라고 불렀다. 진 무제가 양(梁)나라로부터 제위를 선양받자, 정영선은 좌명공신(佐命功臣 : 개국 공신)이 되어 주문욱(周文昱)·후안도(侯安都)와 함께 삼걸(三傑)로 불렸으니, 한(漢)나라의 소하(蕭何)·장양(張良)과 같은 위치였다.

歙州歙縣黃墩湖, 其湖有蜃, 常與呂湖蜃鬪. 湖之近村有程靈銑者, 好勇善射. 夢蜃化爲道士, 告之曰: "吾甚爲呂湖蜃所厄. 明日又來, 君能助吾, 必厚報." 靈銑問: "何以自別?" 道人曰: "束白練者吾也." 旣異之. 明日, 與村人少年鼓噪於湖邊, 須臾, 波濤湧激, 聲若雷霆, 見二牛相馳. 其一甚困, 而腹肚皆白. 靈銑彎弓射之, 正中後蜃, 俄而水變爲血. 其傷蜃遂歸呂湖, 未到而斃. 後人名其死處爲蜃灘. 呂湖亦從此漸漲塞, 今纔餘尋丈之廣. 居歲餘, 靈銑偶出, 有一道人詣其母求食, 食訖曰: "勞母設食, 無以報之, 當爲求善墓地." 使母隨行到山, 以白石識其地, 曰: "葬此可暴貴." 尋而靈銑還, 母語令馳求, 了無所見. 遂遷葬於其所. 後侯景作亂, 率郡鄕萬餘衆, 保據新安. 遂隨陳武帝平賊, 累有奇功, 軍中謂之程虎. 及陳武受梁禪, 靈銑以佐命功臣, 與周文昱[1]·侯安都爲三傑, 如漢之蕭·張焉.

* 이 고사는 《태평광기》 권118 〈보응·정영선〉에 실려 있다.

1 주문욱(周文昱) : 《양서(梁書)》와 《진서(陳書)》에는 모두 "주문육(周文育)"이라 되어 있는데 타당하다.

16-12(0314) 위단

위단(韋丹)

출《하동기(河東記)》

당(唐)나라 강서관찰사(江西觀察使) 위단은 나이가 마흔이 다 되도록 오경과(五經科 : 명경과)에 급제하지 못했다. 하루는 절름발이 나귀를 타고 낙양(洛陽)의 중교(中橋)에 이르렀다가 보았더니, 어부가 몇 척 길이의 자라 한 마리를 잡아 다리 위에 놓아두었는데, 자라는 남은 숨을 헐떡이면서 금방이라도 죽을 것 같았다. 위단이 자라를 불쌍히 여겨 그 값을 물었더니 어부가 말했다.

"2000냥이오."

그때는 날씨가 한창 추웠는데, 위단은 적삼과 바지만 입고 있어서 저당 잡힐 물건이 없었으므로 결국 타고 있던 절름발이 나귀를 자라와 바꾸어 물속에 놓아주고 걸어서 떠나갔다. 당시 호로 선생(胡蘆先生)이란 사람이 있었는데 귀신처럼 일을 잘 점쳤다. 며칠 후에 위단이 자신의 운명을 물으러 갔는데, 호로 선생은 신발을 거꾸로 신을 정도로 급히 문까지 나와 맞이하더니 기뻐하며 위단에게 말했다.

"며칠 동안 몹시 기다리고 있었는데 어찌 이렇게 늦게 오셨습니까? 내 친구 원 장사(元長史)가 말하길, 당신의 미덕은 이루 말로 표현할 수 없다고 했으니 곧바로 함께 가시지요."

위단이 한참 있다가 말했다.

"선생은 잘못 아셨습니다. 그저 저를 위해 답답한 장래나 점쳐 주십시오."

호로 선생이 말했다.

"원 공(元公 : 원 장사)은 바로 나의 스승이니 그를 찾아간다면 당연히 저절로 자세히 알 수 있을 것입니다."

두 사람은 함께 통리방(通利坊)으로 갔는데, 조용하고 한적한 골목에서 한 작은 문을 보고 호로 선생이 두드렸다. 한 식경쯤 지나서 문지기가 문을 열고 그들을 맞아들였다. 수십 걸음을 가서 다시 한 판자문으로 들어갔으며 또 10여 걸음을 가자 대문이 보였는데, 그 규모가 웅장하고 화려해서 공후(公侯)의 집에 견줄 만했다. 또 굉장히 아름다운 여종 몇 명이 먼저 나와서 손님을 맞이했다. 비치된 물건들이 곱고 화려했으며 기이한 향기가 집 안에 가득했다. 이윽고 한 노인이 나왔는데, 수염과 눈썹이 새하얗고 키가 7척이나 되었으며 갖옷에 가죽 허리띠를 두르고 하녀 둘을 데리고 나와 스스로를 원준지(元浚之)라고 하면서 위단에게 먼저 절했다. 위단은 놀라 급히 달려 나가 절하며 말했다.

"저는 빈천한 소생인데 어르신께서 과분하게 대해 주실 줄은 생각지도 못했습니다."

노인이 말했다.

"이 노인네는 장차 죽을 목숨이었으나 당신이 살려 주셨습니다. 은덕이 이와 같은데 어찌 보답하지 않을 수 있겠습니까?"

위단은 화들짝 놀라며 그가 자신이 구해 주었던 자라임을 알았으나 끝까지 드러내서 말하지는 않았다. 노인은 마침내 진수성찬을 차려 놓고 온종일 위단을 대접했다. 저녁이 되어 위단이 작별하고 돌아가려 하자, 노인이 곧 품속에서 문서 한 통을 꺼내 위단에게 주며 말했다.

"당신이 운명을 묻고 싶어 한다는 것을 알고 급히 천조(天曹)에서 당신 일생의 관록(官祿)을 베껴 왔으니, 이것으로 보답을 삼고자 합니다. 관록이 있고 없음은 모두 운명이니 귀한 것은 미리 알게 된다는 점일 뿐입니다."

그러고는 또 호로 선생에게 말했다.

"부디 나에게 50민(緡 : 1민은 1000냥)을 빌려준다면 위군(韋君 : 위단)에게 말 한 필을 마련해 드려 빨리 서쪽으로 떠날 결심을 하시게 할 것이오."

위단은 재배하고 떠났다. 다음 날 호로 선생은 50민을 싣고 여관으로 가서 그를 도와주었다. 그 문서에는 위단이 다음 해 5월에 급제하고 또 어느 해에는 함양현위(咸陽縣尉)에 제수된다고 상세하게 적혀 있었는데, 이런 식으로 총 17가지의 관직을 거치도록 모두 연월일이 기록되어 있었다.

또 맨 마지막에는 강서관찰사로 승진하고 어사대부(御史大夫)에 오르게 되며, 3년 뒤에 관청 앞의 조협수(皂荚樹 : 쥐엄나무)가 꽃을 피우면 직책이 바뀌어 북쪽으로 돌아간다고 기록되어 있었으나, 그 후의 일은 언급되어 있지 않았다. 위단은 늘 그 문서를 보물로 간직했다. 위단이 과거에 급제할 때부터 강서관찰사에 이르기까지 하나의 관직을 받을 때마다 날짜에 조금도 차이가 없었다. 홍주(洪州)의 강서관찰사 청사 앞에는 조협수 한 그루가 상당히 오랜 세월 동안 자라고 있었는데, 그곳 민간에 전하는 말에 따르면, 이 나무가 꽃을 피우면 그 땅의 주인이 큰 근심을 하게 된다고 했다. 원화(元和) 8년(813)에 위단은 관직에 있었는데, 어느 날 아침에 조협수가 홀연히 꽃을 피웠다. 위단은 마침내 벼슬에서 쫓겨나 북쪽으로 돌아가던 도중에 죽었다. 당초 위단은 원 장사를 만났을 때 그 일을 매우 괴이하다고 생각했다. 나중에 동쪽 길을 지나갈 때마다 그의 옛 거처에서 그를 찾았으나 찾지 못했는데, 호로 선생에게 물었더니 호로 선생이 말했다.

"그는 신룡(神龍)이므로 거처와 변화가 일정하지 않으니 어떻게 찾을 수 있겠습니까?"

위단이 말했다.

"만약 그렇다면 그는 어째서 중교에서 곤란을 당한 것입니까?"

호로 선생이 말했다.

"어려움에 처해 곤란을 겪는 것은 보통 사람이든 성인이든, 신룡이든 굼벵이든 모두 어느 한순간에는 피하지 못하는 법이니, 또한 어찌 이상할 게 있겠습니까?"

唐江西觀察史韋丹, 年近四十, 擧五經未得. 嘗乘蹇驢, 至洛陽中橋, 見漁者得一黿, 長數尺, 置於橋上, 呼吸餘喘, 須臾將死. 丹憫然, 問其直, 曰: "二千." 是時天正寒, 韋衫褲無可當者, 乃以所乘劣衛易之, 放於水中, 徒行而去. 時有胡蘆先生, 占事如神. 後數日, 韋因問命, 胡蘆先生倒屣迎門, 欣然謂韋曰: "翹望數日, 何來晚也? 我友人元長史, 談君美不容口, 便可偕行." 韋良久曰: "先生誤. 但爲某決窮途." 胡蘆曰: "元公, 卽吾師也, 往當自詳之." 相與至通利坊, 靜曲幽巷, 見一小門, 胡蘆先生扣之. 食頃, 有應門者, 開門延入. 數十步, 復入一板門, 又十餘步, 乃見大門, 制度宏麗, 擬於公侯之家. 復有丫鬟數人, 皆極姝美, 先出迎客. 陳設鮮華, 異香滿室. 俄有一老人, 鬚眉皓然, 身長七尺, 褐裘韋帶, 從二靑衣而出, 自稱曰元浚之, 向韋先拜. 韋驚, 急趨拜曰: "貧賤小生, 不意丈人過垂采錄." 老人曰: "老夫將死之命, 爲君所生. 恩德如此, 豈容酬報?" 韋乃矍然, 知其黿也, 然終不顯言之. 遂具珍饌, 流連竟日. 旣暮, 韋將辭歸, 老人卽於懷中出一通文字, 授韋曰: "如要問命, 輒於天曹錄得一生官祿, 聊以爲報. 凡有無皆命, 所貴先知耳." 又謂胡蘆先生曰: "幸借吾五十千文, 以充韋君一乘, 早決西行." 韋再拜而去. 明日, 胡蘆先生載五十緡至逆旅中, 賴以救濟. 其文書具言明年五月及第, 又某年受咸陽尉, 如是歷官一十七政, 皆有年月日.

最後遷江西觀察使, 至御史大夫, 到後三年, 廳前皂莢樹花開, 當有遷改北歸矣, 其後遂無所言. 韋嘗寶持之. 自及第至觀察, 每授一官, 日月無所差異. 洪州使廳前, 有皂莢樹一株, 歲月頗久, 其俗相傳, 此樹有花, 地主大憂. 元和八年, 韋在位, 一旦樹忽生花. 韋遂去官, 至中路而卒. 初韋遇元長史也, 頗怪異之. 後每過東路, 卽於舊居尋訪不獲, 問於胡蘆先生, 先生曰: "彼神龍也, 處化無常, 安可尋也?" 韋曰: "若然者, 安有中橋之患?" 胡蘆曰: "迍難困厄, 凡人之與聖人, 神龍之與蟠蠖, 皆一時不免也, 又何異焉?"

* 이 고사는 《태평광기》 권118 〈보응·위단〉에 실려 있다.
1 여(如): 《태평광기》에는 "지(知)"라 되어 있는데, 문맥상 타당하다.

권17 원보부(寃報部)

원보(寃報) 1

17-1(0315) 진패선

진패선(陳覇先)

출《환원기(還冤記)》

　　진패선은 처음에 양(梁) 원제(元帝)의 아홉째 아들인 진안왕(晉安王)을 황제로 옹립하고 그를 보좌했다. 회계(會稽) 사람 우척(虞隲)의 꿈에 양 무제(武帝)가 나타나 말했다.

　"경은 나의 옛 신하이니 진 공(陳公 : 진패선)에게 제위를 찬탈하고 황제를 죽이면 진 공에게 이롭지 못할 것이라고 말하시오."

　　하지만 우척은 제위 찬탈과 황제 시해의 기미가 아직 드러나지 않았기에 감히 말하지 못했다. 며칠이 지나서 또 꿈을 꾸었는데 양 무제가 우척에게 말했다.

　"만약 내 말을 전하지 않는다면 경 또한 좋지 못할 것이오."

　　우척은 탄식했지만 끝내 말을 꺼낼 도리가 없었다. 얼마 후에 태사(太史)가 아뢰었다.

　"궁전에서 급작스런 병란이 일어났습니다."

　　진패선이 말했다.

　"그 급작스런 병란은 바로 내가 일으켰다."

그러고는 순식간에 반란군을 보내서 어린 황제를 시해하고 스스로 제위에 올랐다. 그 후에 우척은 바로 병이 들었는데, 또 꿈에 양 무제가 나타나자 우척은 그제야 밀봉한 장계를 올려 꿈을 꾸게 된 연유를 아뢰었다. 진주(陳主 : 진패선)는 사람됨이 귀신을 깊이 믿었기에 그 말을 듣고 크게 놀랐다. 그래서 수레를 보내 우척을 맞이해 마주 보며 물어본 뒤 우척을 탓하며 말했다.

"경은 어찌하여 그런 기이한 일을 말하지 않았소?"

그로부터 6~7일 후에 우척이 죽었고, 얼마 후에 위재(韋載)의 일이 일어났다. 협 : 위재는 사공(司空) 왕승변(王僧辯) 휘하의 옛 장수로서 [진패선이 난을 일으켰을 때] 의흥(義興)을 견고히 지켜 함락되지 않았다. 그래서 진패선이 백마를 죽여 [위재를 해치지 않겠다고] 맹세하자 위재가 항복했는데, 나중에 진패선은 다시 그를 참수했다. 얼마 후에 보았더니 위재가 찾아와 목숨을 내놓으라고 했으며, 진패선은 결국 죽었다.

陳霸先初立梁元帝第九子晉安王爲主, 而輔戴之. 會稽虞涉[1]夢見梁武帝謂曰 : "卿是我舊左右, 可語陳公, 簒殺於公不利." 涉未見形迹, 不敢言之. 數日, 復夢, 並語涉曰 : "若不傳語, 卿亦不佳." 涉雖嗟惋, 決無他理. 少時, 太史啓云 : "殿有急兵." 霸先曰 : "急兵正是我耳." 倉卒遣亂兵害少主而自立. 爾後, 涉便得病, 又夢梁武, 涉方封啓報夢之由. 陳主爲人, 甚信鬼物, 聞此大驚. 遣輿迎涉, 面相詢訪, 乃尤涉曰 : "卿那不道奇事?" 六七日, 涉死, 尋有韋戴[2]之事. 夾 : 韋戴, 係司空王僧辯舊將, 固守義興不下. 霸先刑白馬與盟, 乃降, 後復斬之. 尋見戴來索命, 霸先遂死.

* 이 고사는 《태평광기》 권120 〈보응·양무제(梁武帝)〉에 실려 있다.

1 섭(涉) : 《남사(南史)》 〈왕위전(王偉傳)〉에는 "척(隲)"이라 되어 있는데 타당하다. 이하도 마찬가지다. 한편 《법원주림(法苑珠林)》에 인용된 《명상기(冥祥記)》에는 "척(陟)"이라 되어 있다.

2 대(戴) : 《법원주림》에 인용된 《명상기》에는 "재(載)"라 되어 있는데 타당하다.

17-2(0316) 두백

두백(杜伯)

출《환원기》미 : 이하는 모두 억울한 죽음에 대한 응보다(以下皆枉殺報).

두백(杜伯)은 이름이 항(恒)이며 주(周)나라의 대부였다. 선왕(宣王)의 첩 여구(女鳩)가 그와 사통하고자 했으나 두백(杜伯)이 들어주지 않자 여구가 선왕에게 고해 바쳤다.

"두항이 몰래 신첩과 즐겼습니다."

선왕은 그 말을 믿고 두백을 초(焦) 땅에 가두고 사공기(司工錡)에게 두백을 죽이게 했다. 두백의 친구 좌유(左儒)가 여러 번 간언했으나 선왕은 들어주지 않았다. 두백은 죽은 후에 사람의 모습을 하고 선왕을 뵙고 말했다.

"신의 죄가 무엇입니까?"

선왕이 축관(祝官 : 제례를 주관하는 관리)을 만나 두백이 한 말을 일러 주었더니 축관이 말했다.

"처음 두백을 죽일 때 누가 왕을 위해 그 일을 도모했습니까?"

선왕이 말했다.

"사공기다."

축관이 말했다.

"어찌하여 사공기를 죽여서 그에게 사죄하지 않으십니

까?"

선왕은 곧 사공기를 죽이고 축관을 시켜 두백에게 사죄하도록 했다. 사공기 또한 사람의 모습을 하고 이르러서 말했다.

"신이 무슨 죄가 있습니까?"

선왕이 황보(皇甫)에게 말했다.

"축관이 나를 위해 일을 도모해 사람을 죽였는데, 내가 죽인 자들이 또 모두 사람의 모습을 하고 나타나서 하소연을 하니 어찌하면 좋겠는가?"

황보가 말했다.

"축관을 죽여서 사죄하면 됩니다."

선왕은 곧 축관을 죽여서 두백과 사공기에게 아울러 사죄했지만, 이 또한 도움이 되지 못했으며 모두 사람의 모습을 하고 이르렀다. 축관 역시 말했다.

"제가 어찌 그 일을 알았겠습니까? 어찌하여 그 일로 죄를 삼아 신을 죽였습니까?" 미 : 군주와 신하가 차등이 있어도 오히려 함부로 죽여서는 안 되는데, 하물며 동등함에랴!

3년 후에 선왕이 포전(圃田)에서 사냥했는데 시종들이 들에 가득했다. 정오에 보았더니 두백이 흰말이 끄는 흰 수레를 타고서 사공기를 거좌(車左)[6]로 삼고 축관을 거우(車右)로 삼은 채, 붉은 관을 쓰고 길 왼쪽에 서서 붉은활에 붉은 화살을 들고 선왕을 쏘았는데, 선왕은 심장에 맞고 등뼈가 부러져 활집에 엎어져서 죽었다.

杜伯, 名恒, 爲周大夫. 宣王之妾, 曰女鳩, 欲通之, 杜伯不可, 女鳩訴之王曰: "竊與妾戲." 王信之, 囚杜伯於焦, 使司工錡殺杜伯. 其友左儒九諫而王不聽. 杜伯旣死, 爲人見王曰: "恒之罪何哉?" 王見祝, 而以杜伯語告, 祝曰: "始殺杜伯, 誰與王謀之?" 王曰: "司工錡也." 曰: "何不殺錡以謝之?" 王乃殺錡, 使祝謝之. 司工錡又爲人而至, 曰: "臣何罪之有?" 王告皇甫曰: "祝也爲我謀而殺人, 吾殺者又皆爲人而見訴, 奈何?" 皇甫曰: "殺祝以謝, 可也." 宣王乃殺祝以兼謝焉, 又無益也, 皆爲人而至. 祝亦曰: "我焉知之? 奈何以此爲罪而殺臣也?" 眉: 君臣分隔, 猶不可妄殺, 況平等乎! 後三年, 宣王遊圃田, 從人滿野. 日中, 見杜伯乘白馬素車, 司工錡爲左, 祝爲右, 朱冠起於道左, 執朱弓彤矢, 射王, 中心折脊, 伏於弓衣而死.

* 이 고사는 《태평광기》 권119 〈보응·두백〉에 실려 있다.

6) 거좌(車左): 옛날 병거(兵車)에는 세 사람이 타는데, 가운데는 수레를 모는 어자(御者)가 타고, 왼쪽에는 활과 화살을 들고 있는 무사가 타며, 오른쪽에는 갈래창을 들고 호위하는 무사가 탄다. 왼쪽의 무사를 '거좌' 또는 갑수(甲首)라 하고, 오른쪽의 무사를 '거우' 또는 융우(戎右)·참승(驂乘)이라 한다.

17-3(0317) 후주의 여자

후주여자(後周女子)

출《환원기》

후주(後周 : 북주)의 선제(宣帝)가 동궁(東宮)에 있었을 때, 무제(武帝)는 태자를 매우 엄격히 훈육해 항상 환관 성신(成愼)에게 그를 감시하게 했는데, 만약 털끝만 한 잘못이라도 숨기고 아뢰지 않으면 성신은 마땅히 죽어야 했다. 그래서 성신은 항상 태자의 불미한 일을 아뢰었는데, 무제는 그때마다 태자에게 곤장 100여 대를 때렸다. 선제는 즉위하자 자신의 넓적다리 위에 난 곤장 흉터를 돌아보고 성신이 있는 곳을 물었다. 성신은 그때 이미 [궁에서 나와] 군감(郡監)으로 있었는데, 선제는 그를 잡아 오라는 칙명을 내려 도착하자마자 사약을 내렸다. 성신은 분한 나머지 성난 목소리로 말했다.

"그것은 네 아비가 훈계한 일이니 나 성신에게 무슨 죄가 있느냐? 패역(悖逆)의 짓이 흘러넘쳐 나에게까지 미쳤으니, 귀신에게 만약 지각이 있다면 결코 너를 놓아주지 않겠다!"

당시 궁중에는 금기하는 것이 많았기에, 서로 만나더라도 눈으로만 인사할 뿐 몸을 돌려 함께 이야기하거나 웃을 수도 없었다. 선제는 곳곳에 감관(監官)을 배치해 궁인들의 죄를 낱낱이 기록하게 했다. 좌 황후(左皇后) 밑에 있던 한 궁녀는 하품하면서 눈물이 나왔다가 적발되어 누군가를 연모한다고 의심받았다. 이 일로 상주문을 올리니 칙령을 내려 그녀를 고문하게 했는데, 처음에 그녀의 머리를 때렸더니 바로 선제의 머리가 아팠으며, 다시 그녀를 때렸더니 역시 마찬가지였다. 미∶ 원귀가 씌었기 때문이다. 선제가 노발대발하며 말했다.

"이 원수 같은 것!"

그러고는 그녀의 허리를 잡아 꺾게 했더니, 역시 선제의 허리가 아팠다. 그날 밤에 선제는 남궁(南宮)으로 나갔는데 병이 점점 심해졌다. 이튿날 아침에 돌아올 때는 허리가 아파 말을 탈 수 없어서 어거(御車)를 타고 돌아왔다. 그 궁녀를 죽인 곳에 사람의 형상 같은 검은 얼룩이 있었는데, 당시에는 그것을 그녀의 피라고 생각해 씻어 냈지만 없어지지 않았다. 그래서 담당 관리가 이전의 땅을 파내고 새 흙으로 메웠지만, 하룻밤 사이에 도로 예전처럼 되었다. 이로 인해 선제는 7~8일 후에 온몸에 종기가 나서 살이 문드러져 죽었다. 처음에 선제의 시신을 안치하려 했을 때, 굽은 다리가 달린 침상들은 그 자리에 딱 달라붙어 움직일 수 없었고 오직 그 궁녀가 누웠던 침상만이 곧은 다리였는데, [그것만 움직일 수 있었으므로] 결국 그것을 썼다. 아마도 이 역시 귀신의 의도였을 것이다. 선제가 붕어한 날은 성신이 죽은 날로

부터 겨우 20여 일 뒤였다.

後周宣帝在東宮時, 武帝訓督甚嚴, 恒使宦者成愼監察之, 若有纖毫罪失不奏, 愼當死. 於是愼常陳太子不法之事, 武帝杖之百餘. 及卽位, 顧見髀上杖瘢, 問愼所在. 愼於時已爲郡監, 遂敕追之, 至便賜死. 愼奮厲曰: "此是汝父爲戒, 愼何罪? 悖逆之餘, 濫以見及, 鬼若有知, 終不相放!" 於時宮掖禁忌, 相逢以目, 不得轉共言笑. 分置監官, 記錄愆罪. 左皇后下有女子, 欠伸淚出, 因被劾, 謂有所思. 奏使敕拷訊之, 初擊其頭, 帝便頭痛, 更擊之, 亦然. 眉: 冤鬼憑之故也. 遂大發怒曰: "此冤家耳!" 乃使拉折其腰, 帝復腰痛. 其夜出南宮, 病漸重. 明旦還, 腰痛不得乘馬, 御車而歸. 所殺女子之處, 有黑暈如人形, 時謂是血, 刷之不去. 有司掘除舊地, 以新土塡之, 一宿之間, 旋復如故. 因此七八日, 擧身瘡爛而崩. 及初下尸, 諸踴脚床, 牢不可脫, 唯此女子所引¹之床, 獨是直脚, 遂以供用. 蓋亦鬼神之意焉. 帝崩去成愼死, 僅二十許日.

* 이 고사는 《태평광기》 권129 〈보응·후주여자〉에 실려 있다.

1 인(引): 《태평광기》 명초본에는 "와(臥)"라 되어 있는데, 문맥상 보다 타당하다.

17-4(0318) 강융

강융(江融)

출《조야첨재(朝野僉載)》

    당(唐)나라의 좌사(左史) 강융은 성품이 강직하고 정직했다. 양주(揚州)에서 서경업(徐敬業)이 반란을 일으켰을 때 강융은 무고를 당했는데, 혹리(酷吏) 주흥(周興) 등이 왜곡해 상주하는 바람에 그는 동도(東都 : 낙양)의 도정역(都亭驛) 앞에서 참수당하게 되었다. 강융은 장차 주살당할 때, 사실을 상주할 수 있도록 황제를 알현하게 해 달라고 청했더니 주흥이 말했다.

    "죄수가 어찌 사실을 상주할 수 있단 말이냐?"

    강융이 노해 그를 꾸짖으며 말했다.

    "나는 죄도 없이 억울하게 처형당하는 것이니 죽어서도 너를 가만두지 않겠다!"

    마침내 강융을 참수했는데, 시체가 힘을 쓰며 일어나더니 비틀거리면서 10여 보를 걸어가므로, 형을 집행하던 자가 놀라 자빠졌다. 강융의 시체는 다시 일어났다 앉았다 하면서 이렇게 세 번을 하고 나서야 비로소 숨이 끊어졌다. 비록 그의 목은 잘렸지만 노기는 가시지 않은 듯했다. 얼마 되지 않아서 주흥은 죽었다.

唐左史江融, 耿介正直. 揚州徐敬業反, 被羅織, 酷吏周興等枉奏, 斬於東都都亭驛前. 融將被誅, 請奏事引見, 興曰 : "囚何得奏事?" 融怒叱之曰 : "吾無罪枉戮, 死不捨汝!" 遂斬之, 尸乃激揚而起, 蹭蹬十餘步, 行刑者踏倒. 還起坐, 如此者三, 乃絶. 雖斷其頭, 似怒不息. 無何, 周興死.

* 이 고사는《태평광기》권121〈보응 · 강융〉에 실려 있다.

17-5(0319) 진훈

진훈(陳勛)

출《계신록(稽神錄)》

　　건양현(建陽縣)의 녹사(錄事) 진훈은 성격이 강직하고 꼿꼿해 뇌물을 용납하지 않았기에, 현리(縣吏) 10명이 함께 그의 죄를 무고해서 그는 결국 기시형(棄市刑)에 처해졌다. 다음 해 그가 죽은 날에 집에서 재(齋)를 마련했는데, 그의 처가 곡을 마치고 영전에서 탄식하며 말했다.

　　"당신은 평생 강직하다고 칭송받았지만 지금 억울하게 죽어 한 해가 지났는데도 당신의 넋은 어찌 고요합니까?"

　　그날 저녁 처의 꿈에 진훈이 나타나 말했다.

　　"나는 내가 죽은 줄을 전혀 몰랐는데 아까 당신의 말을 듣고서야 비로소 크게 깨달았소. 협 : 정말 흐리멍덩하다! 만약 그렇다면 나는 마땅히 원수를 갚아야겠지만, 관청은 아무나 갑자기 들어갈 수 있는 곳이 아니니, 당신이 내일 나를 위해 억울함을 하소연하러 현에 들어가면 내가 당신을 따라가겠소."

　　다음 날 처는 그의 말대로 관청에 가려고 문을 나서면서 보았더니, 진훈이 검을 쥐고 따라왔다. 현에 이르러 다리 위에서 원수인 한 관리를 만났는데, 진훈이 검으로 그의 머리를 치자 관리는 즉시 거꾸러져 죽었다. 청사의 문으로 들어가자마자 진훈은 곧장 [자신이 근무했던] 부서로 가서 차례로 원수들을 쳤는데, 칼에 맞은 사람들은 모두 죽었다. 현리 10명 중에서 여덟 명은 죽었고, 나머지 두 명의 관리는 임천(臨川)까지 달아나서야 겨우 화를 면할 수 있었다. 진훈의 집은 개죽(蓋竹)에 있었는데 마을 사람들이 항상 그를 보았기에 그를 위해 사당을 세우고 진 부군묘(陳府君廟)라 불렀다.

建陽縣錄事陳勛, 性剛狷不容物, 爲縣吏十人共誣其罪, 竟坐棄市. 至明年死日, 家爲設齋, 妻哭畢, 獨嘆於靈前曰: "君平生以剛直稱, 今枉死逾年, 精魂何寂然耶?" 是夕, 卽夢勛曰: "吾都不知死, 向聞卿言, 方大悟爾. 夾: 好糊塗! 若爾, 吾當報仇, 然公署非可卒入者, 卿明日爲我入縣訴枉, 吾當隨之." 明日, 妻如言而往, 出門, 卽見勛仗劍從之. 至縣, 遇一仇吏於橋上, 勛以劍擊其首, 吏卽顚仆而死. 卽入門, 勛徑之曹署, 以次擊之, 中者皆死. 十殺其八, 二使奔至臨川, 乃得免. 勛家在蓋竹, 鄉人恒見之, 因爲立祠, 號陳府君廟.

* 이 고사는 《태평광기》 권124 〈보응·진훈〉에 실려 있다.

17-6(0320) 악생

악생(樂生)

출《일사(逸史)》미 : 이하는 억울함을 알고도 구해 주지 않은 것에 대한 응보다(以下知寃不救報).

　　당(唐)나라의 어사중승(御史中丞) 두식방(杜式方)이 계주관찰사(桂州觀察使)로 있을 때 서원(西原)의 산적이 반란을 일으키자 조서를 받들어 토벌에 나섰는데, 이어서 낭중(郞中) 배(裴) 아무개에게 그들을 무마하라는 칙명이 내려졌다. 계주를 지나갈 때 두식방은 압아(押衙 : 절도사 휘하의 무관) 악 아무개를 보내 부장 두 명과 함께 당직을 서게 했다. 빈주(賓州)에 도착하자 배 아무개는 악생과 부장 두 명에게 적진으로 가서 조서를 전하게 하고, 아울러 서신을 적장에게 보내 그들을 무마해 귀순하게 했다. 악생은 본디 유생인지라 의기(義氣)가 있었다. 악생이 도착하자 적장 황소경(黃少卿)은 크게 기뻐하면서 그를 붙들어 며칠 동안 잔치를 열어 주었다. 황소경은 악생이 차고 있는 칼이 마음에 들어 그것을 달라고 간청하면서 어린 하녀 두 명을 그 값으로 쳐주었다. 돌아와서 일을 보고하고 나서 두 부장은 악생과 사이가 나빠졌기에 마침내 배 아무개에게 고했다.

　"악 아무개가 관군의 허실을 적장에게 알려 주었기에 적장이 그에게 여자 두 명을 주었습니다."

배 아무개가 대노해 사람을 보내 수색했더니 과연 여자들이 나왔다. 악생은 일의 자초지종을 갖추어 말했다.

"저의 그 칼은 수만금의 가치가 있기에 마음속으로 보물처럼 자못 아꼈는데, 마침 명을 받들고 적진에 갔다가 적장이 달라고 하는 바람에 어쩔 수 없이 주었습니다. 적장이 여자 두 명으로 그 값을 쳐주었지만, 도리어 칼값의 절반에도 미치지 못합니다. 저에게 무슨 잘못이 있습니까?"

악생은 화가 나자 말투가 자못 사나워졌다. 미 : 억울한 죄를 뒤집어쓰면 언성이 반드시 높아진다. 배 군(裵君 : 배 아무개)은 더욱 노해 그를 빈주의 옥에 감금했으며, 두식방에게 공문서를 보내 그를 반드시 죽여야 한다고 청했다. 두식방은 진(鎭)이 멀리 떨어져 있고 제사(制使 : 배 아무개)[7]가 자기 부하가 적에게 뇌물을 받았다고 말하므로 법에 따라 처리하지 않을 수 없지만, 마음속으로는 그의 억울함을 알고 있었다. 악생이 또한 일의 전말을 자세히 진술한 장계를 올리자, 두식방은 마침내 사령을 보내 공문서를 가지고 가서 악생을 잡아 오게 하면서 사령에게 직접 다짐하며 말했다.

"그가 달아나려 하거든 너는 절대로 그를 막지 말고 아울

---

[7] 제사(制使) : 황제의 명을 받들어 파견된 사자. 당나라 때는 외직(外職)의 고관보다 황제의 사자의 의견이 더 중시되었다.

러 내 뜻을 말해 주어라." 협 : 윗사람 됨을 잃지 않았다.

사령이 도착해서 두식방의 뜻을 전하자 악생이 말했다.

"나는 죄가 없으니 차라리 죽겠습니다. 만약 달아난다면 죄를 인정하는 것입니다." 미 : 강직한 사람을 말세에 누가 용납할 수 있겠는가? 가련하고 가련하도다!

악생이 도착하자 두식방이 곧장 그를 불러들여 물었더니, 악생은 사건의 전말을 갖추어 진술했다. 이에 두식방은 제사가 보내온 공문서를 보여 주며 말했다.

"오늘의 일은 그대의 억울함을 모르는 바는 아니지만 그대를 구해 줄 길이 없네."

악생이 말했다.

"중승의 뜻이 이와 같으니 내가 또 하소연해서 뭐 하겠습니까!"

그러고는 붓을 달라고 해서 죄를 인정하고 서명했다. 두식방은 그를 몹시 불쌍히 여겨 장차 형을 집행할 때 그를 데리고 들어가서 말했다.

"그대가 지극히 억울하다는 사실을 알고 있네. 내게 부탁할 일이라도 있는가?"

악생이 말했다.

"없습니다."

두식방이 말했다.

"그대는 아들이 있는가?"

악생이 말했다.

"한 명 있습니다."

두식방이 말했다.

"무슨 직책을 주면 좋겠는가?"

악생이 말했다.

"아전우후(衙前虞候 : 절도사 휘하의 무관)면 족합니다."

두식방이 곧바로 임명 문서를 주고 아울러 돈 100관(貫)을 주면서 장례 비용으로 쓰게 했다. 또 바라는 바를 묻자 악생이 말했다.

"저는 스스로를 속이고 죽는 것이니 굳이 달아나지 않겠습니다. 족쇄와 수갑을 풀고 목욕한 뒤 처자식을 만나 집안일을 당부하게 해 주시길 청합니다."

두식방은 모든 것을 허락했다. 미 : 이것으로 큰 억울함을 대속하기에는 부족하다.[8] 때가 되자 두식방은 그와 작별하며 말했다.

"자네는 나를 원망하는가?"

---

8) 이것으로 큰 억울함을 대속하기에는 부족하다 : 이 미비(眉批)의 원문은 "□□부족이속대원(□□不足以贖大冤)"이라 되어 있어 두 글자가 판독 불가한데, 문맥을 고려해 추정해서 번역했다. 쑨다펑(孫大鵬)의 교점본에서는 "소변부족이속대원(小便不足以贖大冤)"으로 추정했다.

악생이 말했다.

"그렇지 않습니다. 중승께서는 제사에게 강요당했을 뿐입니다."

두식방은 눈물을 뿌리면서 그를 격구장(擊毬場) 안으로 데리고 들어가게 한 뒤 술과 음식을 푸짐하게 대접했다. 악생은 음식을 먹고 난 뒤에 처자식을 불러 작별하면서 물었다.

"관은 샀느냐? 속히 사 오도록 해라. 아울러 종이 1000장과 붓 10자루를 관 속에 넣어라. 나는 죽어서 상제 앞에서 억울함을 호소하겠다."

그러고는 형을 감독하는 자에게 물었다.

"지금 몇 시인가?"

그 사람이 말했다.

"정오입니다."

악생이 말했다.

"나는 정오에 죽어서 황혼 무렵에 바로 빈주로 가서 부장 아무개를 잡아 죽이겠다. 그리고 내년 4월에 제사 배 낭중을 죽일 것이다."

그러고는 머리를 들고 보았더니 그를 붙잡고 있는 사람 가운데 한 명이 바로 처형을 담당한 우후(虞候)였는데, 악생은 이전에 도우후(都虞候)를 대리한 적이 있었기에 그에게 말했다.

"너는 나의 옛 관리이니 내가 지금 죽을 때 너는 삼가 내 목을 부러뜨리지 마라. 만약 그렇게 한다면 나는 죽자마자 바로 너를 죽일 것이다."

담당 관리는 처형할 때가 되자 그 말을 믿을 겨를도 없이 결국 평소의 방법대로 그의 목을 부러뜨려 죽인 뒤에 매질하고, 매질이 끝난 뒤에 밖으로 끌고 나갔다. 그때 그의 목을 부러뜨린 자가 갑자기 놀라 넘어지더니 얼굴을 땅에 박고 죽었다. 며칠 뒤에 빈주에서 보고하길, 악생이 죽은 그날 황혼 무렵에 부장이 갑자기 심장이 아파 죽었다고 했다. 제사 배 군은 이듬해 4월에 죽었다. 그해 10월에 두식방이 격구장에서 칙사를 위해 잔치를 벌이던 차에 주흥이 한창 무르익었을 때, 갑자기 머리를 들고 눈을 휘둥그레 뜨면서 말했다.

"악 아무개, 자네가 지금 왜 왔는가? 나 또한 잘못이 없네."

두식방은 술을 달라고 해서 땅에 뿌리며 빌더니 한참 후에 다시 말했다.

"나는 자네의 억울함을 알고 있으면서도 결국 자네를 죽였으니, 이 또한 나의 죄이네."

두식방은 결국 벙어리가 되어 말을 하지 못했으며, 사람들에게 들려 계주에 도착해서 그날 밤에 죽었다. 미 : 여러 억울함을 이미 씻었는데도 그 여파가 두식방에게까지 미친 것은 너무 심하다. 지금도 계주성 남문에 악생이 죽은 곳의 사방 한 장

(丈) 남짓한 둘레에는 끝내 풀이 자라지 않는다.

唐中丞杜式方, 爲桂州觀察, 會西原山賊反, 奉詔討捕, 續令郎中裴某, 承命招撫. 及過桂州, 式方遣押衙樂某, 並副將二人當直. 至賓州, 裴命樂生與副將二人, 至賊中傳詔命, 並以書遺其賊帥, 招令歸復. 樂生素儒士也, 有心義. 旣至, 賊帥黃少卿大喜, 留燕數日. 悅樂生之佩刀, 懇請與之, 少卿以小婢二人酬其直. 旣復命, 副將與生不相得, 遂告裴云: "樂某以官軍虛實露於賊帥, 故贈女口." 裴大怒, 遣人搜檢, 果得. 樂生具言本末, 云: "某此刀價直數萬, 意頗寶惜, 以方奉使, 賊帥求之, 不得不與. 彼歸其直, 二口之價, 尙未及半. 某有何過?" 生使氣之, 辭色頗厲. 眉: 負屈, 聲必高. 裴君愈怒, 乃禁於賓州獄, 以書與式方, 請必殺之. 式方以遠鎭, 制使言其下受賂於賊, 不得不置法, 然心知其寃. 樂生亦有狀具言, 式方遂令持牒追之, 面約其使曰: "彼欲逃避, 汝愼勿禁, 兼以吾意語之." 夾: 不失爲長者. 使者至, 傳式方意, 樂生曰: "我無罪, 寧死. 若逃之, 是有罪也." 眉: 强項漢, 末世誰能容之? 可憐, 可憐! 旣至, 式方乃召入, 問之, 生具述根本. 式方乃以制使書牒示之曰: "今日之事, 非не不知公寃, 然無路相救矣." 樂生曰: "中丞意如此, 某又奚訴!" 遂索筆通款. 式方頗甚憫惻, 將刑, 引入曰: "知公至屈. 有何事相託?" 生曰: "無之." 式方曰: "公有男否?" 曰: "一人." "何職?" 曰: "得衙前虞候足矣." 式方便授牒, 兼贈錢百千文, 用爲葬具. 又問所欲, 曰: "某自誣死, 必無逃逸. 請去桎梏, 沐浴, 見妻子, 囑付家事." 公皆許. 眉: □□不足以贖大寃. 至時, 式方與訣別, 曰: "子怨我乎?" 曰: "無. 中丞爲制使所迫耳." 式方灑泣, 遂令領至球場內, 厚致酒饌. 餐訖, 召妻子別, 問曰: "買得棺未? 可速買. 兼取紙一千張, 筆十管, 置棺中. 吾死, 當上訴於帝前."
問監刑者曰:"今何時?"曰:"日中." 生曰:"吾日中死, 至黃
昏時, 便往賓州, 取副將某乙. 及明年四月, 殺制使裴郞中."
擧頭見執捉者一人, 乃虞候所由, 樂曾攝都虞候, 語之:"汝
是我故吏, 我今分死矣, 爾愼無折吾頸. 若如此, 我死卽當殺
汝." 所由至此時, 亦不暇聽信, 遂以常法拉其頭殺之, 然後
答, 答畢, 拽之於外. 拉者忽驚蹶, 面仆於地死矣. 數日, 賓
州報副將以其日黃昏暴心痛終. 制使裴君以明年四月卒. 其
年十月, 式方方於球場宴敕使次, 飮酒正洽, 忽擧首瞪目曰:
"樂某, 汝今何來也? 我亦無過." 索酒瀝地祝之, 良久又曰:
"我知汝屈而竟殺汝, 亦我之罪." 遂暗不語, 舁到州, 及夜而
殞. 眉: 諸寃已雪, 波及式方, 已甚矣. 至今桂州城南門樂生死
所, 方圓丈餘, 竟無草生.

* 이 고사는 《태평광기》 권122 〈보응·악생〉에 실려 있다.

17-7(0321) 위 판관

위판관(韋判官)

출《음덕전》

　당(唐)나라 박릉(博陵) 사람 최응(崔應)이 부구현령(扶溝縣令)으로 있을 때 정오에 홀로 앉아 있었는데, 어떤 노인이 뵙기를 청하며 말했다.

　"저는 신령과 통합니다. 지금 명부(冥府)의 위 판관이 배알할 것인데 그를 후한 예로 대하시길 바랍니다. 향안(香案)을 준비하고 시종을 물리치시면 위 판관을 맞이해 들어오겠습니다."

　최응이 그의 말에 따르자 노인은 즉시 나가서 위 판관을 맞이했다. 위 판관이 정원에 도착했지만 어렴풋해 그의 모습이 보이지 않았다. 위 판관이 스스로 명함을 전하면서 이름을 사목(思穆)이라 하고 배알하자 최응도 답배했다. 위 판관은 재삼 읍(揖)하며 사양하더니 말했다.

　"장관(長官)의 뛰어난 재주와 훌륭한 기량이 당대의 으뜸이라고 하는 소문을 듣고 마음에 담아 두었던 일을 부탁드리고자 하니, 부디 놀라거나 이상해하지 마십시오."

　최응이 말했다.

　"미천한 저를 쓸 만하다고 헤아려 주시니 어찌 감히 명을 따르지 않겠습니까?"

명사(冥使 : 위 판관)가 말했다.

"저는 몇 년 전에 세상을 떠나 명부의 관직에 몸담고 있는데, 처자식을 버려둔 후로 집안이 쇠락했습니다. 사랑하는 아들 위문경(韋文卿)은 어려서 아비를 잃어 비천하고 배운 것도 없지만, 정활원(鄭滑院)9)에서 봉직한 지 거의 10년이 되었습니다. 정활원의 업무를 인수인계하던 날 장부와 문서에 밝지 못해 수만 관(貫 : 1관은 1000냥)어치의 비단이 부족했지만 사실 제 아들이 유용한 것이 아닙니다. 미 : 만약 자기가 사용했다면 억울하지 않다. 그래서 엄명(嚴明)하신 당신께 부탁드리고자 하니 굽어보시고 보호해 주십시오."

최응이 난처해하며 말했다.

"아! 저는 부구현령에 불과한데 어떻게 정활원의 일을 맡을 수 있겠습니까?"

명사가 말했다.

"그렇지 않습니다. 당신의 재주와 관록이 어찌 정활원 하나에 그치겠습니까! 오늘 이후로 고관을 두루 거쳐 방진(方鎭)에 군림하고 신하로서 최고의 자리에 오르실 것이지만,

---

9) 정활원(鄭滑院) : 당나라 때 정주(鄭州)와 활주(滑州)에 설치했던 염철전운사(鹽鐵轉運使)의 관청.

우선 몇 달 후에 정활원과 직무를 교대하게 될 것입니다. 만약 오늘의 제 말을 저버리지 않으신다면, 저는 명부에서 마땅히 미력을 다해 영예와 부귀가 당신 한 몸에만 그치는 것이 아니라 또한 복록이 후손에게까지 이르도록 삼가 보호할 것입니다."

최응이 말했다.

"말씀대로 따르겠습니다."

명사는 감읍하고 떠났다. 최응은 마침 회남절도사(淮南節度使)로 있던 재상 두종(杜悰)이 정무에 밝은 자를 구한다는 소식을 듣고, 우연히 장계를 갖추고 아울러 부구현에서의 치적도 기록해 양주(揚州)로 사신을 급히 보내, 위사목(韋思穆: 위 판관)의 말을 그 일로 시험해 보고자 했다. 당시 상국(相國: 재상 두종)은 유양도독(維揚都督)과 판염철(判鹽鐵)을 겸하고 있었는데, 조정에 상주해 최응에게 정활원의 일을 맡게 했다. 최응이 장부를 인수인계하면서 따져보니 수만 관어치의 비단이 부족했는데, 위문경의 가산을 몰수해 채워 넣어도 여전히 부족한 3~4만 관은 나올 곳이 없었다. 최응은 부족한 액수가 너무 많다고 생각해 이전의 약속을 저버리고서 미: 억울함을 알지 못한 것은 아니지만, 이는 벼슬아치의 명성을 세우길 바랐기 때문이다. 말했다.

"위문경은 비록 없어진 재물을 자신이 유용하지 않았다고 말하지만 여러 해 동안 이를 해명하지 못했으니, 모름지기 엄형에 처해 태만함과 부주의함을 징계해야 할 것이다. 나의 곤궁과 영달은 이미 정해져 있으니 귀신이 어떻게 바꿀 수 있겠는가? 만약 법을 버리고 귀신을 따른다면 이는 귀신의 비위를 맞추면서 복을 구하는 일이 될 것이다." 협:이전에는 왜 쉽게 허락했단 말인가?

이에 최응은 위문경을 체포해 전운사(轉運使)에게 보고했다. 위문경은 반드시 죽게 될 것이라고 스스로 헤아려 미리 의대 사이에 독약을 넣어 두었는데, 체포되었을 때 여러 번 독약을 먹으려 했으나 그때마다 독약을 잃어버려 뒤져 보았으나 찾지 못했다. 위문경에게 사형이 판결되던 그날에 위사목이 위문경 앞에 나타나 말했다.

"아! 신의 없는 사람이 너의 가족을 해쳤다. 내가 너를 위해 상제께 아뢰었더니 상제께서 나에게 최응의 복록을 빼앗도록 허락하셨으나, 우리 일족 또한 멸망하게 되었다."

위문경이 엎드려 절하면서 통곡하는 사이에 갑자기 부친이 사라졌으며, 넣어 두었던 독약을 찾게 되어 고개를 들어 약을 먹고 죽었다. 위문경이 죽고 나서야 최응은 비로소 깨닫고 후회하면서 예를 갖추어 그를 장사 지냈으며, 소복을 입고 몸소 장송(葬送)했다. 최응은 그 후에 전중(殿中)이라는 직함을 더해 받았는데, 당시 어떤 사람이 한단(邯鄲)에서 금규(金閨)라는 미녀를 데려와서 최응에게 바치자 최응은 그녀를 받아들여 총애했다. 최 군(崔君:최응)은 그때부터 성색(聲色)에 빠지기 시작해 정사를 돌보려는 마음이 태만해졌다. 최응은 2년 후에 시어사(侍御史)라는 직함을 더해 받고 양자원(揚子院)을 맡게 되자, 부인 노씨(盧氏)와 금규와 함께 부임했다. 얼마 후에는 절서원(浙西院)에 제수되었는데, 최응은 임지에 도착한 이후로 금규에 대한 총애가 나날이 깊어져서 중문(中門) 바깥에 별관을 마련했는데, 그 화려함이 본채를 능가했다. 그는 업무 처리가 끝나도 하루 종일 안채로 들어가지 않았으며, 전후로 벼슬하면서 얻은 보화들을 모두 금규의 처소에 두었다. 그 후로 얼마 되지 않아 다시 어떤 사람이 오(吳) 땅의 미인을 바쳤는데 금규보다 아름다웠다. 최응은 그녀를 받아들여 더욱 깊이 총애했는데, 매번 노래와 춤이 마음에 흡족할 때마다 금규의 보화를 빼앗아 새 미녀에게 하사했다. 이 때문에 금규는 분해하다가 친동생인 진행종(陳行宗)과 함께 술에 독약을 넣어 밤에 바쳤다. 최응이 술을 마시고 잠시 후에 죽자, 협: 독약을 먹은 것과 같다. 그들은 몰래 시체를 대청으로 옮겨 놓았다. 다음 날 아침에 집안사람들이 발견했으나 사건의 진상을 알 수 없었다. 부인 노씨는 성품이 자비롭고 선량했으므로 사건을 끝까지 밝혀낼 수 없었다. 금규는 결국 방 안에 가득한 보화를 가지고 떠났다.

唐博陵崔應任扶溝令, 亭午獨坐, 有老人請見曰:"某通於靈祇也. 今者冥司韋判官奉謁, 幸厚禮之. 請備香案, 屛去侍從,當爲延入."應依命,老人卽出迎之.及庭,隱隱然不見其形.自通名銜,稱思穆拜謁,應亦答拜.揖讓再三,乃言曰:"側聞長官宏才令器,冠於當時,輒將心事相託,幸無驚異."應曰:"但揣微賤可施,敢不從命?"冥使曰:"某謝世數載,得居冥職,自棄擲妻孥,家事零替.愛子文卿,少遭憫凶,鄙野無文,職居鄭滑院,近經十載.交替院務之日,不明簿書,欠折數萬貫匹,實非己用.眉:若己用,不寃矣.欲冒嚴明,俯爲存庇."應憮然曰:"噫!某扶溝令也,焉知鄭滑院?"使者曰:"不然.以閣下材器祿位,豈一院哉!自今歷官清顯,雄居方鎮,位極人臣,然數月後,當與鄭滑院交職.倘不負今日之言,某於冥司,當竭微分,仰護榮貴,非止一身,抑亦慶及後嗣."應曰:"惟命是聽!"冥使感泣而去.應聞淮南杜相悰方求政理,偶具書啓,兼錄爲縣課績,馳使揚州,以思穆之言,且驗其事.時相國都督維揚,兼判鹽鐵,奏應知鄭滑院事.及交割帳籍,錢帛欠折數萬貫匹,收錄家資填納外,尙欠三四萬,無所出.應以欠折數廣,遂違前約,眉:非不知寃,是覬立宦聲故.且曰:"文卿雖云贓非己用,積年不申論,須抵嚴刑,以懲慢易.窮達既定,鬼何能移?若棄法徇神,是諂而求福."夾:昔何輕諾?乃拘縶文卿而白於使.文卿自度必死,乃預懷毒於衣帶之間,比及囚縶,數欲服之,輒失其藥,搜求不獲.及文卿以死論,是日思穆見於文卿前而告曰:"嗚呼!無信之人,陷汝家族.吾爲汝上告於帝,帝許我奪崔應之祿,然吾族亦滅矣."文卿匍匐拜哭,忽失其父,乃得所懷之藥,仰而死.文卿已死,應方悔悟,乃禮葬焉,身衣縞素而躬送之.應後加殿中,時有人自邯鄲將美人曰金闺,來獻於應,應納而嬖之.崔君始惑於聲色,爲政之心怠矣.後二年,加侍御史,知揚子院,與妻盧氏及金闺偕行.尋除浙西院,應自至職,金闺寵愛日盛,中門之外,置別館焉,華麗逾於正寢.視事之罷, 經日不履內, 前後歷任寶貨, 悉置金閨之所. 無何, 復有人獻吳姝, 艷於金閨. 應納之, 寵嬖愈甚, 每歌舞得意, 奪金閨寶貨而賜新姝. 因是金閨忿逆, 與親弟陳行宗置毒藥於酒中, 夜以獻. 應飲之, 俄頃而卒, 夾 : 一般服毒. 潛遷應於大廳. 詰旦, 家人乃覺, 莫知事實. 盧氏慈善, 不能窮究. 金閨乃持寶貨盡室而去.

* 이 고사는 《태평광기》 권123 〈보응・위판관〉에 실려 있다.

17-8(0322) 태악의 악공

태악기(太樂伎)

출《환원기》

　　유송(劉宋) 원가(元嘉) 연간(424~453)에 이용(李龍) 등은 밤에 다니면서 약탈을 했다. 당시 단양(丹陽) 사람 도계지(陶繼之)가 말릉현령(秣陵縣令)으로 있었는데, 사람들에게 은밀히 그들을 추포하게 해 마침내 이용 등을 사로잡았다. 이용이 끌고 들어간 사람 중의 한 명이 태악기[10]였는데, 약탈하던 날 밤에 그 악공은 동료와 함께 다른 사람의 집에 가서 머물면서 함께 음악을 연주했다. 도계지는 자세히 살펴보지도 않고 공문서를 작성해 관례에 따라 상부에 보고했다. 그가 머물렀던 집의 주인과 손님들이 모두 사실을 증명했다. 그래서 도계지도 그의 억울함을 알고 있었지만, 공문서를 이미 보내 버렸고 자신의 실수를 바로잡고 싶지 않았기에 마침내 약탈에 가담한 10명과 함께 군문(郡門)에서 그를 참수했다. 그 악공은 음악의 기예가 뛰어났으며 또한 언변과 지혜가 남달랐는데, 장차 처형되는 날에 말했다.

---

10) 태악기 : 궁중의 음악을 담당하는 태악에 속한 악공(樂工).

"나는 비록 미천한 사람이지만 어려서부터 착한 일을 마음에 품고 흠모했으니, 정말로 약탈을 하지 않았지만 억울하게 죽게 되었습니다. 만약 귀신이 없다면 그만이지만 귀신이 있다면 반드시 직접 진술해 고소할 것입니다."

그러고는 비파를 연주하며 노래를 몇 곡 부르고 나서 죽었다. 사람들은 그의 억울함을 알고 눈물을 흘리지 않는 이가 없었다. 한 달 남짓 지났을 때 도계지가 꿈을 꾸었는데, 그 악공이 오더니 책상 앞에 이르러 말했다.

"이미 하늘에 호소해 당신을 잡아가게 했습니다."

그러고는 곧장 도계지의 입으로 뛰어들어 가 그의 배 속으로 떨어졌다. 도계지는 놀라 깨어났는데 그 모습이 마치 지랄병에 걸린 것 같았으며 나흘 만에 죽었다.

宋元嘉中, 李龍等夜行掠劫. 於時丹陽陶繼之爲秣陵縣令, 令人密尋捕, 遂擒龍等. 引人是太樂伎, 劫發之夜, 此伎與同伴往就人宿, 共奏音聲. 陶不詳審, 爲作款引, 隨例申上. 而所宿主人及賓客, 並相明證. 陶知枉濫, 但以文書已行, 不欲自爲通塞, 乃並諸劫十人, 於郡門斬之. 此伎聲價藝態, 又殊辨慧, 將死之日, 曰 : "我雖賤隸, 少懷慕善, 實不作劫, 枉見殺害. 若無鬼則已, 有鬼必自陳訴." 因彈琵琶, 歌數曲而就死. 衆知其枉, 莫不隕泣. 經月餘, 陶遂夢伎來至案前云 : "已訴天, 令取君." 便跳入陶口, 乃落腹中. 陶驚寤, 卽狀若風癲, 四日而亡.

* 이 고사는 《태평광기》 권119 〈보응・태악기〉에 실려 있다.

17-9(0323) 장손무기 등

장손무기등(長孫無忌等)

출《조야첨재》 미 : 이하는 모두 자기가 만든 법에 자기가 걸려든 일이다(以下皆爲法自弊).

당(唐)나라의 조국공(趙國公) 장손무기는 칙령으로 죄인을 장기 유배하는 형벌을 제정해 영원한 법규로 삼아야 한다고 상주했다. 나중에 조국공 자신이 죄를 범해 칙령에 의해 영남(嶺南)으로 장기 유배되어 죽을 때까지 돌아오지 못했다.

당나라의 낙주사마(洛州司馬) 궁사업(弓嗣業)과 낙양현령(洛陽縣令) 장사명(張嗣明)이 길이 6척에 너비 4척, 두께 5촌의 큰칼[枷]을 만들었더니 사람들이 죄를 범하지 않았다. 나중에 장사명과 궁사업이 자금을 대서 역적 서진(徐眞)을 북쪽으로 보내 돌궐(突厥)에 투항하게 했는데, 일이 실패하는 바람에 궁사업 등은 스스로 그 칼을 쓰게 되었다. 백성은 이를 통쾌해했다.

당나라의 어사훤(魚思喧)은 생각이 기발했다. 황상(측천무후)이 투서함으로 사용할 작은 상자를 만들고 싶어서 장인들을 불렀으나 만들 수 있는 사람이 없었다. 어사훤이 칙명에 응해 그것을 만들었는데, 규격에 매우 합당했으므로 마침내 그것을 사용했다. 얼마 되지 않아서 어떤 사람이 그

상자에 투서해 어사훤에 대해 언급했다.

"서경업(徐敬業)이 양주(揚州)에서 반란을 일으켰을 때, 어사훤이 서경업을 위해 도륜(刀輪)11)을 만들어 진영으로 돌진함으로써 아주 많은 관군을 살상케 했습니다."

그래서 어사훤을 심문했더니 사실을 모두 인정했기에 그를 주살했다.

당나라의 색원례(索元禮)는 철롱두(鐵籠頭)12)를 만들어서 죄수들을 심문했다. 나중에 그가 뇌물죄에 걸렸는데 인정하지 않자 사자가 말했다.

"공(公 : 색원례)이 만든 철롱두를 대령하라!"

그러자 색원례는 즉시 죄를 승복했다.

당나라의 경조윤(京兆尹) 최일지(崔日知)는 장안현(長安縣)·만년현(萬年縣)과 기타 여러 현에서 강직(降職)당하거나 유배당한 자를 처리할 때, 그들이 잠시라도 지체하는 것을 허락하지 않았고 시각을 어길 경우 담당 관리를 곤장형에 처했다. 얼마 지나지 않아서 최일지는 흡현승(歙縣丞)으로 폄적되었는데, 관가에서 그에게 떠나라고 재촉하자 그는 처자식과 작별할 시간을 달라고 청했으나 그렇게 할

---

11) 도륜(刀輪) : 바퀴에 칼날을 장착한 수레.
12) 철롱두(鐵籠頭) : 쇠로 만든 바구니. 죄인에게 덮어 놓고 불을 달궈 심문하던 형구.

수 없었다.

평 : 내가 남을 해치면 남이 나를 해치니 이 모두는 살기(殺機) 때문이다. 살기가 동할 때는 이 몸의 생기(生機)는 바로 끊어져 버린다. 상앙(商鞅)은 수레에 찢겨 죽는 거열형(車裂刑)을 당했고, 주흥(周興)은 불에 달군 항아리에 시험 삼아 들어갔다. 하늘을 향해 침을 뱉으면 도로 자신의 몸에 떨어지니, 각박한 자는 과연 무슨 이득이 있는가? 후세에 유배 가는 간신에게는 의주(宜州 : 지금의 광시 좡족 자치구 중부)의 길조차도 열어 주려 하지 않았고 또한 군주에게 손을 쓰지 못하게 했으니, 아! 진실로 원대한 식견이다.

唐趙公長孫無忌奏制敕長流, 以爲永例. 後趙公犯事, 敕長流嶺南, 至死不復回.
唐洛州司馬弓嗣業·洛陽令張嗣明, 造大枷長六尺, 闊四尺, 厚五寸, 人莫之犯. 後嗣明及嗣業資遣逆賊徐眞北投突厥, 事敗, 業等自著此枷. 百姓快之.
唐魚思咺有巧思. 上欲造匭, 召工匠, 無作得者. 咺應制爲之, 甚合規矩, 遂用之. 無何, 有人投匭, 言咺云 : "徐敬業在揚州反, 咺爲敬業作刀輪以衝陣, 殺傷官軍甚衆." 推問具承, 誅之.
唐索元禮爲鐵籠頭以訊囚. 後坐贓賄, 不承, 使人曰 : "取公鐵籠頭!" 禮卽承伏.
唐京兆尹崔日知, 處分長安·萬年及諸縣左降流移人, 不許暫停, 有違晷刻, 所由決杖. 無何, 日知貶歙縣丞, 被縣家催,求與妻子別不得.

評 : 害人人害, 總此殺機. 殺機動時, 此身之生機, 便已絶矣. 商鞅殉車, 周興試甕. 仰天噴唾, 還墮己身, 刻薄者果何利哉? 後世有貶竄奸臣, 猶不欲開宜州之路, 且無令人主手滑, 吁! 誠遠見也.

* 이 고사는《태평광기》권121〈보응・장손무기〉,〈궁사업〉,〈어사 훤〉,〈색원례〉,〈최일지〉에 실려 있다.

17-10(0324) 곽패

곽패(郭霸)

미 : 이하는 모두 혹리에 대한 응보다(以下皆酷吏報).

당(唐)나라의 시어사(侍御史) 곽패는 송주(宋州) 사람 300명을 죽여야 한다고 상주해 갑자기 5품관(五品官)이 되었다. 한 달이 지나 곽패는 중병을 앓았는데 늙은 무당이 말했다.

"구할 수 없습니다. 수백 명의 귀신들이 온몸에 피를 흘린 채 소매를 걷어붙이고 이를 갈면서 모두들 놓아주지 않겠다고 말합니다."

곽패는 칼로 자신의 젖가슴 밑을 찔러 도려내면서 말했다.

"정말 통쾌하다!"

얼마 지나지 않아 곽패는 죽었다. 그해 봄부터 큰 가뭄이 들었는데, 곽패가 죽자 비가 흡족하게 내렸다. 측천무후(則天武后)가 사훈낭중(司勳郎中) 장원일(張元一)에게 물었다.

"밖에 무슨 일이 있는가?"

장원일이 대답했다.

"밖에 세 가지 경사가 있는데, 가뭄에 비가 내렸으니 이

것이 첫째 경사이고, 중교(中橋)가 새로 완성되어 만대(萬代)에 이로움을 주게 되었으니 이것이 둘째 경사이며, 곽패가 죽어 백성이 모두 기뻐하니 이것이 셋째 경사입니다."

측천무후가 웃으며 말했다.

"곽패에 대한 증오가 이와 같단 말인가?"

唐侍御史郭霸, 奏殺宋州三百人, 暴得五品. 經月患重病, 老巫曰 : "不可救也. 有數百鬼, 遍體流血, 攘袂缺齒, 皆云不相放." 霸以刀子自刺乳下攪之, 曰 : "大快!" 未幾卒. 是年自春大旱, 至霸死, 雨足. 天后問司勳郎中張元一曰 : "在外有何事?" 答曰 : "外有三慶, 旱降雨, 一慶, 中橋新成, 萬代之利, 二慶, 郭霸身死, 百姓皆歡, 三慶." 天后笑曰 : "霸見憎如此耶?"

* 이 고사는 《태평광기》 권126 〈보응·곽패〉에 실려 있다.

17-11(0325) 양사달

양사달(楊思達)

출《환원기》

양(梁)나라의 양사달(楊思達)이 서양군수(西陽郡守)로 있을 때, 후경(侯景)의 난을 만났고 당시 가뭄으로 흉년까지 겹쳐서 굶주린 백성이 밭에 있는 보리를 도둑질했다. 그러자 양사달은 부곡(部曲)[13] 한 명을 파견해 감시하게 했는데, 붙잡은 도둑은 모두 그 손목을 잘라서 무릇 10여 명을 처벌했다. 그 부곡이 후에 아들 하나를 낳았는데 태어날 때부터 손이 없었다.

梁楊思達爲西陽郡守, 値侯景亂, 時復旱歉, 饑民盜田中麥. 思達遣一部曲守視, 所得盜者, 輒截手腕, 凡戮十餘人. 部曲後生一男, 自然無手.

* 이 고사는 《태평광기》 권120 〈보응 · 양사달〉에 실려 있다.

---

13) 부곡(部曲) : 위진 남북조 시대에는 가병(家兵)이나 사병(私兵)을 가리켰는데, 대부분 도망자들로 충당했다. 수당 시대에는 노비와 양민의 사이에 있던 하층 계급을 가리켰다. 나중에는 노복의 뜻으로 쓰였다.

17-12(0326) 장화사

장화사(張和思)

　북제(北齊)의 장화사는 죄수들을 심문할 때, 선악과 귀천을 따지지 않고 반드시 칼[枷]·쇠사슬·수갑·족쇄 등을 채웠기에 그 고통이 극심했다. 그를 본 죄수들은 간담이 서늘해지지 않는 자가 없었으므로 그를 "생나찰(生羅刹: 살아 있는 나찰)"이라 불렀다. 그의 처는 차례대로 네 명의 아들과 딸을 임신했는데, 출산할 때면 곧 숨이 막혀 죽을 것만 같았다. 태어난 아들과 딸은 모두 쇠사슬 모양의 덧살이 달려 있었으며, 손과 발은 모두 쇠고랑 모양의 덧살에 묶인 채로 연결되어 땅에까지 닿았다. 나중에 장화사는 법을 어겨 곤장을 맞고 죽었다.

北齊張和思, 斷獄囚, 無問善惡貴賤, 必被枷鎖枉械, 困苦備極. 囚徒見者, 莫不破膽, 號生羅刹. 其妻前後孕男女四人, 臨産卽悶絶求死. 所生男女, 皆著肉鎖, 手脚並有肉枉束縛, 連絆墮地. 後和思坐法杖死.

* 이 고사는 《태평광기》 권126 〈보응·장화사〉에 실려 있다.

17-13(0327) 진결

진결(陳潔)

　위촉(僞蜀 : 전촉)의 어사(御史) 진결은 성격이 잔인하고 악독해, 10년 동안 1000여 명에게 사형 판결을 내렸다. 하루는 더위를 피하려고 정자에 갔는데, 갈거미가 거미줄에 매달려 바로 앞에 있기에 손을 뻗어 잡았더니, 갑자기 커다란 거미로 변해 그의 가운뎃손가락을 깨물었다. 그가 계단 아래로 거미를 털어 내동댕이치자, 거미가 악귀로 변하더니 그의 목숨을 거둬 가려고 왔다고 말했다. 그는 놀랍고도 의아해 마지않았다. 거미에게 물린 손가락에 점점 종기가 생기더니 결국 열흘 동안 고통에 시달리다 죽었다.

僞蜀御史陳潔, 性慘毒, 十年內, 斷死千人. 因避暑行亭, 見蟢子懸絲面前, 公引手接之, 成大蜘蛛, 銜中指. 拂落階下, 化爲厲鬼, 云來索命. 驚訝不已. 指漸成瘡, 痛苦十日而死.

* 　이 고사는 《태평광기》 권126 〈보응・진결〉에 실려 있다.

17-14(0328) 소회무

소회무(蕭懷武)

출《왕씨견문(王氏見聞)》

위촉(僞蜀 : 전촉)에 있던 심사단(尋事團)14)은 중단(中團)이라고도 하며 소원사(小院使) 소회무가 이끌었는데, 대개 군순(軍巡)15)의 직무였다. 소회무는 자신이 조직한 중단을 거느리고서 수년간 도적을 체포함으로써, 관직이 매우 높아졌고 수만금의 돈을 모았으며, 저택은 왕후(王侯)에 버금갔고 여색과 가기들은 당시의 으뜸이었다. 그가 관할하는 중단의 100여 명은 각자 개인적으로 부하 10여 명씩을 길렀는데, 금세 모였다가 금세 흩어지곤 해서 사람들은 분간할 수 없었으므로 그들을 '개'라고 불렀다. 으슥한 마을이나 외진 골목의 마의(馬醫)와 술집 심부름꾼, 비렁뱅이와 품팔이꾼, 그리고 사소한 물건을 파는 아이들까지도 모두 그 개였다. 민간에서 불평하는 자가 있으면 관부에서 모르는 법이 없었다. 또한 주군(州郡)과 공훈 귀족의 집에 흩어져 요리를

---

14) 심사단(尋事團) : 일부러 시비를 걸거나 트집을 잡는 집단이라는 뜻으로, 당시에는 일종의 비밀경찰의 성격을 지녔다.
15) 군순(軍巡) : 관할 지역의 모든 분쟁 사건을 담당하는 관리.

하거나 마구간을 돌보거나 수레를 몰거나 악기를 연주하는 자들도 모두 그 개였다. 공적이거나 사적인 동정도 소회무에게 곧장 전달되지 않는 것이 없었다. 그래서 사람들은 두려운 마음을 품고서 자신들 신변의 측근들이 모두 그 개일까 늘 의심했다. 소회무가 죽인 사람은 그 숫자를 헤아릴 수 없었다. 나중에 곽숭도(郭崇韜)가 촉(蜀)에 입성한 뒤, 어떤 사람이 소회무가 모반을 꾀하려 한다고 고발해서 그의 일족 100여 명이 노소(老少)를 막론하고 저잣거리에서 처형당했다.

偽蜀有尋事團, 亦曰中團, 小院使蕭懷武主之, 蓋軍巡之職也. 懷武自所團捕捉盜賊年多, 官位甚隆, 積金巨萬, 第宅亞於王侯, 聲色妓樂爲一時之冠. 所管中團百餘人, 每名各養私名十餘輩, 或聚或散, 人莫能別, 呼之曰狗. 至於深坊僻巷, 馬醫酒保, 乞丐傭作, 及販賣童兒輩, 並是其狗. 民間有偶語者, 官中罔不知. 又有散在州郡及勳貴家, 當庵看廡, 御車執樂者, 皆是其狗. 公私動靜, 無不立達於懷武. 是以人懷恐懼, 常疑其肘臂腹心皆狗也. 懷武殺人不知其數. 後郭崇韜入蜀, 人有告懷武欲謀變者, 一家百餘口, 無少長戮於市.

* 이 고사는《태평광기》권126〈보응·소회무〉에 실려 있다.

17-15(0329) 누사덕

누사덕(婁師德)

출《선실지(宣室志)》미 : 잘못 죽인 일에 대한 응보다(誤殺報).

　누사덕이 아직 벼슬하지 않고 있을 때 한번은 중병을 앓던 중에 꿈에 저승의 관부에 갔다가, 사명서(司命署)라고 하는 한 방에 이르렀더니 수천 폭의 두루마리가 안석 위에 놓여 있었는데, 모두 세상 사람들의 관록과 수명을 적어 놓은 문서였다. 그 옆에 녹색 옷을 입은 자가 있었는데, 문서를 담당하는 속관이라 말했다. 누 공(婁公 : 누사덕)이 자신의 문서를 꺼내 오라고 해서 열람했더니, 대보(臺輔 : 삼공과 재상)를 출입하고 수명이 85세까지라고 되어 있어 매우 기뻐했다. 그때 갑자기 웬 소리가 하늘을 따라 내려오더니 처마 끝까지 진동하자, 문서 담당 속관이 깜짝 놀라며 말했다.

　"하늘의 북이 울렸으니 당신은 얼른 돌아가야 합니다."

　누 공은 깜짝 놀라 잠에서 깼다. 이미 날이 밝자 그의 거처 동쪽의 불사에서 새벽종을 쳤는데, 그것이 문서 담당 속관이 말한 하늘의 북이었다. 그날 누 공의 병에 차도가 있었다. 후에 누 공은 벼슬길에 올라 여러 관직을 거쳤는데, 모두 문서에 실려 있는 바와 같았다. 서경수(西京帥 : 서경절도사)로 있던 어느 날 황색 옷을 입은 사자가 잡으러 오는 것을 보고 누 공이 말했다.

"내가 일찍이 사명서의 문서를 열람했는데, 거기에 적힌 나의 벼슬과 수명에 모두 아직 이르지 않았소."

황색 옷을 입은 사자가 말했다.

"공께서 아무 벼슬을 하실 때 무고한 사람 두 명을 잘못 죽였기에, 벼슬과 수명이 담당 관리에 의해 깎여서 오늘 끝났습니다."

말을 마치고 나서 홀연히 보이지 않았다. 이로부터 누 공은 병으로 몸져누워 일어나지 못했다. 미:《대당신어(大唐新語)》에 기재된 바와 대략 같은데, 다만 [《대당신어》에서는 누 공의 수명이 80세까지라고 말했지만 지금은 10년을 감한 것이 약간 다르다.

평: 누 공의 명철함과 관용으로도 오히려 잘못을 면하지 못했으니, 정치할 때 어찌 삼가지 않을 수 있겠는가?

婁師德布衣時, 常因沉疾, 夢遊地府, 至一室, 曰司命署, 有書數千幅在几上, 皆世人祿命之籍也. 傍有綠衣者, 稱爲按掾. 公命出己之籍閱之, 出入臺輔, 壽至八十有五, 公甚喜. 忽有聲沿空而下, 震徹簷宇, 按掾驚曰: "天鼓且動, 君宜疾歸." 遂驚悟. 時天已曙, 所居東鄰有佛寺, 擊曉鍾, 所謂天鼓者也. 是日, 疾亦間焉. 後入仕, 歷官咸如所載. 及爲西京帥, 一日見黃衣使者見追, 公曰: "吾嘗閱司命籍, 位與壽俱未也." 黃衣人曰: "公任某官時, 誤殺無辜二人, 位與壽爲主吏所降, 今窮矣." 言訖, 忽不見. 自是臥疾不起. 眉:《唐新語》所載略同, 但云壽當八十, 今減十年, 稍異.
評: 以裴公之明恕, 尙不免濫, 爲政得不愼之?

* 이 고사는《태평광기》권277〈몽(夢)·누사덕〉에 실려 있다.

17-16(0330) 송신석

송신석(宋申錫)

출《일사》 미 : 이하는 남을 죽여 아첨한 일에 대한 응보다(以下殺人媚人報).

당(唐)나라의 송신석이 처음 재상이 되었을 때 황제의 은총이 매우 깊었기에 송신석도 자못 태평성대를 자신의 소임으로 생각했는데, 정주(鄭注)가 사람들과 왕래하면서 방종하자 그를 제거하고자 했다. 이에 친구 왕번(王璠)을 경조윤(京兆尹)으로 삼아 그와 은밀히 약속하고 정주의 불법적인 일을 감찰하게 했다. 왕번은 말을 바꾸는 소인이었는데, 정주가 한창 조정 고관들의 사랑을 받고 있던 터라 이를 기회로 그와 더욱 가깝게 지내려고 송신석의 계획을 모두 그에게 말해 주었다. 정주는 그 사실을 우군(右軍)에게 알리고, 열흘도 안 되어 거짓으로 송신석의 죄상을 만들어 내더니 사람을 시켜 고발하게 했다.

"서신으로 여러 왕들과 결탁해서 반역을 도모했습니다."

또한 사람을 시켜 송신석의 필적을 모방하게 해서 모두 반역을 도모했다고 함으로써 조정 안에서 옥사가 성립되었다. 사람들 중에 그의 억울함을 알지 못하는 자가 없었다. 삼사(三事 : 삼공) 이하의 대신들이 번갈아 입조해 사건을 논하고 나서야 송신석은 개주사마(開州司馬)로 폄적될 수 있었다. 송신석은 그곳에 부임한 지 몇 달 만에 분함을 이기지 못해 죽었다. 이듬해에 황제의 은혜로운 조서가 내려져서 도성으로 돌아와 장사 지냈다. 대화(大和) 원년(827) 봄에 그의 부인이 정오에 당(堂) 앞에서 언뜻 잠이 들었는데, 송신석이 중문으로 들어오는 것이 보이자 자기도 모르게 놀라 일어났다. 송신석이 부인에게 손짓해 계단을 내려가서 말했다.

"잠시 이리 오시오. 당신에게 보여 줄 일이 있소."

그러고는 곧바로 부인을 데리고 성을 나섰는데, 산수(滻水) 북쪽으로 몇 리를 가는 것 같더니 커다란 구덩이 하나가 보였다. 구덩이 주변에 작은 대바구니와 작은 나무 상자 몇 개가 있었는데, 모두 봉인되어 있었다. 송신석은 그 가운데 하나를 들어 부인에게 보여 주며 말했다.

"이것이 그 도적놈이오."

그러고는 분노하며 질타했다. 부인이 물었다.

"누구를 말합니까?"

송신석이 말했다.

"왕번이오. 내가 상제께 간청했소."

부인이 다시 그 나머지에 대해 묻자 송신석이 말했다.

"곧 저절로 알게 될 것이오."

송신석이 말을 마치자 부인은 찜찜해하며 깨어났는데, 온몸에서 땀이 흘렀다. 당시에 부인이 그 일을 기록해 옷상자 속에 넣어 두었는데, 그해 11월에 이르러 왕번은 과연 죄를 지어 허리가 잘려 죽었고, 그와 함께 처형을 당한 몇 사람은 모두 성 밖의 구덩이에 함께 묻혔다.

唐宋申錫, 初爲相, 恩渥甚重, 申錫亦頗以太平爲己任, 惡鄭注交通縱放, 欲除去之. 乃以友人王璠爲京兆尹, 密與之約, 令察注不法. 璠, 翻覆小人也, 以注方爲中貴所愛, 因欲親厚之, 乃盡以申錫之謀語焉. 注因報之右軍, 不旬日, 乃僞作申錫之罪狀, 令人告云: "以文字結於諸王, 圖謀不軌." 且令人效其手疏, 皆至逆, 以獄成於內. 衆無不知其冤也. 三事已降, 迭入論之, 方得謫爲開州司馬. 至任數月, 不勝其憤而卒. 明年, 有恩詔令歸葬京城. 至大和元年春, 其夫人亭午於堂前假寐次, 見申錫從中門入, 不覺驚起. 申錫以手招之下階, 曰: "且來. 有事要令君見." 便引出城, 似至滻水北去數里, 見一大坑. 坑邊有小竹籠及小板匣數枚, 皆有封記. 申錫乃提一示夫人曰: "此是那賊." 因憤怒叱咤. 問曰: "是誰?" 曰: "王璠也. 我得請於上帝矣." 復詰其餘, 曰: "卽自知." 言訖, 拂然而醒, 遍身流汗. 當時以筆記於衣箱中, 至其年十一月, 璠果以事腰斬, 同受戮者數人, 皆同坎埋於城外.

* 이 고사는 《태평광기》 권122 〈보응·송신석〉에 실려 있다.

17-17(0331) 원휘

원휘(元徽)

출《광고금오행기(廣古今五行記)》

　　후위(後魏 : 북위)의 장제(莊帝)가 이주조(爾朱兆)에게 사로잡히자, 성양왕(城陽王) 원휘는 전 낙양현령(洛陽縣令) 구조인(寇祖仁)에게 몸을 맡겼다. 하지만 구조인은 이주조가 원휘에게 현상금을 걸었다는 소문을 듣고 곧바로 원휘의 머리를 잘라 이주조에게 보냈다. 이주조의 꿈에 원휘가 나타나 말했다.

　　"나는 황금 200근과 말 100필을 가지고 있었는데, 지금 구조인의 집에 있으니 그대가 가져가시오." 협 : 복수하는 데 교묘하다.

　　그래서 이주조는 구조인에게 황금과 말을 내놓으라고 했는데, 구조인이 인정하지 않자 그의 목을 높은 나무에 매달고 커다란 돌을 발에 묶어 늘어뜨리고 채찍질해서 죽였다.

後魏莊帝爲爾朱兆所擒, 城陽王徽投前洛陽令寇祖仁. 祖仁聞兆購徽, 乃斬首送兆. 兆夢徽曰 : "我有金二百斤, 馬一百匹, 在祖仁家, 卿可取之." 夾 : 巧於報仇. 兆於是向祖仁索金與馬, 祖仁不承, 乃懸其首於高樹, 以大石墜其足, 鞭箠至死.

* 이 고사는《태평광기》권127〈보응 · 원휘〉에 실려 있다.

17-18(0332) 하후현

하후현(夏侯玄)

출《환원기》미 : 꺼려서 죽인 일에 대한 응보다(忌殺報).

위(魏)나라의 하후현(夏侯玄)은 자가 태초(太初)다. 당시 그는 재능과 명망을 지니고 있었기에 사마경왕[司馬景王 : 사마사(司馬師)]이 그를 꺼려 죽였다. 하후현의 친족들이 그를 위해 제사를 지내면서 보았더니, 하후현이 영좌(靈座)로 와서 자신의 머리를 떼어 곁에 두고는 과일과 고기 등의 음식을 거두어 목 안에 넣었으며, 잠시 후에 도로 머리를 목에 붙여 놓고 말했다.

"내가 상제께 하소연할 수 있었으니, 사마자원(司馬子元 : 사마사)은 후사가 없을 것이다."

얼마 후에 사마경왕이 죽었는데 결국 아들이 없었다. 영가(永嘉)의 난16) 때 어떤 무당이 보았더니, 사마선왕[司馬

---

16) 영가(永嘉)의 난 : 서진 말 영가 연간(307~313)에 일어났던 대란. 팔왕의 난(291~306) 이후에 대두된 왕족 상호 간의 권력 쟁탈과 중원의 황폐를 틈타, 흉노족 유연(劉淵)이 한왕(漢王)을 자칭하고 갈족(羯族)의 석륵(石勒)과 왕미(王彌)를 귀속해 하남과 산동 일대를 근거지로 삼아 세력을 확장했으며, 312년에는 유연의 아들 유총(劉聰)이 수도 낙양을 침공해 회제(懷帝)를 평양(平陽)에 유폐했다가 살해하고 민

宣王 : 사마의(司馬懿)이 말했다.

"우리 나라가 기울어 망하게 된 것은 바로 조상(曹爽)과 하후현 두 사람이 억울함을 하소연해 한풀이를 했기 때문이다."

魏夏侯玄, 字太初. 以當時才望, 爲司馬景王所忌而殺之. 宗族爲之設祭, 見玄來靈座, 脫頭置其旁, 悉斂果肉食物以納中, 旣而還自安頸而言曰 : "吾得訴於帝矣, 司馬子元無嗣也." 旣而景王薨, 遂無子. 及永嘉之亂, 有巫見宣王並云 : "我國傾覆, 正由曹爽・夏侯玄二人訴冤得申故也."

* 이 고사는 《태평광기》 권119 〈보응・하후현〉에 실려 있다.

제(愍帝)를 장안에서 옹립했다. 서진은 이 난 때문에 사실상 붕괴되었으며, 화북은 오호 십육국(五胡十六國) 시대로 접어들게 되었다.

17-19(0333) 기주의 주지승

기주사주(岐州寺主)

출《광고금오행기》미 : 원한에 의한 살인의 응보다(仇殺報).

[당나라] 정관(貞觀) 13년(639)에 기주성(岐州城) 내에 한 주지승이 있었는데, 같은 절의 도유나(都維那)17)와 사이가 좋지 않았기에 결국 도유나를 죽이고 시체를 열두 토막 내서 뒷간에 버렸다. 절의 스님들은 도유나가 오랫동안 보이지 않자 별가(別駕) 양안(楊安)에게 그 사실을 알리고 함께 조사했지만 종적이 전혀 없었다. 별가가 절을 나서려 하자 스님들이 그를 전송했는데, 별가가 보았더니 주지승의 왼쪽 팔 위의 가사에 갑자기 선혈이 묻어 있었다. 별가가 심문했더니 주지승이 말했다.

"도유나를 죽이던 날 밤에 가사를 걸치지 않았는데, 지금 선혈이 묻어 있는 것은 여러 불보살께서 이렇게 하신 것 같습니다."

주지승은 결국 죄를 자복하고 주살되었다.

---

17) 도유나(都維那) : 승려들의 잡사(雜事)를 관리하는 승려직으로, '유나'라고도 한다.

貞觀十三年,岐州城內有寺主,共都維那爲隙,遂殺都維那,解爲十二段,置於廁中.寺僧不見都維那久,遂告別駕楊安,共來驗檢,都無踪迹.別駕欲出,諸僧送之,別駕見寺主左臂上袈裟,忽有鮮血.別駕勘問,云:"當殺之夜,不著袈裟,有其鮮血,是諸佛菩薩所爲." 竟伏誅.

* 이 고사는《태평광기》권127〈보응・기주사주〉에 실려 있다.

17-20(0334) 진광모

진광모(秦匡謀)

출《남초신문(南楚新聞)》미 : 분노해 사람을 죽인 일에 대한 응보다 (詿怒殺人報).

[당나라의] 분국공(汾國公) 두종(杜悰)이 강릉절도사(江陵節度使)로 있었는데, 함통(咸通) 14년(873)에 검남염찰사(黔南廉察使) 진광모가 남만(南蠻)의 적병 때문에 크게 군사를 일으켰으나 자신의 병력으로 대적할 수 없자 두종에게 도망쳐 왔다. 진광모가 두 공(杜公 : 두종)을 배알하자 두 공은 그가 평소에 자신을 찾아뵙지 않은 것에 분노했으며, 그가 물러간 뒤에 관리를 시켜 그를 꾸짖게 했다.

"너는 봉상(鳳翔)의 백성이고 나는 두 차례나 봉상절도사(鳳翔節度使)를 지냈는데, 너는 고향의 어른도 알아보지 못하느냐?"

진광모가 대답했다.

"저희 집안이 비록 대대로 기산(岐山) 아래에 있었지만 어려서 중원을 떠났고, 태부(太傅 : 두종)께서 봉상절도사에 계실 때는 제가 이미 외람되게도 지방관으로 있었으므로, 실제로 일찍이 태부를 찾아뵙지 못했습니다. 하물며 근자에는 형남(荊南)에 있었으니, 고향의 어른을 운운하신다면 이는 아마도 예의에 맞지 않을 것입니다."

두종이 노해 그를 체포하게 하고 재상 위보형(韋保衡)에게 서신을 보내 말했다.

"진광모는 제멋대로 성채를 버려 나랏일을 위해 목숨을 바치지 않았으니 그를 주살하길 청합니다."

위보형은 두종이 나라의 중신(重臣)이고 또 평소에 은혜를 입었으므로, 마침내 두종의 건의대로 처분을 내려 달라고 주청했다. 미 : 일이란 마땅히 그 곡직(曲直)을 자세히 따져야 하거늘, 어찌 다른 사람의 목숨을 가지고 다른 사람의 체면을 세워 줄 수 있단 말인가? 원통하도다! 원통하도다! [진광모를 처형하라는] 칙령이 내려오자 두종은 직접 도성의 저잣거리로 가서 처형을 감독했다. 진광모는 장차 처형되려 할 때 그의 아들에게 말했다.

"내가 죽는 것은 진실로 억울하지만 아무리 호소해도 소용이 없으니, 다만 종이와 먹을 많이 태워 준다면 반드시 황천에서 따지겠다."

형을 집행할 때 구경하는 사람들이 어깨를 나란히 하고 발꿈치가 맞닿을 정도로 많았는데, 칼을 휘두르는 순간에 두종은 크게 놀라더니 갑자기 병을 얻어 결국 수레에 실려 돌아갔다. 협 : 양심이 자연히 불안했던 것이다. 잠시 후에 회오리바람이 갑자기 불더니 먼지를 휘감아 올려 곧바로 관부로 들어가서야 멎었다. 그날 저녁에 옥리(獄吏)가 미쳐서 스스로 자신의 이름을 부르면서 꾸짖었다.

"내가 이미 너에게 적지 않은 돈과 비단을 주었는데, 어째서 또 내가 준 물건들을 숨겼느냐?"

그러고는 온몸으로 스스로 들이받아 죽었다. 그해 6월 13일에 진광모를 죽였고, 7월 13일에 두종이 마침내 죽었다. 미 : 그 시간 차이가 단지 한 달뿐이다. 장차 낙양(洛陽)으로 돌아가서 장례를 치르고자, 시신을 동여매고 개오동나무 관을 준비해 길을 떠났다. 시신을 염하던 날 저녁에 장례를 주관하는 관리는 관의 길이가 짧음을 발견하고 크게 걱정하고 두려웠지만, 그렇다고 관을 바꾸기도 어려웠다. 관리는 결국 풍수가에게 후한 뇌물을 주고 미 : 풍수가의 말은 쉽게 믿어서는 안 된다. 두종의 아들들에게 거짓말하게 했다.

"태부께서 돌아가실 때 매우 흉했으므로 시신을 관에 넣을 때 만약 곁에 가까이 다가가면 반드시 큰 화가 있을 것입니다."

두종의 아들들은 그 말을 믿고 집안사람들을 모두 데리고 별실에서 기다렸다. 시신을 들고 염을 하려고 보니 개오동나무 관이 과연 짧았으므로, 결국 시신의 가슴을 함몰시키고 목뼈를 꺾어서 관에 넣었는데, 이 사실을 아는 자가 없었다.

汾國公杜悰, 節江陵, 咸通十四年, 黔南廉使秦匡謀以蠻寇大擧, 兵力不敵來奔. 旣謁見公, 公怒其不趨庭, 退而使吏讓之曰 : "汝鳳翔民也. 悰兩爲鳳翔節度使, 汝不認桑梓耶?" 匡謀報曰: "某雖家世岐下, 然少離中土, 太傅擁節之日, 已忝分符, 實不曾趨走臺階. 比日況在荊南, 若論桑梓, 恐非儀也." 悰怒, 遣絷之, 發函與韋相保[1]云: "秦匡謀擅棄城池, 不能死王事, 請誅之." 韋以悰國之元臣, 兼素有舊恩, 遂奏請依悰處置. 眉: 事當詳理之曲直, 豈可以他人性命博他人面皮耶? 可恨! 可恨! 敕旣降, 悰乃親臨都市監戮. 匡謀將就法, 謂其子曰: "死實冤枉, 奈申訴非及, 但多燒紙墨, 當於泉下理之耳." 行刑, 觀者駕肩接踵, 揮刃之際, 悰大驚, 驟得疾, 遂輿而返. 夾: 良心自然不安. 俄有旋風暴作, 飛捲塵埃, 直入府署乃散. 是夕, 獄吏發狂, 自呼姓名叱責曰: "吾已惠若錢帛非少, 奚復隱吾受用諸物?" 擧體自撲而殞. 其年六月十三日殺秦匡謀, 七月十三日, 悰遂薨. 眉: 相距止一月耳. 將歸葬洛陽, 爲束身楸函而卽路. 欲斂之夕, 主吏覺函短, 憂懼甚, 又難於改易, 遂厚賂陰陽者, 眉: 陰陽者之言, 不可輕信. 紿杜氏諸子曰: "太傅薨時甚凶, 就木之際, 若臨近, 必有大禍." 諸子信然, 於是盡率家人待於別室. 及擧尸就斂, 楸函果短, 遂陷胸折項骨而入焉, 無有知者.

* 이 고사는 《태평광기》 권123 〈보응·진광모〉에 실려 있다.

1 보(保): 《태평광기》에는 "보형(保衡)"이라 되어 있는데 타당하다.

17-21(0335) 마봉충

마봉충(馬奉忠)

출《박이지(博異志)》 미 : 다른 사람에게 화풀이한 일에 대한 응보다 (遷怒報).

당(唐)나라 원화(元和) 4년(809)에 헌종(憲宗)이 왕승종(王承宗)을 토벌했는데, 중위(中尉) 토돌승최(吐突承璀)는 항양(恒陽)에서 포로 마봉충 등 30명을 포획해 급히 대궐로 달려갔다. 헌종은 동시(東市)의 서쪽 비탈에 있는 자성사(資聖寺) 옆에서 그들을 참수하게 했다. 승업방(勝業坊)의 왕충헌(王忠憲)은 우림군(羽林軍 : 천자의 근위병)에 속해 있었는데, 그의 동생 왕충변(王忠弁)이 행영(行營)에 있다가 항양의 반적에게 살해되었다. 왕충헌은 동생의 원수를 마음에 새기고 있었는데, 항양의 포로가 도착한다는 소문을 듣자 칼을 차고 가서 지켜보았다. 칙령으로 참수가 끝나자 왕충헌은 곧장 마봉충의 심장을 도려내고 또 양쪽 허벅지 살을 잘라 집으로 돌아가서 먹었다. 밤이 되어 자색 옷을 입은 사람이 문을 두드리자, 왕충헌이 나가서 만났더니 자신을 마봉충이라고 했다. 왕충헌은 그와 함께 앉아서 필요한 바를 물었더니 그가 대답했다.

"어째서 내 심장을 도려내고 내 살을 잘랐소?"

왕충헌이 말했다.

"그대는 귀신이 아니오?"

마봉충이 대답했다.

"그렇소."

왕충헌이 말했다.

"내 동생이 그대 역적들에게 살해되었는데, 나는 반적의 원수는 아니지만 정의로 원한을 갚았으니 그대는 무엇을 탓하시오?"

마봉충이 말했다.

"우리 항양의 반적은 나라의 역적이니 이미 죽음으로 나라에 사죄했소. 그대의 동생이 항양의 반적에게 살해되었다면 그 죄는 항양절도사에게 있소. 나는 그대의 동생을 죽이지 않았는데, 그대는 어째서 나에게 망령되이 복수했소? 미: 마땅히 죽어야 할 나라의 역적도 오히려 너무 심하게 응보를 받았다고 여기는데, 하물며 무고한 자임에랴! 모름지기 내 심장을 돌려주고 내 허벅지를 돌려줘야 하오!"

그러자 왕충헌이 말했다.

"그대에게 돈 만 냥을 주면 되겠소?"

마봉충이 대답했다.

"공의 수명을 내주면 되오."

말을 마치고는 마침내 사라졌다. 왕충헌은 곧 술과 음식과 지전 만 관(貫)을 차려 자성사 앞에서 그에게 보냈다. 1년이 지난 뒤에 왕충헌의 양쪽 허벅지가 점점 말라 갔으며, 또 말이 뒤바뀌고 정신이 헷갈리는 것이 마치 심장을 잃어버린 사람 같았는데, 결국 3년 뒤에 죽었다.

唐元和四年, 憲宗伐王承宗, 中尉吐突承璀獲恒陽生口馬奉忠等三十人, 馳詣闕. 憲宗令斬之於東市西坡資聖寺側. 勝業坊王忠憲者, 屬羽林軍, 弟忠弁, 行營爲恒陽所殺. 忠憲舍弟之仇, 聞恒陽生口至, 乃佩刀往視之. 敕斬畢, 忠憲乃剖其心, 兼兩胜肉, 歸而食之. 至夜, 有紫衣人扣門, 忠憲出見, 自云馬奉忠. 忠憲與坐, 問所須, 答: "何以剖我心, 割我肉?" 忠憲曰: "汝非鬼耶?" 對曰: "是." 忠憲云: "我弟爲汝逆賊所殺, 我乃不反兵之仇, 以直報怨, 汝何怪也?" 奉忠曰: "我恒陽寇是國賊, 旣以死謝國矣. 汝弟爲恒陽所殺, 則罪在恒陽帥. 我不殺汝弟, 汝何妄報? 眉: 應死國賊, 猶以已甚受報, 況無辜者! 須還吾心, 須還吾胜!" 忠憲云: "與汝萬錢可乎?" 答曰: "貰公歲月可矣." 言畢遂滅. 忠憲乃設酒饌·紙錢萬貫, 於資聖寺前送之. 經年, 忠憲兩胜漸瘦, 又言語倒錯惑亂, 如失心人, 更三歲而卒.

* 이 고사는 《태평광기》 권122 〈보응·마봉충〉에 실려 있다.

17-22(0336) 조유사
조유사(曹惟思)

미 : 양심을 저버리고 사람을 죽인 일에 대한 응보다(負心殺人報).

 당(唐)나라 촉군(蜀郡)의 법조참군(法曹參軍) 조유사는 장구겸경(章仇兼瓊)이 [검남절도사(劍南節度使)로] 있을 때 서산운량사(西山運糧使)가 되었는데, 장구겸경으로부터 두터운 신임을 받았다. 하루는 조유사가 장구겸경에게 업무를 보고했는데, 장구겸경은 그와 얘기를 마친 뒤 그에게 즉시 돌아가서 양곡을 운송하게 했다. 그때 조유사의 처가 아들을 낳았는데 병이 났기에, 장구겸경에게 사정을 고하고 며칠만 머물게 해 달라고 청했다. 그러자 장구겸경이 대노해 그를 꾸짖고 끌어내게 해서 사람들을 모아 놓고 참수하라 했다. 미 : 그의 청을 들어주지 않으면 되는데 어째서 참수한단 말인가? 그의 처는 그 소식을 듣고 수레를 타고 두 아들을 데리고 가서 그와 영결하고자 했다. 조유사는 이미 머리카락을 묶고 포박당한 상태였으며, 장구겸경이 나와서 그의 참수형을 감독하고 있었다. 조유사의 두 아들이 머리를 조아리고 그의 목숨을 살려 달라고 애원하면서 달려가 말 다리를 끌어안는 바람에 말이 나아가지 못했다. 장구겸경은 이것을 보고 눈물을 흘리며 말했다.

"벌써 참수했어야 하는데."

그렇지만 여전히 그를 석방하지는 않았다. 촉군에 도행(道行)이 매우 높은 선승(禪僧)이 있었는데, 장구겸경의 모친이 그를 스승으로 모셨다. 선승이 장구겸경을 만나서 말했다.

"조 법조(曹法曹 : 조유사)는 수명이 곧 다할 것이니, 청컨대 굳이 죽일 필요가 없습니다."

그래서 장구겸경은 조유사를 사면해 주었다. 다음 날 장구겸경은 조유사를 노부장사(瀘府長史)의 일을 대행하게 하고, 붉은색 관복과 어대(魚袋)[18]를 하사하면서 서산전운사(西山轉運使)직을 전담하게 했으며, 아울러 그의 처와 함께 가는 것을 허락했다. 조유사는 노주(瀘州)에 도착한 뒤 병이 들었는데, 꿈에 어떤 스님이 나타나 그에게 일러 주었다.

"그대는 일생 동안 양심을 저버린 채 아주 많은 사람을 죽였기에, 지금 목숨 빚을 받으러 온 원수들이 곧 닥칠 것이니 이를 어찌하면 좋겠소?"

조유사가 매우 간절히 애원하자 스님이 말했다.

---

18) 어대(魚袋) : 관리들이 부신(符信)을 넣어 가지고 다니던 물고기 모양의 주머니.

"그대가 두 아들을 제도해 스님이 되게 하고 집안의 재물과 의복을 모두 절에 보시하며, 아울러 온 가족이 채식을 하고 당(堂) 앞에 도량을 만들어 이름난 스님을 모셔 와서 밤낮으로 불경을 염송하고 예불하면서 참회할 수 있다면, 100일의 수명을 연장할 수 있을 것이오. 미 : 이렇게 많은 선인(善凶)을 지어도 겨우 100일의 수명만 연장되는데, 사람들은 어찌하여 이 시간을 아껴서 부지런히 선행을 행하지 않는가? 만약 그럴 수 없다면 당장 죽을 것이오."

조유사가 말했다.

"나머지 일들은 쉽게 할 수 있지만 괴롭게도 채식은 하지 못하겠으니 어찌하면 좋겠습니까?"

스님이 말했다.

"양(羊) 간을 물에 담갔다가 초장(椒醬)을 넣어 먹으면 바로 채식을 할 수 있을 것이오."

조유사가 꿈에서 깨어난 뒤에 그의 처에게 자세히 일러 주었더니, 부인이 그 일에 찬성해 즉시 두 아들을 승려로 만들었다. 또 꿈에서 스님이 말한 대로 도량을 만들고 불경을 염송했으며, 양 간을 먹었더니 즉시 채식을 하게 되었다. 이렇게 한 달 남짓 지나서 조유사가 새벽에 앉아 있을 때, 그의 돌아가신 모친과 죽은 누나가 함께 그를 보러 오자, 조유사는 크게 놀라며 달려 나가 맞이했다. 그때 어떤 귀신 하나가 손에 진홍색 깃발을 들고 앞을 인도하더니 서쪽 계단으로 올라가 그곳에 진홍색 깃발을 꽂았다. 그의 죽은 누나는 아무 말 없이 그저 깃발 아래에서 춤을 추었는데, 마치 취한 듯이 쉬지 않고 춤을 추었다. 그의 모친이 울면서 말했다.

"네가 살아가면서 죄인 줄도 모르고 무수한 사람을 죽였기에 지금 원수들이 너를 잡아가려고 올 것인데, 나는 네가 고통받는 것을 차마 볼 수 없기 때문에 너를 만나 보러 온 것이다."

조유사가 제사상을 차리게 했더니 모친이 그것을 먹었다. 그의 누나는 쉬지 않고 춤을 추면서 한마디 말도 나누지 않았다. 모친은 식사를 마친 뒤 그의 누나와 함께 떠났다. 조유사는 병이 점점 더 깊어지자 양 간도 먹지 않았다. 그는 늘 도량 안에 누워 있었는데, 하루는 낮잠을 자다가 깨어났더니 푸른 옷을 입고 난쟁이처럼 키가 작은 동자 두 명이 와서 한 명은 그의 머리에 앉고 다른 한 명은 그의 발에 앉았다. 조유사가 그들에게 누구냐고 물었지만 동자들은 말해주지 않았는데, 그 모습이 매우 여유 있었으며 네 개의 어금니가 입술 밖으로 삐져나와 있었다. 다음 날 식사할 때 조유사는 그가 죽인 사람들을 보았는데, 어떤 이는 산발하고 창자가 터지고 손발이 절단되었으며, 어떤 이는 머리가 잘린 채 피를 흘리면서 노기등등하게 와서 조유사에게 욕하며 말했다.

"역적 네놈이 우리와 함께 일을 하다가 사정이 다급해지자 도리어 우리를 죽여서 입을 막아 버렸다. 우리는 지금 이미 상제께 호소했기 때문에 너를 잡으러 왔다."

그들은 말을 마치고 계단을 올라갔지만, 두 동자가 밀쳐 내는 바람에 다가갈 수 없자 그저 욕을 해 대면서 말했다.

"끝내 기필코 잡아갈 것이다!"

조유사는 피할 수 없음을 알고서 자기가 저지른 일을 자세히 털어놓았다. 그들은 이처럼 매일 찾아왔지만 모두 동자들이 밀쳐 내는 바람에 조유사가 있는 곳에 다가갈 수 없었다. 한 달 남짓 지났을 때 갑자기 두 동자가 사라지자, 조유사는 크게 두려워하면서 처자식과 작별했다. 그리하여 [조유사의 손에] 죽은 자들이 한꺼번에 몰려왔는데, 미 : 이에 근거하면 장구겸경이 갑자기 분노한 것도 어쩌면 원귀가 그렇게 한 것 같다. 사람들이 보았더니 조유사는 마치 끌려가는 듯한 모습으로 당 아래로 떨어져 마침내 죽었다. 조유사는 착한 사람이 아니었다. 그는 천우비신(千牛備身)[19]으로 있다가 택주(澤州)와 상주(相州)의 판사(判司)로 승진했는데, 늘 도적 수십 명을 기르면서 그들을 시켜 도처에서 도적질하게 했다. 그러다가 일이 발각되면 그들을 죽여 입을 막았는데, 이

---

19) 천우비신(千牛備身) : 금위 무관(禁衛武官)으로 황제의 시위(侍衛)를 관장했다. '천우'는 도명(刀名)으로 어도(御刀)라고도 한다.

렇게 전후로 100여 명을 죽였기 때문에 화가 미친 것이었다.

唐蜀郡法曹參軍曹惟思, 當章仇兼瓊時, 爲西山運糧使, 甚見委任. 惟思白事於兼瓊, 瓊與語畢, 令還運. 惟思妻生男有疾, 因以情告兼瓊, 請留數日. 兼瓊大怒叱出, 集衆斬之. 眉: 不從其請可也, 斬之何爲? 其妻聞之, 乘車携兩子與之訣. 惟思已辮髮束縛, 兼瓊出監斬之. 惟思二男叩頭乞命, 來抱馬足, 馬爲不行. 兼瓊爲下泣云: "業已斬矣." 猶未釋. 郡有禪僧, 道行至高, 兼瓊母師之. 禪僧乃見兼瓊曰: "曹法曹命且盡, 請不須殺." 兼瓊乃赦惟思. 明日, 使惟思行瀘[1]府長史事, 賜緋魚袋, 專知西山轉運使, 仍許與其妻行. 惟思至瀘州, 因疾, 夢僧告之曰: "曹惟思一生中, 負心殺人甚多, 今寃家債主將至, 爲之奈何?" 惟思哀祈甚至, 僧曰: "汝能度兩子爲僧, 家中錢物衣服, 盡用施寺, 仍合家素食, 堂前設道場, 請名僧晝夜誦經禮懺, 可延百日之命. 眉: 作如許善因, 僅延百日, 人奈何不惜此光陰, 孳孳爲善也? 如不能, 卽當死矣." 惟思曰: "諸事易耳, 然苦不食, 若之何?" 僧曰: "取羊肝浸水, 加以椒醬食之, 卽能餐矣." 旣覺, 告其妻, 妻贊之, 卽僧二子. 又如言置道場誦經, 且食羊肝, 卽飯矣. 如是月餘, 晨坐, 其亡母亡姊皆來視之, 惟思大驚, 趨走迎候. 有一鬼子, 手執絳幡前引, 升自西階, 植絳幡焉. 其亡姊不言, 但於幡下儛, 傲傲不輟. 其母泣曰: "汝在生不知罪, 殺人無數, 今寃家欲來, 吾不忍見汝受苦, 故來視汝." 惟思命設祭, 母食之. 其姊舞更不已, 不交一言. 母食畢, 與姊皆去. 惟思疾轉甚, 於是羊肝亦不食. 常臥道場中, 晝日眠覺, 有二青衣童子, 其長等僬僥也, 一坐其頭, 一坐其足. 惟思問之, 童子不與語, 而貌甚閑暇, 口有四牙, 出於脣外. 明日食時, 惟思見所殺人, 或披頭潰腸, 斷截手足, 或斬首流血, 盛怒來詬惟思曰:"逆賊與我同事, 急反殺我滅口. 我今訴於帝, 故來取汝." 言畢升階, 而二童子推之, 不得進, 但謾罵曰:"終須去!" 惟思知不免, 具言其事. 如此每日常來, 皆爲童子所推, 不得至惟思所. 月餘, 忽失二童子, 惟思大懼, 與妻子別. 於是死者大至, 眉: 據此, 則章仇之怒, 或亦冤鬼使然. 衆見惟思如被曳狀, 墜於堂下, 遂卒. 惟思不臧人也. 自千牛備升爲澤州·相州判司, 常養賊徒數十人, 令其所在爲盜. 及事發, 則殺之以滅口, 前後殺百餘人, 故禍及也.

* 이 고사는《태평광기》권126〈보응·조유사〉에 실려 있다.
1 노(盧): 문맥상 "노(瀘)"의 오기로 추정한다. 아래 문장에는 정작 "노(瀘)"라 되어 있다.

17-23(0337) 장 절도사
장절사(張節使)

출《일사》 미 : 남의 처를 탐내 사람을 죽인 일에 대한 응보다(謀妻殺命報).

당(唐)나라 천보(天寶) 연간(742~756) 후에 장(張) 아무개는 검남절도사(劍南節度使)가 되었다. 그는 중원절(中元節 : 백중날로 음력 7월 15일)에 성내의 여러 절에 명을 내려 성대하게 꾸미게 한 뒤 남녀들에게 마음껏 돌아다니며 구경하게 했다. 화양(華陽) 사람 이위(李尉)가 있었는데, 그의 처는 용모가 매우 아름다워서 촉(蜀) 땅 사람들에게 소문나 있었기에 장 아무개도 그 사실을 알고 있었다. 여러 절에서 성대하게 꾸몄기에 온 성의 사람들이 모두 절로 갔는데, 종사(從事)와 주현(州縣) 관리의 집안사람이 구경하러 오면 담당 관리가 반드시 장 아무개에게 알렸다. 하지만 이위의 처만 오지 않자 장 아무개는 이상해하면서 사람을 시켜 몰래 그 이웃에 물어보게 했더니, 과연 그 아름다운 모습 때문에 나오지 않았다는 것이었다. 장 아무개는 곧장 명을 내려 개원사(開元寺)에서 큰 승원(僧院) 하나를 고르고 촉 땅의 솜씨 뛰어난 장인들을 보내서 기묘한 생각을 짜내 나무 인형 하나를 만들게 했는데, 소리가 나고 그 내부에 기계 장치를 했으며 현악기와 관악기도 모두 갖추어 놓았다. 그리고는 백성과 사인들에게 사흘 동안 마음껏 구경하게 하면서 말했다.

"사흘 뒤에는 바로 내전(內殿)에 진상할 것이다."

그러자 이틀 동안 100리 안의 수레와 가마가 몰려들어 길을 메울 정도였는데, 이 군(李君 : 이위)의 처는 역시 오지 않았다. 사흘째가 되어 저녁 무렵에 사람들이 흩어지자 이위의 처가 대나무 가마를 타고 하녀 한 명을 데리고 왔는데, 그녀가 집을 나서자마자 누군가가 벌써 장 아무개에게 급히 달려가서 그 사실을 알렸다. 장 아무개는 옷을 바꿔 입고 먼저 가서 승원 안의 속이 비어 있는 불상 안에 앉아서 그녀를 훔쳐보았다. 잠시 후에 그녀는 도착해서 먼저 하녀에게 절 안에 사람이 아무도 없는지 살펴보게 한 뒤에 대나무 가마에서 내렸다. 장 아무개가 보았더니 그녀는 바로 신선 세계의 사람으로 세상에 있는 사람이 아니었다. 그녀가 돌아가고 나서 장 아무개는 그 집을 드나드는 비구니와 여자 무당에게 몰래 부탁해 여러 차례 자신의 뜻을 전하게 했지만, 이위의 처는 그때마다 놀라면서 거절했다. 때마침 이위가 사건을 처리하면서 뇌물을 받았는데 그 일이 하인에게 발각되었다. 장 아무개는 유능한 관리를 시켜 이위의 죄상을 꾸며서 조사하게 한 뒤, 그를 60대의 장형에 처해야 한다고 상주했다. 이위는 결국 영남의 변방으로 유배되어 가던 길에 죽었다. 미 : 미녀가 화근이다. 장 아무개는 곧장 이위의 모친에게 많은 뇌물을 주고 억지로 그녀를 취하려 했다. 마침 이위는 어리석고 비루한 사람이었으므로 그 처는 늘 이위의 용렬함을 원망하고 있었기 때문에 마침내 장 아무개의 뜻을 따랐으며 비할 데 없는 총애를 받았다. 그러나 그 뒤로부터 늘 어렴풋하게 이위가 그녀의 곁에 있는 것이 보였기에 주술사에게 푸닥거리를 하게 해서 사죄했으나 끝내 멈추게 할 수 없었다. 1년 남짓 뒤에 이위의 처도 죽었다. 몇 년 뒤에 장 아무개는 병에 걸렸는데, 어느 날 갑자기 이위의 처가 보였으며 마치 살아 있을 때처럼 완연했다. 장 아무개가 깜짝 놀라 다가가서 물었더니 이위의 처가 말했다.

"저는 공의 깊은 은혜에 감격해서 보답하고자 합니다. 이 아무개(이위)가 이미 상제께 상소해 올해 공이 죽기로 되어 있습니다. 그러나 공은 또한 누군가의 구원을 받아 올해만 넘기면 틀림없이 근심이 없어질 것입니다. 그가 이미 공을 맞이하러 왔지만 공이 나가지만 않으면 틀림없이 감히 공의 당(堂)에 오르지 못할 것이니, 삼가 내려가시면 안 됩니다."

이위의 처는 말을 마치고 떠나갔다. 당시 부록술(符籙術)이 매우 높은 화산 도사(華山道士)가 장 아무개를 위해 그 집 안에 단을 쌓았는데, 그의 말 역시 이위 처의 말과 대략 같았다. 장 아무개는 몇 달 동안 감히 계단을 내려가지 않았다. 그러던 어느 날 해 질 무렵에 장 아무개는 당 아래의 동쪽 곁채에 있는 대숲에서 붉은 저고리의 소매를 보았는데, 대숲 옆에서 누군가가 자신을 부르기에 이위의 처가 온 것이라고 생각했다. 그는 이전에 이위의 처가 일러 준 주의 사항을 모두 잊어버린 채 바로 계단을 내려가서 급히 그곳으로 달려갔다. 좌우 사람들이 그를 뒤따라가면서 소리쳐 불렀으나 그를 제지할 수 없었다. 사람들이 다가가서 보았더니 이위가 부인의 옷을 입고 대숲 아래에서 장 아무개를 끌고 가면서 한참을 때린 뒤에 그를 붙잡아 문을 나갔다. 미: 귀신이 교활하도다! 바로 이른바 살았을 때 어리석고 비루한 자란 말인가! 좌우 사람들은 마치 술에 취한 듯이 있다가 깨어나서 보았더니, 장 아무개가 대숲 아래에 엎어져 있었다.

唐天寶後, 有張某爲劍南節度使. 中元日, 令郭下諸寺盛其陳列, 縱士女遊觀. 有華陽李尉者, 妻貌甚美, 聞於蜀人, 張亦知之. 及諸寺嚴設, 傾城皆至, 其從事及州縣官家人看者, 所由必聞於張. 唯李尉之妻不至, 異之, 令人潛問其鄰, 果以貌美不出. 張乃令於開元寺選一大院, 遣蜀之衆工絶巧者, 極其妙思, 作一鋪木人, 音聲關捩在內, 絲竹皆備. 令百姓士庶恣觀三日, 云:"三日滿, 卽將進內殿." 百里車輿鬧嘖兩日, 李君之妻亦不來. 至第三日, 欲夜人散, 李妻乘兜子從婢一人而至, 將入¹宅, 人已奔走啓於張矣. 張乃易服先往, 於院內一脫空佛中坐, 覘之. 須臾至, 先令探屋內都無人, 乃下. 張見之, 乃神仙中人, 非世所有. 及歸, 潛求其家來往之尼及女巫, 更致意焉, 李尉妻皆驚拒之. 會李尉以推事受贓, 爲其僕所發. 張乃令能吏深文按之, 奏杖六十, 流於嶺徼, 死於道. 眉:美女爲祟. 張乃厚賂李尉之母, 強取之. 適李尉愚而陋, 其妻每有庸奴之恨, 遂從張, 寵敬無此. 然此後亦常仿佛見李尉在側, 令術士禳謝, 竟不能止. 歲餘, 李之妻亦卒. 數年, 張疾病, 忽一日, 睹李尉之妻, 宛如平生. 驚前問之, 李妻曰: "某感公恩深, 思有所報. 李某已上訴於帝, 期在此歲. 然公亦有人救拔, 但過得茲年, 必無虞矣. 彼已來迎, 公若不出, 必不敢升公之堂, 愼不可下." 言畢而去. 其時, 華山道士符籙極高, 與張結壇場於宅內, 言亦略同. 張數月不敢降階. 又一日黃昏時, 堂下東廂有叢竹, 張見一紅衫子袖, 於竹側招己者, 以其李妻之來也. 都忘前所戒, 便下階, 奔往赴之. 左右隨後叫呼, 止之不得. 至則見李尉衣婦人衣, 拽張於林下, 毆擊良久, 乃執之出門去. 眉: 黠哉鬼乎! 卽所謂生而愚陋者也吁! 左右如醉, 及醒, 見張仆於林下矣.

* 이 고사는 《태평광기》 권122 〈보응·화양이위(華陽李尉)〉에 실려 있다.

1 입(入): 《태평광기》에는 "출(出)"이라 되어 있는데, 문맥상 타당하다.

17-24(0338) 두통달

두통달(杜通達)

출《법원주림(法苑珠林)》미 : 재물을 탐해 사람을 죽인 일에 대한 응보다(謀財殺命報).

당(唐)나라 제주(齊州) 고원(高苑) 사람 두통달은 정관(貞觀) 연간(627~649)에 북쪽으로 가고 있는 한 스님의 불경 상자를 보고 그 속에 명주 비단이 들어 있을 것이라고 생각해, 처와 함께 계획을 짜서 스님을 때려 죽였다. 스님이 아직 죽지 않았을 때 두세 구절의 주문을 외는 소리가 들렸는데, 곧 파리 한 마리가 날아와 그의 코 속으로 들어가더니 답답하게 오랫동안 나오지 않았다. 두통달은 정신을 잃어버리고 얼마 되지 않아서 악질(惡疾)에 걸려 1년도 넘기지 못하고 죽었다. 그가 죽을 때 파리가 날아 나와 다시 처의 코 속으로 들어갔는데, 그 처도 병에 걸려 1년 남짓 뒤에 또 죽었다.

唐齊州高苑人杜通達, 貞觀年中, 有僧向北行, 通達見經箱, 意其中是絲絹, 乃與妻共計, 擊僧殺之. 僧未死, 聞誦咒三兩句, 遂有一蠅飛入其鼻, 久悶不出. 通達精神沮喪, 未幾遇惡疾, 不經一年而死. 臨終之際, 蠅遂飛出, 還入妻鼻, 其妻得病, 歲餘復卒.

* 이 고사는 《태평광기》 권121 〈보응 · 두통달〉에 실려 있다.

17-25(0339) 최 현위의 아들

최위자(崔尉子)

출《원화기(原化記)》미 : 이하는 도둑질에 대한 응보다(以下盜報).

당나라 천보(天寶) 연간(742~756)에 청하(淸河) 최씨(崔氏)가 형양(滎陽)에서 살았는데, 그의 모친 노씨(盧氏)가 재산을 잘 관리해 집안이 자못 부유했다. 아들이 도성에서 책명(策名)[20]해 길주(吉州) 대화현위(大和縣尉)에 제수되었지만, 그의 모친은 고향의 재산에 미련이 있었기에 아들의 부임지로 가지 않았으며, 아들을 위해 태원(太原) 왕씨(王氏)의 딸을 아내로 얻어 주고 수십만 금의 재물과 여러 명의 노비를 주어 부임지로 가게 했다. 최 현위는 배를 빌려서 가기로 작정했는데 하인이 말했다.

"지금 손씨(孫氏)라고 하는 길주 사람이 있는데, 빈 배로 돌아가려 하므로 아주 싼값에 빌려주겠다고 하니, 만약 그와 의논한다면 아마 편리하실 것입니다."

마침내 출발할 날짜를 잡았다. 미 : 객지 사람은 자세히 알아보지 않으면 안 된다. 최씨는 왕씨와 비복들과 함께 당 아래에

---

20) 책명(策名) : 과거에 급제해 관리의 명부에 이름을 올리고 신하가 되는 것을 말한다.

늘어서서 모친께 절을 올린 뒤, 울면서 이별하고 배에 올랐다. 얼마 가지 않아서 밤에 배가 시골 강기슭에 닿았다. 배 주인은 처음부터 최 현위의 보따리를 노리고 있었는데, 최 현위가 부주의한 틈을 타서 갑자기 그를 깊은 강물 속으로 밀어 떨어뜨린 뒤, 거짓으로 물에 빠진 최 현위를 구해 주는 척하다가 물러나며 말했다.

"힘써 구했으나 미치지 못해서 안타깝다!"

최 현위의 식구들이 대성통곡하자 손씨가 칼을 꺼내 보였더니, 모두 당황하고 두려워서 숨조차 크게 쉬지 못했다. 그날 밤에 손씨는 억지로 왕씨를 차지했다. 왕씨는 그때 임신하고 있었는데, 결국 최 현위의 재물을 가지고 강하(江夏)에서 살았다. 나중에 왕씨는 아들을 낳았는데, 배 주인은 그를 자기 아들로 삼아 기르면서 아주 사랑했다. 협 : 하늘의 뜻이다. 그의 어머니는 또한 남몰래 아들에게 글을 가르쳤으나 그 연유를 알려 주지는 않았다. 한편 정주(鄭州)에 있던 최 현위의 노모는 오랫동안 아들로부터 소식이 없는 것을 이상해하면서 수년 동안 기다리고 있었다. 당시는 천하가 어지러워서 사람들이 대부분 정처 없이 떠돌아다녔기에, 최 현위의 노모는 아들과 영원히 끊어진 것이라 생각했다. 그 후 20년 뒤에 손씨는 최 현위의 재물로 인해 아주 많은 재산을 모았다. 양자가 18~19세가 되어 학문과 기예를 이미 갖추자, 마침내 그를 과거 시험에 응시하도록 도성으로 보냈다.

그 아들은 서쪽으로 가다가 도중에 정주를 지나게 되었다. 정주에서 약 50리 떨어진 곳에서 밤에 길을 잃었는데, 어떤 불빛 하나가 늘 앞을 인도했지만 사람은 보이지 않았다. 그 불빛을 따라 20여 리를 가서 한 장원의 문에 도착하자, 문을 두드리고 하룻밤 묵어가길 청했다. 주인이 그를 받아 주고 대청 안에서 머물게 했는데, 그곳은 바로 최 현위의 장원이었다. 협: 하늘의 뜻이다. 그 집의 하인이 그를 몰래 엿보고 나서 최 현위의 노모에게 알렸다.

"문 앞에서 묵어가길 청한 손님의 모습이 도련님과 비슷한데, 그의 말과 행동거지가 조금도 다름이 없습니다."

노모는 직접 살펴보고 싶어서 마침내 그를 불러들여 당에 오르게 해 이야기를 나누었는데, 모든 것이 그녀의 아들과 같았기에 성을 물어보았더니 손씨라고 했다. 노모가 눈물을 흘리자 그는 어찌 된 영문인지 알지 못했다. 노모가 말했다.

"젊은이는 먼 곳에서 왔으니 내일 잠시 머물러 식사나 한 끼 드시오."

그는 어른의 뜻을 감히 어기지 못해 결국 승낙했다. 다음 날 노모는 그가 떠나려 하자 마침내 대성통곡하면서 그에게 말했다.

"젊은이는 놀라지 마시오. 옛날에 아들 하나가 있었는데 관리로 부임하러 떠났다가 결국 소식이 끊어진 지 벌써 20

년이나 되었소. 지금 젊은이의 모습을 보니 내 아들과 너무나도 닮았기에 나도 모르게 슬피 통곡한 것이오. 젊은이는 서쪽으로 갔다가 돌아올 때 반드시 이곳에 들러 주시오. 외로운 이 늙은이는 젊은이를 내 아들처럼 생각하고 있소. 또한 드릴 것도 있으니 빨리 돌아오도록 노력하시오."

그는 봄이 되어 과거에 응시했으나 낙방했으며, 돌아가는 길에 정주에 이르러 다시 노모의 장원에 들렀더니, 노모는 기뻐하며 며칠 동안 머물게 했다. 그가 떠날 때 노모는 그에게 노자와 식량을 주었으며, 아울러 옷 한 벌을 주면서 말했다.

"이것은 죽은 내 아들의 옷인데 임지로 떠날 때 기념으로 남겨 놓은 것이오. 지금은 이미 영원히 멀어지고 말았지만 젊은이의 모습이 내 아들과 닮았기에 이것을 삼가 드리는 것이오."

노모는 통곡하며 그와 작별하면서 말했다.

"다른 날 이곳을 지나게 되면 반드시 찾아오시오."

그는 집으로 돌아간 뒤에도 부모에게 그 일을 말하지 않았다. 나중에 문득 노모가 준 옷을 입어 보았는데 아래 옷깃에 불에 탄 구멍이 있었다. 그의 어머니가 놀라며 물었다.

"어디에서 이 옷을 얻었느냐?"

그제야 그는 자초지종을 말씀드렸다. 어머니는 다른 사람을 물리친 뒤, 울면서 아들에게 옛날 일을 말해 주었다.

"이 옷은 내가 네 아버지께 지어 드린 것인데, 처음 다림질할 때 잘못해 불씨를 떨어뜨려 태웠단다. 네 아버지가 임지로 떠나실 때 할머니께서 이것을 기념으로 남겨 두셨단다. 그때는 네가 어렸기 때문에 사실을 밝혀 말해도 이해하지 못할까 걱정했는데, 오늘 신령께서 사실을 분명하게 밝혀 주실 줄을 어찌 기대했겠느냐!"

최 현위의 아들은 그 말을 듣고 통곡했으며, 관부를 찾아가 억울한 사건을 고발했다. 관부에서 손씨를 심문한 결과 과연 손씨가 죄를 자복했으므로 손씨를 주살했다. 그리고 최 현위의 아내에 대해서는 일찍 자진해서 진술하지 않았으므로 함께 죄를 묻는 것이 합당하다고 판결했으나, 그 아들이 간절히 애원한 덕분에 죄를 면했다.

唐天寶中, 有淸河崔氏, 家居于滎陽, 母盧氏, 善治生, 家頗富. 有子策名京都, 受吉州大和縣尉, 其母戀故産, 不之官, 爲子娶太原王氏女, 與財數十萬, 奴婢數人, 赴任. 乃謀賃舟而去, 僕人曰: "今有吉州人, 姓孫, 云空舟欲返, 傭價極廉, 倘與商量, 亦恐穩便." 遂擇發日. 眉: 作客者不可不知. 崔與王氏及婢僕列拜堂下, 泣別而登舟. 不數程, 晩臨野岸. 舟人素窺其橐, 伺崔尉不意, 遽推落深潭, 佯爲拯溺之勢, 退而言曰: "恨力救不及矣!" 其家大慟, 孫以刃示之, 皆惶懼, 無復喘息. 是夜, 抑納王氏. 王方娠, 遂以財物居於江夏. 後王氏生男, 舟人養爲己子, 極愛焉. 夾: 天也. 其母亦竊誨以文字, 亦不告其由. 崔之親老在鄭州, 詗久不得消息, 積望數年. 天下離亂, 人多飄流, 崔母分與子永隔矣. 爾後二十年, 孫氏因崔財, 致産極厚. 養子年十八九, 學藝已成, 遂遣入京赴擧. 此子西上, 途過鄭州. 去州約五十里, 遇夜迷路, 常有一火前引而不見人. 隨火而行二十餘里, 至莊門, 扣開寄宿. 主人容之, 舍於廳中, 乃崔莊也. 夾:天也. 其家人竊竊, 報其母曰: "門前宿客, 貌似郎君, 言語行步, 輒無少異." 母欲自審之, 遂召入升堂, 與之話語, 一如其子, 問乃孫氏矣. 母垂泣, 其子不知所以. 母曰: "郎君遠來, 明日且住一食." 此子不敢違長者之意, 遂諾之. 明日, 母見此子將去, 遂發聲慟哭, 謂此子曰: "郎君勿驚. 昔年唯有一子, 頃因赴官, 遂絶消息, 已二十年矣. 今見郎君狀貌, 酷似吾子, 不覺悲慟耳. 郎君西去, 回日必須相過. 老身心孤, 見郎君如己兒也. 亦有奉贈, 努力早回." 此子至春, 應擧不捷, 却歸至鄭州, 還過母莊, 母見欣然, 遂停數日. 臨行, 贈資糧, 兼與衣一副曰: "此是吾亡子衣服, 去日爲念. 今旣永隔, 以郎君貌似吾子, 便以奉贈." 號哭而別, "他時過此, 亦須相訪." 此子却歸, 亦不爲父母言之. 後忽著老母所遣衣衫, 下襟有火燒孔. 其母驚問: "何處得此衣?" 乃述本末. 母因屛人, 泣與子言其事: "此衣是吾與汝父所製, 初熨之時, 誤遺火所爇. 汝父臨發之日, 阿婆留此以爲念. 比爲汝幼小, 恐申理不了, 豈期今日神理昭然!" 其子聞言慟哭, 詣府論寃. 推問果伏, 誅孫氏. 而妻以不早自陳, 斷合從坐, 其子哀請而免.

* 이 고사는 《태평광기》 권121 〈보응・최위자〉에 실려 있다.

17-26(0340) 정생

정생(鄭生)

출《선실지》

당(唐)나라 형양(滎陽) 사람 정생은 말타기와 활쏘기에 뛰어나고 용감하고 민첩하기로 소문나 있었다. 정생은 공락(鞏雒)의 교외에서 살았는데, 하루는 술에 취해 손에 활을 들고 허리에 화살을 찬 채 말을 타고 질주하다가 보았더니, 자신의 집에서 수십 리 떨어진 들판 사이에서 혼자 말을 몰고 있었다. 마침 날이 저물고 비바람이 세게 불었기에 정생은 커다란 나무 아래로 몸을 피해 한참 동안 있었다. 이윽고 날이 개었지만 이미 저녁이 되었기에 정생은 길을 잃고 말이 가는 대로 내버려두었는데, 길옆으로 신을 모신 사당의 문이 보였다. 정생은 말을 문밖에 묶어 두고 사당 안에서 머무르려고 했는데, 갑자기 소름이 끼치면서 마음이 동요해 즉시 동쪽 처마 아래로 몸을 숨겼다. 그때 사당의 왼쪽 빈방에서 바스락거리는 소리가 들리자 정생은 귀신이 아닐까 의심하면서 활을 당기고 활시위를 겨누며 살펴보았다. 문득 보았더니 한 사내가 봇짐을 지고 검을 짚고 빈방에서 나오더니 이윽고 검에 몸을 의지한 채 소리쳤다.

"나는 도적인데 혹시 너도 도적이 아니냐?"

정생이 말했다.

"나는 공락의 교외에서 살고 있는데, 아까 혼자 말을 타고 들판을 달리다가 비바람을 만나 길을 잃고 헤맨 끝에 이곳에서 몸을 피하게 되었소."

검을 짚고 있는 사람이 말했다.

"네가 도적이 아니라고 하니 나를 해치려는 마음은 없겠지? 내가 달아나려면 반드시 동쪽 처마 아래를 지나가야 하니, 활시위를 풀어 나에게 넘겨주길 바란다."

정생은 이전부터 늘 활시위 하나를 따로 소매 속에 넣고 다녔기에 활시위를 풀어 검객 앞에 던지고는 몰래 소매 속의 활시위를 활에 매었다. 도적은 활시위를 받고 동쪽 처마 아래로 오더니 정생을 죽여서 입을 막고자 했다. 이에 정생이 급히 화살을 활시위에 걸자 도적이 달아나면서 말했다.

"너는 과연 영리한 놈이구나."

도적이 떠난 후에 정생은 그가 무리를 이끌고 다시 올까 두려워서 나무에 올라가 스스로 몸을 숨겼다. 한참 후에 달이 뜨고 별이 빛나기 시작했을 때 문득 보았더니, 용모가 아주 아름다운 한 부인이 빈방에서 나와 정원에서 울었다. 정생이 그 까닭을 묻자 부인이 말했다.

"저는 마을에서 살고 있었는데 도적에게 유괴되어 이곳에 왔습니다. 또한 도적은 제 옷가지를 탐내 빈방에서 저를 죽인 뒤 시신을 버리고 떠났으니, 부디 군자께서 제 원한을 씻어 주셨으면 합니다."

또 말했다.

"오늘 밤에 틀림없이 그 도적놈이 전횡[田橫 : 진(秦)나라 말의 제왕(齊王)]의 무덤에서 몸을 숨기고 있을 테니, 급히 쫓아가서 놓치지 마시길 바랍니다."

정생이 그렇게 하겠다고 약속하자 부인은 감사드리고 떠났다. 날이 밝자 정생이 살펴보았더니 과연 시체가 보였다. 정생은 급히 말을 달려 낙양(洛陽)으로 가서 하남윤(河南尹) 정숙칙(鄭叔則)에게 모든 사실을 갖추어 아뢰었다. 하남윤은 관리에게 명해 도적을 체포하게 했는데, 과연 전횡의 무덤 안에서 그 도적을 잡았다.

唐滎陽鄭生, 善騎射, 以勇悍趫捷聞. 家於鞏雒之郊, 嘗一日乘醉, 手弓腰矢, 馳捷馬, 獨驅田野間, 去其居且數十里. 會天暮, 大風雨, 庇大木下久之. 及霽, 已夕矣, 迷失道, 縱馬行, 見道旁有門宇, 乃神廟也. 生以馬繫門外, 將止屋中, 忽慄然心動, 卽匿身東廡下. 聞廟左空舍中窣窣然, 生疑其鬼, 因引弓震弦以伺之. 俄見一丈夫, 負囊仗劍, 自空舍中出, 旣而倚劍揚言曰:"我盜也, 爾豈非盜乎?" 鄭生曰:"吾家於鞏雒之郊, 嚮者獨驅田間, 適遇風雨迷道, 故匿身於此." 仗劍者曰:"子旣不爲盜, 得無害我之心乎? 且我遁去, 道必經東廡下, 願解弓弦以授我." 先是生常別以一弦致袖中, 旣解弦投於劍客前, 密以袖中弦繫弓上. 賊旣得弦, 遂至東廡下, 將殺鄭生以滅口. 生急以矢繫弦, 賊遂去, 因曰:"吾子果智者." 旣去, 生懼其率徒再來, 於是登木自匿. 久之, 星月始明, 忽見一婦人, 貌甚冶, 自空舍中出, 泣於庭. 問之, 婦人曰:"妾家於村中, 爲盜見誘至此. 且利妾衣裝, 遂殺妾空舍中, 棄其尸而去, 幸君子爲雪其寃." 又曰:"今夕當匿於田橫墓, 願急逐之無失." 生諾之, 婦人謝而去. 及曉, 生視之, 果見尸. 卽馳馬至洛, 具白於河南尹鄭叔則. 尹命吏捕之, 果得賊於田橫墓中.

* 이 고사는 《태평광기》 권127 〈보응 · 정생〉에 실려 있다.

17-27(0341) 공손작

공손작(公孫綽)

출《일사》 미 : 주술로 홀려 사람을 죽인 일에 대한 응보다(厭魅殺人報).

당(唐)나라 왕옥현(王屋縣)의 주부(主簿) 공손작은 임지에 도착한 지 몇 달 만에 급작스런 병으로 죽었다. 아직 장례를 치르지 않았을 때 현령이 홀로 청사에 있었는데, 공손작이 관복을 갖춰 입고 문으로 들어오는 것을 보고 놀라 일어서며 말했다.

"공과 나는 저승과 이승의 길이 다른데 무슨 까닭으로 침범했는가?"

공손작이 말했다.

"저는 억울한 일이 있어서 장관을 뵙고 원한을 씻어 달라고 부탁드리고자 합니다. 일찍이 외람되지만 장관을 보좌해 드렸는데 어찌 벌써 무정하게 대하십니까! 저는 수명이 아직 다하지 않았지만 하인에게 저주를 당해 재물을 도둑맞았습니다. 제 집은 하음현(河陰縣)에 있는데, 장관께서 마음이 있으시다면 유능한 관리를 은밀히 선발해 공문서를 가지고 가서 잡게 하시면, 필시 법망을 빠져나가지 못할 것입니다. 집 대청 처마의 동쪽에서 일곱 번째 기왓고랑 아래에 오동나무로 만든 제 형상이 있을 것인데, 그 위에는 못이 두루 박혀 있으며 이미 변질되었을 것입니다."

공손작은 말을 마치고 사라졌다. 현령은 매우 이상해하면서 강한 군졸 가운데 평소 공손작과 친분이 두터운 자를 선발한 뒤, 공문서와 하음현령에게 보내는 서신을 가지고 가서 그 하인들을 모두 체포하게 했다. 마침내 대청의 처마를 수색해서 과연 인형을 발견했는데, 길이는 1척 남짓 되었고 그 몸의 주위에 못이 박혀 있었다. 인형의 나무는 점차 살덩이로 변해 갔는데, 그것을 때리자 아야! 하는 소리를 냈다. 공손작이 모아 둔 곡식들은 모두 도둑맞았다. 현에서 마침내 이 일을 주부(州府)에 알렸고, 하인 몇 사람은 모두 고목처럼 말라 죽었다.

唐王屋主簿公孫綽, 到官數月, 暴疾而殞. 未及葬, 縣令獨在廳中, 見綽具公服, 從門而入, 驚起曰: "與公幽顯異路, 何故相干?" 綽曰: "某有冤, 要見長官請雪. 嘗忝僚佐, 豈遽無情! 某命未合盡, 爲奴婢所厭, 以利盜竊. 某宅在河陰縣, 長官有心, 倘爲密選健吏, 賫牒往捉, 必不漏網. 宅堂檐從東第七瓦土壟下, 有某形狀, 以桐爲之, 釘布其上, 已變易矣." 言訖而沒. 令異甚, 乃擇强卒素爲綽所厚者, 持牒並書與河陰宰, 其奴婢盡捕得. 遂於堂檐上搜之, 果獲人形, 長尺餘, 釘繞其身. 木漸爲肉, 擊之啞然有聲. 所貯粟麥, 悉爲所盜矣. 縣遂申府, 奴婢數人, 皆殪枯木.

* 이 고사는 《태평광기》 권128 〈보응 · 공손작〉에 실려 있다.

17-28(0342) 합두사

합두사(榼頭師)

출《조야첨재》 미 : 이하는 모두 해묵은 원한이다(以下俱宿寃).

양(梁)나라에 합두사라는 자가 있었는데, 정진을 지극히 했기에 무제(武帝)가 그를 매우 신봉했다. 나중에 무제가 사자에게 명해 합두사를 불러오게 했는데, 그때 무제는 한창 다른 사람과 바둑을 두고 있다가 한 점을 죽일 준비를 하고 곧바로 "죽여라!"라고 소리쳤다. 그러자 사자가 급히 나가서 그를 참수했다. 무제가 바둑을 다 두고 나서 말했다.

"법사를 부르라."

사자가 탄식하며 말했다.

"아까 폐하께서 신에게 법사를 죽이라고 하셨기에 법사를 이미 죽였습니다."

무제가 한탄하며 말했다.

"법사가 죽을 때 무슨 말을 했느냐?"

사자가 말했다.

"법사가 말하길, '빈도는 죄가 없으나 전생에 사미승으로 있을 때 가래로 땅을 파다가 잘못해 지렁이 한 마리를 죽였는데, 황제께서 당시에 그 지렁이였기에 미 : 양 무제는 가히 지렁이라 칭할 만하다.[21] 지금 이렇게 응보를 받는다'라고 했습니다."

무제는 후회하며 한탄했지만 돌이킬 수 없었다.

梁有檮頭師者, 極精進, 武帝甚敬信之. 後敕使喚檮頭師, 帝方與人棋, 欲殺一段, 應聲曰: "殺却!" 使遽出而斬之. 帝棋罷, 曰: "喚師." 使咨曰: "向者陛下令臣殺却, 師已殺訖." 帝嘆曰: "師臨死有何言?" 使曰: "師云: '貧道無罪, 前劫爲沙彌時, 以鍬鏟地, 誤斷一曲蟺, 帝時爲蟺, 眉: 梁武可稱蚓□. 今此報也.'" 帝悔恨無及.

* 이 고사는《태평광기》권125〈보응·합두사〉에 실려 있다.

21) 양 무제는 가히 지렁이라 칭할 만하다 : 이 미비(眉批)의 원문은 "양무가칭인□(梁武可稱蚓□)"이라 되어 있어 한 글자가 판독 불가한데, 문맥을 고려해 추정해서 번역했다. 쑨다평의 교점본에서는 "양무가칭인제(梁武可稱蚓帝)"로 추정했다.

17-29(0343) 당소

당소(唐紹)

출《잡이편(雜異編)》

    당소는 어려서부터 총명했으며 전생의 일을 알아 모두 분명하게 기억하고 있었지만 다른 사람에게 말한 적이 없었다. 나중에 당소는 급사중(給事中)이 되었고 그의 맞은편 집에 낭중(郞中) 이막(李邈)이 살았는데, 당소는 목욕 휴가일이 되면 대부분 이막을 불러 함께 담소를 나누었으며 정의가 매우 돈독했다. 간혹 때때로 이막을 위해 음식을 차렸는데 이막도 영문을 헤아리지 못했다. 당소의 처가 남편에게 따져 물었다.

    "당신은 훌륭한 명성이 있고 황제를 가까이에서 모시는 존귀한 관직에 있으니 마땅히 사귀는 사람을 신중히 해야 합니다. 이막은 당신과 어울리지 않으니 당신은 그와 너무 친하게 지내지 마십시오."

    당소가 말했다.

    "당신이 알 수 있는 바가 아니오."

    두 사람의 교분은 더욱 두터워졌다. 개원(開元) 연간(713~741) 초에 여산(驪山)에서 무예를 강습했는데, 당소는 당시 예부상서(禮部尙書)를 대리하고 있었다. 현종(玄

宗)이 북채를 쥐고 북을 쳤는데 세 번의 시합이 채 끝나기도 전에 병부상서(兵部尙書) 곽원진(郭元振 : 곽진(郭震)]이 급히 조서를 내려야 한다면서 무예 강습을 끝내라고 아뢰었다. 그러자 신무황제(神武皇帝 : 현종)가 크게 노해 곽원진을 끌고 가서 천자의 수레 깃발 아래에 앉게 했다. 장열(張說)이 현종의 말 앞에서 무릎 꿇고 아뢰면서, 곽원진은 사직을 보호한 큰 공이 있으므로 마땅히 처형을 사면해 줘야 한다고 하자 마침내 그를 풀어 주었다. 그러나 현종은 분통이 터져 당소를 참수하고 말았다. 미 : 선대(先代)에 법 집행의 엄격함이 이와 같았기 때문에 큰 환난을 벗어나 안정될 수 있었다. 이보다 하루 전날에 당소가 처자식들에게 말했다.

"내가 이막과 가까이 지내는 이유는 죽을 때가 되면 이야기하려고 했는데 지금 그때가 되었다. 나는 어려서부터 전생의 일을 모두 알고 있으며, 내일의 무예 강습에서 나는 죽음을 면하지 못할 것이다. 나는 전생에 아무개의 딸이었는데 계년(笄年 : 15세)이 되고 나서 패릉(霸陵)의 왕씨(王氏)의 아들에게 시집가서 그의 아내가 되었다. 시어머니는 나를 매우 엄하게 대했다. 내 나이 열일곱에 동지(冬至) 하루 전날 시어머니가 내게 음식을 준비하라고 했는데, 일을 마칠 때쯤에 나는 너무 피곤했다. 그런데 시어머니가 또 나에게 다음 날 손님을 접대할 때 입을 비단 치마를 지으라고 했다. 나는 등잔 앞에서 바느질하면서 다 만들지 못할까 봐 걱정하며 한밤중이 되도록 쉬지 못하고 있었다. 그때 갑자기 개 한 마리가 문짝을 밀고 방으로 들어와서 등잔을 건드렸는데, 등잔이 넘어지면서 기름이 치마 위로 엎질러졌다. 나는 두렵고 또 원망스러워서 개를 꾸짖었다. 개가 도망가다가 문짝에 부딪쳐 문짝이 오히려 닫히는 바람에 어쩔 줄 모르고 주변을 맴돌다가 침상 아래로 들어가 엎드렸다. 내가 다시 촛불을 비추고 치마에 묻은 자국을 어떻게 해 보려고 했지만 기름이 온 치마에 묻어 있었다. 나는 시어머니의 호된 꾸지람이 두렵고 또 개가 등잔을 건드린 것이 원망스러워서 마침내 침상을 들고 가위로 개를 찔렀는데, 가위가 개의 목에 박혀서 가위의 한쪽 날이 부러졌으며 나머지 한쪽 날로 다시 찔렀더니 곧 개가 죽었다. 이튿날 아침에 치마를 들고 시어머니에게 말씀드렸더니, 시어머니가 막 꾸짖으려던 차에 남편이 밖에서 들어와서 그 까닭을 묻고는 마침내 침상 아래에서 죽은 개를 끌어내 시어머니 앞에 놓았으며, 이로 인해 시어머니의 화가 조금 풀어졌다. 나는 열아홉 살에 죽어서 마침내 이 몸으로 태어났고, 예전에 죽었던 개는 바로 지금의 이막이다. 내가 내일 죽는 것은 대개 인연에 의한 업보이니, 처형을 집행하는 자는 필시 이막일 것이다!"

다음 날이 되어 무예를 강습할 때 당소는 과오를 범해 죽게 되었는데, 과연 이막이 칼을 들고 형을 집행했다. 그는 첫 칼에 죽지 못하고 칼이 부러졌으며, 칼을 바꾸어 다시 내리치자 그제야 목숨이 끊어졌다. 미 : 개도 죄가 있기 때문에 이막은 당소와 서로 원수가 되지 않았다. 당소의 죽음은 아마도 인연에 따른 업보가 따로 있었을 것 같지만, 이막이 칼을 든 것은 또한 이상하다. 《당서(唐書)》에서는 명황(明皇 : 현종)이 잠시 후에 당소를 죽인 것을 후회했으며 이막이 형을 너무 빨리 집행했다고 생각해서 종신토록 다시는 이막을 등용하지 않았다고 한다.

唐紹幼通悟, 知生前事, 歷歷備記, 而未嘗言於人. 後爲給事中, 對門有郞中李邈者, 紹休沐日, 多召邈與之言笑, 情好甚篤. 或時爲具饌, 邈亦不測所謂. 其妻詰紹曰 : "君有盛名, 官至淸近, 宜愼所交. 李邈非類, 君勿與狎." 紹曰 : "非子所知." 情好逾厚. 開元初, 驪山講武, 紹時攝禮部尙書. 玄宗援桴擊鼓, 時未三合, 兵部尙書郭元振1令詔奏畢. 神武赫怒, 拽元振坐於藁下. 張說跪奏於馬前, 稱元振於社稷有保護大功, 合赦殊死, 遂釋. 猶恨而斬紹. 眉 : 先代用法之嚴如此, 故能出定大難. 先一日, 紹謂妻子曰 : "吾善李邈, 須死而言, 今時至矣. 吾自幼卽具知前生事, 明日講武, 吾其不免. 吾前世爲某氏女, 旣笄, 適覇陵王氏子爲妻. 姑待吾甚嚴. 吾年十七, 冬至先一日, 姑令吾主饌, 比畢, 吾困怠亦甚. 姑又令吾縫羅裙, 遲明服以待客. 吾臨燈運針, 慮功之不就, 夜分不息. 忽一犬衝扉入房, 觸燈, 燈僵, 油仆裙上. 吾且懼且恨, 因叱犬. 犬走突扉, 而扉反闔, 犬周章, 却伏床下. 吾復照燭, 將理裙汙, 而狼籍殆遍. 吾懼姑深責, 且恨犬之觸燈, 遂擧床, 以剪刀刺犬, 偶中其頸, 而剪一股亦折, 復以一股刺之, 俄而犬斃. 詰朝持裙白姑, 姑方責罵, 而吾夫適自外至, 詢其故, 遂於床下引斃犬, 陳於姑前, 由是少解. 吾年十九而卒,遂生於此, 往者斃犬, 乃今之李邈也. 吾明日之死, 蓋緣報也, 行戮者必李邈乎!" 及翌日講武, 坐誤就戮, 果李邈執刀. 初一刀不殊而刀折, 易刀再擧, 乃絶焉. 眉: 犬亦有罪, 故邈不與紹相仇. 紹之死, 蓋別有緣報, 然邈之擧刀, 亦異矣.《唐書》說, 明皇尋悔恨殺紹, 以李邈行戮太疾, 終身不更錄用.

* 이 고사는 《태평광기》 권125 〈보응·당소〉에 실려 있다.
1 거(據) : 《태평광기》에는 "거(遽)"라 되어 있는데, 문맥상 보다 타당하다.

17-30(0344) 이생

이생(李生)

출《선실지》

　당(唐)나라 정원(貞元) 연간(785~805)에 이생이라는 사람이 하삭(河朔) 지방에서 살았다. 그는 어려서부터 힘이 장사였는데 자신의 기운을 믿고 협객들을 좋아해 사소한 행실에는 구애받지 않았으며 늘 경박한 젊은이들과 어울려 다녔다. 그러다가 20여 세가 되어서야 비로소 평소의 행실을 끊고 공부하며 시가(詩歌)를 지었는데 사람들이 자못 칭찬했다. 이생은 여러 차례 하삭 지방의 관리를 지냈고 나중에는 심주(深州)의 녹사참군(錄事參軍)이 되었다. 이생은 풍모가 훌륭하고 담소에 뛰어났으며 관리의 일에 정통한 데다 청렴하고 신중하고 총명하고 재능 있었다. 그는 또 격구(擊毬)와 음주에 대해서도 모두 능해서 평소에 태수(太守)의 인정을 받았다. 당시 왕무준(王武俊)이 성덕군(成德軍)[22]을 다스리고 있었는데, 자신의 공적을 믿고 군사가 많음을 자부해 법도를 따르지 않았기에 여러 군수(郡守)들은 그를

---

[22] 성덕군(成德軍) : 당나라 때 하북(河北) 정정현(正定縣)에 설치한 군진(軍鎭).

똑바로 쳐다보지 못할 정도로 두려워했다. 한번은 왕무준이 그의 아들 왕사진(王士眞)을 파견해 관할 군을 순시하게 했는데, 왕사진이 심주에 도착하자 태수는 풍악을 준비하고 연회를 열어 매우 깍듯하게 예우했다. 또한 술을 마시고 왕사진의 비위를 거스를 사람이 있을까 봐 염려해 자신의 막료나 빈객들을 감히 한 명도 부르지 못했다. 왕사진은 크게 기뻐하며 다른 군이 따라올 수 없을 정도라고 생각했다. 술을 마시다가 밤이 되자 왕사진이 말했다.

"다행히 사군(使君 : 태수)께서 이처럼 후대해 주시니 오늘 밤에 기쁨을 다해 보려고 하는데 혹시 좋은 빈객이 없습니까? 불러왔으면 합니다."

태수가 말했다.

"편벽한 군인지라 이름난 사람이 없고 부대사(副大使 : 왕사진)님의 위엄이 두려워서 감히 다른 빈객을 불러 연회석에서 모시게 하지 못했는데, 다만 녹사참군인 이 아무개라면 부대사님을 모시고 담소를 나누기에 충분할 것입니다."

왕사진이 말했다.

"오라고 하시지요."

그리하여 이생을 부르자 그가 종종걸음으로 들어와 절을 올렸는데, 왕사진은 그를 보더니 크게 노여워하는 기색을 띠었다. 이윽고 앉으라고 명하자 이생은 더욱 공손한 모습을 보였으나, 왕사진은 더욱더 불쾌해하면서 눈을 부릅뜨고 팔소매를 걷어 올리며 이전의 기쁜 모습이 사라졌다. 태수가 두려워하면서 어쩔 줄 모르고 이생을 돌아보았더니, 그는 무안해하고 땀을 흘리면서 술잔도 들 수 없었기에 온 좌중이 모두 깜짝 놀랐다. 잠시 후 왕사진은 좌우 부하를 큰 소리로 불러 이 아무개를 포박해 옥에 가두라고 했다. 부하는 즉시 이생의 소매를 잡아끌고 급히 가서 차꼬를 씌워 옥에 가두었다. 그러고 나서 왕사진은 처음처럼 즐겁게 술을 마셨다. 새벽이 되어 연회가 끝나자 태수는 놀랍고도 두려워서 몰래 감옥에 사자를 보내 이생에게 물었다.

"그대는 왕 군(王君 : 왕사진)을 거스른 적이 없는데, 그대는 정녕 그 이유를 알고 있는가?"

이생은 한참 동안 슬피 울다가 말했다.

"불가에 현세의 보응이 있다는 말을 일찍이 들었는데 이제야 그 의미를 알겠습니다. 저는 젊었을 때 가난해 살아갈 밑천이 없었기에 곧잘 협사들과 어울려 다니면서 종종 마을 사람들의 재물을 약탈했으며, 항상 허리에 활을 차고 말을 달려 큰길을 왕복하면서 하루에 100여 리를 돌아다니곤 했습니다. 하루는 좋은 노새를 몰고 커다란 봇짐 두 개를 싣고 가는 한 젊은이를 만났는데 저는 그의 재물이 탐났습니다. 주변을 돌아보니 사방이 천길만길 깎아지른 바위 절벽에다가 날도 점점 어두워지고 있던 차라 마침내 그를 힘껏 밀어 절벽 아래로 떨어뜨렸습니다. 그러고는 즉시 그의 노새를 급히 몰아 여관으로 가서 그 봇짐을 풀어 헤쳐 비단 100여 단(段)을 차지했습니다. 그때부터 집안 형편이 조금 넉넉해지자 활과 화살을 꺾어 버리고 문을 닫은 채 공부해 마침내 벼슬자리에 올라 여기에 이르게 된 지 지금까지 어언 27년이 흘렀습니다. 어제 저녁에 연회에 참석하라는 명을 받들고 연회석에 들어가서 왕 공(王公 : 왕사진)의 모습을 보았더니, 바로 제가 예전에 죽였던 그 젊은이였습니다. 절을 올린 뒤 마음이 두렵고 떨려서 곧 죽게 되리라는 것을 스스로 알았습니다. 이제 목을 내밀고 칼을 기다리고 있으니 무슨 말을 하겠습니까? 저를 위해 군후(君侯 : 왕사진)께 잘 말씀드려 주십시오. 다행히 제 사정을 깊이 이해해 주신다면 감히 뒷일을 부탁드리겠습니다."

잠시 후 왕사진은 술에서 깨어나 급히 좌우 부하를 부르더니, 가서 이 아무개의 머리를 가져오라고 했다. 부하가 곧장 옥으로 가서 그의 머리를 베어 올리자 왕사진은 찬찬히 바라보며 웃었다. 잠시 후에 다시 왕사진이 태수와 함께 군재(郡齋)에서 술자리를 크게 벌여 술에 취하자, 태수는 그가 흥겨워하는 틈을 타서 일어나 말했다.

"못난 제가 다행히도 한 군을 다스리게 되었는데, 부대사님께서 저희 군정(郡政)을 시찰하시면서 관대하게도 죄를 묻지 않으시니 그 은혜가 크기만 합니다. 어제 부대사님께서 제게 다른 빈객을 불러오라고 명하셨는데, 군이 편벽하고 작아서 연회석에서 모시고 즐겁게 해 드릴 만한 사람이 없었습니다. 저는 이 아무개가 술을 잘 마신다고 생각해서 그를 불렀는데, 이 아무개가 어리석어 예법에 익숙하지 못한 탓에 명공(明公 : 왕사진)의 심기를 크게 거스른 것은 실로 저의 죄입니다. 오늘 명공께서 그를 주살하신 것은 마땅합니다. 그런데 제가 아직 이 아무개의 죄가 무엇인지 알지 못하니, 명공께서 그것을 분명히 알려 주셔서 앞으로 경계로 삼게 해 주시기를 바랍니다." 미 : 말을 잘한다.

왕사진이 웃으며 말했다.

"이생에게는 죄가 없고 단지 내가 그를 보자마자 분연히 내 마음이 격동되어 그를 죽이고자 하는 생각이 들었소. 오늘 그를 죽였지만 나도 그렇게 한 이유를 알지 못하겠으니, 당신은 그 일을 다시 말하지 마시오."

연회가 끝난 뒤에 태수가 은밀히 왕사진의 나이를 알아보니 바로 스물일곱 살이라고 했다. 아마도 이생이 젊은이를 죽인 해에 왕사진이 왕씨 집안에 태어난 것이리라. 태수는 한참 동안 그 기이함에 탄식하다가 사재(私財)로 이생을 후하게 장사 지내 주었다.

唐貞元中, 有李生者, 家河朔間. 少有膂力, 恃氣好俠, 不拘細行, 常與輕薄少年遊. 年二十餘, 方折節讀書, 爲歌詩, 人頗稱之. 累爲河朔官, 後至深州錄事參軍. 生美風儀, 善談笑,曲曉吏事,廉謹明幹.至於擊鞠飲酒,皆號爲能,雅爲太守所知.時王武俊帥成德軍,恃功負衆,不顧法度,諸郡守畏之側目.嘗遣其子士眞巡屬郡,至深州,太守張樂設宴,執禮甚謹.又慮有以酒忤士眞者,以故僚吏賓客一不敢召.士眞大喜,以爲他郡莫能及.飲酒至夜,士眞乃曰:"幸使君見待之厚,欲盡歡於今夕,豈無嘉賓?願得召之."太守曰:"偏郡無名人,懼副大使之威,不敢以他客奉宴席,唯錄事參軍李某,足侍談笑."士眞曰:"但命之."於是召李生入,趨拜,士眞目之,色甚怒.旣而命坐,貌益恭,士眞愈不悅,瞪顧攘腕,無向時之歡矣.太守懼,莫知所謂,顧視生,靦然而汗,不能持盃,一坐皆愕.有頃,士眞叱左右,縛李某繫獄.左右即牽李袂疾去,械獄中.已而士眞歡飲如初.迨曉宴罷,太守且驚且懼,乃潛使於獄中訊李生曰:"君未嘗忤於王君,君寧自知耶?"李生悲泣久之,乃曰:"常聞釋氏有現世之報,吾知之矣.某少貧,無以自資,由是好與俠士遊,往往掠奪里人財帛,常馳馬腰弓,往還大行道,日百餘里.一日遇一年少,鞭駿騾,負二巨囊,吾利其資.顧左右皆巖崖萬仞,而日漸曛黑,遂力排之,墮於崖下.即疾驅其騾,赴逆旅氏,解其囊,得繒百餘段.自此家稍贍,因折弓矢,閉門讀書,遂仕而至此,及今凡二十七年矣.昨夕承命侍宴,旣入而視王公之貌,乃吾曩時所殺少年也.一拜之後,中心慚惕,自知死不朝夕.今則延頸待刃,又何言哉?爲我謝君侯.幸知我深,敢以身後爲託."有頃,士眞醉寤,忽召左右,往李某取其首[1].左右即於獄中斬其首以進,士眞熟視而笑.旣而又與太守大飲於郡齋,酒醉,太守因歡,乃起曰:"某不才,幸得守一郡.而副大使下察弊政,寬不加罪,爲恩厚矣.昨日副大使命某召他客,屬郡僻小,無足奉歡宴者.竊以李某善飲,故召之,而李某愚戇,不習禮法,大忤明公,實某之罪也.今明公誅之宜矣. 竊未曉李某之罪, 願得明數之, 且用誡於將來也." 眉 : 善辭. 士眞笑曰 : "李生亦無罪, 但吾一見之, 遂忿然激吾心, 已有戮之之意. 今旣殺之, 吾亦不知其所以然也, 君無復言." 及宴罷, 太守密訊其年, 則二十有七矣. 蓋李生殺少年之歲, 而士眞生於王氏也. 太守嘆異久之, 因以家財厚葬李生.

* 이 고사는 《태평광기》 권125 〈보응·이생〉에 실려 있다.
1 왕이모취기수(往李某取其首) : 《태평광기》에는 "왕취이모수래(往取李某首來)"라 되어 있는데, 문맥상 뜻이 보다 분명하다.

17-31(0345) 변주의 객승

변주객승(汴州客僧)

출《박이기(博異記)》

당(唐)나라 원화(元和) 연간(806~820)에 성 남쪽에 두(杜) 아무개라는 사람이 있었는데, 한번은 변주의 초제원(招提院)[23]에서 주인과 객승과 함께 앉아서 얘기하고 있었다. 그 자리에 코에서 이마 사이에 오래된 칼자국이 얼굴을 가로질러 있는 한 객승이 있었는데, 그 객승에게 그 연유를 물었더니 객승은 한참 동안 눈살을 찌푸리며 슬퍼하다가 말했다.

"저의 집은 대량(大梁)에 있고 부모님과 형과 형수가 살고 있었는데, 형은 매년 강호(江湖)의 물건을 팔아서 생계를 꾸려 갔습니다. 형은 처음 한 해에는 강남에서 돌아와 두 배에 가까운 이익을 얻었는데, 두 번째 해에는 가서 돌아오지 않았으며, 세 번째 해에는 동행했던 사람이 말하길, '당신의 형은 풍랑을 만나 익사했습니다'라고 했습니다. 그래서 부

---

[23] 초제원(招提院) : 사방의 수행 객승이 머무는 객사, 또는 관부(官府)에서 편액을 하사한 사원을 말하는데, 여기서는 전자의 뜻으로 쓰였다. 초제소(招提所)라고도 한다.

모님과 형수가 모두 상복을 입고 상기(喪期)를 마치기 전에 갑자기 한남(漢南)에서 장사하는 사람이 대량으로 와서 저의 집을 열심히 찾았습니다. 제가 상국사(相國寺)의 정사에서 나와 그를 만났더니 그 장사꾼이 말하길, '내가 당신 형의 편지를 가지고 있습니다'라고 했습니다. 저는 기쁘고 놀라서 뭐라 말도 못한 채 그를 맞이해서 집으로 가 부모님께 알렸더니 그가 말하길, '법사의 형은 강서(江西)에서 장사하다가 손해를 봐서 결국 한남에서 떠돌아다니게 되었습니다. 그런데 그곳의 비장(裨將)이 가엾게 여겨 원수(元帥)에게 아뢰었으며, 지금은 비록 돈은 거의 떨어졌지만 입고 먹는 것은 스스로 꾸려 나가고 있습니다. 비천해진 탓에 부모님을 찾아뵐 수 없기 때문에 저에게 편지를 전해 달라고 부탁했습니다'라고 했습니다. 부모님과 형수는 슬피 울며 감정을 주체할 수 없었습니다. 다음 날 부모님은 저를 한남으로 보내 형을 찾도록 했습니다. 저는 7~8일을 가서 남양(南陽)의 경계로 들어갔습니다. 해 질 무렵에 큰 늪지 주변을 지나갔는데, 동서로는 길이 끊기고 인가의 연기도 보이지 않았으며 사방에서 짙은 구름이 모여들었습니다. 점점 어두워지던 차에 적막한 민가 두세 집을 만나 곧장 가서 하룻밤 묵고자 했더니 그 집주인이 말하길, '법사는 어떻게 여기까지 오셨습니까? 며칠 전에 사람을 죽인 자를 추격했지만 아직 잡지 못해서 매우 급하게 수색하고 있으니, 정말로 재워 드릴 수가 없습니다. 여기서 남쪽으로 3~5리 정도 가면 초제소(招提所)가 있으니 법사는 빨리 가십시오'라고 했습니다. 그 말대로 갔는데 찬 바람이 점점 심해지더니 비가 쏴아 내렸습니다. 4~5리 정도를 갔더니 점점 거친 늪 속으로 들어가게 되어 어떻게 해야 할지 모른 채 그저 발길 닿는 대로 걸어갔습니다. 잠시 후 앞에 불빛이 보였는데 처음에는 지척에 있는 듯하더니 10리를 가서야 비로소 도착했습니다. 비바람이 점점 더 심해졌기에 저는 문을 두드릴 겨를도 없이 들어가서 당으로 갔는데, 적막하니 살아 있는 사람은 없었고 죽은 사람만 집에 가득했습니다. 막 살펴보려 할 때 천둥소리가 한차례 났는데, 저는 한 여자 시체에게 쫓겨 미: 이야기가 오싹하다. 또 그곳을 나와 7~8리를 도망쳐서 인가에 도착했습니다. 비가 그치고 달이 은은하게 밝아지자 마침내 그 집으로 들어갔습니다. 그 집은 중문(中門) 밖에 작은 대청이 있고 그 안에 침상이 있었는데, 제가 미처 눕기도 전에 갑자기 키가 7척이 넘는 한 사내가 시퍼런 칼을 들고 문으로 들어왔습니다. 저는 두려워서 벽 귀퉁이에 서 있었습니다. 시퍼런 칼을 쥔 사내는 한참 동안 평상에 앉아서 누군가를 기다리는 듯하더니 잠시 후에 나갔습니다. 대청 동쪽에는 이전부터 거름 더미가 있었는데 올라서면 집 안을 엿볼 수 있었습니다. 잠시 후 집 안에 있던 서너 명의 여자가 담장 끝에서 소곤소곤 이야기하는 소리가 들려왔습니다. 얼마 후에 시퍼런 칼을 쥔 사내가 옷 보자기 하나를 들고 대청으로 들어왔으며 뒤이어 여자가 따라왔는데, 함께 도망갈 궁리를 하고 있었습니다. 시퍼런 칼을 쥔 사내가 마침내 말하길, '이 집에 사람이 있는 것은 아니겠지?'라고 하면서, 칼로 벽을 따라 그었습니다. 제가 벽에 바짝 달라붙어 있었기에 칼날이 얼굴을 긋고 지나갔지만 그 사내는 알아채지 못하고 마침내 옷 보자기를 들고 도망자를 데리고 떠났습니다. 저는 더 이상 머물 수 없다고 스스로 헤아리고 그곳을 떠나 또 앞으로 갔습니다. 1~2리 정도를 갔다가 오래된 우물 속에 빠졌는데, 그 안에는 이미 죽은 사람이 있었으며 그 시체는 아직 따스했습니다. 그때는 5경쯤 되었는데, 그곳의 주인이 딸이 없어진 것을 깨닫고 그 뒤를 쫓아 오래된 우물에까지 이르러 불로 비춰 보았더니, 시체와 제가 있었기에 저를 붙잡아서 현에 알렸습니다. 현령이 명철하게 판단했기에 저는 칼로 벽을 그었던 일과 담장 가에서 이야기했던 사람들에 대해 상세히 진술했으며, 그 집에 있던 여자들로 인해 도둑을 잡게 되었으므로 저는 누명을 벗었습니다. 저는 남쪽으로 길을 가다가 한남의 경계에 거의 이를 즈음에 길에서 커다란 회나무를 만났는데, 한 노인이 그 아래에 앉아 있었습니다. 노인이 저에게 어디서 왔는지 묻기에 제가 자세히 말해 주었더니 노인이 말하길, '내가 《역(易)》을 잘하니 시험 삼아 그대를 위해 점괘를 뽑아 보겠소'라고 했습니다. 저는 그의 시초점을 우습게 생각하고 있었는데, 노인은 점괘를 뽑아 보더니 탄식하며 말하길, '그대는 전생에 두 명의 처가 있었는데 그대가 모두 저버렸소. 이전에 시체로 그대를 쫓아왔던 자는 정실이고, 남에게 죽임을 당해 우물 안에서 같이 있었던 자는 측실이오. 그대의 무고함을 밝혀 준 현령은 바로 그대 전생의 아버지요. 한남에 있다는 형은 모두 없는 일이오'라고 했습니다. 노인이 말을 마치자 저는 눈물을 흘렸으며, 제가 눈물을 거두던 차에 노인은 사라져 버렸습니다. 저는 한남에 갔지만 형은 행방이 묘연해 찾을 수 없었습니다. 이 칼자국은 시퍼런 칼을 쥐고 있던 사내가 만들어 놓은 것입니다. 미: 시퍼런 칼을 쥐고 있던 사내는 또 어떤 사람인가? 아! 해묵은 원한의 작동과 응징은 그 곡절이 이와 같습니다."

唐元和中, 城南杜某嘗於汴州招提院, 與主客僧坐語. 有一客僧, 當面鼻額間有故刀瘢橫斷其面, 乃訊其由, 僧良久嚬慘而言曰 : "某家大梁, 父母兄嫂存焉, 兄每以賈販江湖爲業. 初一年, 自江南回, 獲利可倍, 二年往而不返, 三年乃有同行者云 : '兄溺於風波矣.' 父母嫂俱服未闋, 忽有自漢南賈者至梁, 勤訪某家. 某於相國精舍出應之, 賈客曰 : '吾得汝兄信.' 某乃忻駭未言, 且邀至所居, 告父母, 而言曰 : '師之兄以江西貿折, 遂浪迹漢南. 神將憐之, 白於元戎, 今雖緇錙且盡, 而衣食自給. 以卑賤所繫, 未獲省拜, 故憑某達信耳.' 父母嫂悲泣不勝. 翌日, 父母遣某之漢南以省兄. 某行可七八日, 入南陽界. 日晚, 過一大澤中, 東西路絶, 目無人烟, 四面陰雲且合. 漸暮, 遇寥落三兩家, 乃往寄宿, 其家曰: '師胡爲至此? 前有殺人者, 追逐未獲, 索之甚急, 宿固不可也. 自此而南三五里, 有一招提所, 師可亟往.' 如其言, 陰風漸急, 颯颯雨來. 可四五里, 轉入荒澤, 莫知爲計, 信足而步. 少頃, 前有燭光, 初將咫尺而可, 十里方到. 風雨轉甚, 不及扣戶而入, 造於堂隍, 寂無生人, 滿室死者. 瞻視次, 雷聲一發, 某爲一女人尸所逐, 眉: 叙得可畏. 又出奔走七八里, 至人家. 雨定, 月微明, 遂入其家. 中門外有小廳, 廳中有床榻, 臥未定, 忽有一夫, 長七尺餘, 提白刃, 自門而入. 某恐, 立於壁角中. 白刃夫坐榻良久, 如有所候, 俄而白刃夫出. 廳東先是有糞積, 可乘而覘宅中. 俄又聞宅中有三四女人, 於牆端切切而言. 須臾, 白刃夫携一衣襆入廳, 續有女人從之, 乃計意逃逝者也. 白刃夫遂云: '此室莫有人否?' 以刃繞壁畫之. 某帖壁定立, 刃畫其面過, 而白刃夫不之覺, 遂携襆領奔者而往. 某自料不可住, 乃捨此又前走. 可一二里, 撲一古井中, 中已有死人矣, 其體暖. 時可五更, 主覺失女, 尋趁至古井, 以火照, 而尸與某存焉, 執某以聞於縣. 縣尹明辯, 某以畫壁及牆上語者具獄, 於宅中姨姑之類而獲盜者, 某之得雪. 南征, 垂至漢南界, 路逢大檜樹, 一老父坐其下. 問其從來, 某具告, 父曰: '吾善《易》, 試爲子推之.' 某呵蓍, 父布卦, 噓唏而言曰: '子前生兩妻, 汝俱辜焉. 前爲走尸逐汝者, 長室也, 爲人殺於井中同處者, 側室也. 縣尹明汝之無辜, 乃汝前生之父. 漢南之兄, 俱無也.' 言畢, 某淚下, 收淚之次, 失老父所在. 及至漢南, 杳無兄耗. 其刃瘢乃白刃夫之所致也. 眉: 白刃夫則又何人? 噫! 宿冤之動作徵應, 委曲如是."

* 이 고사는 《태평광기》 권125 〈보응·최무은(崔無隱)〉에 실려 있다.

17-32(0346) 노사언의 딸

노사언녀(魯思郾女)

출《계신록》

노사언의 딸은 태어난 지 17년이 되었다. 하루는 거울 앞에 앉아 화장하려고 했는데, 갑자기 거울 속에 머리를 풀어헤치고 맨발로 갓난아이 하나를 안고 있는 한 부인이 보이기에 뒤돌아보았더니 바로 뒤에 있었다. 그녀는 너무 무서워서 기절했다가 한참 만에 깨어났다. 이때부터 날마다 부인이 늘 나타났는데, 이런 일이 오래되자 그 집의 사람들이 모두 부인을 보게 되었다. 노사언이 직접 부인에게 그 까닭을 묻자 부인이 대답했다.

"저는 양자현(揚子縣) 마을 사람의 딸입니다. 지난날 건창현(建昌縣)의 녹사(錄事) 아무개가 일로 양자현에 왔다가 저를 측실로 삼았는데, 당신의 딸이 바로 그의 정실이었습니다. 1년 남짓 지나서 저는 이 아들을 낳았는데, 나중에 녹사가 인근 현으로 출타한 사이에 당신의 딸이 저를 이 아들과 함께 우물에 던져 넣고 돌로 막았으며, 남편에게는 우리가 도망갔다고 거짓말했습니다. 제가 막 저승 관리에게 하소연하고 있을 때 마침 당신의 딸이 죽었습니다. 지금의 딸이 비록 그 후신이긴 하지만 마땅히 목숨으로 죄를 갚아야

할 것입니다." 미 : 염라왕은 어디에 있기에 원귀로 하여금 후신에게 원한을 품게 한단 말인가?

노사언은 건창현으로 사람을 급히 보내 사건을 조사하게 했는데, 그 녹사는 늙었지만 아직 살아 있었으며, 부인의 말대로 우물을 팠더니 과연 해골이 나왔다. 노사언의 집에서 여러 방법으로 푸닥거리를 했지만 모두 효과가 없었다. 노사언의 딸은 나중에 저씨(褚氏)에게 시집갔는데, 귀신의 앙화가 더욱 심해져서 아침부터 저녁까지 두려움에 떨다가 결국 죽었다.

魯思鄲女, 生十七年. 一日臨鏡將妝, 鏡中忽見一婦人, 披髮徒跣, 抱一嬰兒, 回顧則在其後. 因恐懼顛仆, 久之乃甦. 自是日日恒見, 積久, 其家人皆見之. 思鄲自問其故, 答云 : "我揚子縣里民之女. 往歲建昌縣錄事某以事至揚子, 因聘爲側室, 君女卽其正妻. 歲餘生此子, 後錄事出旁縣, 君女因投我於井, 並此子, 以石塡之, 詐其夫云逃去. 我方訟於所司, 適會君女卒. 今雖後身, 固當償命也." 眉 : 閻羅安在, 令寃鬼銜仇於後身耶? 思鄲使人馳至建昌驗事, 其錄事老猶在, 如言發井, 果得骸骨. 其家多方禳之, 皆不可. 女後嫁褚氏, 厲愈甚, 旦夕驚悸, 以至於卒.

* 이 고사는 《태평광기》 권130 〈보응·노사언녀〉에 실려 있다.

권18 원보부(寃報部)

원보(寃報) 2

18-1(0347) 진현

진현(陳峴)

출《왕씨견문》미 : 학정으로 남을 파산시킨 일에 대한 응보다(厲政破家報).

    [오대십국] 민중(閩中)의 왕심지(王審知)가 처음 진안현(晉安縣)에 들어갔을 때, 관부(官府)를 설치하느라 일이 많았지만 경비가 넉넉하지 않았다. 그래서 공목리(孔目吏)[24] 진현이 계책을 올려, 부자를 화시관(和市官)[25]에 임명하고 그들로부터 재물을 마음대로 징수하되 그 값을 박하게 쳐주기를 청했기에 부자들이 괴로워했다. 진현은 이로 인해 총애를 받아 지계관(支計官 : 회계 담당 관리)으로 승진했다. 몇 년 뒤에 관리 두 명이 문서를 들고 진현이 사는 마을을 찾아와서 진 지계(陳支計 : 진현)의 집이 있는 곳을 물었다. 사람들이 그 까닭을 물었더니 관리들이 대답했다.

    "그가 계책을 올려 화시관을 설치했는데, 이 때문에 파산

---

24) 공목리(孔目吏) : 재정의 회계와 공문서를 담당하는 공목사(孔目司)의 관리.
25) 화시관(和市官) : 시장의 물가를 정해 민간의 재물을 구매하는 관리.

한 자들이 많아졌소. 그래서 파산한 자들의 조상들이 모두 수서대왕(水西大王)에게 하소연했기 때문에 대왕께서 그를 잡아 오라고 하셨소."

진현은 한창 권세를 부리고 있었으므로 사람들은 두려워서 감히 그 말을 하지 못했다. 다음 날 진현은 관부에서 집으로 달려 돌아가더니 하인을 급히 불러 제수(祭需)를 마련하고 제사를 올리게 했는데, 두렵고 당황한 기색이 역력했다. 그날 마을에서는 두 명의 관리가 진현의 집으로 들어가는 것을 또 보았는데, 마침내 진현이 갑자기 죽었다. 처음 왕심지가 거사할 때 그의 형 왕심조(王審潮)가 앞장섰기에, 왕심지는 민중을 점거하게 되자 왕심조를 위해 수서에 사당을 세웠다. 그래서 민간에서 그를 수서대왕이라 불렀다고 한다.

閩王審知初入晉安, 開府多事, 經費不給. 孔目吏陳峴獻計, 請以富人補和市官, 恣所徵取, 薄酬其値, 富人苦之. 峴由是寵, 遷爲支計官. 數年, 有二吏執文書詣峴里中, 問陳支計家所在. 人問其故, 對曰: "渠獻計置和市官, 坐此破家者衆. 凡破家者祖考皆訴於水西大王, 王使來追爾." 峴方有勢, 人懼不敢言. 翌日, 峴自府馳歸, 急召家人, 設齋置祭, 意色章皇. 是日, 里中復見二吏入峴家, 遂暴卒. 初審知之起事, 其兄潮首倡, 及審知據閩中, 爲潮立廟於水西. 故俗謂之水西大王云.

* 이 고사는 《태평광기》 권126 〈보응 · 진현〉에 실려 있다.

18-2(0348) 변사유

변사유(卞士瑜)

출《법원주림》미 : 이하는 돈을 떼먹은 일에 대한 응보다(以下負錢報).

    변사유는 그의 부친이 진(陳)나라를 평정한 공으로 의동삼사(儀同三司)에 제수되었다. 변사유의 부친은 아주 인색했는데, 일찍이 사람을 고용해 집을 짓고는 그 품삯을 주지 않았다. 일한 사람이 돈을 달라고 하자 변사유의 부친은 그 사람을 때리며 말했다.

    "만약 정말로 돈을 떼먹었다면 내가 죽은 뒤에 자네 집의 소가 될 것이네."

    얼마 후에 변사유의 부친이 죽었다. 일한 사람의 소가 누런 송아지 한 마리를 낳았는데, 허리 아래에 검은 무늬가 가로로 빙 둘러쳐져 있어서 마치 사람이 차는 허리띠 같았다. 또 오른쪽 사타구니에 흰 무늬가 비스듬히 지나갔는데, 그 크기가 딱 홀(笏) 모양이었다. 소 주인이 소를 부르며 말했다.

    "변 공(卞公 : 변사유의 부친)은 어찌하여 내 돈을 떼먹었소?"

    그러면 송아지는 곧장 앞무릎을 꿇고 땅바닥에 머리를 조아렸다. 변사유가 돈 10만 냥으로 그 송아지를 바꾸고자 했지만 소 주인은 허락하지 않았다. 변사유는 송아지가 죽자 거두어서 묻어 주었다.

卞士瑜者, 其父以平陳功, 授儀同. 慳吝, 常顧人築宅, 不還其價. 作人求錢, 卞父鞭之曰 : "若實負錢, 我死, 當與爾作牛." 須臾, 卞父死. 作人有牛, 産一黃犢, 腰下有黑文, 橫給周匝, 如人腰帶. 右胯有白紋斜貫, 大小正如笏形. 牛主呼之曰 : "卞公何爲負我?" 犢卽屈前膝, 以頭着地. 瑜以錢十萬贖之, 牛主不許. 死乃收葬.

* 이 고사는 《태평광기》 권434 〈축수(畜獸)·변사유〉에 실려 있다.

18-3(0349) 최도

최도(崔導)

출《소상록(瀟湘錄)》

당(唐)나라 때 형남(荊南)에 최도라는 부자가 있었는데, 집이 몹시 가난했으나 우연히 1000여 그루의 귤나무를 심었다가 매년 큰 이득을 얻게 되었다. 그러던 어느 날 귤나무 한 그루가 키가 1장 남짓 되는 장부로 변하더니 최도를 만나길 청했다. 최도는 처음에 그를 괴이하게 여겨 감히 밖으로 나오지 못했으나, 장부가 한사코 청하므로 최도가 마침내 나와서 만났더니 장부가 말했다.

"저는 전생에 당신에게 100만 냥의 돈을 빚졌는데, 미처 갚지 못한 채 죽었습니다. 게다가 우리 가족들까지 스스로를 기만하자 당신은 상제께 호소했습니다. 그래서 상제께서 우리 전 가족을 귤나무로 만들어 당신에게 빚을 계산하게 하셨는데, 이제야 겨우 다 갚았습니다. 이제 상제께서 명령을 내려 우리 가족을 불쌍히 여기는 마음에 우리의 본모습을 회복시켜 주셨습니다. 당신은 바라건대 귤나무를 모두 베어 버리고 바른 마음으로 도리를 지키며 살아간다면 스스로를 보전할 수 있을 것입니다. 하지만 그렇지 못하면 하늘이 재앙을 내릴 것입니다." 미 : 귤나무 사람이라니 기이하도다!

최도는 크게 놀라며 바로 그 말대로 귤나무를 모두 베어버렸다. 그로부터 5년 뒤에 최도는 죽고 집은 다시 가난해졌다.

唐荊南有富人崔導者, 家貧乏, 偶種橘約千餘株, 每歲大獲其利. 忽一日, 有一株化爲一丈夫, 長丈餘, 求見崔導. 導初怪之, 不敢出, 丈夫苦求之, 導遂出見, 丈夫曰:"我前生負君錢百萬, 未償而死. 我家人復自欺, 君乃上訴於天. 是以令我合門爲橘, 計傭於君, 僅能滿耳. 今上帝有命, 哀我族屬, 復我本形. 君幸盡去橘樹, 端居守常, 則能自保. 不者, 天降禍矣." 眉:異哉橘人! 導大驚, 乃如其言, 盡伐去橘樹. 後五年導卒, 家復貧.

* 이 고사는 《태평광기》 권415 〈초목(草木)·최도〉에 실려 있다.

18-4(0350) 유약시

유약시(劉鑰匙)

출《옥당한화(玉堂閑話)》미 : 탐욕스럽기만 하고 도의가 없는 일에 대한 응보다(貪而無義報).

농우(隴右)의 수문촌(水門村)에 유약시 미 : 이름이 좋다. 라는 가게 주인이 있었는데, 본래 이름은 기억나지 않지만 이자 놀이를 생업으로 했다. 그는 사람들의 재물을 갈취하는 것이 마치 열쇠를 쥐고 사람들의 궤짝을 여는 것과 다름이 없었기 때문에 '약시(鑰匙 : 열쇠)'라는 별명을 얻게 되었다. 그의 이웃에 있던 부유한 사람이 유약시의 먹잇감이 되었는데, 유약시는 그에게 돈을 빌려주고 몇 년이 지나도록 아무 말도 없다가 어느 날 갑자기 차용증을 가지고 계산했더니 몇 갑절로 불어나 있었다. 결국 그 사람의 자산과 재물은 모두 유약시에게 돌아갔으며, 빚을 졌던 사람은 그를 원망해 마지않았다. 유약시가 죽은 뒤에 그 사람의 집에서 송아지 한 마리가 태어났는데, 송아지의 옆구리 사이에 유약시의 성명이 쓰여 있었다. 유약시의 처와 아들은 많은 재물을 주고 그 소를 샀다.

隴右水門村有店人, 曰劉鑰匙者, 眉 : 名佳. 不記其名, 以擧債爲業. 規取民財, 如秉鑰匙開人箱篋不異, 故有鑰匙之號.

鄰家有殷富者, 爲鑰匙所餌, 放債與之, 積年不問, 忽一日, 執券算之, 卽數倍. 遂至資財物産, 俱歸鑰匙, 負債者怨之不已. 後鑰匙死, 彼家生一犢, 有鑰匙姓名在膁肋之間. 鑰匙妻男, 以重貨購贖之.

* 이 고사는《태평광기》권134〈보응·유약시〉에 실려 있다.

18-5(0351) 유자연

유자연(劉自然)

출《경계록(儆戒錄)》미 : 양심을 저버리고 남을 속여 해친 일에 대한 응보다(負心欺人害人報).

　당(唐)나라 천우(天祐) 연간(904~907)에 진주(秦州) 사람 유자연은 의군(義軍)을 주관하고 있었다. 당시 연수(連帥 : 관찰사) 이계종(李繼宗)이 촉(蜀 : 전촉)을 막으려고 향병(鄕兵)을 징발하고 있었는데, 성기현(成紀縣)의 백성 황지감(黃知感)의 처가 아름다운 머리카락을 갖고 있었기에 유자연은 그것을 갖고 싶어서 황지감에게 말했다.

　"자네 처의 머리카락을 바칠 수 있다면 즉시 이번 행군에서 빼 주겠네."

　황지감의 처가 말했다.

　"머리카락은 다시 자라면 되지만 사람은 한번 죽으면 영원히 이별입니다. 당신이 만약 남쪽 정벌에서 돌아오지 않는다면, 저에게 아름다운 머리카락이 있은들 무얼 하겠습니까?"

　그녀는 말을 마치고 머리카락을 움켜쥐고 잘랐다. 협 : 가련하다. 황지감은 마음속 깊이 애통해했지만 이윽고 징발 기일이 닥쳐오자 결국 유자연에게 머리카락을 바쳤다. 그러나 황지감은 결국 수자리 서는 요역을 면치 못했고, 얼마 후에 금사(金沙)의 진영에서 죽었다. 협 : 한스럽다. 황지감의 처는 밤낮으로 하늘에 기도하며 호소했다. 그해에 유자연 역시 죽었다. 협 : 어디에 쓰려고 아름다운 머리카락이 필요했을까? 그 후에 황지감 집의 암나귀가 갑자기 새끼 한 마리를 낳았는데, 왼쪽 옆구리 아래에 "유자연"이라는 글자가 있었다. 마을 사람들이 그 일을 전해 마침내 군수(郡守)에게까지 알려졌다. 군수가 유자연의 처자를 불러 알아보게 하자 유자연의 큰아들이 말했다.

"저의 아버지는 평생 술과 고기를 잘 드셨으니, 만약 저 나귀 새끼가 술을 마시고 고기를 먹을 수 있다면 바로 저의 아버지입니다."

그 나귀 새끼는 마침내 술 몇 되를 마시고 고기 몇 점을 먹었으며, 다 먹고 나서 흥분해 길게 울면서 몇 줄기 눈물을 떨구었다. 유자연의 아들은 10만 전을 준비해 그 나귀 새끼를 팔라고 청했지만, 황지감의 처는 그 돈을 받지 않고 협 : 옳다. 매일 그 나귀 새끼를 채찍질하며 말했다.

"이것으로 내 남편의 복수를 하기에 충분하다." 미 : 황지감의 처는 단단히 마음을 먹었다.

유자연의 아들은 부끄럽고 한스러워서 죽었다.

唐天祐中, 秦州劉自然, 主管義軍. 因連帥李繼宗點鄉兵捍蜀, 成紀縣百姓黃知感者, 妻有美髮, 自然欲之, 謂知感曰 : "能致妻髮, 卽免是行." 知感之妻曰 : "髮有再生, 人死永訣矣. 君若南征不返, 我有美髮何爲?" 言訖, 攬髮剪之. 夾: 可憐. 知感深懷痛愍, 旣迫於差點, 遂獻於劉. 知感竟亦不免繇戌, 尋歿於金沙之陣. 夾: 可恨. 黃妻晝夜禱天號訴. 是歲, 自然亦亡. 夾: 要美髮何用? 後黃家牝驢忽産一駒, 左脅下有字云"劉自然". 邑人傳之, 遂達於郡守. 郡守召其妻子識認, 劉自然長子曰: "某父平生好飮酒食肉, 若能飮啖, 卽是某父也." 驢遂飮酒數升, 啖肉數臠, 食畢, 奮迅長鳴, 淚下數行. 劉子請備百千贖之, 黃妻不納, 夾: 是. 日加鞭捶, 曰: "猶足以報吾夫也." 眉: 黃妻大有意思. 劉子竟慚憾而死.

* 이 고사는 《태평광기》 권134 〈보응·유자연〉에 실려 있다.

18-6(0352) 후생

후생(侯生)

출《선실지》 미 : 남의 명성과 지위를 빼앗은 일에 대한 응보다(攘人名位報).

상곡(上谷) 사람 후생은 형문(荊門)에서 살았는데, 명경과(明經科) 출신으로 벼슬길에 들어서서 송주(宋州) 우성현(虞城縣)의 관리로 임명되었다. 처음에 그는 남양(南陽) 한씨(韓氏)의 딸을 아내로 맞이해 5년이 지났다. 한씨가 한번은 저녁에 꿈을 꾸었는데, 누런 옷을 입은 사람 여러 명이 부르기에 문을 나가 그들과 함께 동쪽으로 10여 리를 가서 한 관서에 도착했다. 그 관서의 처마 밑에는 관졸 수십 명이 나열해 있었는데, 건물은 화려하고 웅장했으며 사람들이 굉장히 많았다. 한씨가 또 이끌려 한 건물에 당도했더니 그곳에 푸른 옷을 입은 여자 한 명이 있었는데, 높은 관에 사각 신발을 신고 있었으며 모습이 매우 위엄 있었다. 좌우에서 그녀를 모시는 사람이 수백 명이었으며, 안석과 자리가 앞뒤로 배치되어 있었다. 한씨는 그녀에게 재배했다. 잠시 후 스무 살쯤 되어 보이는 한 부인이 나왔는데, 큰 키에 풍만하고 아름다웠으며 진홍색 소매가 달린 푸른 저고리를 입고 금옥 비녀로 머리 장식을 하고 있었다. 그 부인은 문 안에서 오더니 자신을 노씨(盧氏)라고 하면서 한씨에게 말했다.

"나와 너는 원수가 된 지 오래되었는데 너는 이를 알고 있느냐?"

한씨가 말했다.

"저는 일개 아녀자로서 한 번도 깊은 규방을 나간 적이 없는데, 어떻게 원수가 있을 수 있겠습니까?"

노씨는 얼굴에 잔뜩 노기를 띠고 말했다.

"나는 전생에 관리를 지낸 적이 있었는데 네가 나에게 죄가 있다고 무고해 내 관직을 대신했으며, 나를 황량한 들판으로 내쫓아 죽게 만들었으니 어찌 원수가 아니겠느냐? 지금 나는 상제께 하소연했으며 또한 장차 내 전생의 원한을 씻고자 한다. 상제께서 내 청을 들어주셨으니 너는 금방 죽게 될 것이다."

한씨는 더욱 두려워하면서 변명하고자 했으나 노씨가 계속해서 지껄여 댔다. 그때 푸른 옷을 입은 여자가 노씨에게 말했다.

"너는 진실로 억울하겠지만 한씨는 아직은 당장 죽어서는 안 된다."

그러고는 마침내 관리에게 문서를 꺼내 오게 했는데 관리가 말했다.

"한씨는 남은 수명이 1년입니다."

푸른 옷을 입은 여자가 말했다.

"속히 돌려보내라."

그러고는 한씨를 문밖까지 전송하라고 명했다. 한씨는 채 몇 리도 가지 않아서 갑자기 두려움에 떨다 꿈에서 깨어났는데, 이를 께름칙하게 여겨 다른 사람에게 감히 말하지 못했다. 이때부터 한씨는 안색이 상하더니 마치 병에 걸린 사람 같았다. 후생이 어찌 된 일인지 캐물었더니 한씨가 꿈 얘기를 자세히 말해 주었다. 몇 달 뒤에 한씨의 꿈에 또 노씨가 집으로 찾아왔는데, 한씨는 이로 인해 병이 더욱 깊어져서 1년 남짓 있다가 결국 죽었다. 후생은 남몰래 그 괴이함에 탄식하면서 남에게 그 일을 말한 적이 없었다. 몇 년 뒤에 후생은 양한(襄漢) 일대를 여행하다가 도중에 부수군(富水郡)에 들렀는데, 군의 관리인 난릉(蘭陵) 사람 소(蕭) 아무개가 후생의 선량함을 흠모해 자기 딸을 그에게 시집보냈다. 소씨(蕭氏)는 시집간 뒤에 늘 진홍색 소매가 달린 푸른 저고리를 입고 금옥 비녀로 머리 장식을 했으며 또 큰 키에 풍만하고 아름다웠는데, 한씨가 이전에 꿈에서 보았던 노씨와 똑같았다. 미: 응보가 더욱 기이하다. 그래서 후생이 한씨의 꿈을 말해 주었더니 소씨가 말했다.

"소첩의 외가는 성이 노씨인데, 소첩이 아이였을 때 큰외삼촌이 저를 예뻐해 자신의 딸로 삼고 아명을 노(盧)라고 했으니, 당신의 죽은 부인이 꾼 꿈은 믿을 만합니다."

上谷侯生者, 家荊門, 以明經入仕, 調補宋州虞城縣. 初娶南陽韓氏女, 五年矣. 韓氏嘗夕夢黃衣者數輩召, 出其門, 偕東行十餘里, 至一官署. 其宇下列吏卒數十輩, 軒宇華壯, 人物極衆. 又引至一院, 有一青衣, 危冠方屨, 狀甚峻. 侍左右者數百, 几案茵席, 羅列前後. 韓氏再拜. 俄有一婦人, 年二十許, 身長豐麗, 衣碧襦絳袖[1], 以金玉釵爲首飾. 自門而來, 稱盧氏, 謂韓氏曰: "妾與子仇敵且久, 子知之乎?" 韓氏曰: "妾一女子, 未嘗出深閨, 安得有仇敵耶?" 盧氏色甚怒, 曰: "我前身常爲職官, 子誣告我罪而代之, 使吾擯斥草野而死, 豈非仇敵乎? 今我訴於上帝, 且欲雪前身寃. 帝從吾請, 汝死不朝夕矣." 韓氏益懼, 欲以詞拒, 而盧氏喋喋不已. 青衣者謂盧氏曰: "汝誠寃矣, 然韓氏固未當死也." 遂令吏出案牘, 吏曰: "韓氏餘壽一年." 青衣曰: "可疾遣歸." 命送至門. 行未數里, 忽悸而寤, 惡之, 不敢言. 自是神色摧沮, 若有疾者. 侯生訊之, 具以夢告. 後數月, 韓氏又夢盧氏來家, 由是疾益加, 歲餘遂卒. 侯生竊嘆異, 未嘗告於人. 後數年, 旅遊襄漢, 途次富水, 郡僚蘭陵蕭某, 慕生之善, 以女妻之. 及蕭氏歸, 常衣絳袖碧襦, 以金玉釵爲首飾, 而又身長豐麗, 與韓氏先夢同. 眉: 報更奇. 生因以韓氏之夢告焉, 蕭氏曰: "妾外族盧氏, 妾自孩提時, 爲伯舅見念, 命爲己女, 故以盧爲小字, 則君亡室之夢信矣."

* 이 고사는《태평광기》권281〈몽(夢)·후생〉에 실려 있다.

1 벽수역수(碧襦絳袖):《태평광기》에는 "벽유강수(碧襦絳袖)"라 되어 있는데, 문맥상 타당하다. 아래의 문장에도 "강수벽유(絳袖碧襦)"란 구절이 보인다.

18-7(0353) 엄무

엄무(嚴武)

출《일사》 미 : 남을 죽여 자신의 화를 벗어난 일에 대한 응보다(殺人自脫報).

　　당(唐)나라 서천절도사(西川節度使) 엄무는 젊었을 때 혈기를 믿고 멋대로 호기를 부렸다. 일찍이 도성에서 한 군사(軍使 : 군중의 상벌을 관장하는 관리)와 이웃하며 살았는데, 그 군사에게는 용모가 빼어나게 아름다운 아직 시집가지 않은 딸이 있었다. 엄 공(嚴公 : 엄무)은 그녀를 훔쳐보고는 그녀 주위의 시종들에게 뇌물을 써서 자신의 집으로 오게 유인했다. 한 달여 만에 마침내 그녀를 데리고 몰래 도망쳐서 동쪽으로 관문을 나가 회수(淮水)와 사수(泗水) 사이에 숨었다. 미 : 무뢰하다. 딸이 사라진 것을 알아차린 군사가 진상을 관가에 폭로하자, 관가에서 장계를 올려 그 사실을 조정에 알렸더니 만년현(萬年縣)의 포적관(捕賊官)을 파견하라는 조서가 내려졌다. 포적관은 역참의 말을 타고 하루에 여러 역을 지나가며 길을 따라서 그들의 종적을 찾아냈다. 엄무는 공현(鞏縣)에서 막 배를 세내어 하류로 내려가던 길에 황제가 보낸 칙사가 곧 당도할 것이라는 소문을 들었는데, 죄를 면하지 못할까 두려워서 군사의 딸에게 술을 먹인 뒤 한밤중에 그녀가 취한 틈을 타서 비파 줄을 풀어 목 졸라 죽이고 강에 빠뜨렸다. 미 : 무뢰함이 심하다. 다음 날 황제의 칙사가 도착해 엄무의 배를 수색했지만 종적을 찾을 수 없어서 그만두었다. 엄 공은 후에 검남절도사(劍南節度使)가 되었을 때 심한 병에 걸렸는데, 성격이 본래 고집스러웠고 무당이나 박수 같은 무리는 특히 믿지 않았다. 갑자기 어느 날 정오에 한 도사가 아미산(峨嵋山)에서 왔다고 하면서 엄무를 만나 뵙고자 했다. 문지기는 처음에는 감히 말도 꺼내지 못했지만 도사가 목소리를 높이자 어쩔 수 없이 들어가서 아뢰었다. 엄무도 그를 이상하게 생각하면서 들어오게 해서 만났다. 도사는 계단에 이르러 마치 어떤 사람과 논박이라도 하는 것처럼 큰 소리로 꾸짖다가 한참 만에야 그쳤다. 도사는 인사를 주고받은 뒤에 엄무에게 말했다.

"공께 닥친 재액은 매우 엄중하고 원수가 바로 옆에 있는데, 어찌하여 스스로 허물을 뉘우치고 향을 살라 사죄하지 않으십니까?"

엄무가 성내며 대답하지 않자 도사가 다시 말했다.

"공께서는 한번 생각해 보십시오. 일찍이 양심을 배반하고 사람을 살해한 일이 없으십니까?"

엄무는 묵묵히 한참을 생각하더니 말했다.

"없소."

도사가 말했다.

"마침 들어와서 계단 앞에 이르렀을 때 어떤 억울하게 죽은 이가 저를 보고 하소연했습니다. 제가 처음에 꾸짖었더니, 그는 공에게 억울하게 살해당했고 그 일을 이미 상제께 청원했다고 했습니다. 그런데도 어찌하여 없다고 말씀하십니까?"

임무는 영문을 몰라 다시 물었다.

"그 모습이 어땠소?"

도사가 말했다.

"막 열예닐곱 살 된 여자로 목 위에 무슨 악기의 현과도 같은 줄이 하나 있었습니다."

엄무는 크게 깨닫고 머리를 조아리며 말했다.

"천사(天師)께서는 거의 성인이십니다! 그런 일이 있었습니다. 이제 어찌하면 좋겠습니까?"

도사가 말했다.

"그녀가 직접 공을 만나 보고 싶어 하니 공께서 스스로 간구해 보십시오."

도사는 곧 당(堂) 안에 물을 뿌리고 깨끗이 청소하게 한 뒤에 다른 물건들은 치우고 향을 살랐다. 그러고는 엄무를 들어 메고 당의 문 안으로 가서 마음을 정결하게 한 뒤에 적삼과 홀(笏)을 갖추어 주고 시동 하나를 남겨 두어 곁에서 시중들도록 했다. 당의 문밖 동쪽으로 별채가 하나 있었는데, 그곳도 물을 뿌리고 청소한 뒤 발을 드리우도록 했다. 도사는 당 밖에 앉아서 물을 머금어 뿜은 뒤에 버드나무 가지로 땅을 쓸고서 앉아 눈을 감은 채 이[齒]를 부딪쳤다. 잠시 후 별채에서 어떤 사람이 탄식하는 소리가 들리자 도사가 말했다.

"낭자는 나오시오."

한참 후에 머리를 풀어 헤친 한 여자가 나타났는데, 목 위의 비파 줄이 목구멍 아래에 묶여 있었다. 그녀는 발을 걷어 올리고 들어오더니 당 문에 이르러 머리카락을 뒤로 묶고 엄무를 향해 절했다. 엄무가 그녀를 보고 너무 놀라고 부끄러워서 얼굴을 가렸더니 여자가 말했다.

"공은 너무 잔인합니다! 제가 공을 따라간 것은 저의 그릇된 행동이었으니 공에게는 탓할 것이 없습니다. 공이 죄를 두려워했다면 저를 다른 곳에 버리기만 해도 되었을 텐데 어찌하여 차마 살인까지 저질렀습니까?"

엄무는 한참 동안 뉘우치고 사죄했으며 아울러 많은 불경과 지전으로 죄를 면해 달라고 빌었다. 도사도 그를 위해 간청했지만 여자가 말했다.

"제가 상제께 호소한 지 30년이 지났으니 이제는 용서할 수 없습니다. 공은 내일 저녁에 죽게 될 것입니다."

여자는 말을 마치고 다시 나갔는데 별채에 이르러 휙 사라졌다. 도사도 곧 인사하고 떠났다. 엄 공은 마침내 집안일을 정리했으며 다음 날 황혼 무렵에 과연 죽었다.

唐西川節度使嚴武，少時仗氣任俠．嘗於京城與一軍使鄰居，軍使有室女，容色艷絕．嚴公因窺見之，乃賂其左右，誘至宅．月餘，遂竊以逃，東出關，將匿於淮泗間．眉：無賴．軍使既覺，乃暴於官司，以狀上聞，有詔遣萬年縣捕賊．捕者乘遞，日行數驛，隨路已得其踪矣．嚴武自鞏縣方雇船而卜，聞制使將至，懼不免，乃以酒飲軍使之女，中夜乘其醉，解琵琶弦縊殺之，沈於河．眉：無賴甚．明日，制使至，搜船無跡，乃已．嚴公後為劍南節度使，病甚，性本強，尤不信巫祝之類．忽一日亭午，有道士自云從峨帽山來，欲謁武．門者初不敢言，道士聲厲，不得已，遂進白．武亦異之，引入見．道士至階，呵叱若與人論難者，良久方止．寒溫畢，謂武曰："公災厄至重，冤家在側，何不自悔咎，以香火陳謝？"武怒不答．道士又曰："公試思之，曾有負心殺害人事否？"武靜思良久，曰："無．"道士曰："適入至階前，冤死者見某披訴．某初加呵責，彼云為公冤殺，已請命於帝矣．安可言無也？"武不測，且復問曰："其狀若何？"曰："女人年纔十六七，項上有物一條，如樂器之弦．"武大悟，叩頭曰："天師殆聖矣！是也．為之奈何？"道士曰："彼欲面見公，公自求之．"令灑掃堂中，撤去餘物，焚香於內．乃舁武於堂門內，遣清心，具衫笏，留小僮一人侍側．堂門外東間有一閣子，亦令灑掃垂簾．道士坐於堂外，含水噴噀，又以柳枝灑地却坐，瞑目叩齒．逡巡，閣子中有人吁嗟聲，道士曰："娘子可出．"良久，見一女子被髮，項上有琵琶弦結於咽下．褰簾而至，及堂門，約髮於後，向武拜．武見，驚慚甚，且掩其面，女子曰："公亦太忍！某從公是某之失行，於公則無所負．公懼罪，棄某於他所即可，何忍見殺？"武悔謝良久，兼欲厚以佛經紙繒祈免．道士亦懇為之請，女子曰："某上訴經三十年，今不可矣．期在明日日晚．"言畢却出，至閣子門，拂然而沒．道士乃謝去．嚴公遂處置家事, 明日黃昏果卒.

* 이 고사는 《태평광기》 권130 〈보응·엄무도첩(嚴武盜妾)〉에 실려 있다.

18-8(0354) 두응

두응(竇凝)

출《통유기(通幽記)》 미 : 이유 없이 첩을 죽인 일에 대한 응보다(無故殺妾報).

[당나라] 개원(開元) 25년(737)에 진주자사(晉州刺史) 유환(柳渙)의 외손녀인 박릉(博陵) 최씨(崔氏)는 변주(汴州)에서 살았다. 부풍(扶風) 사람 두응은 최씨에게 장가들기 위해 매파를 보내 혼례를 준비했는데, 두응에게 임신한 옛 첩이 있었기에 최씨는 그 첩을 내보낸 후에야 혼례를 치르겠다고 했다. 미 : 첩을 내보라고 요구한 사람은 투기하지 않는 배필이 아니다. 두응은 허락하고 마침내 첩과 함께 송주(宋州)로 가면서 작은 배를 타고 내려가 수렛길 어귀에 이르러 투숙했다. 그날 밤에 첩이 두 딸을 낳았는데, 두응은 첩이 허약해진 틈을 타서 그녀를 죽인 뒤 배 속에 모래를 채워 넣고 두 딸과 함께 강물 속에 빠뜨렸다. 미 : 내보내면 되는데 무슨 죄로 죽인단 말인가? 그러고 나서 두응은 변주로 돌아가서 최씨를 속여 말했다.

"첩을 이미 보냈소."

그러고는 길일을 택해 혼인을 맺었다. 15년 뒤에 최씨는 아들과 딸 몇 명을 낳았지만 아들은 죽고 딸 둘만 성장했다. 영태(永泰) 2년(766) 4월 어느 날 난데없이 두응의 안석 위에 서찰 한 통이 놓여 있었는데, 열어 보니 바로 두응의 선친이 보낸 서찰로 다음과 같은 내용이었다.

"네가 억울하게 죽인 자가 사건을 고발했으니 한 달 안으로 빨리 집안일을 처리해라. 큰딸은 변주참군(汴州參軍) 최연(崔延)에게 시집보내고 작은딸은 전 개봉현위(開封縣尉) 이일(李馹)에게 시집보내라. 둘 다 좋은 배필이다."

그러나 두응은 이를 믿지 않고 아내에게 말했다.

"이는 여우가 부린 변괴일 뿐이오."

다시 열흘이 지나서 또 방 안에서 그의 어리석음을 꾸짖는 내용의 서찰 한 통을 보았지만, 두응은 여전히 반신반의하며 주저했다. 다음 날 마당에서 또 서찰 한 통을 주웠는데 그 언사가 애절했다.

"화가 금방 일어날 것이다!"

두응이 한창 두려워하며 근심하고 있는데 아내가 말했다.

"당신 스스로 반성해서 무슨 과오라도 있다면 마땅히 푸닥거리를 해서 화를 피해야 할 것입니다."

두응은 비록 숨겼지만 사실 마음속으로는 첩을 죽인 일이 꺼림칙했다. 5월 16일 오시(午時)에 사람들이 모두 쉬고 있을 때, 갑자기 매우 다급하게 문을 두드리는 소리가 들렸다. 두응이 두근거리는 마음으로 나가 보았더니, 바로 그가 죽인 첩이 곱게 화장하고 치장한 채 다가와 두응에게 절하며 말했다.

"작별한 지 오랫동안 별고 없으셨는지요?"

두응은 겁에 질려 급히 도망쳐 집 안으로 들어가서 숨었다. 귀신이 그를 뒤쫓아 마당에 이르렀다가 최씨를 만났는데, 최씨가 놀라 묻자 귀신이 용모를 가다듬으며 말했다.

　"저는 두십오랑(竇十五郞 : 두응)의 첩입니다. 두응이 낭자에게 장가들려고 할 때 저를 수렛길 어귀에서 죽였으며 제 두 딸의 목숨도 함께 앗아 갔습니다. 저는 두응을 저버린 일이 없건만 두응은 저를 억울하게 죽였습니다. 두응이 부인을 맞이하고 싶었다면 제가 스스로 물러났을 텐데, 어찌하여 제 목숨을 잔인하게 해쳐서 이 지경에 이르게 했단 말입니까? 저는 미천한 몸으로 15여 년 동안 여러 산천의 신들에게 하소연해 원기(怨氣)가 하늘에까지 이르러 상제께 들리게 되었습니다. 상제께서 굽어살피시고 제게 복수를 허락하셨으니, 오늘 두응을 잡으러 왔습니다. 낭자와는 상관없는 일이니 두려워하지 마십시오."

　최씨는 슬퍼하고 두려워하면서 사죄를 청했다.

　"원컨대 공덕을 쌓아 속죄하면 되겠소?"

　귀신이 매서운 안색으로 말했다.

　"두응이 자신의 목숨으로 내 목숨을 되갚으면 충분하니, 무슨 공덕이 목숨의 값어치에 해당한단 말입니까? 예를 들어 낭자가 살해당했다면 무슨 공덕으로 그 목숨을 계산하겠습니까?"

　귀신은 조금도 굽히지 않고 두응을 욕하며 말했다.

"하늘의 법망은 빈틈이 없으니 여우나 쥐처럼 엎드려 숨은들 무슨 소용이 있겠는가!"

곧바로 당(堂)으로 올라가서 두응을 붙잡아 물어뜯고 할퀴고 비틀면서 하루 종일 지독한 고통을 준 뒤 떠나며 말했다.

"너는 금방 죽지 않고 지독한 고통을 받을 것이다."

이처럼 귀신은 매일 와서 그의 사지를 물어뜯어 씹었다. 귀신의 기이한 모습이 변화무쌍해 온 집안사람이 공포에 떨었으나 벗어날 방법이 없었다. 귀신은 또한 그의 두 딸도 때렸는데 그 고통을 이겨 낼 수 없었다. 당시 주술에 뛰어난 담량(曇亮)이라는 스님이 있었는데, 두응은 그를 모셔 와서 내당에 단(壇)을 설치했다. 잠시 후 귀신이 와서 감히 계단을 오르지 못하자, 스님이 귀신을 꾸짖으며 말했다.

"귀신의 길은 인간의 길과 다르건만 어찌하여 이 지경에 이르렀단 말이냐? 내가 금강역사(金剛力士)를 불러 당장 너를 가루로 만들겠다."

귀신이 말했다.

"부처를 섬기는 화상은 마음가짐이 마땅히 평등해야 하거늘 어찌하여 정의를 가리고 도적을 은폐하려 한단 말이오? 또한 상제께서 밝게 살펴보시고 내가 두응에게 복수하는 것을 허락하셨는데, 금강역사가 어찌 원한을 품고 있는 이를 사사로이 죽인단 말이오?"

귀신은 말을 마치고 계단을 올라가서 이전처럼 두응을 붙잡았다. 최씨는 스님에게 몰래 두 딸의 혼사를 추진하도록 했는데, 귀신이 이를 알고 성내며 말했다.

"화상이 그를 위해 매파가 되다니 부끄럽지도 않소?"

스님은 부끄러워하며 떠났다. 후에 최연과 이일이 각각 두응의 딸을 맞이해 도망쳤는데, 귀신은 그들을 쫓아가지 않고 말했다.

"내가 긴 밧줄로 너희들의 다리를 묶어 놓았으니 어찌 멀리 갈 수 있겠느냐?"

몇 년 안에 두 딸 모두 죽었다. 두응은 귀신의 독에 중독되어 발광하면서 자신의 몸을 뜯어 먹고 물과 불에 뛰어들기도 했으며, 더러운 똥을 먹고 피부가 불에 데어 문드러지더니 몇 년이 지나서야 비로소 죽었다. 최씨는 동경(東京 : 낙양)에서 출가했으며 사람들은 모두 그 일을 알았다.

開元二十五年, 晉州刺史柳澳外孫女博陵崔氏, 家於汴州. 有扶風竇凝者, 將聘焉, 行媒備禮, 而凝舊妾有孕, 崔氏約遣妾後成禮. 眉 : 約遣妾者, 便非小星之偶. 凝許之, 遂與妾俱之宋州, 揚舲而下, 至車道口宿. 妾是夕産二女, 凝因其困羸斃之, 實沙於腹, 與女俱沉之. 眉 : 遣之可也, 殺之何罪? 旣而還汴, 紿崔氏曰: "妾已遣去." 遂擇日結親. 後十五年, 崔氏産男女數人, 男不育, 女二人各成長. 永泰二年四月, 凝几上有書一函, 開見之, 乃凝先府君之札也, 言 : "汝枉殺事發, 近在期月, 宜疾理家事. 長女可嫁汴州參軍崔延, 幼女嫁前開封尉李馴, 並良偶也." 凝不信, 謂其妻曰: "此狐狸之變耳." 更旬日, 又於室內見一書, 笞其顛倒, 凝尙猶豫. 明日, 庭中復得一書, 言詞哀切, 曰: "禍起旦夕!" 凝方倉惶, 妻曰: "君自省如何, 宜禳避之." 凝雖秘之, 而實心憚妾事. 五月十六日午時, 人皆休息, 忽聞扣門甚急. 凝心動, 出候之, 乃是所殺妾, 盛妝飾, 前拜凝曰: "別久安否?" 凝大怖疾走, 入內隱匿. 其鬼隨踵至庭, 見崔氏, 崔氏驚問之, 乃斂容自敍曰: "某是竇十五郞妾. 凝欲娶娘子時, 殺妾於車道口, 並二女同命. 但妾無負凝, 而凝枉殺妾. 凝欲娶妻, 某自屛迹, 奈何忍害某性命, 以至於此? 妾以賤品, 十五餘年, 訴諸嶽瀆, 怨氣上達, 聞於帝庭. 上帝降鑒, 許妾復仇, 今來取凝. 不干娘子, 無懼也." 崔氏悲惶請謝: "願以功德贖罪, 可乎?" 鬼厲色言曰: "以命還命足矣, 何功德而當命也? 譬殺娘子, 豈以功德可計乎?" 詞不爲屈, 乃罵凝曰: "天網不漏, 何用狐伏鼠竄!" 便升堂擒得凝, 而嚙咬掐捃, 宛轉楚毒, 竟日而去, 言曰: "汝未卽死, 且受苦毒." 如是每日輒至, 則啗嚼支體. 其鬼或奇形異貌, 變態非常, 擧家危懼, 而計無從出. 並搏二女, 不堪其苦. 於時有僧曇亮, 頗善持咒, 凝請之, 置壇內閣. 須臾鬼至, 不敢升階, 僧讓之曰: "鬼道不合於人, 何至是耶? 吾召金剛, 坐見糜碎!" 鬼曰: "和尙事佛, 心合平等, 奈何掩義隱賊? 且上命照臨, 許妾仇凝, 金剛豈私殺負冤者耶?" 言訖, 登階擒凝如初. 崔氏令僧潛求聘二女, 鬼知而怒曰: "和尙爲其作媒, 得無怍乎?" 僧慚而去. 後崔氏·李氏聘女遁逃, 而鬼不追, 乃言曰: "吾長縛汝足, 豈能遠耶?" 數年, 二女皆卒. 凝中鬼毒發狂, 自食支體, 入水火, 啗糞穢, 肌膚焦爛, 數年方死. 崔氏於東京出家, 衆共知之.

* 이 고사는 《태평광기》권130 〈보응·두응첩(竇凝妾)〉에 실려 있다.

18-9(0355) 형양씨

형양씨(滎陽氏)

미 : 이하는 계모가 자식을 죽인 일에 대한 응보다(以下繼母殺子報).

    당(唐)나라 영주(盈州)의 어떤 현령(縣令)이 장차 임지로 가다가 밤에 관할 성읍에 있는 오래된 절에 묵었는데, 막 잠을 자려 할 때 한 노파가 오동나무 잎을 머리에 덮어쓰고 구부정한 자세로 다가오는 것이 보였다. 현령이 지팡이를 들어 오동나무 잎을 떨어뜨리자 노파는 몸을 구부려 그 잎을 주워 가지고 떠나갔다가 잠시 후에 다시 왔다. 이렇게 세 번을 반복하고 나서야 오지 않았다. 얼마 후 상복을 입은 자가 북쪽 문에서 계단으로 올라오더니 주렴을 걷어 올리고 다가오며 말했다.

  "나리께 드릴 말씀이 있으니 나리께서는 두려워하지 마십시오."

  현령이 말했다.

  "너는 무슨 요물이냐?"

  상복 입은 자가 말했다.

  "저는 귀신이지 요물이 아닙니다. 제 모습이 누추해서 감히 직접 배알을 청하지 못했습니다. 방금 전에 삼가 유모 장씨(張氏)를 시켜 저의 답답한 심정을 조금이나마 전달하고

자 했으나, 나리께서 세 번이나 지팡이로 모욕을 주셨기 때문에 애통한 심정을 호소하러 제가 직접 왔으니 부디 노여워하지 마시기 바랍니다. 저는 형양 사람이며 선친께서는 이 주의 주목(州牧 : 자사)을 지내셨는데, 채 1년도 지나지 않아 양친께서 돌아가시자 호상(護喪)해 낙양(洛陽)으로 돌아가다가 밤에 이 절에 묵었습니다. 계모가 야갈화탕(冶葛花湯 : 독탕)을 만들어 주었는데 저와 제 누이동생은 그것을 마시고 같은 날 밤에 죽었습니다. 유모 장씨도 곡을 하려다가 철퇴에 맞아 머리가 깨져 죽었고 함께 이곳 담장 근처의 대나무 숲에 묻혔습니다. 농서(隴西) 사람인 저의 돌아가신 모친께서 그날로 상제께 호소했더니 상제께서 칙명을 내려 말씀하시길, '사람의 아내가 되어 이미 유모를 잔인하게 죽였고 사람의 어미가 되어 또 어린 고아들을 독살했으니, 어두운 방 안에서 저지른 일은 밝게 드러나기 어렵지만 하늘에서 살펴보면 계모를 극형에 처하는 것이 이치에 합당하다. 죽음으로 죽음을 갚아 고아들에게 사죄하도록 하라. 사명(司命 : 사람의 수명을 관장하는 명부의 관리)에게 회부해 일을 처리한 후 보고하라'라고 했습니다. 그날 선친께서도 상제께 호소하시길, '저는 보잘것없는 떠돌이 혼백인데, 생전에 수신(守身)의 도를 지키지 못해 어리석은 후처가 외롭게 남은 자식들까지 해치게 만들었습니다. 이러한 가풍을 드러내서 상제의 귀를 더럽혔으니 어찌 한 번 죽는 것으로 제 잘못을 사죄할 수 있겠습니까? 저는 세 번 현령을 지내고 두 번 자사(刺史)를 지내는 동안 실로 백성을 편안케 하는 공적을 남겼습니다. 그런데 제가 쌓은 은덕이 자식에게 전해지기는커녕 오히려 이런 낭패를 당할 줄을 어찌 생각이나 했겠습니까? 단정(丹旌: 명정)을 높이 흔들면서 관할 성읍을 지나가지도 못했습니다. 장남이 이미 무고하게 죽은 마당에 후처까지 죽음으로 사죄하게 하신다면 객지에 머물고 있는 제 관이 땅에 묻히기 어려우니, 엎드려 바라건대 후처의 목숨을 늘려 주시어 제가 낙양으로 돌아가 묻힐 수 있도록 해 주심으로써 조상님의 선영(先塋) 옆에 함께 묻힐 수만 있다면, 저는 더 이상 여한이 없겠습니다'라고 했습니다. 이듬해에 계모는 낙양에 도착한 후 등창이 생겨서 죽었습니다. 상제께서 노해 꾸짖으셔서 이미 일이 이와 같이 되었으니 이제 저는 원망스러울 것이 없습니다. 다만 괴로운 것은 중들이 제 해골 위에 측간을 만들어서 더러운 오물을 뒤집어쓰고 있으니 도저히 참을 수가 없습니다. 게다가 누이동생은 측신(厠神)의 시녀가 되었고 저는 측신의 하인이 되었으니, 대대로 관잠(冠簪)을 꽂고 갓끈을 매던 점잖은 집안이 하루아침에 몰락하고 말았습니다. 하늘의 문은 넘기 어렵고 하늘에 호소하려 해도 말미암을 방법이 없기에, 나리의 어진 덕에 힘입고자 삼가 와서 아뢰는 것입니다."

현령이 말했다.

"내가 장차 어찌하면 되겠는가?"

상복 입은 자가 대답했다.

"나리께서 저의 유골을 파내서 향초 물에 씻고 옷으로 덮은 후에 높은 언덕으로 옮겨 주시고, 만약 거친 나무 관과 간소한 제사 음식을 내려 주신다면 더 이상 바람이 없을 것입니다."

현령이 허락하자 귀신은 오열하고 재배한 뒤 유모 장씨에게 은밀히 난 낭자(鸞娘子 : 귀신의 누이동생)를 불러 함께 명공(明公 : 현령)께 감사드리게 했다. 유모 장씨가 마침내 도착해서 급히 외쳤다.

"곽 군(郭君)께서 미 : 측신의 성이 곽씨다. 늦게 오셨다가 집안이 어지러운 것을 보고 노하셔서 벌써 세 번이나 부르셨습니다."

그러자 상복 입은 자는 두려워하며 황급히 떠났다. 다음 날 아침에 현령은 중들을 불러 그 사실을 자세히 알려 주고 마침내 인부에게 명해 측간을 파헤쳐 유골을 찾게 했는데, 서너 척 깊이에서 유골이 나오자 다른 곳에 이장해 주었다.

唐盈州令將之任, 夜止屬邑古寺, 方寢, 見老嫗以桐葉蒙其首, 傴僂而前. 令以拄杖拂其葉, 嫗俯拾而去, 俄復來. 如是者三, 方絶. 頃有縗裳者, 自北戶升階, 褰簾而前曰: "將有告於公, 公無懼焉." 令曰 : "是何妖物?" 曰 : "鬼也, 非妖也. 以形容衰瘵, 不敢干謁. 向者竊令張奶少達幽情, 而三遭拄杖之辱, 是以自往哀訴, 冀不逢怒焉. 某榮陽氏子, 嚴君牧此州, 未逾年, 鍾家禍, 護喪歸洛, 夜止此寺. 繼母賜冶葛花湯, 並室妹同夕而斃. 張奶將哭, 首碎鐵鎚, 同瘞於此牆之竹陰. 某隴西先夫人卽日訴於上帝, 帝敕云 : '爲人妻, 已殘戮僕妾, 爲人母, 又毒殺孤嬰, 居暗室, 事難彰明, 在天鑒, 理宜誅殛. 以死酬死, 用謝諸孤. 付司命處置訖報.' 是日, 先君復訴於上帝云 : '某遊魂不靈, 乖於守愼, 致令嬲室, 害及孤孩. 彰此家風, 黷於天聽, 豈止一死, 能謝罪名? 某三任縣令, 再剖符竹, 實有能績, 以安黎甿. 豈圖餘慶不流, 見此狼狽? 悠揚丹旐, 未越屬城. 長男旣已無辜, 孀婦又俾酬死, 念某旅櫬, 難爲瘞埋, 伏乞延其生命, 使某得歸葬洛陽, 獲祔先人之塋闕, 某無恨矣.' 明年, 繼母到洛陽, 發背疽而卒. 上帝譴怒, 已至如此, 今某卽無怨焉. 所苦者, 被僧徒築溷於骸骨之上, 糞穢之弊, 所不堪忍. 況妹爲廟神姬僕, 身爲廟神役夫, 積世簪纓, 一日凌隳. 天門阻越, 上訴無階, 藉公仁德, 故來奉告." 令曰 : "吾將奈何?" 答曰 : "公能發某朽骨, 沐以蘭湯, 覆以衣衾, 遷於高原之上, 脫能賜木皮之棺, 蘋藻之奠, 亦望外也." 令諾之, 鬼嗚咽再拜, 令張奶密召鸞娘子同謝明公. 張奶遂至, 疾呼曰 : "郭君怒 眉 : 廟神姓郭. 晚來軒屛狼藉, 已三召矣!" 於是褖裳者章皇而去. 明旦, 令召僧徒, 具以所告, 遂命土工發溷以求之, 三四尺乃得骸骨, 與改瘞焉.

* 이 고사는《태평광기》권128〈보응·형양씨〉에 실려 있다.

18-10(0356) 서철구

서철구(徐鐵臼)

출《환원기》

동해(東海) 사람 서(徐) 아무개의 전처 허씨(許氏)는 철구(鐵臼 : 쇠 절구)라는 아들 하나를 낳고 죽었다. 서 아무개는 다시 진씨(陳氏)를 후처로 맞이했는데, 그녀는 흉악하기 그지없어서 전처의 아들을 죽이려고 했다. 진씨도 아들 하나를 낳았는데 아들이 태어났을 때 축원하며 말했다.

"네가 만약 철구를 없애지 못하면 내 아들이 아니다."

그래서 아들의 이름을 철저(鐵杵 : 쇠 절굿공이)라고 했는데, 이는 절굿공이로 절구를 찧어 버리길 바란 것이었다. 미 : 절굿공이와 절구는 본래 한 쌍의 도구인데, 절굿공이만 두고 절구를 없앨 수 있는가? 그리하여 철구에게 채찍질하고 때리는 등 온갖 지독한 고통을 주었으며, 굶주려도 먹을 것을 주지 않고 추워도 옷에 솜을 덧대 주지 않았다. 서 아무개는 천성이 나약했고 또 집을 자주 비웠기 때문에 철구는 결국 학대를 받아 죽었는데, 그때 나이가 열여섯 살이었다. 철구가 죽은 지 10여 일 후에 귀신이 되어 갑자기 집으로 돌아와서 진씨의 침상에 올라가 말했다.

"나는 철구다. 진실로 아무 죄도 없이 잔인하게 살해되었다. 내 어머니께서 하늘에 그 원통함을 호소해 지금 천조(天曹)의 부절(符節)을 얻었기에 내 원한을 씻으러 왔다. 반드시 철저를 병들게 해 내가 고통을 당했을 때와 똑같게 할 것이다. 잡아가는 데에는 본래 기일이 정해져 있으니, 나는 지금 여기에 머물면서 기다리겠다."

그 목소리는 살아 있을 때와 같았는데, 집안사람들은 그의 모습을 보지 못했지만 모두 그의 목소리를 들었다. 철구가 늘 집의 대들보 위에 머물러 있자, 진씨가 무릎을 꿇고 사죄하면서 자주 제사 음식을 차렸더니 귀신이 말했다.

"이렇게 할 필요 없다. 날 굶주려 죽게 해 놓고서 어찌 한 끼 제삿밥으로 갚을 수 있겠느냐?"

진씨가 밤중에 몰래 귀신에 대해 이야기했더니 귀신이 곧바로 말했다.

"어찌 감히 내 이야기를 하느냐? 지금 네 집의 기둥을 부러뜨리겠다!"

곧장 톱질하는 소리가 들리고 톱밥도 떨어졌으며, 우지끈하는 소리가 나면서 기둥이 정말로 무너지는 것 같았다. 온 집안사람들이 달려 나가 촛불을 들고 비춰 보았지만 달라진 것이 없었다. 귀신이 또 철저에게 욕하면서 말했다.

"나를 죽이고서 집에 편안히 앉아 통쾌해하다니!"

즉시 불이 붙더니 연기가 피어올라 집 안팎으로 어수선했다. 잠시 후 불이 저절로 꺼졌는데, 지붕의 지푸라기도 그대로였고 손상된 곳도 보이지 않았다. 귀신은 날마다 꾸짖고 욕했으며, 때때로 노래도 불렀다.

"복숭아꽃과 오얏꽃, 매서운 서리에 져 버렸으니 이를 어찌할거나? 복숭아와 오얏 열매, 매서운 서리에 일찍 떨어져 버렸구나."

그 소리가 몹시 슬프고도 처량했는데, 마치 장성하지 못하고 죽은 것을 스스로 애달파하는 듯했다. 당시 철저는 여섯 살이었는데, 귀신이 와서 자주 때렸으며 맞은 곳에 시퍼런 멍이 들었다. 철저가 한 달 넘게 먹지 못하다가 죽자 귀신은 바로 조용해졌다.

東海徐甲, 前妻許氏, 生一男, 名鐵臼, 而許氏亡. 甲改娶陳氏, 凶悍甚, 欲殺前妻之子. 陳氏産一男, 生而祝之曰: "汝若不除鐵臼, 非吾子也." 因名子爲鐵杵, 欲以擣臼. 眉: 杵臼本一副家火, 有杵可廢臼乎? 於是捶打鐵臼, 備諸毒苦, 饑不給食, 寒不加絮. 甲性暗弱, 又多不在舍, 鐵臼竟以虐死, 時年十六. 亡後旬餘, 鬼忽還家, 登陳氏床曰: "我鐵臼也. 實無罪, 橫見殘害. 我母訴怨於天, 得天曹符, 來雪我寃. 當令鐵杵疾病, 與我遭苦時同. 去自有期, 我今停此待之." 其聲如生時, 家人不見其形, 皆聞其語. 恒在屋梁上住, 陳氏跪謝, 頻爲設奠, 鬼云: "不須如此. 餓我令死, 豈一餐所能酬謝?" 陳氏夜中竊語道之, 鬼應聲曰: "何敢道我? 今當斷汝屋棟!" 便聞鋸聲, 屑亦隨落, 拉然有聲響, 如棟實崩. 擧家走出, 秉燭照之, 亦無異. 又罵鐵杵曰: "殺我, 安坐宅上爲快耶!" 卽見火然烟爛, 內外狼藉. 俄爾自滅, 茅茨儼然, 不見虧損. 日日罵詈, 時復謳歌, 歌云:"桃李花, 嚴霜落奈何? 桃李子, 嚴霜落早已." 聲甚傷淒, 似自悼不得成長也. 於時鐵杵六歲, 鬼至, 屢打之, 打處靑黶. 不食月餘而死, 鬼便寂然.

* 이 고사는 《태평광기》 권120 〈보응·서철구〉에 실려 있다.

18-11(0357) 호양의 첩

호양첩(胡亮妾)

출《조야첨재》

    당(唐)나라 광주(廣州) 화몽현승(化蒙縣丞) 호양은 도독(都督) 주인궤(周仁軌)를 따라 요자부(僚子部 : 서남방 이민족)를 토벌하러 갔다가 한 수령의 첩을 얻어 그녀를 총애했다. 그녀를 데리고 화몽현에 도착한 후 호양이 주부(州府)로 떠나 집에 없을 때, 호양의 처 하씨(賀氏)가 못을 불에 달궈 첩의 두 눈을 지졌고, 첩은 결국 스스로 목을 매 죽었다. 후에 하씨가 임신해 뱀 한 마리를 낳았는데, 두 눈에 눈동자가 없었다. 이 일을 선사(禪師)에게 물었더니 선사가 말했다.

    "부인이 일찍이 못을 불에 달궈 한 여자의 눈을 지졌는데, 부인의 성질이 표독하기 때문에 그 여자가 뱀이 되어 보복한 것이니, 뱀은 바로 눈이 지져졌던 여자입니다. 부인이 이 뱀을 잘 기르면 화를 면할 수 있지만, 그렇지 않으면 화가 몸에 미치게 될 것입니다."

    하씨는 그 뱀을 길러 한두 해가 지나 점점 자라났으나, 뱀은 앞을 보지 못해 이불 속에만 있었다. 호양은 그 사실을 모르고 있다가 이불을 젖혀 뱀을 보고 크게 놀라 칼로 베어 죽였다. 결국 하씨는 두 눈이 모두 멀어 더 이상 볼 수 없게 되었다.

唐廣州化蒙縣丞胡亮, 從都督周仁軌討僚, 得一首領妾, 幸之. 將至縣, 亮向府不在, 妻賀氏乃燒釘烙其雙目, 妾遂自縊死. 後賀氏有娠, 産一蛇, 兩目無睛. 以問禪師, 師曰: "夫人曾燒釘烙一女婦眼, 以夫人性毒, 故爲蛇報, 此是被烙女婦也. 夫人好養此蛇, 可以免難, 不然禍及身矣." 賀氏養蛇, 一二年漸大, 不見物, 唯在衣被中. 亮不知也, 撥被見蛇, 大驚, 以刀斫殺之. 賀氏兩目俱枯, 不復見物.

* 이 고사는 《태평광기》 권129 〈보응·호양첩〉에 실려 있다.

18-12(0358) 금형

금형(金荊)

출《조야첨재》

후위(後魏 : 북위) 말에 숭양(嵩陽) 사람 두창(杜昌)의 처 유씨(柳氏)는 투기가 심했다. 금형이라는 여종이 있었는데, 두창이 머리를 감을 때 그녀에게 머리를 빗게 했더니 유씨가 그녀의 손가락 두 개를 잘라 버렸다. 얼마 후에 유씨는 호자(狐刺)[26)]에 걸려 손가락 두 개가 떨어져 나갔다. 또 노래를 잘 부르는 옥련(玉蓮)이라는 여종이 있었는데, 두창이 그녀를 총애하며 뛰어난 노래 솜씨에 감탄했더니 유씨가 그녀의 혀를 잘라 버렸다. 나중에 유씨는 혀에 종기가 나서 문드러졌는데, 일이 다급해지자 조 선사(稠禪師)를 찾아가서 참회했다. 조 선사는 그 일을 이미 알고서 유씨에게 말했다.

"부인이 투기를 해 이전에 여종의 손가락을 잘랐기에 이미 부인의 손가락을 잃었습니다. 그런데 또 여종의 혀를 잘랐으니, 이제 마땅히 혀가 끊어질 것입니다. 그러나 잘못을 참회하는 마음이 지극하다면 화를 면할 수 있을 것입니다."

---

26) 호자(狐刺) : 호뇨자창(狐尿刺瘡)이라고도 한다. 일종의 독창(毒瘡)으로, 손가락 마디나 손가락 끝에 생기는 악성 종기를 말한다.

유씨가 이마를 땅에 대고 절하면서 구해 달라고 애원하자, 7일 후에 조 선사는 유씨에게 입을 크게 벌리게 하고 주문을 외웠는데, 1척 이상이나 되는 뱀 두 마리가 유씨의 입에서 나왔다. 조 선사가 급히 주문을 외우자 그 뱀들은 결국 땅으로 떨어졌고, 유씨의 혀도 평상시대로 회복되었다. 이때부터 유씨는 더 이상 투기를 하지 않았다.

後魏末, 嵩陽杜昌妻柳氏甚妒. 有婢金荊, 昌沐, 令理髮, 柳氏截其雙指. 無何, 柳被狐刺螫, 指雙落. 又有一婢, 名玉蓮, 能唱歌, 昌愛而嘆其善, 柳氏乃截其舌. 後柳氏舌瘡爛, 事急, 就稠禪師懺悔. 禪師已先知, 謂柳氏曰 : "夫人爲妒, 前截婢指, 已失指. 又截婢舌, 今又合斷舌. 悔過至心, 乃可以免." 柳氏頂禮求哀, 經七日, 禪師令大張口, 咒之, 有二蛇從口出, 一尺以上. 急咒之, 遂落地, 舌亦平復. 自是不復妒矣.

* 이 고사는 《태평광기》 권129 〈보응·금형〉에 실려 있다.

18-13(0359) 이 명부

이명부(李明府)

출《보응록(報應錄)》

당(唐)나라의 전(前) 화정현령(火井縣令) 이 명부는 본현을 지나가다가 압사녹사(押司錄事)의 사택에서 묵게 되었다. 그 집주인은 술과 안주를 마련하면서 새끼를 밴 흰 양 한 마리를 잡을 작정이었다. 그날 밤 이 명부의 꿈에 소복을 입은 한 부인이 두 아들을 데리고 나타나 이 명부에게 절하며 목숨을 살려 달라고 애걸했는데 그 말이 심히 애절했다. 이 명부는 그 이유를 헤아리지 못한 채 말했다.

"나는 사람을 죽인 적이 없소."

그러나 그 부인은 계속해서 애절하게 빌었다. 이 명부는 잠에서 깨어 생각해 보았으나 아무 단서도 없었다. 그가 다시 잠자리에 들었는데, 꿈에 아까 그 부인이 또 나타나 목숨을 살려 달라고 하면서 말했다.

"저의 목숨이 경각에 달렸는데 모질게도 구해 주지 않으시다니!"

그러나 이 명부는 끝내 그 뜻을 깨닫지 못하고 단지 놀라고 한탄해 마지않았다. 그가 다시 잠자리에 들었을 때, 또다시 아까 그 부인이 나타나 말했다.

"장관(長官 : 이 명부)께서 결국 구해 주지 않으셨기에 저는 이미 죽었으나, 이 역시 빚을 갚은 것입니다. 저는 전생에 압사녹사의 처였는데, 여종이 임신해 몸에 쌍둥이를 배고 있었습니다. 당시 저는 그녀를 질투해 곤장을 쳐서 그녀를 죽이고 남편을 속여 말하길, '여종이 금비녀와 찬합을 훔쳤기에 고문을 했더니 죽고 말았습니다'라고 했습니다. 지금 그 응보를 받은 것이니 원한의 빚을 이미 갚은 셈입니다. 그 금비녀와 찬합은 당(堂)의 서쪽 두공(枓栱) 속에 있습니다. 저를 위해 주인에게 그 고기를 먹지 말고 공덕을 쌓으라고 말해 주십시오."

이 명부는 놀라 일어나 주인을 불러 캐물었다.

"그대는 흰 양 한 마리를 잡았소? 쌍둥이 새끼 양이 있지 않았소?"

주인이 말했다.

"맞습니다."

이 명부는 밤에 꾸었던 꿈 얘기를 자세히 해 주면서 더욱 그 기이함에 탄식했다. 그러고는 두공 속을 찾아보았더니 과연 두 물건이 나왔다. 주인은 마침내 그 양을 묻어 주었으며, 그녀를 위해 공덕을 쌓고 명복을 빌어 주었다.

唐前火井縣人[1]李明府, 經過本縣, 館於押司錄事私第. 主人將設酒饌, 欲刲一白羊, 方有胎. 其夜李明府夢一素衣婦人將二子拜明府乞命, 詞甚哀切. 李不測其由, 云 : "某不曾殺人." 婦人哀祈不已. 李睡覺, 思惟無端. 又寢, 復夢前婦人乞命, 稱: "某命在須臾, 忍不救也!" 李竟不諭其意, 但驚怛不已. 再寢, 又夢前婦人曰: "長官終不能相救, 某已死訖, 然亦償債了. 某前身卽押司錄事妻, 有女僕方妊, 身懷二子. 時某嫉妒, 因笞殺之, 紿夫云: '女僕盜金釵並盒子, 拷訊致斃.' 今獲此報, 然已還其寃債. 其金釵並盒子在堂西拱枓內. 爲某告於主人, 請不食其肉, 爲作功德." 李驚起, 召主人詰曰: "君刲一白羊耶? 有雙羔否?" 曰: "是." 具話夜來之夢, 更嘆其異. 及尋拱枓內, 果得二物. 乃取羊埋之, 爲作功德追薦焉.

* 이 고사는 《태평광기》 권134 〈보응·이명부〉에 실려 있다.
1 인(人): 《태평광기》에는 "영(令)"이라 되어 있는데, 문맥상 타당하다.

18-14(0360) 녹교

녹교(綠翹)

출《삼수소독(三水小牘)》

　당(唐)나라 서경(西京 : 장안) 함의관(咸宜觀)의 여도사 어현기(魚玄機)는 자가 유미(幼微)이며 장안(長安)의 여염집 딸이다. 경국지색(傾國之色)의 미모를 갖추었으며 시 짓는 것에 특히 뛰어났다. 함통(咸通) 연간(860~874)에 보궐(補闕) 이억(李億)에게 시집갔는데, 나중에 남편의 사랑이 시들자 마침내 도사가 되었다. 그녀가 풍월을 완상하며 지은 멋진 시는 종종 사림(士林)에 전파되었다. 그래서 풍류를 즐기는 선비들이 다투어 잘 차려입고 와서 사귀고자 했는데, 간혹 술을 싣고 찾아오는 자가 있으면 반드시 금(琴)을 타고 시를 지으면서 농담을 주고받았으며, 학문이 부족한 무리는 자신의 재주가 부족하다고 생각했다. 그녀가 지은 시 중에서 "화려한 꽃 두둑에 봄날 경치 아득하고, 아름다운 금(琴)에 가을 흥취 물씬 풍기네", "은근한 정 말하지 못하고, 두 줄기 붉은 눈물만 흘리네", "정이 그리워 스스로 울적해하며 같은 꿈만 꾸나니, 신선 같은 풍모와 그윽한 향기는 꽃보다도 아름답네"와 같은 이 몇 연(聯)이 가장 뛰어났다. 녹교라는 한 여동(女童)이 있었는데 그녀 역시 총명하고 자색이 뛰어났다. 갑자기 어느 날 어현기가 이웃 도관의 초대를 받아 갔다가 저녁이 되어서야 함의관으로 돌아왔는데, 녹교가 문에서 그녀를 맞이하며 말했다.

"어떤 손님이 오셨는데 연사(煉師 : 도사)께서 계시지 않음을 알고 고삐도 풀지 않고 떠났습니다."

그 손님은 어현기가 평소에 가까이하던 사람이었는데, 어현기는 녹교가 그와 사통했을 것이라고 생각했다. 밤이 되어 어현기가 녹교를 내실로 들어오라고 해서 캐물었더니 녹교가 말했다.

"저는 여러 해 동안 시중을 들면서 진실로 스스로 몸가짐을 단속해 존사의 뜻을 거스르는 잘못을 저지르지 않았습니다. 또 그 손님이 도착해서 문을 두드리자 제가 문짝을 사이에 두고 '연사께서는 안 계십니다'라고 알렸더니, 손님은 말없이 말을 채찍질해 떠났습니다. 말씀하신 애정에 관한 일은 마음에 두지 않은 지 여러 해이니, 부디 연사께서는 의심하지 마십시오." 미 : 말이 그녀의 꺼리는 바를 건드렸기 때문에 부끄러움이 분노로 변한 것이다.

어현기는 더욱 노해서 녹교의 옷을 벗긴 뒤 100여 대의 곤장을 쳤다. 지쳐 쓰러진 녹교는 물 한 잔을 청해 땅에 부으며 말했다.

"연사는 곧고 바른 사람을 심하게 무고하니, 하늘이 없다면 하소연할 곳도 없겠지만 만약 하늘이 있다면 맹세컨대 너의 음란한 짓을 그냥 두지 않을 것이다!"

녹교는 말을 마치고 목숨이 끊어졌다. 어현기는 두려워서 뒤뜰을 파고 녹교의 시신을 묻었다. 녹교에 대해 묻는 사람이 있으면 어현기는 말했다.

"봄비가 갠 뒤에 도망갔습니다."

어현기의 방에서 연회를 즐기던 한 손님이 뒤뜰에서 소변을 누다가 녹교가 묻혀 있는 곳 위에 쉬파리 수십 마리가 모여 있고 쫓아도 다시 오는 것을 보고 자세히 살펴보았더니, 핏자국이 있고 비린내가 나는 것 같았다. 미 : 원혼이 그렇게 한 것이다. 그 손님이 나가서 몰래 노복에게 말해 주자, 노복은 집에 돌아가서 다시 그 형에게 말해 주었다. 그 형은 관부의 가졸(街卒 : 거리의 치안과 청소 등을 관장하는 관졸)로 일찍이 어현기에게 돈을 요구했다가 그녀가 들어주지 않아서 마음속에 깊이 새겨 둔 적이 있었다. 그는 그 일을 듣자 급히 여러 명의 가졸을 불러 가래 등의 도구를 가지고 어현기의 도관에 들이닥쳐 뜰을 파헤쳤는데, 묻혀 있던 녹교의 모습은 마치 살아 있는 것 같았다. 가졸은 마침내 어현기를 체포해 경조부(京兆府)로 끌고 갔다. 미 : 〈별전(別傳)〉에 따르면, 당시 경조윤(京兆尹)이 바로 온장(溫璋)27)이었기 때문에 어현기

---

27) 온장(溫璋) : 온장은 함통(咸通) 8년(867)에 경조윤에 부임했으며,

에 대한 청원을 들어주지 않았다. 관리가 심문하자 그녀는 죄를 자복했는데, 조정의 인사 중에서 어현기를 변호한 자가 많았지만 경조부에서는 그녀의 죄상을 적은 표문을 올렸다. 가을이 되어 어현기는 결국 죽임을 당했다. 어현기는 옥중에서도 시를 지었다.

"값을 매길 수 없는 보물은 구하기 쉬우나, 마음에 둔 낭군은 얻기 어렵네. 밝은 달은 어두운 틈새를 비추고, 맑은 바람은 짧은 옷깃을 파고드네."

이 시가 그중에서 가장 훌륭하다.

唐西京咸宜觀女道士魚玄機, 字幼微, 長安里家女也. 色旣傾國, 尤工吟咏. 咸通中, 適李億補闕, 後愛衰, 遂從冠帔. 而風月賞玩之佳句, 往往播於士林. 於是風流之士, 爭修飾以求狎, 或載酒詣之, 必鳴琴賦詩, 間以謔浪, 懵學輩自視缺然. 其詩有 "綺陌春望遠, 瑤徽秋興多", 又 "殷勤不得語, 紅淚一雙流", 又 "雲情自鬱爭同夢, 仙貌長芳又勝花", 此數聯爲絶矣. 一女僮曰綠翹, 亦明慧有色. 忽一日, 機爲鄰院所邀, 迨暮方歸院, 綠翹迎門曰: "適某客來, 知煉師不在, 不捨轡而去矣." 客乃機素暱者, 意翹與之私. 及夜, 命翹入臥內訊之, 翹曰: "自執巾盥數年, 實自檢御, 不令有過, 致忤尊意. 且某客至款扉, 翹隔閾報云: '煉師不在.' 客無言策馬而去.

법 집행을 엄격히 해서 여도사 어현기를 주살했다.

若云情愛, 不蓄於胸襟有年矣, 幸煉師無疑." 眉: 語觸其諱, 故羞變爲怒. 機愈怒, 裸而笞百數. 旣委頓, 請杯水酹地曰 : "煉師厚誣貞正, 無天則無所訴, 若有, 誓不縱爾淫佚!" 言訖 而絕. 機恐, 乃坎後庭瘞之. 人有問翹者, 則曰 : "春雨霽逃矣." 客有宴於機室者, 因溲於後庭, 當瘞上, 見靑蠅數十集於地, 驅去復來, 詳視之, 如有血痕且腥. 眉: 寃魂所爲. 客旣出, 竊語其僕, 僕歸, 復語其兄. 其兄爲府街卒, 嘗求全[1]於機, 機不顧, 卒深銜之. 聞此, 遽呼數卒, 携鍤具, 突入玄機院發之, 而緣翹貌如生. 卒遂錄玄機京兆府. 眉: 按〈別傳〉, 京尹乃溫璋, 故請乞不行. 吏詰之, 辭伏, 而朝士多爲言者, 府乃表列上. 至秋, 竟戮之. 在獄中亦有詩曰 : "易求無價寶, 難得有心郎. 明月照幽隙, 淸風開短襟." 此其美者也.

* 이 고사는 《태평광기》 권130 〈보응·녹교〉에 실려 있다.

1 전(全) : 《태평광기》에는 "금(金)"이라 되어 있는데, 문맥상 보다 타당하다.

18-15(0361) 이지례

이지례(李知禮)

출《명보기(冥報記)》

당(唐)나라 농서(隴西) 사람 이지례는 젊어서부터 몸이 날렵하고 민첩해서 활을 잘 쏘았고 말을 잘 탔으며 게다가 탄궁도 잘 쏘아 죽인 동물이 아주 많았다. 때때로 물고기도 잡았는데, 그 수를 헤아릴 수 없을 정도로 많았다. 정관(貞觀) 19년(645)에 이지례는 병에 걸려 며칠 만에 죽었다. 미: 축생을 많이 죽인 것에 대한 응보다. 사후에 한 귀신이 나타나 속세에서 타던 말보다 큰 말 한 필을 끌고 와서 이지례에게 말했다.

"염라왕께서 공을 잡아 오라고 하십니다."

그러고는 이지례에게 그 말을 타게 했는데, 순식간에 염라왕 앞에 도착했다. 염라왕이 이지례에게 약속했다.

"너를 보내 적을 토벌하려고 하는데, 반드시 패해서는 안 되며 만약 패하면 너를 죽이겠다."

이지례는 동료 24명과 함께 동쪽으로 가서 북쪽을 바라보았더니, 적은 끝이 보이지 않고 천지사방은 어두컴컴했으며 먼지가 비 오듯 자욱했다. 이지례 등이 싸움에서 지자 이지례가 동료들에게 말했다.

"염라왕의 분부가 지엄하니 앞으로 나아가 죽을지언정 패해서 돌아가서는 안 된다."

이지례가 말 머리를 돌려 활 세 발을 쏘자 적들이 조금 물러났으며, 활 다섯 발을 쏘자 적들은 결국 패해 뿔뿔이 흩어졌다. 일이 끝난 뒤 이지례가 염라왕을 알현하자 염라왕이 이지례를 꾸짖었다.

"적들이 비록 퇴각하기는 했지만, 어찌하여 처음 싸웠을 때는 패했느냐?"

그러고는 곧바로 삼실에 머리카락을 넣어 꼰 줄로 이지례 등의 손발을 묶어 바위 위에 누이고 큰 돌로 눌러 갈게 했다. 차례대로 네 사람의 몸이 모두 문드러져 떨어져 나갔다. 이지례의 차례가 되자 그는 성난 목소리로 소리쳤다.

"아까 적이 퇴각한 것은 모두 저의 힘인데도 왕께 살해당한다면 후인들을 격려할 수 없습니다!"

염라왕은 결국 이지례를 석방하고 구속하지 않았다. 사흘이 지난 뒤에 이지례는 갑자기 서북쪽으로 나갔다가 한 담장 안으로 들어가서 보았더니, 서너 이랑에 가득할 정도로 많은 날짐승과 길짐승이 모두 달려들어 목숨을 내놓으라고 하면서 점점 다가왔다. 이전에 이지례가 활로 쏘아 죽였던 암캐 한 마리가 곧장 앞으로 다가와서 이지례의 얼굴을 물어뜯고 몸까지 물어뜯었는데, 상처를 입지 않은 곳이 하나도 없었다. 다시 보았더니 각자 키가 1장(丈) 남짓 되는 큰 귀신 셋이 함께 이지례의 피부와 살점을 벗겼는데, 순식간에 피부를 모두 벗겨 그 살점을 짐승들에게 나눠 먹었다. 하지만 살점이 벗겨져 나간 자리에서 다시 살점이 돋아났고 살점이 돋아나면 다시 귀신이 살점을 벗겼는데, 이렇게 사흘 동안 그 지독한 고통은 견딜 수 없었다. 이 일이 끝나자 갑자기 모두 사라져 아무것도 보이지 않았다. 그래서 이지례는 담을 넘어 남쪽으로 달아났는데, 어디로 가고 있는지 알 수 없었지만 약 1000리쯤 달아난 것 같다고 생각했다. 그때 다시 보았더니 한 귀신이 이지례를 쫓아와서 쇠 바구니를 그에게 씌우자 무수한 물고기가 다투어 그를 쪼아 먹었는데, 다 먹고 나자 귀신은 바로 돌아갔고 물고기도 보이지 않았다. 예전에 이지례의 집에서 한 스님을 공양했는데 그 스님은 먼저 죽었다. 그 스님이 이지례를 찾아와 바구니를 벗기면서 말했다.

"시주님은 많이 굶주리셨군요."

스님은 대추처럼 생긴 흰 알약 세 개를 이지례에게 주면서 씹어 먹게 했는데, 그것을 먹자마자 배가 불렀다. 스님이 말했다.

"시주님은 마땅히 집으로 돌아가실 것입니다."

스님은 작별하고 떠나갔다. 이지례는 자신이 살았던 집 북쪽에 큰 구덩이가 있는 것을 보았는데, 그 안에 창이 여기저기 꽂혀 있었기에 지나갈 수 없었다. 또 자신의 질녀가 하녀와 함께 돈과 비단이 든 상자를 들고 가고 있었고, 다시 구덩이의 동북쪽에 음식 한 그릇을 차리는 것을 보았다. 이지례는 마음속으로 그 하녀와 질녀가 장난을 치고 있다고 생각하면서 매우 이상하게 여겼다. 머리를 돌려 북쪽을 바라보았더니 한 귀신이 검을 빼 들고 곧장 자신에게로 돌진하고 있었다. 이지례는 두려운 나머지 구덩이 안으로 몸을 던졌는데, 그 순간 바로 다시 살아났다. 이지례가 처음 죽어서 다시 살아나기까지 모두 엿새가 지났다. 뒤에 가족에게 물어보았더니 질녀가 지전과 비단과 음식을 가지고 가서 제사를 지냈다고 하는데, 당시에 이지례가 보았던 것은 바로 그 동전과 비단이었다.

唐隴西李知禮, 少趫捷, 善弓射, 能騎乘, 兼攻放彈, 所殺甚多. 有時捕魚, 不可勝數. 貞觀十九年, 病數日卽死. 眉: 多殺畜生報. 乃見一鬼, 並牽馬一匹, 大於俗間所乘之馬, 謂知禮曰: "閻羅王追公." 乃令知禮乘馬, 須臾至王前. 王約束云: "遣汝討賊, 必不得敗, 敗卽殺汝." 有同侶二十四人, 向東北望, 賊不見邊際, 天地盡昏, 埃下如雨. 知禮等敗, 知禮語同行曰: "王敎嚴重, 寧向前死, 不可敗歸." 知禮回馬, 射三箭, 賊稍却, 箭五發, 賊遂敗散. 事畢, 謁王, 王責知禮: "敵雖退, 何爲初戰之時卽敗?" 便以麻辮髮, 並縛手足, 臥在石上, 以大石鎭而磨之. 前後四人, 體盡潰爛. 次到知禮, 厲聲叫曰: "向者賊敗, 並知禮之力, 還被王殺, 無以勵後!" 王遂釋放不管束. 凡經三日, 忽向西北出行, 入一牆院, 見飛禽走獸, 可滿三四畝, 總來索命, 漸相逼近. 曾射殺一雌犬, 此犬直向前嚙其面, 次及身體, 無不被傷. 復見三大鬼, 各長丈餘, 共剝知禮皮肉, 須臾總盡, 乃以此肉分喂禽獸. 其肉剝而復生, 生而復剝, 如此三日, 苦毒不勝. 事畢, 忽然總失, 不見一物. 遂逾牆南走, 莫知所之, 意中似如一跳千里. 復見一鬼逐及知禮, 乃以鐵籠罩之, 有無數魚競來唼食, 食畢, 鬼遂倒回, 魚亦不見. 其家舊供養一僧, 其僧先死. 來與知禮去籠, 語知禮曰: "檀越大饑." 授以白物三丸如棗, 令知禮噉之, 應時而飽. 乃云: "檀越宜還家." 僧亦別去. 知禮所居宅北, 見一大坑, 其中有諸槍稍攢植, 不可得過. 見其兄女並婢賷箱, 箱內有錢絹, 及別置一器飲食, 在坑東北. 知禮心中謂此婢及侄女遊戲, 意甚怪之. 回首北望, 即見一鬼, 挺劍直進. 知禮惶懼, 委身投坑, 即得甦也. 自初死至於重生, 凡經六日. 後問家中, 乃是侄女持紙錢絹及飯饌爲奠禮. 當時所視, 乃是銅錢絲絹也.

* 이 고사는 《태평광기》 권132 〈보응·이지례〉에 실려 있다.

18-16(0362) 주화

주화(朱化)

출《기사(奇事)》미 : 양을 판 일에 대한 응보다(販羊報).

낙양(洛陽) 사람 주화는 양을 파는 일을 생업으로 삼았다. [당나라] 정원(貞元) 연간(785~805) 초에 서쪽으로 가서 빈녕(邠寧)에 이르렀는데, 어떤 사람이 주화를 보더니 말했다.

"당신은 양을 사고팔아서 이득을 구하니 마땅히 많은 이득을 추구해야 하오. 큰 양은 필시 몇 마리만 살 수 있지만, 작은 양은 필시 여러 마리를 살 수 있소. 양이 많으면 이득이 많고, 양이 적으면 이득도 적은 법이오."

주화는 그 말이 옳다고 생각했다. 그 사람은 며칠 후에 양 주인 한 사람을 데리고 왔고, 주화는 결국 작은 양 110마리를 샀다. 주화는 큰 양과 작은 양을 섞어 양 떼를 몰고 낙양으로 돌아왔다. 주화가 관문 아래에 도착했는데, 어느 저녁에 사 온 작은 양들이 모두 귀신으로 변해 달아났다. 주화는 크게 놀랐으나 그렇게 된 이유를 알 수 없었다. 다음 해에 주화는 다시 빈녕으로 갔다가 전에 작은 양을 사라고 말했던 사람을 만나자, 크게 성을 내며 그를 붙잡아 관가로 가려고 했더니 그 사람이 말했다.

"내가 무슨 죄를 지었소?"

주화가 말했다.

"당신한테 새끼 양을 사 가지고 돌아가다가 내가 양 떼를 몰고 관문 아래에 이르렀을 때 양들이 모두 귀신으로 변했으니, 당신이 요술을 사용한 것이 아니오?"

그 사람이 말했다.

"당신은 양들을 사고팔아 큰 이익을 얻으려 했고 생명을 죽이면서도 그 끝을 알지 못해 죄가 이미 하늘에까지 가득 찼는데, 스스로 끝내 죄를 깨닫지 못하고 오히려 나에게 화를 내고 있소. 나는 바로 귀신인데 반드시 양들과 함께 당신을 붙잡아 죽일 것이오!"

그 사람은 말을 마친 후 사라졌다. 주화는 크게 놀라 두려움에 떨다가 얼마 후에 죽었다.

洛陽人朱化, 以販羊爲業. 貞元初, 西行抵邠寧, 有一人見化, 謂曰:"君市羊求利, 當求豐贍. 大者, 其羊必少, 小者, 其羊必多. 羊多則利厚也, 羊少則利寡." 化然之. 其人數日乃引一羊主至, 化遂易得小羊百十口. 大小羊相雜爲群, 回歸洛陽. 行至關下, 一夕, 所易小羊, 盡化爲鬼而走. 化大駭, 莫測其由. 明年, 復往邠寧, 見前言小羊之人, 化甚怒, 將執詣官府, 其人曰:"我何罪?" 化曰:"爾以小羊回易, 我驅至關下, 盡化爲鬼, 得非汝用妖術乎?" 其人曰:"爾販賣群羊, 以求厚利, 殺害性命, 不知紀極, 罪已彌天矣, 自終不悟, 而反怒我. 我卽鬼也, 當與群羊執爾而戮之!" 言訖而滅. 化大驚懼, 尋死.

* 이 고사는 《태평광기》 권133 〈보응·주화〉에 실려 있다.

18-17(0363) 이첨

이첨(李詹)

출《옥천자(玉泉子)》미 : 이하는 도리에 어긋나게 살생한 일에 대한 응보다(以下非理殺生報).

당(唐)나라의 진사(進士) 이첨은 평소에 맛있는 음식을 널리 구했다. 매번 자라를 먹을 때면 자라의 발을 묶고 강렬한 햇볕 아래에 두었다가 자라가 목이 마르게 되면 곧 술을 먹여서 삶았는데, 자라가 막 취할 때쯤이면 이미 푹 익어 있었다. 또 당나귀를 정원 가운데에 붙들어 매고 주위에 불을 피웠는데, 당나귀가 목이 말랐을 때 곧 잿물을 먹여서 그 위장을 씻어 내게 했다. 그런 다음에 여러 가지 향신료를 넣은 술을 가져와 다시 먹이면, 당나귀는 숨이 끊어지지 않은 상태에서 주위의 불에 데워져 겉 부분이 이미 푹 익었다. 어느 날 이첨은 머리에 두건을 쓰려다가 힘이 빠지더니 땅에 쓰러져 죽었다. 얼마 후에 이첨의 요리사도 죽었다. 하룻밤이 지난 후에 요리사가 다시 살아나서 말했다.

"제가 이첨 나리를 보았는데, 나리는 지하에서 지나치게 동물의 생명을 해쳤다는 질책을 듣자 제가 한 일이라고 대답했고, 저는 이첨 나리의 명령이라서 거스를 수 없었다고 대답했습니다. 이첨 나리가 또 말하길, '저는 [그러한 요리법을] 본래 알지 못했으며 모두 적신사(狄愼思)가 전해 준 것입니다'라고 했습니다. 그래서 저는 돌아올 수 있었습니다."

얼마 되지 않아서 적신사가 또 죽었다. 적신사도 진사에 급제했으며 당시 소간(小諫)의 벼슬에 있었다.

唐進士李詹, 平生廣求滋味. 每食鱉, 輒緘其足, 暴於烈日, 鱉旣渴, 卽飮以酒而烹之, 鱉方醉, 已熟矣. 復取驢縶於庭中, 圍之以火, 驢渴, 卽飮灰水, 蕩其腸胃. 然後取酒, 調以諸辛味, 復飮之, 驢未絶而爲火所逼爍, 外已熟矣. 詹一日, 方巾首, 失力仆地而卒. 頃之, 詹膳夫亦卒. 一夕, 膳夫復甦曰: "某見詹, 爲地下責其過害物命, 詹對以某所爲, 某卽以詹命不可違答之. 詹又曰: '某素不知, 皆狄愼思所傳.' 故得以回." 無何, 愼思復卒. 愼思亦登進士第, 時爲小諫.

* 이 고사는 《태평광기》 권133 〈보응 · 이첨〉에 실려 있다.

18-18(0364) 장역지 형제

장역지형제(張易之兄弟)

출《조야첨재》

　　장역지는 공학감(控鶴監)[28]이 되었고, 그의 동생 장창종(張昌宗)은 비서감(秘書監)이 되었으며, 장창의(張昌儀)는 낙양현령(洛陽縣令)이 되었는데, 이들은 다투어 호사를 부렸다. 장역지는 커다란 철장을 만들어 그 안에 거위와 오리를 넣고, 한가운데에 숯불을 피우고 구리 동이에는 오미자즙을 담아 놓았다. 거위와 오리가 숯불 주위를 달리다가 목이 마르면 오미자즙을 먹었는데, 이때 불에 덴 고통으로 구르다가 겉과 속이 모두 익고 털이 모두 빠지면서 고기가 붉게 그을리고 나서야 죽었다. 장창종은 나귀를 산 채로 작은 방에 매어 놓고 그 안에 숯불을 피우고 오미자즙을 놓아두고 장역지가 한 방법대로 했다. 장창의는 쇠 말뚝을 가져다가 땅에 박아 넣고 개의 네 다리를 말뚝에 묶은 뒤에 매를 풀어놓아 살아 있는 개의 살을 쪼아 먹게 했는데, 살이 다 없어

---

[28] 공학감(控鶴監) : 당나라 측천무후(則天武后) 때 공학부(控鶴府)를 설치해 황제를 측근에서 숙위(宿衛)하도록 했는데, 그 책임자를 공학감이라 했으며, 소속된 군대를 공학군(控鶴軍)이라 했다.

지도록 개는 죽지 않았고 지독한 고통에 울부짖는 소리는 더 이상 차마 들을 수 없을 지경이었다. 장역지가 한번은 장창의의 집에 들렀다가 말 창자가 생각난다고 했더니, 장창의가 평소 타던 말을 끌고 오더니 갈비를 부러뜨려서 창자를 꺼냈는데 말은 한참 후에야 죽었다. 후에 장역지와 장창종 등이 주살당하자 백성이 그 살을 저미고 잘라 냈는데, 살이 돼지비계처럼 살찌고 허옇기에 사람들이 지지고 구워서 먹었다. 장창의는 맞아서 두 다리가 부러졌고 심장과 간이 도려내진 뒤에 죽었으며, 그 머리는 잘려서 도성으로 보내졌다. 당시에 이를 두고 "개와 말의 응보"라고 했다.

張易之爲控鶴監, 弟昌宗爲秘書監, 昌儀爲洛陽令, 競爲豪侈. 易之爲大鐵籠, 置鵝鴨於其內, 當中爇炭火, 銅盆貯五味汁. 鵝鴨繞火走, 渴卽飮汁, 火炙痛旋轉, 表裏皆熟, 毛落盡, 肉赤烘, 乃死. 昌宗活繫驢於小室, 內爇炭火, 置五味汁如前法. 昌儀取鐵橛釘入地, 縛狗四足於橛上, 放鷹鶻活啄其肉食, 肉盡而狗未死, 號叫酸楚, 不復忍聽. 易之曾過昌儀, 憶馬腸, 儀取從騎破肋取腸, 良久方死. 後誅易之·昌宗等, 百姓臠割其肉, 肥白如猪肪, 煎炙而食. 昌儀打雙脚折, 抉取心肝而後死, 斬其首送都. 時云 "狗馬報".

* 이 고사는 《태평광기》 권267 〈혹포(酷暴)·장역지형제〉에 실려 있다.

18-19(0365) 이영

이영(李嬰)

출《광고금오행기》미 : 큰사슴을 죽인 일에 대한 응보다(殺麕報).

동진(東晉) 의희(義熙) 연간(405~418)에 파양(鄱陽)의 이영과 이도(李滔) 형제 두 사람은 쇠뇌를 다루는 데 뛰어났다. 한번은 큰사슴을 쏘아 죽여서 네 다리를 잘라 나무 사이에 걸어 놓고 내장을 구웠다. 막 함께 구이를 먹으려 할 때 저 멀리 산 아래에서 어떤 사람이 보였는데, 3장(丈)쯤 되는 키에 성큼성큼 걸어왔으며 손에는 커다란 자루를 들고 있었다. 그 사람은 도착한 뒤 사슴의 머리·골격·가죽·뼈와 불 위에 있던 잡고기까지 긁어모아 모두 자루 속에 담고서 곧장 짊어지고 산으로 들어갔다. 이영 형제는 잠시 후에 모두 죽었다.

東晉義熙中, 鄱陽李嬰·李滔兄弟二人, 善於用弩. 嘗射大麕, 解其四足, 懸著樹間, 以臟爲炙. 方欲共食, 遙見山下有人, 長三丈許, 鼓步而來, 手持大囊. 旣至, 斂取麕頭骼皮骨, 並火上雜肉, 悉內囊中, 徑負入山. 嬰兄弟須臾俱卒.

* 이 고사는《태평광기》권131〈보응·이영〉에 실려 있다. 저본에는 제목만 있고 문장이 없는데《태평광기》에 의거해서 보충해 넣었다.

18-20(0366) 오당

오당(吳唐)

출《선실지》

　여릉(廬陵) 사람 오당은 활을 잘 쏘았다. 한번은 아들을 데리고 사냥을 나갔다가 큰사슴 한 마리가 새끼 사슴을 데리고 놀고 있는 모습을 보았는데, 사슴은 오당을 보고 놀라 도망갔다. 오당은 새끼 사슴을 쏘아 죽이고 자신은 풀 속에 몸을 숨겼다. 큰사슴이 돌아와서 고개를 숙이고 새끼 사슴을 핥으며 슬피 울자, 오당은 또 큰사슴을 쏘아 죽였다. 얼마 있다가 큰사슴 한 마리를 또 만났는데, 오당이 쇠뇌를 장전하는 사이에 화살이 갑자기 저절로 발사되어 그의 아들을 맞혔다. 오당은 활을 집어 던지고 아들을 끌어안으며 울었는데, 그때 문득 공중에서 부르는 소리가 들렸다.

　"오당! 큰사슴이 새끼를 사랑하는 것이 너와 무엇이 다르겠느냐?"

　즉시 호랑이가 갑자기 튀어나와 오당을 후려쳐서 오당은 팔이 부러져 죽었다.

廬陵吳唐善射. 嘗將子出獵, 値一麚將麛戱, 見唐驚走. 唐射殺麛, 自匿草中. 麚還, 俯舐悲鳴, 唐又射殺之. 旣又逢一麚, 張弩間, 箭忽自發, 中其子. 唐投弓抱子而哭, 忽聞空中呼曰:

"吳唐! 麑之愛子, 與汝何異?" 卽有虎突出搏唐, 折臂卒.

* 이 고사는 《태평광기》 권443 〈축수(畜獸)·오당〉에 실려 있다.

18-21(0367) 광릉의 남자
광릉남자(廣陵男子)

출《계신록》미 : 말을 죽인 일에 대한 응보다(殺馬報).

    광릉(廣陵)의 한 사내는 저잣거리에서 구걸을 했는데, 매번 말똥을 볼 때마다 즉시 주워 먹었다. 그가 스스로 말했다.

    "일찍이 남의 말을 사육한 적이 있었는데, 게으른 탓에 밤에 일어날 수 없었습니다. 말 주인은 늘 직접 점검했는데, 말구유에 풀이 없는 것을 보고 저를 호되게 꾸짖었습니다. 그래서 내가 오매(烏梅)[29]를 가져다 말에게 먹였더니, 말은 이빨이 아파 풀을 먹을 수 없어서 결국 그 때문에 죽었습니다. 나는 그 후로 병을 앓게 되어 말똥을 보면 번번이 침을 흘리며 먹고 싶어 했는데, 말똥을 먹으면 오매의 맛과 똑같았으며 조금도 더러운 냄새가 나지 않았습니다."

廣陵有男子, 行乞於市, 每見馬屎, 卽取食. 自云 : "嘗爲人飼馬, 慵不能夜起. 其主恒自檢視, 見槽中無草, 督責之. 乃

---

[29] 오매(烏梅) : 껍질을 벗기고 짚불 연기에 그을려 말린 매화나무의 열매. 한약재로 쓰인다.

取烏梅以飼馬, 馬齒楚不能食, 竟以是致死. 已後因患病, 見馬屎, 輒流涎欲食, 食之, 與烏梅味正同, 了無穢氣."

* 이 고사는 《태평광기》 권133 〈보응·광릉남자〉에 실려 있다.

18-22(0368) 패국의 선비
패국사인(沛國士人)

출《속수신기(續搜神記)》미 : 제비 새끼를 죽인 일에 대한 응보다(殺燕雛報).

패국(沛國)의 어떤 사인이 세쌍둥이를 낳았는데, 스무 살이 다 되어 가도록 모두 소리만 지를 뿐 말을 하지 못했다. 어느 날 한 사람이 그의 집 문을 지나가다가 물었다.

"이들은 누구입니까?"

집주인이 대답했다.

"제 자식들인데 모두 말을 할 줄 모릅니다."

길손이 말했다.

"어찌하여 이런 지경에 이르게 되었는지 당신은 속으로 곰곰이 반성해 보시오."

주인은 그 말을 이상히 여겨 한참 동안 생각한 뒤에 길손에게 말했다.

"옛날 내가 어렸을 때, 평상 위에 제비집이 있었는데 그 속에 새끼 세 마리가 있었습니다. 그 어미가 밖에서 먹이를 가져오면 새끼 세 마리가 모두 입을 벌리고 받아먹었는데, 며칠 동안 계속 그렇게 했습니다. 하루는 시험 삼아 손가락을 제비집 속에 넣었더니 제비 새끼들이 또 입을 벌리고 받아먹으려고 했습니다. 그래서 [장난으로] 장미 가시 세 개를 먹였더니 얼마 뒤에 제비 새끼들이 모두 죽었습니다. 옛날에 있었던 그 일을 지금은 정말로 후회하고 있습니다."

길손이 말했다.

"그랬군요."

말을 마치고 났더니 그의 세 아들이 갑자기 말문이 트였는데, 이는 대개 자신의 잘못을 알았기 때문이다.

沛國有一士人, 同生三子, 年將弱冠, 皆有聲無言. 忽有一人從門過, 因問曰: "此是何人?" 答曰: "是僕之子, 皆不能言." 客曰: "君可內省, 何以致此?" 主人異其言, 思忖良久, 乃謂客曰: "昔爲小兒時, 當床上有燕巢, 中有三子. 其母從外得哺, 三子皆出口受之, 積日如此. 試以指內巢中, 燕雛亦出口受之. 因以三薔茨食之, 旣而皆死. 昔有此事, 今實悔之." 客曰: "是也." 言訖, 其三子忽通言語, 蓋能知過之故也.

* 이 고사는 《태평광기》 권131 〈보응·패국인〉에 실려 있다.

18-23(0369) 전창

전창(田倉)

출《유양잡조(酉陽雜俎)》미 : 이하는 물고기를 죽인 일에 대한 응보다(以下殺水族報).

후한(後漢) 때 계이족(溪夷族) 전강(田强)은 큰아들 전노(田魯)를 파견해 상성(上城)을 지키게 하고, 작은아들 전옥(田玉)에게는 중성(中城)을 지키게 하고, 막내아들 전창에게는 하성(下城)을 지키게 했다. 이 세 보루는 차례대로 왕망(王莽)에게 대항했다. 광무제(光武帝) [건무(建武)] 24년(48)에 조정에서 위무장군(威武將軍) 유상(劉尙)을 파견해 이들을 정벌하게 했다. 유상의 군대가 아직 이르지 않았을 때, 전창이 흰 자라를 잡아 국을 끓여 놓은 뒤 봉화를 올려 두 형을 초청했는데, 형들이 도착해서 보았더니 급박한 일이 없었다. 유상의 군대가 들이닥치자 전창이 봉화를 올렸으나, 전노 등은 사실이 아니라고 생각해서 [가지 않는 바람에] 결국 전창은 전사하고 말았다. 미 : 주(周)나라 유왕(幽王)과 짝이 될 만하다.

後漢溪夷田强, 遣子魯, 居上城, 次子玉, 居中城, 小子倉, 居下城. 三壘相次, 以拒王莽. 光武二十四年, 遣威武將軍劉尙征之. 尙未至, 倉獲白鼈爲臛, 擧烽請兩兄, 兄至無事. 及劉尙軍來, 倉擧火, 魯等以爲不實, 倉遂戰死. 眉 : 周幽王有對.

* 이 고사는 《태평광기》 권131 〈보응 · 전창〉에 실려 있다.

18-24(0370) 황민

황민(黃敏)

출《문기록(聞奇錄)》

    강서도교(江西都校) 황민은 도적을 막다가 말에서 떨어져 왼쪽 정강이가 부러졌는데, 그의 부하가 재빨리 살아 있는 거북을 돌로 찧어서 상처에 붙였다. 한 달 남짓 지나서 상처는 나았지만 거북의 머리는 여전히 살아 있었는데, 거북의 배가 그의 정강이 살에 붙어서 살았던 것이다. 황민은 이를 꺼림칙해하다가 어느 날 베어 내려고 칼날을 댔더니, 그 고통이 자신의 살을 잘라 내는 것과 다름이 없었기에 잘라 낼 수 없어서 그만두었다. 거북의 눈으로 보는 것이 또한 자신이 보는 것과 같았다. 미: 두 눈을 덧붙인 것은 오히려 좋다.

江西都校黃敏者, 因禦寇墮馬, 折其左股, 其下遂速以石碎生龜傅之. 月餘乃愈, 而龜頭尙活, 龜腹與髀肉相連而生. 敏遂惡之, 他日思割去, 欲下刃, 痛楚與己肉無異, 不能而止. 龜目所視, 亦同己所見也. 眉: 添二目反佳.

* 이 고사는 《태평광기》 권133 〈보응・황민〉에 실려 있다.

18-25(0371) 최도기

최도기(崔道紀)

출《녹이기(錄異記)》

당(唐)나라의 전진사(前進士)[30] 최도기는 과거에 급제한 후 강회(江淮) 사이를 유람하다가 술에 몹시 취해 여관에 누웠다. 그의 하인이 우물에서 물을 길었는데, 물고기 한 마리가 두레박을 따라 올라왔다. 하인이 물고기를 잡아 고하자 최도기가 기뻐하며 말했다.

"생선국이 술을 깨는 데 매우 좋으니 서둘러 그것을 삶아라."

생선국을 먹고 나서 오래되지 않았을 때, 누런 옷을 입은 사자가 하늘에서 내려와 정원 가운데에 서더니, 최도기를 연신 부르며 사람들에게 그를 붙잡게 하고 칙서를 읽었다.

"최도기는 하계의 일개 백성이면서 감히 용의 아들을 죽였으니, 재상까지 오르도록 정해진 관록과 70세까지 살게 될 수명을 모두 없애는 것이 마땅하다." 미 : 인간 세상에서 재상이 될 사람을 천상에서는 오히려 일개 백성이라 부르니, 관작(官爵)을

---

30) 전진사(前進士) : 과거에 급제했으나 아직 관직을 제수받지 못한 진사.

어찌 믿을 수 있겠는가?

사자는 말을 마치고 하늘로 올라가 떠났다. 그날 밤에 최도기가 갑자기 죽었는데 당시 35세였다.

唐前進士崔道紀, 及第後, 遊江淮間, 遇酒醉甚, 臥客館中. 其僕井中汲水, 有一魚隨桶而上. 僕者得之以告, 道紀喜曰:"魚羹能醒酒, 可速烹之." 旣食未久, 有黃衣使者, 自天而下, 立於庭中, 連呼道紀, 使人執捉, 宣敕曰:"崔道紀, 下土小民, 敢殺龍子, 官合至宰相, 壽命至七十, 並宜除." 眉:人間宰相, 天上猶謂之小民, 官爵其可恃乎? 言訖, 升天而去. 是夜道紀暴卒, 時年三十五.

* 이 고사는《태평광기》 권133〈보응·최도기〉에 실려 있다.

18-26(0372) 양 원제

양원제(梁元帝)

출《운부(韻府)》

양(梁)나라 원제(元帝) 소역(蕭繹)의 모친 완수용(阮修容)이 한번은 진주 한 알을 잃어버렸다. 당시 아주 어렸던 원제가 그것을 삼켰는데, 완수용은 좌우 시종들이 훔쳐 갔다고 생각해서 물고기 눈을 구워 [진주를 훔쳐 간 자를] 저주했다. 이틀 사이에 진주가 원제의 대변을 통해서 나왔는데, 원제는 얼마 후에 한쪽 눈이 멀어 버렸다.

梁元帝, 諱繹, 母阮修容, 曾失一珠. 元帝時絶幼, 吞之, 謂是左右所盜, 乃炙魚眼以厭之. 信宿之間, 珠從便出, 元帝尋一目致眇.

* 이 고사는 《태평광기》 권131 〈보응·양원제〉에 실려 있다.

18-27(0373) 기주의 아이

기주소아(冀州小兒)

출《명보기(冥報記)》미 : 계란을 즐겨 먹은 일에 대한 응보다(好食卵報).

　수(隋)나라 개황(開皇) 연간(581~600) 초에 기주의 성읍 밖에 열세 살 된 아이가 있었는데, 늘 이웃집의 계란을 훔쳐서 구워 먹었다. 다음 날 새벽에 어떤 사람이 문을 두드리면서 그 아이를 불렀다. 아이의 아버지가 아이에게 나가서 그를 맞이하라고 했는데, 나가서 보았더니 한 사람이 말했다.

　"관아에서 너를 부른다."

　그러고는 아이를 데리고 떠났다. 마을 남쪽은 예전부터 뽕밭이었는데, 밭을 갈아 놓은 뒤 아직 씨를 뿌리지 않은 상태였다. 그 아이가 문득 보았더니 길 오른쪽에 작은 성 하나가 있었는데, 사방의 문루(門樓)는 매우 장엄하게 단청이 칠해져 있었다. 아이는 이상해하며 말했다.

　"언제부터 이 성이 있었지?"

　사자는 그를 꾸짖으면서 말을 하지 말라고 했으며, 성 북문에 도착해 아이에게 먼저 들어가라고 했다. 아이가 문으로 들어가자 성문이 갑자기 닫혔는데, 성은 텅 비어 한 사람도 보이지 않았으며, 땅에 온통 깔려 있는 뜨거운 재와 불덩이는 복사뼈가 묻힐 정도의 깊이였다. 아이는 갑자기 비명을 지르면서 남문으로 달려갔는데, 거의 도착했을 때 곧바로 문이 닫혔다. 또 동문과 서문으로 달려갔지만, 모두 이전처럼 도착하지 않았을 때는 열려 있다가도 도착하면 곧장 닫혀 버렸다. 그때 마을 사람들이 뽕잎을 따러 밭에 나왔기에 남녀들이 아주 많았는데, 갈아 놓은 밭에서 아이가 울면서 사방으로 달려 다니는 것을 보고 모두 서로에게 말했다.

"저 아이가 미쳤나?"

아침 식사 때가 되어 뽕잎을 따던 사람들이 모두 돌아오자 아이의 아버지가 물었다.

"내 아들놈을 보지 못했소?"

사람들이 대답했다.

"마을 남쪽에서 달려 다니며 놀고 있는데, 불러도 오려고 하지 않았소."

아버지가 마을 밖으로 나가 달려 다니고 있는 아이를 멀리서 보고 큰 소리로 그의 이름을 불렀더니, 아이는 그 소리를 듣자마자 곧바로 땅에 쓰러졌으며 성과 재도 홀연히 사라졌다. 아이는 땅에 쓰러진 채로 울면서 그간의 일을 말했는데, 아이의 다리를 보았더니 정강이 절반 이상이 피와 살이 타서 말라 버렸고, 무릎 아래로는 마치 구워 놓은 듯 벌겋게 데어 있었다. 아버지가 아이를 끌어안고 돌아와 치료했는데, 넓적다리 위의 살은 예전 그대로였으나 무릎 아래로는 마침내 뼈다귀만 남았다. 이웃 사람들이 그 이야기를 듣고 아이가 달려 다녔던 곳을 살펴보았더니, 발자국은 선명하게 남아 있었지만 재와 불의 흔적은 전혀 없었다. 좋은 일을 하면 좋은 업보를 받지만, 나쁜 일을 하면 도처가 지옥이다.

隋開皇初, 冀州外邑中有小兒, 年十三, 常盜鄰卵煨食之. 翌日侵旦, 有人扣門, 呼此兒聲. 父令兒出應之, 見一人云: "官喚汝." 因引此兒去. 村南舊是桑田, 耕訖, 未下種. 此兒忽見道右有一小城, 四面門樓, 丹素甚嚴. 兒怪曰: "何時有此城?" 使者呵之勿言, 因至城北門, 令兒前入. 既入, 城門忽閉, 不見一人, 唯是空城, 地皆熱灰碎火, 深纔沒踝. 小兒忽呼叫, 走趨南門, 垂至卽閉. 又走趨東西, 亦皆如是, 未到則開, 既至便闔. 時村人出田採桑, 男女甚衆, 皆見兒在耕田中啼泣, 四方馳走, 皆相謂曰: "此兒狂耶?" 至於食時, 採者皆歸, 兒父問曰: "見吾兒否?" 答曰: "在村南走戲, 喚不肯來." 父出村外, 遙見兒走, 大呼其名, 兒聞聲便倒地, 城灰忽然不見. 因地號泣言之, 視其足, 半脛已上, 血肉焦乾, 膝已下, 紅爛如炙. 抱歸養療, 髀已上肉如故, 膝已下遂爲枯骨. 鄰里聞之, 看其走處, 足迹通利, 了無灰火. 良因實業, 觸處見獄.

* 이 고사는 《태평광기》 권131 〈보응·기주소아〉에 실려 있다.

18-28(0374) 왕공직

왕공직(王公直)

출《삼수소독》미 : 누에를 죽인 일에 대한 응보다(殺蠶報).

당(唐)나라 함통(咸通) 경인년(庚寅年 : 870)에 낙중(洛中 : 낙양)에 큰 기근이 발생해 곡물값이 폭등했다. 누에를 치는 달(음력 4월)에 이르자 뽕잎을 대부분 벌레가 먹어 버려 뽕잎 한 근에 1환(鍰 : 6냥중)의 가치가 있었다. 신안현(新安縣) 자간점(慈澗店)의 북쪽 마을에는 왕공직이라는 백성이 있었는데, 그가 소유한 뽕나무 수십 그루는 특히 잎이 무성했다. 왕공직은 그의 아내와 상의하며 말했다.

"이처럼 흉년이 들어 집 안에서 양식을 볼 수가 없는데, 그저 이 누에에만 힘을 다 쏟고 있으니 여전히 그 득실을 알지 못하겠소. 차라리 누에를 버리고 가격이 비쌀 때 뽕잎을 내다 팔아 10만 전(錢)을 받아서 한 달 치 양식을 쌓아 두는 것이 좋으니, 그렇게 하면 보릿고개를 넘을 수 있을 것이오."

아내가 말했다.

"좋습니다."

이에 가래로 구덩이를 파고 여러 장의 누에 발을 거둬서 묻어 버렸다. 다음 날 이른 아침에 왕공직은 뽕잎을 지고 시장에 가서 3000문(文)을 받고 팔아 돼지 앞다리와 떡을 사서 돌아왔다. 휘안문(徽安門)에 이르렀을 때 문지기가 왕공직의 자루에서 피가 흘러나와 땅에 뿌려지는 것을 보고 마침내 그의 자루를 수색했더니, 그 안에 사람의 왼쪽 팔이 있었는데 마치 금방 잘린 듯했다. 이에 왕공직의 손을 등 뒤로 결박해 하남부(河南府)로 압송해 심문하자 왕공직이 해명했다.

"저는 누에를 묻고 뽕잎을 팔아 고기를 사서 돌아오는 길이었을 뿐 정말로 사람을 죽이지 않았으니, 특별히 청하건대 누에를 묻은 곳을 조사해 보십시오."

담당 관리는 왕공직을 데리고 마을로 가서 먼저 이웃 사람들을 모아 왕공직의 진술서가 사실인지 따져 물었는데, 이웃 사람들은 모두 사실이라고 말했다. 이에 마을 사람들과 함께 누에를 묻은 구덩이를 파 보았더니, 그 안에 누에 발 귀퉁이에 왼쪽 팔이 없는 죽은 사람이 있었는데, 자루 안에 있던 팔을 가져다 맞춰 보니 딱 들어맞았다. 담당 관리가 마침내 다시 왕공직을 데리고 하남부로 가서 부윤(府尹)에게 아뢰었더니 부윤이 말했다.

"왕공직은 비록 사람을 죽인 일은 없지만, 누에를 파묻은 죄는 법으로는 용서받을 수 있어도 인정으로 볼 때는 용서하기 어렵다. 누에는 천지의 영물이고 비단의 바탕이 되므로, 누에를 죽이는 것은 사람을 죽이는 것과 다름이 없으니,

마땅히 엄벌에 처해 흉악한 행동을 근절하도록 하라."

그러고는 마침내 시장에서 왕공직을 곤장 쳐서 죽이라고 명했다. 또한 [구덩이에 묻혀 있던] 죽은 자를 검사하게 했더니 다시 썩은 누에로 변해 있었다.

唐咸通庚寅歲, 洛中大饑, 穀價騰貴. 至蠶月, 而桑多爲蟲食, 葉一斤直一鍰. 新安縣慈澗店北村民王公直者, 有桑數十株, 特茂盛. 公直與妻謀曰: "歉儉若此, 家無見糧, 徒竭力此蠶, 尙未知其得失, 莫若棄蠶, 乘貴貨葉, 可獲錢十萬, 蓄一月之糧, 則接麥矣." 妻曰: "善." 乃携鍤坎地, 捲蠶數箔瘞焉. 明日凌晨, 荷桑詣都市鬻之, 得三千文, 市彘肩及餅餌以歸. 至徽安門, 門吏見囊殷血連灑於地, 遂搜其囊, 唯有人左臂, 若新支解焉. 乃反接送府鞫之, 款云: "某瘞蠶賣桑葉, 市肉以歸, 實不殺人, 特請檢驗埋蠶之處." 所由領公直至村, 先集鄰保, 責手狀, 皆稱實. 乃與村衆同發蠶坑, 中唯有箔角一死人, 而缺其左臂, 取臂附之, 宛然符合. 遂復領公直詣府白尹, 尹曰: "王公直雖無殺人之事, 且有坑蠶之咎, 法或可恕, 情在難容. 蠶者, 天地靈蟲, 綿帛之本, 故加剿絶, 與殺人不殊, 當置嚴刑, 以絶凶醜." 遂命於市杖殺之. 使驗死者, 則復爲腐蠶矣.

* 이 고사는 《태평광기》 권133 〈보응·왕공직〉에 실려 있다.

권19 징응부(徵應部)

휴징(休徵)

19-1(0375) 진창현의 보계

진창보계(陳倉寶鷄)

출《열이전(列異傳)》 미 : 이하는 제왕의 길조다(以下帝王休徵).

[춘추 시대] 진(秦)나라 문공(文公) 미 :《열이전》에는 "진 목공(秦穆公)"이라 되어 있는데 잘못이다. 지금《사기(史記)》에 따라 정정했다. 때 진창(陳倉)의 어떤 사람이 땅을 파다가 물체 하나를 얻었는데, 양처럼 생겼으나 양도 아니고 돼지처럼 생겼으나 돼지도 아니었다. 그 사람은 그것을 끌고 가서 문공에게 바치려 했는데, 도중에 만난 두 동자가 그에게 말했다.

"이것은 온(媼)이라 하는데, 미 : '온'은《진태강지지(晉太康地志)》에는 '위(媦)'라 되어 있다. 늘 땅속에 살면서 죽은 사람의 뇌를 먹습니다. 만약 이것을 죽이고자 한다면 측백나무로 그 머리를 때리십시오."

그러자 온이 말했다.

"이 두 동자는 보계(寶鷄)라고 하는데, 수컷을 얻은 자는 왕이 되고 암컷을 얻은 자는 백(伯)이 됩니다."

진창 사람이 온을 놓아두고 두 동자를 쫓아가자, 두 동자는 꿩으로 변해 숲속으로 날아들어 갔다. 진창 사람이 그 사실을 문공에게 아뢰자, 문공이 도형수(徒刑囚)를 징발해 대대적으로 사냥한 끝에 과연 그 암컷을 잡았는데, 그것이 다시 돌로 변했다. 문공은 그 돌을 견수(汧水)와 위수(渭水) 사이에 두고 사당을 세워 진보(陳寶)라고 이름 지었다. 나머지 수컷은 남쪽으로 날아가 내려앉았는데, 지금 남양(南陽) 치비현(雉飛縣)이 바로 그곳이다. 미 : 후한(後漢) 광무제(光武帝)가 남양에서 나라를 일으켰다.

秦文公 眉:《列異傳》作秦穆公, 誤也. 今從《史記》改正. 時, 陳倉人掘地得物, 若羊非羊, 若猪非猪. 牽以獻公, 道逢二童子, 曰:"此爲媼, 眉:媼,《晉太康地志》作媦. 常在地中食死人腦. 若欲殺之, 以柏捶其首." 媼曰:"此二童子, 名爲寶鷄, 得雄者王, 得雌者伯." 陳倉人捨之, 逐二童, 二童化爲雉, 飛入於林. 陳倉人告公, 發徒大獵, 果得其雌, 又化爲石. 置之汧・渭之間, 立祠, 名陳寶. 雄者飛南集, 今南陽雉飛縣, 卽其地也. 眉:後漢光武起於南陽.

* 이 고사는 《태평광기》 권461 〈금조(禽鳥)・진창보계〉에 실려 있다.

19-2(0376) 한고조

한고조(漢高祖)

출《소설(小說)》

형양(滎陽)의 남쪽 들판에 액정(厄井)이라는 우물이 있는데, 그곳의 노인장이 말했다.

"한나라 고조가 항우(項羽)를 피해 이 우물에 숨었는데, 비둘기 한 쌍이 그 위에 내려앉자 추격자들이 의심하지 않았다."

한나라 조정에서 매년 정월 초하루마다 비둘기 한 쌍을 놓아주는 의식은 여기에서 비롯했다.

滎陽南原上有厄井, 父老云: "漢高祖避項羽於此井, 雙鳩集其上, 追者不疑." 漢朝每正旦輒放雙鳩, 始此.

* 이 고사는《태평광기》권135〈징응·한고조〉에 실려 있다.

19-3(0377) 흰 제비

백연(白燕)

출'왕자년(王子年)《습유기(拾遺記)》'

    위(魏)나라가 진(晉)나라에 제위를 선양한 해에 북궐(北闕) 아래에 흰 제비 한 마리가 있자, 이를 신물(神物)이라 생각해서 황금 새장에 담아 궁중에 두었는데 열흘 만에 사라져 버렸다. 논자들은 이것을 진나라의 금덕(金德)의 길조라고 생각했다.

魏禪晉之歲, 北闕下有一白燕, 以爲神物, 以金籠盛, 置於宮中, 旬日不知所在. 論者以晉金德之瑞.

*   이 고사는 《태평광기》 권135 〈징응・백연〉에 실려 있다.

19-4(0378) 진 원제

진원제(晉元帝)

출《동정기(洞庭記)》

    진(晉)나라 원제(元帝) 때 참새[雀] 세 마리가 함께 수탉 한 마리의 등에 올랐으며 세 번 안동장군(安東將軍 : 원제)31)의 청사에 들어갔다. 점쟁이는 원제의 작위[爵]가 세 번 오른 뒤에야32) 천자가 될 것이라고 생각했다.

晉元帝時, 三雀共登一雄鷄背, 三入安東廳. 占者以爲當進三爵爲天子.

* 이 고사는《태평광기》권135〈징응·진원제〉에 실려 있다.

---

31) 안동장군(安東將軍) : 동진 원제 사마예(司馬睿)는 서진 회제(懷帝) 때 안동장군에 제수되었다.

32) 작위[爵]가 세 번 오른 뒤에야 : 벼슬을 뜻하는 작(爵)과 참새를 뜻하는 작(雀)의 음이 같기 때문에 이렇게 말한 것이다.

19-5(0379) 북제 신무제

북제신무(北齊神武)

출《삼국전략(三國典略)》

　북제의 신무제 협: 고환(高歡)이다. 는 젊었을 때 일찍이 유귀(劉貴)·가지(賈智)와 함께 어울려 다니는 친구로 지냈다. 유귀가 한번은 흰 매 한 마리를 얻어서 옥야(沃野)에서 사냥을 하다가 붉은 토끼 한 마리를 발견했는데 잡으려 할 때마다 도망쳤다. 마침내 멀리 떨어진 늪지까지 가게 되었는데, 그곳에 있는 한 띳집으로 토끼가 뛰어들어 갔다가 개에게 물려 매와 토끼가 모두 죽었다. 신무제는 화가 나서 명적[鳴鏑: 향전(響箭), 우는 화살]으로 개를 쏘아 죽였다. 그러자 그 집에서 몸집이 큰 사람 둘이 나와서 신무제의 옷을 단단히 붙잡았는데, 그들의 눈먼 어머니가 지팡이를 끌며 두 아들을 꾸짖었다.

　"무슨 까닭에 어르신을 범하느냐?"

　그러고는 단지 안의 술을 꺼내고 양을 요리해서 손님을 대접했다. 그녀는 스스로 사람을 볼 줄 안다고 하면서 사람들을 더듬으며 모두 틀림없이 귀하게 될 것이라고 말하다가 신무제에 이르러 말했다.

　"모두 이 사람으로 인해 그리될 것입니다."

신무제 일행은 식사를 마치고 그 집을 나왔다. 나중에 사자를 보내 방문하게 했는데, 본래 그곳에는 아무도 살지 않았기에 그제야 이전의 일이 인간 세상에서 일어난 것이 아님을 알게 되었다. 이로 인해 사람들은 신무제를 더욱 공경했다.

北齊神武, 夾: 高歡. 少曾與劉貴·賈智爲奔走之友. 貴曾得一白鷹, 獵於沃野, 見一赤兔, 每搏輒逸. 遂至迥澤, 有一茅屋, 兔將奔入, 犬噬之, 鷹兔俱死. 神武怒, 以鳴鏑射犬, 犬斃. 屋中有二大人出, 持神武衣甚急, 其母目盲, 曳杖呵二子: "何故觸大家?" 因出甕中酒, 烹羊以飯客. 自云有知, 遍捫諸人, 言并當貴, 至神武曰: "皆由此人." 飲竟而出. 遣使訪問之, 則本無人居, 乃知向者非人境也. 由是諸人益加敬異.

* 이 고사는 《태평광기》 권135 〈징응·북제신무〉에 실려 있다.

19-6(0380) 당 태종

당태종(唐太宗)

출《녹이기》

　[당나라] 무덕(武德) 연간(618~626) 말에 태종이 내란을 평정하려고 할 때, 동산의 못 안에서 흰 거북이 연잎 위에서 놀고 있었다. 태종이 거북을 잡자 거북이 흰 돌로 변했는데 옥처럼 맑고 영롱했다. 태종은 등극한 뒤에 조서를 내렸다.

　"하늘이 보우하사 이 보귀(寶龜)를 내려 주셨다."

武德末, 太宗欲平內難, 苑池內有白龜, 遊於荷葉之上. 太宗取之, 化爲白石, 瑩潔如玉. 登極後, 降制曰 : "皇天眷祐, 錫以寶龜."

* 이 고사는 《태평광기》 권472 〈수족(水族)·당태종〉에 실려 있다.

19-7(0381) 당 중종

당중종(唐中宗)

출《독이지》

[당나라] 중종은 [측천무후(則天武后)에 의해] 방릉(房陵)에 유폐되었다. 중종은 하늘을 우러르며 탄식한 뒤, 마음속으로 기원하면서 허공에 돌을 던지며 말했다.

"내가 후에 다시 황제가 될 수 있다면 이 돌은 떨어지지 않을 것이다."

그 돌은 마침내 나뭇가지에 걸렸는데, 지금까지도 여전히 남아 있다. 또한 어떤 사람이 강을 건너다가 오래된 거울을 주워서 진상했는데, 중종이 얼굴을 비추자 거울 속의 그림자가 말했다.

"곧 천자가 될 것이다."

열흘도 되기 전에 중종은 복위되었다.

中宗廢居房陵. 仰天而嘆, 心祝之, 因抛一石於空中曰 : "我後帝, 此石不落." 其石遂爲樹枝罥挂, 至今猶存. 又有人渡水, 拾得古鏡進之, 帝照面, 其鏡中影人語曰 : "卽作天子." 未浹旬, 復位.

* 이 고사는《태평광기》권135〈徵應·당중종〉에 실려 있다.

19-8(0382) 당 현종

당현종(唐玄宗)

출《녹이기》·《개천전신기(開天傳信記)》

[당나라] 현종이 번저(藩邸)에 있을 때, 침실의 벽에 달팽이가 '천자(天子)'라는 글자를 만들어 냈다. 그래서 진흙을 발라 글자를 없앴지만 며칠 만에 이전처럼 다시 나타났는데 이렇게 세 번이나 했다. 현종은 즉위하게 되자 금과 은으로 달팽이 수백 마리를 주조해 공덕사(功德寺)에 공양하고 또 옥을 깎아서 달팽이를 만들었는데, 후인들 중에서 때때로 이를 얻은 이가 있었다.

개원(開元) 연간(713~741) 말에 홍농(弘農)의 옛 함곡관(函谷關)에서 보물 부신(符信)을 얻었기에 마침내 연호를 천보(天寶)로 바꾸었다. 그 부신은 흰 돌에 붉은 무늬로 바로 '상(桒)' 자를 이루고 있었다. 어떤 식자가 그것을 풀이해 말했다.

"'상' 자는 48(四十八)이라는 뜻으로, 성인이 천자로 재위한 햇수를 보여 주는 것이다."

황제가 촉(蜀) 땅으로 행차한 다음 해가 바로 48년이었다.

玄宗在藩邸, 有蝸牛成'天子'字在寢室之壁. 以泥塗去, 數日復如舊, 如是者三. 及卽位, 鑄金銀蝸牛數百枚, 於功德寺供養, 又琢玉爲之, 後人時有得之者.

開元末, 於弘農古函谷關得寶符, 遂改元天寶. 其符白石赤文, 正成'桒'字. 識者解之云: "'桒'者, 四十八, 所以示聖人御曆之數也." 及帝幸蜀之來歲, 正四十八年.

* 이 고사는 《태평광기》 권135 〈징응·금와우(金蝸牛)〉와 권136 〈징응·천보부(天寶符)〉에 실려 있다.

19-9(0383) 당 숙종

당숙종(唐肅宗)

출《유씨사(柳氏史)》

현종(玄宗)은 동궁(東宮 : 태자궁)에 있을 때 태평 공주(太平公主)에게 미움을 받았는데, 그녀는 아침부터 저녁까지 현종을 감시하게 해서 조금이라도 잘못이 있으면 반드시 황상(예종)께 아뢰었다. 궁궐의 좌우 신하들도 은밀히 양쪽 눈치를 보면서 태평 공주의 권세에 아부했다. 당시 원헌 황후(元獻皇后)가 막 임신을 했는데, 현종은 태평 공주를 두려워한 나머지 원헌 황후에게 약을 먹여 낙태시키고자 했으나 그 일을 상의할 만한 사람이 없었다. 장열(張說)은 시독관(侍讀官)의 신분으로 태자궁(太子宮)에 들어가 현종을 알현할 수 있었는데, 현종이 조용히 그 계획을 장열에게 말했더니 장열 역시 은밀히 그 일에 찬성했다. 다른 날 장열이 또 태자궁에 들어가 현종을 모시면서 낙태약 석 제(劑)를 품고 와서 바쳤다. 현종은 낙태약을 받고 기뻐하면서 좌우 신하들을 모두 물리치고 나서 궁전 안에서 혼자 불을 지폈는데, 약이 아직 다 달여지지 않았을 때 피곤해서 언뜻 잠이 들었다. 그 순간 초파리 나는 소리가 들리면서 키가 1장(丈) 남짓 되는 어떤 신인(神人)이 황금 갑옷을 입고 창을 들고서 약탕기를 세 번 돌더니 달인 탕약을 남김없이 모두 엎어 버렸다. 현종은 일어나서 보고 이상해하면서 다시 불을 지피고 약한 제를 또 약탕기에 넣었다. 그러고는 평상으로 가서 잠시 쉬면서 지켜보았더니, 신인이 또 나타나 이전처럼 했다. 이렇게 세 번을 달였으나 신인이 모두 엎어 버리자 현종은 약 달이는 것을 그만두었다. 다음 날 장열이 다시 오자 현종이 그에게 그동안의 일을 말해 주었더니, 장열은 계단을 내려가 정중히 절하고 경하드리며 말했다.

"하늘이 명하신 것이니 태아를 없애서는 안 됩니다."

그 후에 원헌 황후가 신 것을 먹고 싶다고 하자 현종이 또 장열에게 말했더니, 장열은 경연(經筵)하러 들어올 때마다 소매 속에 모과를 감춰 가지고 와서 바쳤다. 그래서 [현종이 즉위한] 개원(開元) 연간(713~741)에 장열은 어느 누구에도 비할 수 없을 만큼 특별한 은총을 받았다. [현종의 아들인] 숙종(肅宗)은 장열의 아들인 장균(張均)과 장계(張垍)를 친척 형제처럼 대했다고 한다.

숙종은 동궁(東宮 : 태자궁)에 있을 때 이임보(李林甫)의 모함을 받아 거의 위태로운 지경까지 이른 적이 여러 번이었다. 그래서 얼마 되지 않아 머리카락이 반백이 되었다. 한 번은 숙종이 아침 조회에 참석했을 때 황상(현종)이 그를 보고 근심스레 말했다.

"너는 빨리 궁원(宮院)으로 돌아가 있으면 내가 너를 보러 가겠다."

황상이 [숙종의 거처에] 당도해 둘러보았더니, 궁 안의 집들은 청소하지 않았고 악기와 병풍과 휘장엔 먼지가 수북이 쌓여 있었으며, 좌우의 시종에는 가기(歌妓)가 없었다. 황상은 얼굴을 찡그리고 고역사(高力士)를 돌아보며 말했다.

"태자의 거처가 이와 같은데도 장군은 어찌하여 나에게 알리지 않았소?"

고역사가 아뢰었다.

"신은 말씀드리려고 했으나 태자가 허락하지 않으면서 '황상께 심려 끼쳐 드리지 마시오'라고 말했습니다." 협 : 훌륭한 대답이다.

황상은 즉시 고역사에게 조서를 내려, 경조윤(京兆尹)에 하달해 키가 크고 살결이 흰 민간의 처자(處子) 다섯 명을 급히 선발하게 해서 태자에게 내려 주도록 했다. 고역사는 급히 떠났다가 다시 돌아와서 아뢰었다.

"신이 예전에 처자를 조사해 선발하라는 칙지를 경조에 공포한 적이 있었는데, 그 일로 민간에서 말들이 많자 조정의 호사가들이 그것을 빌미로 삼았습니다. 그래서 신의 생각으로는 액정(掖庭 : 비빈과 궁녀의 거처)에서 선발하되, 과거에 관리였다가 사건에 연루되어 그 집안이 관가에 몰수된 자의 처자 중에서 가려 뽑는 것이 좋을 듯합니다." 미 : 훌륭한 고역사로다!

황상은 크게 기뻐하며 고역사로 하여금 액정령(掖庭令)에게 조서를 내려, 명부를 보고 조사해 세 명을 뽑아 태자에게 내려 주도록 했는데, 그 선발자 중에 장경 오 황후(章敬吳皇后)가 들어 있었다. 얼마 후 오 황후가 숙종을 모시고 잠을 잤는데, 가위에 눌려 깨어나지 못한 채 아프기라도 한 듯이 신음 소리를 내면서 숨도 제대로 쉬지 못했다. 숙종은 오 황후를 불렀으나 깨어나지 않자 속으로 곰곰이 생각했다.

　"황상께서 나에게 황후를 내려 주셨는데 결국 아무런 까닭도 없이 깨어나지 못하니, 황상께서 내가 황후를 잘 돌보지 못한 것이라고 여기시지는 않을까?"

　숙종이 황급히 촛불을 들고 살펴보았더니 한참 후에 오 황후가 깨어났다. 숙종이 오 황후에게 어찌 된 일인지 묻자 오 황후는 손으로 자기의 왼쪽 옆구리를 가리며 말했다.

　"신첩이 방금 전에 꿈을 꾸었는데, 키가 1장 남짓 되는 어떤 신인(神人)이 황금 갑옷을 입고 검을 든 채 신첩을 돌아보며 '천제께서 나에게 당신의 아들이 되라고 명하셨습니다'라고 했습니다. 그리고는 왼쪽 옆구리로 칼을 들이밀어 그 아픔을 참을 수가 없었는데, 지금까지도 아픔이 가시지 않습니다."

　숙종이 촛불 아래에서 살펴보았더니, 오 황후의 옆구리에 면류관 싸개처럼 생긴 붉은 흔적이 남아 있었다. 숙종은 급히 그 사실을 황상께 아뢰었고, 마침내 대종(代宗)을 낳았다. 대종이 태어난 지 사흘째 되는 날에 황상이 동궁에 행차해 황금 대야를 하사하면서 대종을 목욕시키라고 했다. 오황후는 어린 나이였고 황손(皇孫 : 대종)의 용체(龍體)도 아직 제대로 펴지지 않았으므로, 양육을 담당한 유모 할멈은 당황한 나머지 궁중의 여러 왕자 중에서 황손과 같은 날 태어난 몸이 통통하고 건강한 아이를 대신 바쳤다. 황상은 그 아이를 보더니 기뻐하지 않으면서 말했다.

"이 아이는 내 손자가 아니다." 미 : 현종은 관상을 잘 보았다.

유모 할멈이 머리를 조아리며 사실대로 자백하자 황상이 그녀를 흘겨보며 말했다.

"네가 알 수 있는 바가 아니니 냉큼 내 손자를 데려오너라!"

그래서 유모 할멈이 태자(황손)를 안고 와서 바치자 황상은 크게 기뻐하며 그를 손바닥에 올려놓고 태양을 향해 살펴보면서 웃으며 말했다.

"이 아이의 복록은 그 아비보다 훨씬 크겠구나!"

황상은 궁으로 돌아와 고역사에게 말했다.

"이 한 궁전에 세 명의 천자가 있으니 기쁘도다!"

玄宗在東宮, 爲太平公主所忌, 朝夕伺察, 纖微必聞於上. 而宮闈左右, 亦潛持兩端, 以附太平之勢. 時元獻皇后方妊, 玄宗懼太平, 欲令服藥除之, 而無可與語者. 張說以侍讀得進見太平[1]宮, 玄宗從容謀及說, 說亦密贊其事. 他日, 說又入侍, 因懷去胎藥三劑以獻. 玄宗得藥喜, 盡去左右, 獨構火於殿中, 煮未熟, 怠而假寐[2]. 胦蠻之際, 有神人長丈餘, 被金甲, 操戈, 繞藥鼎三匝, 盡覆無餘焉. 玄宗起視, 異之, 復增構火, 又投一劑於鼎. 因就榻, 瞬息以伺之, 而神復如初. 凡三煮皆覆之, 乃止. 明日, 說又至, 告之, 說降階肅拜, 賀曰: "天所命也, 不可去之." 厥後元獻皇后思食酸, 玄宗亦以告說, 說每因進講, 輒袖木瓜以獻. 故開元中, 說恩澤莫與爲比. 肅宗之於說子均、垍, 若親戚昆弟云.

肅宗在東都[3], 爲李林甫所構, 幾危者數矣. 無何, 鬢髮斑白. 常早朝, 上見之, 愀然曰: "汝疾歸院, 吾當幸汝." 及上至, 顧見宮中庭宇不灑掃, 樂器屏幃, 塵埃積其間, 左右使令, 無有女妓. 上爲動容, 顧謂高力士曰: "太子居如此, 將軍盡[4]使我聞乎?" 力士奏曰: "臣嘗欲上言, 太子不許, 云無以動上念." 夾: 善對. 上卽詔力士下京兆尹, 亟選人家子女頎長潔白者五人, 將以賜太子. 力士趨去, 復還奏曰: "臣他日嘗宣旨京兆, 閲致子女, 人間囂囂, 而朝廷好言事者, 得以爲口實. 臣以爲掖庭中, 故衣冠以事沒入其家者, 宜可備選." 眉: 好個高力士! 上大悅, 使力士詔掖庭令, 按籍閱視, 得三人, 乃以賜太子, 而章敬吳皇后在選中. 頃之, 后侍寢, 厭不寤[5], 吟呼若有痛, 氣不屬者. 肅宗呼之不解, 竊自計曰: "上賜我, 卒無狀不寤, 安知非吾護視不謹耶?" 遽秉燭視之, 良久乃寤. 肅宗問之, 后手掩其左脅曰: "妾向夢中, 有神人長丈餘, 介金甲而操劍, 顧謂妾曰: '帝命吾與汝爲子.' 自左脅劍決而入, 痛殆不可忍, 及今尙未已也." 肅宗檢之於燭下, 則若有綻而赤者存焉. 遽以狀聞, 遂生代宗. 代宗生三日, 上幸東宮, 賜之金盆, 命以浴. 吳皇后年弱, 皇孫龍體未舒, 負嫗惶惑, 乃以宮中諸王子同日誕而體貌豐碩者以進. 上視之, 不樂曰:

"此兒非吾兒也." 眉 : 玄宗善相. 負嫗叩頭具服, 上睨曰 : "非爾所知, 取吾兒來!" 於是遂以太子見, 上大喜, 置諸掌內, 向日視之, 笑曰 : "此兒福祿遠過其父!" 上還宮, 謂力士曰 : "此一殿有三天子, 樂乎哉!"

* 이 고사는 《태평광기》 권136 〈징응·당현종〉과 〈당숙종〉에 실려 있다.

1 평(平) : 《태평광기》에는 "자(子)"라 되어 있는데, 문맥상 타당하다.
2 오(寤) : 조선간본(朝鮮刊本) 《태평광기상절(太平廣記詳節)》 권10 〈징응·당현종〉에는 "매(寐)"라 되어 있는데, 문맥상 타당하다.
3 도(都) : 조선간본 《태평광기상절》 권10 〈징응·당숙종〉에는 "궁(宮)"이라 되어 있는데, 문맥상 타당하다.
4 진(盡) : 《태평광기》에는 "합(盍)"이라 되어 있는데, 문맥상 타당하다.
5 매(寐) : 《태평광기》에는 "오(寤)"라 되어 있는데, 문맥상 타당하다.

19-10(0384) 당 선종

당선종(唐宣宗)

출《진릉십칠사(眞陵十七事)》

당나라 선종이 번왕(藩王)으로 있을 때, 한번은 황제의 어가(御駕)를 수행해서 돌아가다가 실수로 말에서 떨어졌는데, 다른 사람들은 그 사실을 알아차리지 못했다. 선종은 이경(二更) 무렵에야 비로소 일어날 수 있었다. 그때는 큰 눈이 내렸고 사방을 둘러봐도 고요할 뿐 사람 소리가 들리지 않았다. 황상(선종)이 몹시 추위에 떨고 있을 때, 마침 순라군이 당도해 크게 놀랐다. 황상이 말했다.

"나는 광왕(光王)인데 지금 곤경에 처해 있고 목이 마르니 네가 날 위해 물 좀 구해 오너라."

순라군은 즉시 근처에서 물을 가져와 바쳤다. 황상이 물 사발을 들어 마시려고 하면서 보았더니, 사발 속의 물이 모두 향긋한 술로 변해 있었다. 황상은 기뻐하며 혼자 몸을 지탱하고 한 사발을 모두 마셨더니, 이윽고 몸이 약간 더워지면서 힘이 생겼기에 걸어서 번저(藩邸)로 돌아갔다. 나중에 황제로 즉위했다.

唐宣宗在藩時, 常從駕回, 而誤墜馬, 人不之覺. 比二更, 方能興. 時天大雪, 四顧悄無人聲. 上寒甚, 會巡警者至, 大驚.

上曰:"我光王也,方困且渴,若爲我求水." 警者卽於旁近得水以進. 上擧甌將飮, 顧甌中水, 盡爲芳醪矣. 上喜, 獨自負, 擧一甌, 體微暖有力, 步歸藩邸. 後卽帝位.

* 이 고사는 《태평광기》 권136 〈징응·당선종〉에 실려 있다.

19-11(0385) 후당 태조와 명종
후당태조 · 명종(後唐太祖 · 明宗)

출《북몽쇄언(北夢瑣言)》

[오대] 후당의 태조는 임신한 지 13개월 만에 태어났다. 그가 태어난 날 저녁에 모후(母后)가 매우 위급해지자, 친족을 보내 안문(雁門)에서 약을 사 오게 했다. 친족이 어떤 신인(神人)을 만났는데, 그 신인이 친족에게 가르쳐 주길, 부하를 거느리고 갑옷을 입고 깃발을 들고 징과 북을 치고 말을 몰아 큰 소리를 지르면서 모후의 거처를 세 번 돈 후에 멈추라고 했다. 신인이 가르쳐 준 대로 했더니 과연 태조가 태어났다. 태조는 열두세 살쯤에 말타기와 활쏘기에 뛰어났다. 일찍이 신성(新城)의 북쪽에서 비사문천왕상(毗沙門天王像)에 술을 바치고 함께 담론하자고 청했더니, 천왕이 갑옷을 입고 창을 들고서 벽 사이에서 은은하게 나타났다. 태조가 거처하던 휘장 안에서 때때로 불덩이가 모이기도 하고 혹은 용의 형상이 나타나기도 했으므로, 사람들은 모두 그것을 기이하다고 생각했다. 한번은 태조가 그 불덩이를 따라 방훈(龐勛) 정벌에 나섰는데, 군진(軍陣)에서 신출귀몰해 "용호자(龍虎子)"로 불렸다.

후당 명종이 미천했을 때, 번장(蕃將) 이존신(李存信)을 따라 변경을 순찰하러 나갔다가 안문(雁門)의 여관에 투숙했다. 임신하고 있던 여관집 노모는 명종이 왔는데도 금방 음식을 차려 내오지 않았다. 그때 배 속의 태아가 어머니에게 말했다.

"천자께서 오셨으니 속히 음식을 차리십시오."

그 소리가 밖에까지 들리자, 노모는 이상해하면서 황급히 일어나 직접 부엌에서 음식을 만들어 매우 정중하게 모셨다. 명종은 노모가 처음에는 거만하다가 나중에 공손한 것을 보고 캐물었더니 노모가 말했다.

"공은 말할 수 없이 귀한 분이십니다."

명종이 그 연유를 묻자, 노모가 태아가 배 속에서 말한 일을 말해 주었더니 명종이 말했다.

"노모가 말을 공손히 하는 것은 내가 자네를 혼낼까 봐 두려워서겠지."

나중에 과연 그녀의 말대로 되었다.

後唐太祖在妊十三月而生. 載誕之夕, 母后甚危, 令族人市藥於雁門. 遇神人, 敎以率部人被介持旌, 擊鉦鼓, 躍馬大噪, 環所居三周而止. 果如所敎而生. 年十二三, 善騎射. 曾於新城北, 酒酹於毗沙門天王塑像, 請與交談, 天王被甲持矛, 隱隱出於壁間. 所居帳內, 時有火聚, 或有龍形, 人皆異之. 嘗隨火征龐勛, 臨陣出沒如神, 號爲"龍虎子".

後唐明宗微時, 隨蕃將李存信巡邊, 宿於雁門逆旅. 逆旅媼方妊, 帝至, 不時具食. 腹中兒語謂母曰:"天子至, 速宜具食." 聲聞於外, 嫗異之, 遽起親奉庖爨, 敬事尤謹. 帝以嫗前倨後恭, 詰之, 曰:"公貴不可言也." 問其故, 具道娠子腹語事, 帝曰:"老嫗遜言, 懼吾辱耳." 後果如言.

* 이 고사는 《태평광기》 권136 〈징응·후당태조〉와 〈후당명종〉에 실려 있다.

19-12(0386) 왕촉 선주

왕촉선주(王蜀先主)

출《북몽쇄언》

당(唐)나라 희종(僖宗)이 한중(漢中)으로 파천(播遷)했을 때, [오대십국] 촉(蜀 : 전촉)의 선주(先主 : 고조) 왕건(王建)이 금군도두(禁軍都頭)로 있었다. 그는 동료들과 함께 사원에서 주사위 던지기 놀이를 했는데, 여섯 개의 주사위가 차례대로 겹쳐서 1부터 6까지의 숫자가 모두 나오자, 사람들이 모두 깜짝 놀랐다. 훗날 왕건은 촉나라를 세우고 흥원부(興元府)에 행차했다가 당시의 사원을 찾아갔는데, 그 스님이 여전히 그곳에 있었다. 스님이 옛날의 일을 얘기하자 선주는 크게 기뻐하며 후한 상을 내렸다.

唐僖宗播遷漢中, 蜀先主建爲禁軍都頭. 與其儕於僧院擲骰子, 六隻次第相重, 自么至六, 人共駭之. 他日霸蜀, 因幸興元, 訪當時僧院, 其僧尙在. 言及舊事, 先主大悅, 厚賜之.

* 이 고사는《태평광기》권374〈영이(靈異)·왕촉선주〉에 실려 있다.

19-13(0387) 맹촉

맹촉(孟蜀)

출《왕씨견문록(王氏見聞錄)》

　[오대십국] 위촉(僞蜀 : 전촉) 군주의 외숙은 대대로 부유하고 흥성했는데, 흥의문(興義門)에 저택을 지었다. 저택 안에는 20여 개의 정원이 있었는데, 각 정원에는 모두 화려한 담장과 웅장한 집, 높다란 누대와 깊은 연못, 기이한 꽃과 특이한 풀, 많은 계수나무와 작은 산, 산과 강에서 나는 진귀한 물건 등 없는 것이 없었다. 진주(秦州) 동성촌(董城村)의 한 정원에 붉은 모란 한 그루가 있었는데, 심어 놓은 연대가 아주 오래되었다. 그는 사람을 시켜 그 모란을 가져오게 했는데, 사방 1장(丈)의 너비로 흙을 파내고 나무 궤짝에 담아서 진주에서 성도(成都)까지 3000여 리를 운반하면서 구절판(九折坂)·칠반관(七盤關)·망운산(望雲山)·구정산(九井山) 등 몹시 비좁고 험난하며 하늘까지 뻗은 크고 작은 길을 지나 겨우 목적지에 도착했다. 마침내 새로 지은 저택에 그 모란을 심어 놓은 뒤에 소주(少主 : 후주)에게 왕림해 주시기를 청했다. 소주는 그 저택의 화려한 건축이 궁실에 못지않은 것에 감탄하면서 장난삼아 붓을 가져오라고 명해 기둥 위에 '맹(孟)' 자 하나를 크게 써 놓았는데, 당시 세간에서

'맹' 자를 감당하지 못할 정도로 대단하다는 뜻으로 썼기 때문이었다. 이듬해 위촉이 망하고 맹씨[孟氏 : 후촉의 고조 맹지상(孟知祥)]가 성도로 입성해 그 저택을 차지했다. 맹씨는 기둥 사이에 진홍색 초롱이 있는 것을 문득 보고 다가가서 살펴보았더니, 다름 아닌 '맹' 자 하나가 쓰여 있었다. 그래서 맹씨가 말했다.

"이것은 상서로운 일이니 나는 이 거처를 바꾸지 않겠다."

맹씨가 촉을 차지한 것은 대개 앞선 징조가 있었던 것이다.

僞蜀主之舅, 累世富盛, 於興義門造宅. 宅內有二十餘院, 皆雕牆峻宇, 高臺深池, 奇花異卉, 叢桂小山, 山川珍物, 無所不有. 秦州董城村院有紅牡丹一株, 所植年代深遠. 使人取之, 掘土方丈, 盛以木櫃, 自秦州至成都三千餘里, 歷九折·七盤·望雲·九井, 大小漫天隘狹懸險之路, 方致焉. 乃植於新第, 因請少主臨幸. 少主嘆其基構華麗, 侔於宮室, 遂戲命筆, 於柱上大書一'孟'字, 時俗謂孟爲不堪故也. 明年蜀破, 孟氏入成都, 據其第. 忽睹楹間有絳紗籠, 迫而視之, 乃一'孟'字. 孟曰 : "吉祥也, 吾無易此居." 孟子[1]有蜀, 蓋先兆也.

* 이 고사는 《태평광기》 권136 〈징응·위촉주구(僞蜀主舅)〉에 실려 있다.
1 자(子) : 《태평광기》에는 "지(之)"라 되어 있는데, 문맥상 타당하다.

19-14(0388) 한 원제의 황후

한원후(漢元后)

출《서경잡기(西京雜記)》미 : 황후의 길조다(皇后休徵).

[한나라] 원후(元后)33)가 사가(私家)에 있었을 때, 한번은 흰 제비가 손가락만 한 크기의 돌을 물고 와서 원후의 바느질 상자 안에 떨어뜨렸다. 원후가 집어 들자 돌이 저절로 둘로 갈라졌는데, 그 안에 "천지의 모후"라고 쓰여 있었다. 이내 돌을 합쳤더니 곧 다시 붙어 그것을 보배로 간직했다. 원후는 황후가 되자 항상 그것을 옥새 상자에 두고 "천새(天璽 : 하늘의 옥새)"라고 불렀다.

元后在家, 嘗有白燕銜石, 大如指, 墮后績筐中. 后取之, 石自剖爲二, 其中有文曰 : "母天后地." 乃合之, 遂復還合, 乃寶錄焉. 及爲皇后, 常置之璽笥中, 謂爲"天璽"也.

* 이 고사는《태평광기》권135〈징응·한원후〉에 실려 있다.

---

33) 원후(元后) : 한나라 원제(元帝)의 황후로, 본명은 왕정군(王政君)이며 성제(成帝)의 생모다.

19-15(0389) **여망**
여망(呂望)

출《설원(說苑)》미 : 이하는 신하의 길조다(以下人臣休徵).

여망(강태공)은 위수(渭水)의 물가에서 낚시하다가 잉어를 잡았는데, 잉어의 배를 갈라 보았더니 다음과 같은 글귀가 나왔다.

"여망은 제(齊)나라에 봉해진다."

呂望釣於渭濱, 獲鯉魚, 剖腹得書, 曰:"呂望封於齊."
* 이 고사는《태평광기》권137〈징응·여망〉에 실려 있다.

19-16(0390) 중니

중니(仲尼)

출'왕자년《습유기》·《설제사(說題辭)》

공자(孔子)가 태어난 날 밤에 청룡 두 마리가 하늘에서 내려와 [공자의 어머니인] 안징재(顔徵在)의 방에 앉고 나서 부자(夫子 : 공자)가 태어났다. 신녀(神女) 두 명이 향로(香露)를 들고 와서 안징재를 목욕시켰고, 천제는 하계에서 균천악(鈞天樂 : 천계의 음악)을 연주하게 했다. 또 노인 다섯 명이 안징재가 있는 정원에 줄지어 있었는데, 대개 오성(五星)의 정령이었다. 부자가 태어나기 전에 궐리(闕里)의 인가에서 기린이 옥서(玉書)를 토해 냈는데 이렇게 적혀 있다.

"수정[水精 : 진성(辰星), 수성]의 아들이 쇠한 주(周)나라를 이어 소왕(素王)[34]이 된다."

안징재는 수놓은 인끈을 기린의 뿔에 묶어 주었다. [노(魯)나라] 애공(哀公) 14년(BC 481)에 서상(鉏商 : 노나라 숙손씨의 수레몰이꾼)이 대택(大澤)에서 사냥하다가 기린

---

[34] 소왕(素王) : 제왕의 덕을 가지고 있지만 제왕에 자리에 오르지 못한 사람. 주로 공자를 가리킨다.

을 잡아 부자에게 보여 주었는데, 그 인끈이 여전히 묶여 있었다. 공자는 기린을 끌어안고 인끈을 풀어 주면서 눈물을 흘려 옷깃을 적셨다. 그달에 하늘이 노나라의 단문(端門 : 궁궐 정문)에 혈서를 써 놓았는데, 성인 공자가 죽고 주나라 왕실이 망했다.

孔子當生之夜, 二蒼龍亘天而下, 附徵在之房, 因而生夫子. 有二神女擎香露, 沐浴徵在, 天帝下奏鈞天樂. 有五老列徵在之庭, 蓋五星精也. 夫子未生之前, 麟吐玉書于闕里人家, 文云:"水精子繼衰周爲素王." 徵在以繡紱繫麟之角. 至哀公一十四年, 鉏商畋於大澤, 得麟, 示夫子, 繫紱尙存. 抱而解紱, 涕下沾襟. 是月, 天有血書魯端門, 孔聖沒, 周室亡.

* 이 고사는 《태평광기》 권137 〈징응·여망〉, 권141 〈징응·공자〉, 권418 〈용(龍)·창룡(蒼龍)〉에 실려 있다.

19-17(0391) 왕맹

왕맹(王猛)

출《중흥서(中興書)》

왕맹[오호 십육국 전진(前秦)의 재상]은 북해(北海) 사람이다. 그는 젊었을 때 집이 가난해서 일찍이 낙양(洛陽)에 가서 삼태기를 팔았는데, 한 사람이 시장에서 그의 삼태기를 비싼 값에 사면서 말했다.

"내게 돈이 없는데 집이 이곳에서 가까우니 나를 따라와서 돈을 받아 가시오."

왕맹은 그를 따라나서서 그다지 멀리 갔다고 느끼지 않았는데, 갑자기 깊은 산중에 도착했다. 그는 호상(胡床)에 기대앉아 있는 한 노공(老公)을 보았는데, 백발이 성성했고 시종 10여 명이 있었다. 왕맹이 나아가서 절을 하자 노공이 말했다.

"대사마공(大司馬公)께서 어찌 절을 하십니까?"

그러고는 즉시 삼태기값의 10배를 치러 준 후에 사람을 시켜 왕맹을 데려다주게 했다. 잠시 후에 왕맹이 뒤돌아보았더니 다름 아닌 숭산(嵩山)이었다.

王猛者, 北海人. 少貧賤, 曾至洛陽貨畚, 有一人, 於市貴買其畚, 而云 : "無直, 家近在此, 可隨我取." 猛隨去, 行不覺遠, 忽至深山中. 見一公據胡床, 頭髮悉白, 侍從十許人. 猛進拜, 老公曰 : "大司馬公何拜?" 卽十倍售畚價, 遣人送猛出. 旣顧視, 乃嵩山也.

* 이 고사는 《태평광기》 권294 〈신(神)·왕맹〉에 실려 있다.

19-18(0392) 장전

장전(張籛)

출《옥당한화》

밀주목(密州牧) 장전이 젊었을 때, 하루는 메추라기처럼 생긴 새 한 마리가 날아와 청동 동전 하나를 물어다 장전의 품과 소매 사이에 떨어뜨렸다. 장전은 기이하게 여겨 그 동전을 늘 옷깃에 묶어 두었는데, 그 후로 재물이 쌓여 수만금에 달했다.

密牧張籛少年時, 常有一飛鳥, 狀若斥鷃, 銜一靑銅錢, 堕於張懷袖間. 張異之, 常繫錢於衣衿間, 其後累財巨萬.

* 이 고사는 《태평광기》 권138 〈징응·장전〉에 실려 있다.

19-19(0393) 장안의 장씨

장안장씨(長安張氏)

출《법원주림》

　진(晉)나라 때 장안의 장씨가 낮에 혼자 방에 앉아 있었는데, 비둘기가 밖에서 날아들어 오더니 침상에 내려앉았다. 장씨는 이를 꺼리다가 가슴을 풀어 헤치고 빌었다.

　"비둘기야, 네가 와서 내게 화가 된다면 승진(承塵 : 침상 위의 먼지막이 휘장) 위로 날아오르고, 내게 복이 된다면 내 품 안으로 날아들어 오너라."

　그러자 비둘기가 날아서 장씨의 품으로 들어오더니 동구(銅鉤 : 청동 허리띠 고리)로 변했는데, 이로부터 재산이 수만금으로 불어났다.

晉長安有張氏者, 晝獨處室, 有鳩自外入, 止於床. 張氏惡之, 披懷而咒曰: "鳩, 爾來爲我禍耶, 飛上承塵, 爲我福耶, 飛入我懷." 鳩飛入懷, 乃化爲一銅鉤, 從爾資産巨萬.

* 　이 고사는《태평광기》권137〈징응 · 장씨〉에 실려 있다.

19-20(0394) 하비간

하비간(何比干)

출《삼보결록(三輔決錄)》

여남(汝南)의 하비간은 율법(律法)에 통달했다. [한나라] 원삭(元朔) 연간(BC 128~BC 123)에 공손홍(公孫弘)이 그를 초징해 정위(廷尉)로 삼았는데, 감옥에 억울하게 갇힌 백성이 없게 되자 백성이 그를 하 공(何公)이라 불렀다. 그는 나중에 관직을 그만두고 집에 있을 때 하늘에 구름이 잔뜩 끼면서 비가 오던 날 낮잠을 자다가 꿈을 꾸었는데, 귀한 손님이 타고 온 거마가 문에 가득했다. 그가 꿈을 깨고 나서 나이가 80여 세쯤 되고 머리가 새하얀 한 노파가 잠시 들어와서 비를 피해 가길 청했다. 비가 억수같이 내렸는데도 노파의 옷과 신발은 젖어 있지 않았다. 하비간은 이를 이상히 여겨 노파를 모셔 들여 자리에 앉게 했다. 잠시 후 비가 그치자 노파는 작별하고 떠나면서 하비간에게 말했다.

"당신의 조상은 후직(后稷)에서 나왔는데 요(堯)임금 때부터 [춘추 전국 시대] 진(晉)나라에 이르기까지 음덕을 쌓았으니, 지금 하늘에서 당신에게 책(策 : 죽간)을 내려 당신의 자손을 번창하게 하셨소."

그 죽간은 길이가 9촌이고 모두 190개였는데, 협 : 또는

990개라고도 한다. 노파는 그것을 하비간에게 주면서 말했다.

"자손 중에서 인끈을 차게 되는 자가 마땅히 이 개수만큼 될 것이오."

노파는 동쪽으로 떠났는데 갑자기 사라져 보이지 않았다. 하비간은 58세까지 여섯 아들을 두었고 그 후 3년 동안 다시 세 아들을 낳았으며, 평릉(平陵)으로 이사한 뒤로 대대로 명문 귀족이 되었다. 삼보(三輔) 지방에 이런 옛말이 있었다.

"하씨(하비간)의 책(策), 장씨(장안 장씨)의 구(鉤)."

汝南何比干, 通律法. 元朔中, 公孫弘辟爲廷尉, 獄無寃民, 號曰何公. 後去官在家, 天大陰雨, 晝寢, 夢有貴客, 車騎滿門. 覺而一老嫗年八十餘, 頭盡白, 求寄避雨. 雨方甚, 而嫗衣履不濡. 比干異之, 延入座. 須臾雨止, 嫗辭去, 謂比干曰:"君先出自后稷, 自堯至晉有陰德, 今天賜策, 以廣公子孫." 簡長九寸, 凡百九十枚, 夾:一云九百九十枚. 以授比干曰:"子孫佩印綬者, 當隨此算." 嫗東行, 忽不見. 比干年五十八, 有六男, 後三歲, 復生三男, 徙平陵, 累世爲名族. 三輔舊語曰:"何氏策, 張氏鉤也."

* 이 고사는 《태평광기》 권291 〈신(神)·하비간〉에 실려 있다.

19-21 (0395) 오록충종

오록충종(五鹿充宗)

출《서경잡기》

한(漢)나라의 오록충종은 홍성자(弘成子)에게서 학문을 배웠다. 홍성자가 어렸을 때 한번은 어떤 사람이 그를 찾아와서 제비알만 한 크기의 무늬 돌을 주었다. 홍성자는 그 돌을 삼키고 마침내 크게 깨달아 천하의 뛰어난 학자가 되었다. 홍성자는 후에 병이 들자 그 돌을 토해 내서 오록충종에게 주었는데, 오록충종 역시 저명한 학자가 되었다.

漢五鹿充宗受學于弘成子. 成子少時, 嘗有人過己, 授以文石, 大如燕卵. 成子吞之, 遂大明悟, 爲天下通儒. 成子後病, 吐出此石, 以授充宗, 又爲名學也.

* 이 고사는 《태평광기》 권137 〈징응 · 오록충종〉에 실려 있다.

19-22(0396) 왕부

왕부(王溥)

출《습유록(拾遺錄)》

    후한(後漢) 영초(永初) 3년(109)에 국고가 부족하자, 돈을 내는 백성이나 하급 관리에게 벼슬자리를 내려 주게 했다. 낭야(瑯琊) 사람 왕부의 선조 왕길(王吉)은 창읍중위(昌邑中尉)를 지냈는데, 왕부 대에 이르기까지 여러 대에 걸쳐 가세가 점점 몰락했고, 안제(安帝) 때에 와서는 집안이 가난해 돈이 없었기에 벼슬자리를 얻을 수 없었다. 그래서 왕부는 죽간을 끼고 낙양(洛陽)의 저잣거리에서 붓을 들고 다니면서 글을 써 주는 품을 팔았는데, 왕부는 멋진 용모에 글재주가 뛰어났기 때문에 그에게 글을 써 달라고 하는 사람 가운데 남자는 그에게 의관을 주고 부인은 그에게 금옥을 주었기에, 하루 사이에 옷과 보물을 수레에 가득 싣고 돌아왔다. 곡식이 곳간 열 개에 쌓였기에 9족의 종친들 중에 의식을 그에게 의탁하지 않는 사람이 없었다. 왕부는 이전에 집이 가난했을 때 우물을 파다가 쇠도장 하나를 얻었는데 이렇게 새겨져 있었다.

    "품을 팔면 억 유(億庾 : 1유는 16두)의 부를 얻을 것이고, 일토삼전(一土三田)의 군문주(軍門主)가 될 것이다."

왕부는 억만 전으로 벼슬을 사서 중루교위(中壘校尉)가 되었다. '일토삼전'은 '누(壘)' 자이고, 교위는 북군(北軍)의 누문(壘門 : 군영의 문)을 관장했기 때문에 '군문주'라 했던 것이다.

後漢永初三年, 國用不足, 令民吏入錢者得爲官. 琅琊王溥, 其先吉, 爲昌邑中尉, 溥奕世衰凌, 及安帝時, 家貧無資, 不得仕. 乃挾竹簡, 搖筆洛陽市傭書, 爲人美形貌, 又多文詞, 倣其書者, 丈夫賜其衣冠, 婦人遺其金玉, 一日之中, 衣寶盈車而歸. 積粟十廩, 九族宗親, 莫不仰其衣食. 溥先時家貧, 穿井得鐵印, 銘曰 : "傭力得富至億庾, 一土三田軍門主." 溥以億錢輸官, 得中壘校尉. 三田一土, 壘字, 校尉掌北軍壘門, 故曰軍門主也.

* 이 고사는 《태평광기》 권137 〈징응 · 왕부〉에 실려 있다.

19-23(0397) 진중거

진중거(陳仲擧)

출《유명록》

    진중거가 미천했을 때 한번은 주인 황신(黃申)의 집에 가서 머문 적이 있었다. 그날 밤에 황신의 집에서 그 아내가 출산을 했으나, 진중거는 그 사실을 몰랐다. 삼경이 되었을 때 대문을 두드리는 사람이 있었는데, 한참 있다가 대답하는 소리가 들렸다.

    "집안에 귀인(貴人)이 계시니 앞으로 가서는 안 되고 마땅히 뒷문으로 가야겠네."

    잠시 후 뒷문으로 가던 사람이 돌아오는 소리가 들리더니, 문 안에 있던 사람이 그에게 물었다.

    "어떤 아이를 보았는가? 이름은 무엇인가? 몇 살까지 살겠는가?"

    돌아온 사람이 말했다.

    "아들이고 이름은 아노(阿奴)이며 열다섯 살까지 살겠네."

    문 안에 있던 사람이 또 물었다.

    "후에 어떻게 죽겠는가?"

    돌아온 사람이 대답했다.

"다른 사람을 위해 집을 짓다가 땅에 떨어져서 죽을 것이네."

진중거는 그것을 묵묵히 기억해 두었다. 15년 뒤에 예장태수(豫章太守)가 된 진중거는 관리를 보내 옛날 아노라는 아이가 살았던 곳에 가서 물어보았더니 그 집에서 말했다.

"동쪽 이웃집의 집 짓는 일을 도와주다가 용마루에서 떨어져 죽었습니다."

진중거는 후에 과연 크게 귀해졌다.

陳仲擧微時, 嘗行宿主人黃申家. 申家夜産, 仲擧不知. 夜三更, 有叩門者, 久許, 聞應云: "門裏有貴人, 不可前, 宜從後門往." 俄聞往者還, 門內者問之: "見何兒? 名何? 當幾歲?" 還者云: "是男兒, 名阿奴, 當十五歲." 又問曰: "後當若爲死?" 答曰: "爲人作屋, 落地死." 仲擧默志之. 後十五年, 爲豫章太守, 遣吏往問昔兒阿奴所在, 家云: "助東家作屋, 墮棟而死矣." 仲擧後果大貴.

* 이 고사는 《태평광기》 권137 〈징응 · 진중거〉에 실려 있다.

19-24(0398) 무사확

무사확(武士彠)

출《태원사적(太原事迹)》

당(唐)나라의 무사확은 태원(太原) 문수현(文水縣) 사람이다. 그가 미천했을 때 고을 사람 허문보(許文寶)와 함께 목재 파는 일을 했는데, 늘 모아 두었던 수만 그루의 목재가 어느 날 아침에 무성한 삼림으로 변했기에 이로 인해 큰 부자가 되었다. 무사확은 허문보와 함께 숲 아래에서 책을 읽으면서 반드시 크게 귀해질 것이라고 사사로이 말했다. 고조(高祖)가 의병을 일으키자, 무사확은 갑옷과 투구를 입고 고조를 따라 관문(關門)으로 들어갔다. 무사확이 귀해지고 현달하자 허문보는 그에게 의지했다. 무사확은 벼슬이 자사(刺史)에까지 이르렀다.

唐武士彠, 太原文水縣人. 微時, 與邑人許文寶以鬻材爲事, 常聚材木數萬莖, 一旦化爲叢林森茂, 因致大富. 士彠與文寶讀書林下, 私言必當大貴. 及高祖起義兵, 以鎧胄從入關. 士彠貴達, 文寶依之. 位終刺史.

* 이 고사는《태평광기》권137〈징응·무사확〉에 실려 있다.

19-25(0399) 최행공

최행공(崔行功)

출《국사이찬(國史異纂)》

    당(唐)나라의 비서소감(秘書少監) 최행공이 아직 5품 벼슬을 얻기 전에 어느 날 갑자기 구관조가 한 물건을 물고 그의 방으로 들어와서 책상 위에 그것을 두고 떠났는데, 그것은 다름 아닌 어대(魚袋)35)와 구철(鉤鐵 : 쇠 허리띠 고리)이었다. 며칠 지나지 않아 최행공은 대부(大夫)에 임명되었다.

唐秘書少監崔行功, 未得五品前, 忽有鸜鵒銜一物入其室, 置案上去, 乃魚袋鉤鐵. 不數日, 加大夫也.

*   이 고사는 《태평광기》 권137 〈징응 · 최행공〉에 실려 있다.

35) 어대(魚袋) : 당나라 때 5품 이상의 관리가 어부(魚符)를 넣어 차고 다니는 주머니.

19-26(0400) 이규

이규(李揆)

출《이원(異苑)》

    당(唐)나라 대종(代宗)이 평대(平臺)로 나가 상계(上計)[36]한 군수를 전송하려 하자, 백관이 밖에서 준비했다. 어연(御輦)이 대전의 횡문(橫門)에 이르렀을 때, 황제가 갑자기 수레를 멈추더니 북성(北省)[37]의 관리를 불러 말했다.

    "나는 선조(先朝)에서 계리(計吏 : 상계 관리)를 전송할 때마다 모두 덕음(德音 : 인자하고 은덕이 넘치는 말)을 내려 훈계하고 격려한 것을 늘 기억하고 있는데, 지금 유독 그 덕음이 없으니 괜찮겠소?"

    재상이 대답할 겨를도 없이 황망해하자 황제가 말했다.

    "잠시 조회를 파하고 덕음을 지어서 다른 날을 기다리도록 합시다."

---

36) 상계(上計) : 지방관이 매년 회계 담당 관리를 조정으로 파견해 회계를 보고하는 것을 말한다.

37) 북성(北省) : 당나라 때는 중서성(中書省)과 문하성(門下省)을 황궁의 북쪽에 설치하고 상서성(尙書省)을 황궁의 남쪽에 설치했기에, 중서성과 문하성을 북성이라 하고 상서성을 남성(南省)이라 했다.

그때 중서사인(中書舍人) 이규가 반열을 뛰어 넘어 엎드려 아뢰었다.

"폐하께서 계리를 전송하시겠다는 칙명이 하달된 지 이미 오래되어 원근의 사람들이 모두 알고 있습니다. 그런데 지금 갑자기 조회에서 그 날짜를 바꾼다면, 사방에서 그 소문을 언뜻 듣고 망령되이 의혹을 품을까 두렵습니다. 지금 문장을 지어야만 한다면 신이 바로 붓을 들고 초안을 작성하길 청하니, 폐하께서는 잠시 난로(鑾輅 : 어연)를 멈추고 계시길 엎드려 빕니다."

황제는 그렇게 하겠다고 대답하고 종이와 붓을 가져오게 하더니, 곧바로 이규에게 어전에서 초안을 짓게 한 뒤에 이어서 서공(書工)에게 그것을 베껴 쓰게 해서 금세 조칙이 완성되었다. 조칙을 선독(宣讀)할 때 중요한 대목에 이를 때마다 황제가 반드시 반열에 있는 이규를 주목하자, 조정 안팎에서 이규가 더 높은 관직에 새로 임명되길 날마다 기다렸다. 그때는 한창 무더웠기에 이규는 밤에 당(堂) 앞의 난간에서 잠을 잤으며, 중당(中堂)은 비워 놓고 낮에 더위를 피하는 장소로 사용했다. 어느 날 밤에 갑자기 커다란 여우가 정원에서 시끄럽게 울면서 사람처럼 서서 뛰어다녔으며 눈에서 빛을 쏘더니, 한참 후에 담을 넘어 달아났다. 이규는 이를 몹시 께름칙해했다. 그날 밤이 끝나기 전에 또 중당에서 우당탕하는 시끄러운 소리가 들렸는데, 이상한 동물이 있는 것 같았다. 즉시 사람을 시켜 촛불을 들고 가서 문을 열어 살펴보게 했더니, 세 말들이 솥만 한 크기의 두꺼비가 있었는데, 시뻘건 두 눈을 껌벅이며 웅크리고 앉아서 침을 토해 내고 있었다. 이규는 두꺼비를 해치지 못하게 했다. 계단 앞에 이전부터 오이나 과일을 물에 담가 놓던, 열 말쯤 담을 수 있는 커다란 구리 동이가 있었는데, 이규는 하인에게 그 동이를 뒤집어 두꺼비를 덮게 하고 문에 빗장을 걸어 두게 했다. 날이 밝을 무렵에 이규는 조정에 들어갔다가 그날 재상에 임명되었다. 이규가 돌아오자 친족들이 줄지어 축하했는데, 괴이한 일에 대해 얘기하다가 사람을 시켜 중당 문을 열고 동이를 치우고 보았더니, 두꺼비는 이미 사라지고 없었다.

唐代宗臨軒, 送上計郡守, 百僚外辦. 御輦俯及殿之橫門, 帝忽駐輦, 召北省官謂曰: "我常記先朝每餞計吏, 皆有德音, 以申誠勸, 今獨無有, 可乎?" 宰相匆遽不暇奏對, 帝曰: "且罷朝撰詞, 以俟異日." 中書舍人李揆越班伏奏曰: "陛下送計吏, 敕下已久, 遠近咸知. 今忽臨朝改移, 或恐四方乍聞, 妄生疑惑. 今止須制詞, 臣請立操翰, 伏乞陛下稍駐鑾輅." 帝兪之, 遂命紙筆, 卽令御前起草, 隨遣書工寫錄, 頃刻而畢. 及宣詔, 每遇要處, 帝必目揆於班, 中外日俟揆之新命. 時方盛暑, 揆夜寢於堂之前軒, 而空其中堂, 爲晝日避暑之所. 忽一夜, 有巨狐鳴噪於庭, 仍人立跳躍, 目光迸射, 久之, 逾垣而去. 揆甚惡之. 是夜未艾, 復聞中堂動靉喧豗, 若有異物. 卽令執燭開門以視, 乃有蝦蟆, 大如三斗釜, 兩目朱殷, 蹲踞嚼沫. 揆不令損害. 階前素有漬瓜果大銅盆, 可受一斛, 遂令家人覆其盆而合之, 因扃其門. 將曉, 揆入朝, 其日拜相. 及歸, 親族列賀, 因話諸怪, 卽遣啓戶揭盆視之, 已失其物矣.

* 이 고사는 《태평광기》 권137 〈징응·이규〉에 실려 있다.

19-27(0401) 정인

정인(鄭絪)

출《상이집험(祥異集驗)》

    당(唐)나라의 승상(丞相) 정인은 집이 소국방(昭國坊)의 남문(南門)에 있었는데, 갑자기 어떤 물체가 와서 기와 조각을 던져 대엿새 동안 밤에도 멈추지 않았다. 그래서 급기야 안인방(安仁坊)의 서문(西門)에 있는 집으로 옮겨 피했지만, 기와 조각이 또 따라서 그곳으로 왔다. 한참이 지난 후에 다시 소국방으로 거처를 옮긴 정 공(鄭公:정인)은 불문에 귀의해 늘 선실(禪室)에서 편안하게 지냈다. 소국방으로 돌아갈 즈음에 그가 방장(方丈:선승의 승방)에 들어갔더니, 바닥에서 1~2척 떨어진 곳에 갈거미가 방 안 가득 거미줄을 치고 있었는데, 그 수를 헤아릴 수 없었다. 그날 저녁에는 기와 조각도 사라졌으며, 이튿날 재상에 임명되었다.

唐丞相鄭絪宅在昭國坊南門, 忽有物來投瓦礫. 五六夜不絶, 及移於安仁西門宅避之, 瓦礫又隨而至. 久之, 復遷昭國, 鄭公歸心釋門, 宴處常在禪室. 及歸昭國, 入方丈, 蟢子滿室懸絲, 去地一二尺, 不知其數. 其夕瓦礫亦絶, 翌日拜相.

* 이 고사는《태평광기》권137〈징응・정인〉에 실려 있다.

19-28(0402) 이빈

이빈(李蠙)

출《남초신문》

    당(唐)나라의 사공(司空) 이빈은 처음 이름이 규(虬)였다. 과거를 보러 가던 해에 우연히 숙소의 벽에 자신의 이름을 써 놓았는데, 하룻밤이 지나고 나서 문득 보았더니 자신의 이름 위에 다른 사람이 한 획을 더해 '슬(虱)' 자로 만들어 놓았다. 이빈이 말했다.

    "슬(虱)은 바로 빈(蠙: 진주조개)이다."

    마침내 이름을 빈으로 바꾸었으며, 이듬해에 과연 급제했다.

唐司空李蠙, 始名虬. 赴擧之秋, 偶自題名於屋壁, 經宵, 忽睹名上爲人添一畫, 乃成'虱'字矣. 蠙曰: "虱者蠙也." 遂改名蠙, 明年果登第.

*   이 고사는 《태평광기》 권138 〈징응·이빈〉에 실려 있다.

19-29(0403) 우승유

우승유(牛僧孺)

출《극담록(劇談錄)》

　　당(唐)나라의 하남부(河南府) 이궐현(伊闕縣) 앞에 큰 시내가 있었는데, 매번 관원 가운데 어사대(御史臺)로 들어가는 사람이 있으면 물속에서 먼저 작은 여울물이 불어났으며, 조약돌과 금빛 모래가 맑고 깨끗해서 보기 좋았다. 승상(丞相) 우승유가 현위(縣尉)로 있었을 때, 어느 날 아침에 갑자기 여울물이 불어났다는 보고가 있었다. 다음 날 읍재(邑宰: 현령)가 동료들과 함께 정자 위에서 연회를 즐기면서 여울물을 구경하다가 명망 높은 노인을 불러 그 일에 대해 자세히 물었더니, 어떤 나이 많은 관리가 말했다.

　　"이는 필시 분사어사(分司御史: 낙양 어사대의 어사)에 임명될 징조이지, 서대(西臺: 장안의 어사대)에 임명될 징조는 아닙니다. 만약 서대라면 여울물 위에 마땅히 비오리 한 쌍이 있어야 합니다. 전후로 마을 사람들은 이것으로 증험을 삼았습니다."

　　우승유는 가만히 헤아려 보니 현의 동료 가운데 자신보다 뛰어난 사람이 없었기에 잔을 들며 말했다.

　　"이미 여울물이 생겼으니 어찌 비오리 한 쌍을 아쉬워하겠소?"

연회가 아직 끝나지 않았는데 잠시 후 비오리가 날아와 앉았다. 열흘이 지나지 않아 우승유는 서대의 감찰어사(監察御史)에 임명되었다.

唐河南府伊闕縣前大溪, 每僚佐有入臺者, 卽水中先有小灘漲出, 石礫金沙, 澄澈可愛. 丞相牛僧孺爲縣尉, 一旦忽報灘出. 翌日, 邑宰與同僚列筵於亭上觀之, 因召耆宿, 備詢其事, 有老吏云 : "此必分司御史, 非西臺之命. 若是西臺, 灘上當有䴔䴖雙立. 前後邑人以此爲驗." 僧孺潛揣, 縣僚無出於己, 因擧杯曰 : "旣有灘, 何惜一雙䴔䴖?" 宴未終, 俄有䴔䴖飛下. 不旬日, 拜西臺監察.

* 이 고사는 《태평광기》 권138 〈징응 · 우승유〉에 실려 있다.

19-30(0404) 주경원

주경원(朱慶源)

출《계신록》

무원현위(婺源縣尉) 주경원은 임기를 마치고 다른 관직에 선발되기를 기다리고 있었다. 그의 집은 예장군(豫章郡)의 풍성현(豐城縣)에 있었는데, 정원의 땅이 확 트이고 건조했으나 갑자기 연 한 줄기가 자라났다. 그의 집에서는 놀라고 두려워서 여러 방법으로 푸닥거리를 했다. 그러나 연이 계속해서 자라자 둑을 쌓고 물을 길어 연을 감돌게 해 주었더니, 마당은 결국 큰 연못이 되었고 세발마름과 연이 매우 무성해졌다. 그해에 주경원은 남풍현령(南豐縣令)에 제수되었고, 3년 후에는 조정으로 들어가 대리평사(大理評事)가 되었다.

婺源尉朱慶源, 罷任方選. 家在豫章之豐城, 庭中地甚爽塏, 忽生蓮一枝. 其家駭懼, 多方以禳之. 蓮生不已, 乃築堤汲水以回之, 遂成大池, 芰荷甚茂. 其年, 慶源選授南豐令, 後三歲, 入爲大理評事.

* 이 고사는《태평광기》권138〈징응·주경원〉에 실려 있다.

19-31(0405) 손악

손악(孫偓)

출《옥당한화》

    장안성(長安城)에 손씨(孫氏) 가문의 저택이 있었는데, 여러 세대를 살았으므로 건물이 매우 오래되었다. 그 집 앞의 기둥 하나에서 갑자기 홰나무 가지가 자라나자, 손씨 집안사람들은 처음에는 오히려 이를 가려서 사람들이 보지 않게 하려고 했다. 한 해가 지나자 홰나무 가지가 점점 무성해져서 아예 기둥 전체로 변하더니, 지붕을 부수고 위로 뻗어 도저히 감출 수가 없었다. 이를 구경하러 온 관리와 백성의 수레와 말이 집을 메울 정도였다. 오래지 않아 손악은 암랑(巖廊 : 재상)이 되고 손저(孫儲)는 절제(節制 : 절도사)가 되었는데, 사람들은 삼괴(三槐)[38]의 조짐에 응한 것이라고 생각했다.

---

[38] 삼괴(三槐) : 주(周)나라 때 조정 바깥에 회(懷)와 발음이 같은 괴(槐 : 홰나무)나무 세 그루를 심어서, 인재를 기다려 함께 국사를 의논하고자 하는 뜻으로 삼았는데, 삼공(三公)이 홰나무를 향해 앉게 된 후로 '삼괴'는 곧 삼공을 뜻하게 되었다.

長安城有孫家宅, 居之數世, 堂室甚古. 其堂前一柱, 忽生槐枝, 孫氏初猶障蔽之, 不欲人見. 期年漸漸滋茂, 以至柱身通體而變, 壞其屋上衝, 秘藏不及. 衣冠士庶之來觀者, 車馬填咽. 不久, 偓處巖廊, 儲居節制, 人以爲應三槐之朕.

* 이 고사는 《태평광기》 권138 〈징응·손악〉에 실려 있다.

19-32(0406) 이전충

이전충(李全忠)

출《북몽쇄언》

 당(唐)나라 건부(乾符) 연간(874~879) 말의 범양(范陽) 사람 이전충은 젊어서부터 《춘추(春秋)》에 정통했다. 일찍이 체주사마(棣州司馬)로 있을 때 갑자기 갈대 한 줄기가 그가 사는 집에서 자라났는데, 1척 굵기에 세 마디였다. 별가(別駕) 장건장(張建章)이 말했다.

 "옛날에 포홍(蒲洪)은 연못 안의 부들이 아홉 마디로 자란 것을 상서로운 조짐이라고 여겨 성을 포씨(蒲氏)로 바꾸었는데, 그 후에 자손들이 번창했습니다. 갈대는 띠풀로 연못이나 습지에서 자라야 마땅하지만 집에서 자라났으니 범상한 일이 아닙니다. 당신은 나중에 반드시 분모(分茅)[39]의 존귀함을 얻게 될 것입니다. 세 마디는 절월(節鉞)[40]을 세

---

39) 분모(分茅) : 왕후(王侯)로 분봉(分封)되는 것을 말한다. 옛날에 제후를 분봉할 때 흰 띠풀로 진흙을 싸서 수여했는데, 이는 천자가 토지와 권력을 수여하는 상징이었다.
40) 절월(節鉞) : 부절(符節)과 부월(斧鉞). '절'은 소의 꼬리로 장식한 부절이고, '월'은 큰 도끼다. 옛날에 정벌에 나설 때 천자가 대장에게 부절과 도끼를 수여해 위신(威信)을 보였다.

사람에게 전하게 된다는 뜻이니, 공은 이를 잘 기억해 두십시오."

이전충은 후에 이가거(李可擧)를 섬겨 장수가 되었는데, 여러 장수들이 이가거를 내쫓고 이전충을 추대했다. 이전충은 승진을 거듭해 검교태위(檢校太尉)에 이르렀다. 협: 아들 이광위(李匡威)와 이광주(李匡儔)가 부친의 직위를 이어받았다.

唐乾符末, 范陽人李全忠, 少通《春秋》. 曾爲棣州司馬, 忽有蘆一枝, 生於所居之室, 盈尺之三節焉. 別駕張建章曰: "昔蒲洪以池中蒲生九節爲瑞, 乃姓蒲, 子孫昌盛. 蘆, 茅也, 合生陂澤間, 而生於室, 非其常矣. 君後必有分茅之貴. 三節者, 傳節鉞三人, 公其誌之." 全忠後事李可擧, 爲戎校, 諸將逐可擧而立全忠. 累加至檢校太尉. 夾: 子匡威·匡儔相繼.

* 이 고사는 《태평광기》 권138 〈징응·이전충〉에 실려 있다.

19-33(0407) 유면

유면(劉沔)

출《유양잡조》

　[당나라] 정원(貞元) 연간(785~805)에 회서(淮西)에서 전란이 일어났을 때 유면은 젊은 장교였는데, 매번 적을 사로잡거나 복병을 수색할 때마다 유면은 반드시 그 무리 안에 있었다. 전후로 중상을 입어 죽을 뻔한 적이 서너 번이나 되었다. 나중에 달빛이 어둡고 바람이 거세게 부는 날에 또 적을 사로잡으라는 명령을 받았는데, 유면은 분격해 적진으로 깊숙이 들어갔다가 결국 필시 죽게 될 처지에 놓였다. 유면은 10여 리를 가다가 앉아서 잠이 들었는데, 갑자기 어떤 사람이 그를 깨우더니 촛불 두 자루를 주며 말했다.

　"당신은 크게 귀하게 될 것이니, 단지 마음속으로 이 촛불만 생각한다면 아무런 근심이 없을 것입니다."

　유면은 그 후에 장수에 임명되었는데, 항상 촛불의 그림자가 두 깃발 위에 있는 것을 보았다. 나중에 촛불이 사라지자 마침내 죽었다.

貞元中, 淮西用兵時, 劉沔爲小將, 每捉生蹋伏, 沔必在數. 前後重創, 將死數四. 後因月黑風甚, 又令捉生, 沔憤激深入, 竟必死. 行十餘里, 因坐將睡, 忽有人覺之, 授以雙燭曰:

"君方大貴, 但心存此燭在, 卽無憂也." 沔後拜將, 常見燭影在雙旌上. 後燭亡, 遂卒.

* 이 고사는 《태평광기》 권143 〈징응·유면〉에 실려 있다.

19-34(0408) 후홍실

후홍실(侯弘實)

출《감계록(鑒戒錄)》

　후홍실은 포판(蒲坂) 사람이다. 막 열서너 살 되었을 때 한번은 처마 아래에서 잠을 잤는데, 큰비가 내릴 듯한 날씨에 무지개가 황하(黃河)로부터 물을 마시더니 잠시 후에 후홍실의 입을 뚫고 들어갔다. 그의 어머니는 그것을 보고 감히 그를 깨우지 못했다. 한참이 지나자 무지개가 하늘에서부터 후홍실의 입 속으로 들어가더니 다시 나오지 않았다. 후홍실이 깨어나자 어머니가 물었다.

　"꿈을 꾸었느냐?"

　후홍실이 대답했다.

　"마침 꿈에 황하로 들어가서 물을 마셨습니다."

　어머니는 그 말을 듣고 속으로 기뻐하며 그가 반드시 귀하게 될 것임을 알았다. 몇 달 후에 갑자기 촉(蜀) 땅의 스님이 집을 찾아와 음식을 구했는데, 스님이 떠날 때 후홍실의 어머니에게 말했다.

　"보살은 틀림없이 나중에 복을 받을 것이니, 분명 아들의 덕을 보게 될 것입니다."

　후홍실의 어머니는 아들을 불러 나오게 해서 스님에게

관상을 봐 달라고 청했는데, 스님이 후홍실을 살펴보고 말했다.

"이 아이는 예룡(蜺龍 : 무지개 용)입니다. 다만 고향에서 멀리 떠나 장강(長江)과 바다에 가까운 곳에서 벼슬해야만 비로소 현달할 수 있을 것입니다."

후홍실은 후에 병졸 출신으로 장수가 되었으며 한 주(州)의 자사(刺史)와 두 진(鎭)의 절도사(節度使)를 역임했는데, 모두 장강에 가까운 곳이었다.

侯弘實, 蒲坂人也. 年方十三四, 常寐於檐下, 天將大雨, 有虹自河飮水, 俄貫於弘實之口. 其母見, 不敢驚焉. 良久, 虹自天沒於弘實之口, 不復出. 及覺, 母問 : "有夢否?" 對曰 : "適夢入河飮水." 母聞之, 黙喜, 知其必貴. 後數月, 忽有蜀僧詣門求食, 臨去, 謂侯母曰 : "女弟子當有後福, 合得兒子力." 侯母呼弘實出, 請僧相之, 僧視之曰 : "此蜺龍也. 但離去鄕井, 近江海客宦, 方有顯榮." 弘實後自行伍出身, 至於將領, 歷一州二鎭, 皆近大江.

* 이 고사는 《태평광기》 권138 〈징응·후홍실〉에 실려 있다.

19-35(0409) 고병

고병(高駢)

출《감정록(感定錄)》

당(唐)나라의 연국공(燕國公) 고병은 미천했을 때 주숙명(朱叔明)의 사마(司馬)로 있었다. 한번은 독수리 한 쌍을 보고 사람들에게 말했다.

"내가 만약 귀하게 될 것이라면 화살 하나로 한꺼번에 두 마리를 맞힐 것이오."

그러고는 독수리가 오르내리는 것을 살피더니 과연 화살 하나로 독수리 두 마리를 꿰뚫었다. 사람들이 경이로워하면서 그를 "낙조공(落雕公)"이라 불렀다. 미: 관조공(貫雕公)이라 부르는 것이 더 좋다.

唐燕公高駢微時, 爲朱叔明司馬. 見雙雕, 謂衆曰: "我若貴, 矢當疊雙." 乃伺其上下, 果一矢貫二雕. 衆大驚異, 因號爲 "落雕公". 眉: 名貫雕公, 更佳.

* 이 고사는《태평광기》권138〈징응 · 고병〉에 실려 있다.

19-36(0410) 대사원

대사원(戴思遠)

축《옥당한화》

[오대] 후량(後梁)의 장수 대사원이 부양(浮陽)을 맡고 있을 때 모장(毛璋)이라는 부하가 있었는데, 그는 민첩하고 용감했다. 한번은 수십 명의 병사들과 함께 도적을 추포하고 돌아오다가 여관에 투숙했는데, 모장은 검을 베고 잠을 잤다. 한밤중에 그 검이 갑자기 크게 울더니 칼집 밖으로 튀어나왔다. 그 소리를 들은 병사들은 기이함에 몹시 놀랐다. 모장도 그 일을 신기하게 여기며 곧 검을 들고 빌었다.

"내가 만약 훗날 이 산하를 얻게 될 것이라면 너는 마땅히 다시 울면서 튀어나오고, 그렇지 않을 것이라면 잠자코 있어라."

모장이 다시 누워서 아직 깊이 잠들지 않았을 때 검이 이전처럼 울면서 튀어나오자, 모장은 크게 자부했다. 그 후에 대사원은 군진(軍鎭)을 버리고 떠났지만 모장은 머물기를 청했다. 얼마 지나지 않아 모장은 창주(滄州)를 들어 후당(後唐)의 장종(莊宗)에게 귀의했으며, 나중에 결국 창해절도사(滄海節度使)가 되었다.

梁朝將戴思遠任浮陽日, 有部曲毛璋, 爲性輕悍. 常與數十卒追捕盜賊, 還宿於逆旅, 毛枕劍而寢. 夜分, 其劍忽大吼, 躍出鞘外. 從卒聞者, 愕然驚異. 毛亦神之, 乃持劍咒:"某若異日有此山河, 爾當更鳴躍, 否則已." 毛復寢未熟, 劍吼躍如初, 毛深自負. 其後戴離鎭, 毛請留. 未幾, 毛以州歸命於唐莊宗, 後竟帥滄海.

* 이 고사는 《태평광기》권138 〈징응·대사원〉에 실려 있다.

구징(咎徵)

미 : 이하는 나라의 흉조다.
　　眉 : 以下邦國咎徵.

19-37(0411) 지양현의 소인

지양소인(池陽小人)

출《광오행기(廣五行記)》

    왕망(王莽)의 시건국(始建國) 3년(11)에 지양현에 키가 1척 남짓한 소인들이 있었는데, 말을 타기도 하고 걸어 다니기도 했으며 온갖 물건을 잘 다루었다. 소인들은 모두 스스로를 서로 부르더니 사흘 만에 멈추었다. 왕망은 이를 몹시 꺼림칙해했다. 그 후로 병사들의 도적질이 날로 성행했다.

    평 : 진시황(秦始皇) 때 거인 12명이 임조(臨洮)에 나타났는데, 논자들은 이를 한(漢)나라 12황제의 상서로움이라고 여겼다. 또 키가 25장(丈)이나 되는 거인이 탕거(宕渠)에 나타났는데, 진나라 태사령(太史令) 호무경(胡毋敬)이 말하길, "500년 뒤에 반드시 이인(異人)이 나와 대인(大人)이 될 것이다"라고 했다. 이웅(李雄)이 [오호 십육국 성한(成漢)의] 왕이 되었는데, 그의 선조가 탕거 출신이었다. 거인과 소인은 그 요망함이 한가지다.

王莽建國三年, 池陽有小人, 長一尺餘, 或乘馬, 或步行, 操持萬物. 小人皆自相稱, 三日乃止. 莽甚惡之. 自後兵盜日盛.

評: 秦始皇時, 長人十二, 見於臨洮, 說者謂漢十二帝之瑞. 又有長人二十五丈, 見於宕渠, 秦史胡母敬曰: "五百年外, 必有異人爲大人者." 及李雄之王, 其祖出自宕渠. 大人小人, 其妖一也.

* 이 고사는《태평광기》권139〈징응·지양소인〉에 실려 있다.

19-38(0412) 동영공

동영공(東瀛公)

출《이원》

　진(晉)나라의 동영공 사마등(司馬騰)은 자가 원매(元邁)로, 영가(永嘉) 원년(307)에 업성(鄴城)을 진수했다. 당시 큰 눈이 내렸는데, 문 앞의 사방 10여 보(步)만 유독 눈이 녹아 쌓이지 않았다. 사마등이 이상히 여겨 그곳을 팠더니 옥으로 만든 말이 나왔는데, 높이는 1척 남짓 되었고 이빨이 모두 빠져 있었다. 사마등은 마(馬)가 국성(國姓)이기 때문에 상서로운 조짐이라고 했다. 그러나 어떤 이는 말에 이빨이 없으면 먹지 못한다고 생각했다. 얼마 되지 않아서 진나라는 크게 어지러워졌다.[41]

晉東瀛公騰, 字元邁, 以永嘉元年鎭鄴. 時大雪, 當門方十數步, 獨液不積. 騰怪而掘之, 得玉馬, 高尺許, 齒皆缺. 騰以爲馬者國姓, 稱吉祥焉. 或謂馬無齒則不食. 未幾, 晉大亂.

* 이 고사는《태평광기》권139〈징응·동영공〉에 실려 있다.

---

41) 진나라는 크게 어지러워졌다 : 서진 말 영가 연간(307~313)에 일어났던 영가의 난을 말한다.

19-39(0413) 장광현의 사람

장광인(長廣人)

출《광고금오행기》

　송(宋 : 유송) 문제(文帝) 원가(元嘉) 연간(424~453) 말에 장광 사람이 병을 앓다가 나았는데, 먹을 수는 있지만 누울 수는 없었으며 밥을 한 끼 먹을 때마다 몸이 길어지는 것을 느꼈다. 이렇게 며칠이 지나자 머리가 마침내 지붕을 뚫고 나갔는데, 그의 키를 재 보니 3장(丈)이나 되었다. 그러다가 다시 점점 줄어들어 예전처럼 되더니 며칠 후에 죽었다. 얼마 후에 문제가 원흉[元凶 : 문제의 장자 유소(劉劭)]에게 시해되었다.

宋文帝元嘉末, 長廣人病瘥, 便能食而不得臥, 一飯輒覺身長. 如此數日, 頭遂出屋, 度之爲三丈. 復還漸縮如舊, 經日而亡. 俄而文帝爲元凶所害.

* 이 고사는《태평광기》권139〈징응·장광인〉에 실려 있다.

19-40(0414) 낙양의 황금 불상

낙양금상(洛陽金像)

출《낙양가람기(洛陽伽藍記)》

후위(後魏 : 북위) [절민제(節閔帝) 원공(元恭)] 보태(普泰) 원년(531)에 낙양의 황금 불상에서 눈썹과 머리카락이 자라났는데, 모두 완전한 모양을 갖추고 있었다. 상서좌승(尙書左丞) 위계경(魏季景)이 사람들에게 말했다.

"장천석[張天錫 : 오호 십육국 전량(前涼)의 마지막 군주] 때도 이런 일이 있었는데, 그 나라가 결국 망했으니 이 역시 상서롭지 못한 징조요."

이듬해(532)에 광릉왕(廣陵王 : 절민제)은 폐위되어 죽었다.

後魏普泰元年, 洛陽金像生毛眉・鬢髮, 悉皆具足. 尙書左丞魏季景謂人曰 : "張天錫有此事, 其國遂滅, 此亦不祥之徵." 至明年而廣陵被廢死.

* 이 고사는《태평광기》권139〈징응・낙양금상〉에 실려 있다.

19-41(0415) 양 무제

양무제(梁武帝)

출《광고금오행기》

    양나라 무제 대동(大同) 원년(535)에 무제가 현무호(玄武湖)로 행차했을 때, 호수 속의 물고기들이 모두 머리를 쳐들고 물 위로 나타나 마치 사방을 둘러보는 듯했는데, 무제가 입궁하자 비로소 물속으로 들어갔다. 이는 바로 아랫사람이 장차 거병하고자 어좌(御座)를 넘보는 형상이었다. 얼마 후에 후경(侯景)의 난이 일어났다.

梁武帝大同元年, 幸玄武湖, 湖中魚皆驤首見於水上, 若顧望焉, 帝入宮方沒. 此下人將擧兵睥睨乘輿之象. 尋有侯景之亂.

*   이 고사는《태평광기》권139〈징응·양무제〉에 실려 있다.

19-42(0416) 두꺼비

하마(蝦蟆)

출《소상록》

당(唐)나라 고종(高宗)은 일찍이 두통을 앓아 사방에서 명의를 불러들였으나 결국 치료할 수 없었다. 궁인 중에서 대대로 의술을 업으로 삼았다고 스스로 말하는 사람이 약과 음식으로 고칠 것을 주청하자 고종이 이를 허락했다. 처음에 약 화로를 설치하려고 땅을 팠는데, 갑자기 등에 붉은색으로 '무(武)' 자가 쓰여 있는 황금색 두꺼비 한 마리가 뛰어나왔다. 궁인은 감히 숨기지 못하고 그 일을 아뢰었다. 고종은 매우 놀라고 기이하게 여겨 서둘러 어원(御苑)의 연못에 놓아주라고 했다. 궁인이 다른 곳의 땅을 팠더니 처음처럼 두꺼비가 나왔다. 그러자 고종은 심히 상서롭지 못하다고 여겨 두꺼비를 죽이라고 명했다. 그날 저녁에 궁인이 갑자기 죽었다. 나중에 측천무후(則天武后)가 결국 혁명을 일으켰다.

唐高宗嘗患頭風, 召名醫於四方, 終不能療. 宮人有自陳世業醫術, 請修藥餌者, 帝許之. 初穿地置藥爐, 忽有一蝦蟆躍出, 色如黃金, 背有朱書'武'字. 宮人不敢匿, 奏之. 帝頗驚異, 遽命放於苑池. 宮人別穿地, 得蝦蟆如初. 帝深以爲不祥, 命殺之. 其夕, 宮人暴卒. 後武后竟革命.

* 이 고사는 《태평광기》 권139 〈징응·하마〉에 실려 있다.

19-43(0417) **왕봉**

왕봉(汪鳳)

출《집이기(集異記)》

  당(唐)나라 때 소주(蘇州) 오현(吳縣)의 백성 왕봉은 통진(通津)에 집이 있었는데, 종종 괴이한 일이 일어나서 몇 년도 되기 전에 그의 처자식과 노복들이 거의 모두 죽어 갔다. 왕봉은 그 집에서 살기 불안해 같은 고을의 성충(盛忠)에게 팔았다. 성충도 그 집에서 산 지 채 5~6년도 되지 않아 친척들이 죽어 나가 살아남은 이가 거의 없었다. 성충은 너무 두려워서 값을 깎아서라도 팔아 치우려고 했지만 오현 사람들이 모두 그 까닭을 알고 있었기에 한참이 지나도록 팔지 못했다. 그 고을의 아전인 장려(張勵)라는 사람은 집에 재산도 많고 따르는 무리도 많았는데, 고을을 좀먹는 골칫거리였다. 그는 성충과 같은 마을에 살았는데, 매일 아침 관아에 가면서 성충의 집 앞을 지날 때면 화살대만 한 굵기의 두 줄기 푸른 기운이 날카롭게 하늘을 찌르고 있는 것이 아득히 보였다. 장려는 그 아래에 보옥(寶玉)이 감춰져 있어서 그 정기가 하늘로 치솟는 것이라고 생각해, 다른 사람에게는 말하지 않고 성충을 찾아가서 100민(緡 : 1민은 1000냥)으로 그 집을 사겠다고 청했다. 얼마 후에 장려가 그 집으로 이사해 들어가서 새벽에 다시 살펴보니 그 기운이 쇠하지 않고 있었다. 그래서 장려는 그 기운이 나오는 곳을 찾아내서 삼태기와 삽을 많이 준비해 그곳을 팠는데, 땅을 파들어 간 지 6~7촌도 안 되었을 때 평평한 돌이 나왔다. 그 돌을 치우자 돌 궤짝이 나왔는데, 조각해서 만든 형태가 지극히 정교했다. 또한 쇠사슬로 둘레를 묶고 쇳물을 부어 빈틈없이 메웠으며 석회를 덧칠해 밀봉되어 있었다. 돌 궤짝의 사면에는 각각 붉은 글씨로 일곱 자씩 새겨져 있었는데, 그 글씨는 예서(隸書)나 전서(篆書) 같았고 필획이 구불구불하고 뒤집어져서 알아볼 수 없었다. 장려는 곧장 집게와 쇠망치로 있는 힘을 다해 열어젖혔다. 돌 궤짝이 열리자 한 곡(斛) 정도 담을 만한 구리 솥이 나왔는데, 솥의 주둥이는 구리 쟁반으로 덮여 있었고 그 틈은 납과 주석으로 단단히 막혀 있었다. 또한 솥을 빙 둘러서 자주색 도장이 아홉 군데에 찍혀 있었는데, 그 글자체는 앞의 돌 궤짝에 쓰인 것과 달라서 완전히 고전서(古篆書) 같았지만 아무도 해석할 수 없었다. 장려가 구리 쟁반을 떼어 내자 솥 주둥이는 두 겹의 붉은 비단으로 덮여 있었다. 장려가 비단을 막 걷자마자 갑자기 그 속에서 커다란 원숭이가 튀어나왔다. 미 : 기이한 일이다. 사람들은 모두 놀라고 두려워서 감히 원숭이에게 가까이 가지 못했다. 한참이 지나서 원숭이가 뛰어넘어 갔는데 어디로 갔는지 알 수 없었다. 장려가 솥 안을 살펴보니 다음과 같은 석명(石銘)이 있었다.

"정명(禎明) 원년(587) 7월 15일에 모산도사(茅山道士) 포지원(鮑知遠)이 원숭이 신을 이곳에 가두었다. 이것을 열면 12년 뒤에 오랑캐 병사들이 세상을 크게 어지럽혀 천하에 연기와 흙먼지가 가득할 것이며, 이것을 연 자는 얼마 후에 또한 멸족될 것이다." 미 : 석명이 만약 솥 밖에 있었다면 열지 않았을 것이다. 타고난 수명이 이미 정해졌으니 어찌 피할 수 있겠는가!

'정명'은 바로 진(陳)나라 후주(後主) 진숙보(陳叔寶)의 연호다. 장려는 천보(天寶) 2년(743) 12월에 돌 궤짝을 열었는데, 천보 14년(755) 겨울에 안녹산(安祿山)이 군대를 일으켰으며, 그로부터 1년 뒤에 장려의 집안은 멸족되었다.

唐蘇州吳縣民汪鳳, 宅在通津, 往往怪起, 不數年, 鳳之妻子洎僕使輩, 死喪略盡. 鳳居不安, 因貨之同邑盛忠. 忠居未五六歲, 親戚凋隕, 又復無幾. 忠大憂懼, 則損其價而摽貨焉, 吳人皆知其故, 久不售. 邑胥張勵者, 家富於財, 群從強大, 爲邑中之蠹橫. 居與忠同里, 每旦詣曹, 路經其門, 則遙見二靑氣, 粗如箭杆, 縈銳徹天. 勵謂寶玉之藏在下, 而精氣上騰也, 不以告人, 因詣忠, 請以百緡得之. 尋徒入, 復晨望, 其氣不衰. 於是尋得其所, 大具畚鍤發之, 掘地不六七寸, 遇盤石焉. 去其石, 則有石櫃, 雕琢製造, 工巧極精. 仍以鐵索周匝束縛, 皆用鐵汁固縫, 重以石灰密封之. 每面各有朱記七顆, 文若隸篆, 而又屈曲勾連, 不可知識. 勵卽加鉗鎚, 極力開拆. 石櫃旣啓, 有銅釜, 可容一斛, 釜口銅盤覆焉, 用鉛錫錮護. 仍以紫印九顆, 迴旋印之, 印文不類前體, 而全如古篆, 人無解者. 勵拆去銅盤, 而釜口以緋繒二重羃之. 勵纔揭起, 忽有大猴跳而出. 眉:奇事. 衆各驚駭, 無敢近者. 久之, 超逾而莫知所詣. 勵因視釜中, 乃有石銘云:"禎明元年七月十五日, 茅山道士鮑知遠囚猴神於此. 其有發者, 發後十二年, 胡兵大擾, 六合煙塵, 而發者俄亦滅族." 眉:銘若在釜外, 則不發矣. 豈天數已定, 不可免耶! 禎明, 卽陳後主叔寶年號也. 勵以天寶二年十月發, 至十四年冬, 祿山起戎, 自是周年, 勵家滅族.

* 이 고사는 《태평광기》 권140 〈징응·왕봉〉에 실려 있다.

19-44(0418) 커다란 까마귀

대오(大烏)

출《조야첨재》

당(唐)나라 조로(調露) 연간(679~680) 이후에 크기가 비둘기만 하고 색이 까막까치와 같은 새가 있었는데, 날 때면 마치 바람 소리가 나는 듯하고 천만 마리가 떼 지어 다녔다. 당시 사람들은 그것을 탈작(鷞雀 : 사막꿩)이라 불렀고 돌궐작(突厥雀)이라고도 불렀는데, 만약 그 새가 오면 돌궐이 반드시 쳐들어온다는 뜻이었다.

唐調露之後, 有烏大如鳩, 色如烏雀, 飛若風聲, 千萬爲隊. 時人謂之鷞雀, 亦名突厥雀, 若來, 突厥必至.

* 이 고사는 《태평광기》 권139 〈징응·대오〉에 실려 있다.

19-45(0419) 도림의 벼와 설로봉

도림화 · 설로봉(桃林禾 · 薛老峰)

출《계신록》

[오대십국] 민(閩)나라의 [건국자] 왕심지(王審知)가 처음에 천주자사(泉州刺史)로 있을 때, 천주에서 북쪽으로 수십 리 떨어진 곳에 도림이라 불리는 곳이 있었다. [당나라] 광계(光啓) 연간(885~888) 초 어느 날 저녁에 마을에서 지진이 일어났는데, 그 소리가 마치 여러 개의 백면고(百面鼓)[42]가 울리는 것 같았다. 날이 밝고 나서 살펴보았더니 한창 무성하게 자라고 있던 벼가 한 줄기도 없었다. 시험 삼아 땅을 파고 찾아보았더니 줄기가 모두 땅 밑에 거꾸로 매달려 있었다. 그 해에 왕심지는 진안(晉安)을 점령하고 구민(甌閩) 지역을 모두 차지해 나라가 60년 동안 존속되었다. 왕연희[王延羲 : 민나라 경종(景宗)]에 이르렀을 때 도림의 땅속에서 다시 북소리가 났는데, 당시에는 벼를 이미 수확하고 쭉정이만 논에 남아 있었다. 날이 밝고 나서 살펴보았더니 역시 한 줄기도 없었다. 그래서 땅을 파고 찾아보았더니 역시 땅 밑에 거꾸로

---

[42] 백면고(百面鼓) : 소리가 엄청나게 큰 북. 백면뢰(百面雷)라고도 한다.

매달려 있었다. 그해에 왕연희는 측근에게 피살되었고, 미 :
이 괴이한 일은 바로 이전의 상서로움과 같은데, 벼 줄기가 어찌 모두 한 성씨에만 해당하는가! 왕씨는 마침내 멸망했다.

복주성(福州城)에 오석산(烏石山)이 있는데, 그 산에 "설로봉(薛老峯)"이라는 세 글자가 크게 새겨진 봉우리가 있었다. 계묘년(癸卯年 : 943)의 어느 날 저녁에 비바람이 불더니 산 위에서 마치 수천 명이 떠드는 것 같은 소리가 들렸다. 날이 밝은 뒤에 보았더니 설로봉이라는 글자가 거꾸로 서 있었는데, 그중에서 '봉' 자가 맨 위에 올라가 있었다. 또한 성안에 있던 돌비석이 모두 저절로 옆으로 굴러갔다. 그해에 민나라가 망했다.

閩王審知初爲泉州刺史, 州北數十里, 地名桃林. 光啓初一夕, 村中地震有聲, 如鳴數百面鼓. 及明視之, 禾稼方茂, 了無一莖. 試掘地求之, 則皆倒懸在土下. 其年, 審知克晉安, 盡有甌閩之地, 傳國六十年. 至於延義, 桃林地中復有鼓聲, 時禾已收, 惟餘梗在田. 及明視之, 亦無一莖. 掘地求之, 則亦倒懸土下. 其年, 延義爲左右所殺, 眉 : 此妖卽彼祥, 禾莖豈盡爲一姓哉! 王氏遂滅.
福州城中有烏石山, 山有峰, 大鑿三字曰 "薛老峰". 癸卯歲, 一夕風雨, 聞山上如數千人喧噪之聲. 及旦, 則薛老峰倒立, '峰'字反向上. 城中石碑皆自轉側. 其年閩亡.

* 이 고사는 《태평광기》 권374 〈영이(靈異)・도립화〉와 권366 〈요괴(妖怪)・설로봉〉에 실려 있다.

19-46(0420) 팽언

팽언(彭偃)

출《선실지》

당(唐)나라 대력(大曆) 연간(766~779)에 팽언이 아직 벼슬하지 않고 있었을 때, 일찍이 어떤 사람이 그에게 말했다.

"당신은 진주[珠]를 얻어 귀해졌다가 나중에는 또한 화를 당할 것입니다."

팽언은 얼마 후에 관리가 되었다가 죄를 지어 예주사마(澧州司馬)로 폄적되었다. 팽언이 예주로 갔더니 강 속에 조개가 많았다. 그는 기뻐하며 진주를 얻을 수 있다고 생각해서 즉시 사람들에게 조개를 잡게 했는데, 조개를 아주 많이 잡았지만 끝내 아무런 응험이 없었다. 그 후에 주차(朱泚)가 반란을 일으키고 팽언을 불러 위중서사인(僞中書舍人)으로 삼았다. 팽언은 비로소 진주를 얻는다는 말이 바로 주차를 가리킨다는 사실을 깨달았다. 팽언은 나중에 주살되었다.

唐大曆中, 彭偃未仕時, 嘗有人謂曰 : "君當得珠而貴, 後且有禍." 尋爲官得罪, 謫爲澧州司馬. 旣至, 以江中多蚌. 偃喜, 以爲珠可取, 卽命人採之, 獲蚌甚多, 而卒無應. 及朱泚反, 召偃爲僞中書舍人. 偃方悟得珠乃朱泚也. 後誅死.

* 이 고사는 《태평광기》 권143 〈징응·팽언〉에 실려 있다.

19-47(0421) 왕돈

왕돈(王敦)

출《광고금오행기》

   [진(晉)나라의] 왕돈이 무창(武昌)에 있을 때, 호위 의장에서 연꽃 같은 꽃이 피어났다가 대엿새가 지난 뒤에 시들었다. 간보(干寶)가 말했다.

   "성대한 영화도 광화(狂花 : 제철이 아닌 때 뜬금없이 피는 꽃)가 오래갈 수 없는 것과 같다."

   왕돈은 반역을 도모했다가 처형되고 육시(戮屍)까지 당했다.

王敦在於武昌, 鈴下儀仗生花如蓮, 五六日而萎. 干寶曰 : "榮華之盛, 如狂花之不可久也." 敦以逆死, 戮尸.

*   이 고사는 《태평광기》 권359 〈요괴(妖怪)·왕돈〉에 실려 있다.

19-48(0422) 환현

환현(桓玄)

출《속제해기(續齊諧記)》

　　동진(東晉) 환현 때 주작문(朱雀門) 아래에서 갑자기 온몸이 먹과 같이 검은 두 아이가 나타났는데, 서로 화창하며 〈망롱가(芒籠歌)〉를 불렀다. 길가에서 놀던 아이들이 그들을 쫓아가면서 노래를 따라 불렀는데, 수십 명이 이렇게 노래했다.

　　"억새로 머리를 싸고, 새끼줄로 배를 묶네. 수레는 굴대가 없고, 외로운 나무에 기대어 있네."

　　소리가 매우 애달프고 처량해서 노래를 들은 사람들은 모두 돌아갈 것을 잊어버렸다. 저녁이 되고 나서 아이가 건강현(建康縣)으로 돌아왔는데 전각 아래에 이르러 한 쌍의 옻칠한 북채로 변했다. 미 : 귀신이 붙은 것 같다.[43] 고리(鼓吏) 유씨(劉氏)가 말했다.

　　"이 북채는 쌓아 둔 지 오래되었고 최근에 늘 잃어버렸다

---

[43] 귀신이 붙은 것 같다 : 이 미비(眉批)의 원문은 "□혹빙언(□或憑焉)"이라 되어 있어 한 글자가 판독 불가한데, 문맥을 고려해 추정해서 번역했다.

가 다시 찾곤 했는데, 사람으로 변할 줄은 생각지도 못했다."

이듬해 봄에 환현은 패망했다. 노래에서 "수레는 굴대가 없고 외로운 나무에 기대어 있네"라고 한 것은 바로 환(桓) 자를 가리키는 것이었다. 형주(荊州)에서 환현의 머리를 보내오자 해진 대자리로 그것을 싸고 또 갈대로 엮은 줄로 그 시체를 묶어 강 속에 던졌으니, 모두 아이들의 노래에서 말한 것과 같았다.

東晉桓玄時, 朱雀門下忽有兩小兒, 通身如墨, 相和作〈芒龍[1]歌〉, 路邊小兒從而和之, 數十人歌云 : "芒龍首, 繩縛腹. 車無軸, 倚孤木." 聲甚哀楚, 聽者忘歸. 日旣夕, 二小兒還入建康縣, 至閣下, 遂成一雙漆鼓槌. 眉 : □或憑焉. 鼓吏劉云 : "槌積久, 比恒失之而復得, 不意作人也." 明年春而玄敗. 言 "車無軸, 倚孤木", '桓'字也. 荊州送玄首, 用敗籠囚[2]包裹之, 又以芒繩束縛其尸, 沉諸江中, 悉如童謠所言.

* 이 고사는 《태평광기》 권368 〈정괴(精怪)・환현〉에 실려 있다.
1 용(龍) : 《태평광기》에는 "농(籠)"이라 되어 있는데, 문맥상 타당하다. 이하도 마찬가지다.
2 수(囚) : 《태평광기》에는 "인(茵)"이라 되어 있는데, 문맥상 타당하다.

19-49(0423) 최계서

최계서(崔季舒)

출《북사(北史)》

    북제(北齊)의 최계서는 벼슬이 시중특진(侍中特進)⁴⁴⁾에 이르렀다. 어느 날 갑자기 그의 집 연못 안의 연꽃이 모두 사람 얼굴로 변하고 선비족(鮮卑族)의 모자를 쓰고 있었다. 최계서는 또 그의 집 안의 대청에서 길이가 한 장 남짓한 커다란 손 하나가 땅에서 나와 온 집을 밝게 비추는 것을 보았다. 최계서가 좌우 사람들에게 물어보았으나 모두 보지 못했다고 말했다. 얼마 후에 최계서는 지은 죄도 없이 주살당했다.

北齊崔季舒, 位至侍中特進. 忽爾其家池中蓮皆化爲人面, 著鮮卑帽. 季舒又見其家內廳中, 有一大手, 長丈餘, 從地而出, 滿室光耀. 問左右, 皆云不見. 尋以非罪見誅.

*   이 고사는《태평광기》권361〈요괴·최계서〉에 실려 있다.

---

44) 시중특진(侍中特進) : '특진'은 공훈과 덕망이 높은 자의 본래 관직에 더해 주는 직함이다.

19-50(0424) 심경지

심경지(沈慶之)

출《담수(談藪)》

 송(宋 : 유송)나라 태위(太尉) 심경지는 사직할 것을 청했으나 황상이 윤허하지 않았다. 심경지는 눈으로는 글자를 알아보지 못했고 손으로는 글씨를 쓸 줄 몰랐으나, 그 총명함은 다른 사람들보다 뛰어났다. 한번은 황상을 마주하고 시를 지었는데, 복야(僕射) 안사백(顏師伯)에게 붓을 들고 받아 적게 한 뒤에 입으로 시를 읊었다.

 "미천한 몸이 많은 행운을 얻어, 이처럼 창성한 시운을 만났네. 늙고 병들어 근골이 쇠진해졌으니, 이젠 남쪽 언덕으로 걸어 돌아가야겠네. 이런 태평성대에 영광스럽게 사직하니, 어찌 장자방[張子房 : 장양(張良)]에게 부끄럽겠나?"

 사람들은 모두 그 문장과 뜻의 훌륭함에 감탄했다. 심경지가 한번은 정월 초하루에 꿈을 꾸었는데, 어떤 사람이 그에게 명주 비단 두 필을 주면서 말했다.

 "이 명주 비단이면 충분히 쓸 수 있을 것이오."

 심경지는 꿈에서 깨어난 뒤에 탄식하며 말했다.

 "두 필은 80척인데 이제 남은 것 없이 충분히 썼으니, 이 늙은이는 금년에 죽음을 면치 못하겠구나!"

그해에 과연 심경지는 경화(景和 : 전폐제)⁴⁵⁾에게 주살당했다.

宋太尉沈慶之求致仕, 上不許. 慶之目不識字, 手不知書, 而聰悟過人. 嘗對上爲詩, 令僕射顔師伯執筆, 慶之口占曰 : "微生値多幸, 得逢時運昌. 衰朽筋骨盡, 徒步還南岡. 辭榮此聖代, 何愧張子房?" 並嘆其辭意之美. 慶之嘗歲旦夢人餉絹兩匹, 曰 : "此絹足度." 覺而嘆曰 : "兩匹八十尺, 足度無盈餘, 老子今年不免矣!" 其年, 果爲原和¹所誅.

* 이 고사는 《태평광기》 권141 〈징응·심경지〉에 실려 있다.
1 원화(原和) : "경화(景和)"의 오기로 보인다. 《송서(宋書)》에 따르면, 전폐제(前廢帝) 유자업(劉子業)이 사용한 연호는 "원화"가 아니라 "경화"다.

45) 경화(景和) : 유송 전폐제(前廢帝) 유자업(劉子業)의 연호(465). 여기서는 전폐제의 대칭으로 쓰였다. 실제로 심경지는 전폐제로부터 사약을 받고 죽었다.

19-51(0425) 장역지

장역지(張易之)

출《조야첨재》

당(唐)나라의 장역지가 처음 매우 웅장하고 화려한 큰 전당(殿堂)을 지었는데, 수백만의 돈을 들여 붉은 염료로 벽을 칠하고 문백(文栢)나무로 기둥을 세웠으며 유리와 침향(沈香)으로 장식했다. 밤에 보았더니 귀신이 그 벽에 글씨를 써 놓았다.

"언제 잡아갈 수 있을까?"

장역지는 그 글씨를 지우게 했지만 다음 날 다시 쓰여 있었다. 계속 예닐곱 번을 지우다가 장역지는 그 글씨 아래에 이렇게 썼다.

"한 달이면 충분하리라."

그 후로 귀신은 더 이상 글씨를 쓰지 않았다. 반년이 지나서 장역지의 재산은 적몰(籍沒)[46]되어 관에 귀속되었다.

唐張易之初造一大堂, 甚壯麗, 計用數百萬, 紅粉泥壁, 文栢

---

[46] 적몰(籍沒) : 재산과 가속을 장부에 기록해 국고로 귀속시키는 것을 말한다.

帖柱, 琉璃沉香爲飾. 夜見鬼書其壁曰:"能得幾時?" 易之令削去, 明日復書之. 前後六七削, 易之乃題其下曰:"一月卽足." 自是不復更書. 經半年, 易之籍沒入官.

* 이 고사는 《태평광기》 권143 〈징응·장역지〉에 실려 있다.

19-52(0426) 방집과 유흥도

방집·유흥도(房集·劉興道)

출《원화기》 출《속이기(續異記)》

[당나라] 숙종(肅宗) 때 상서랑(尙書郎) 방집은 자못 권세를 자부하고 있었다. 그가 한가한 날 사저에서 혼자 대청에 앉아 있을 때 난데없이 열네댓 살쯤 되어 보이는 소년이 앞에 서 있었는데, 까까머리에 일자 눈썹을 하고 자루 하나를 들고 있었으며 어디서 왔는지 알 수 없었다. 방집은 처음에는 친구 집에서 소년을 보내 자신의 안부를 묻는 것이라 생각하고 소년에게 물어보았지만, 소년은 아무런 대꾸도 하지 않았다. 방집이 다시 자루 속에 무슨 물건이 들어 있느냐고 물었더니 소년이 웃으며 말했다.

"눈알입니다."

그러고는 자루 속의 물건을 쏟았는데, 몇 되나 되는 눈알이 땅바닥에서 사방으로 흩어지더니 모두 담을 타고 지붕으로 올라갔다. 온 집안이 그 괴이함에 깜짝 놀랐는데, 순식간에 소년은 사라졌고 눈알들도 더 이상 보이지 않았다. 나중에 방집은 사건에 연루되어 주살되었다.

영릉태수(零陵太守)인 광릉(廣陵) 사람 유흥도는 태수직을 그만두고 집에 머물면서 서쪽 벽 아래에 침상을 놓아

두었다. 그런데 별안간 동쪽 벽 가에서 눈알 하나가 나타나 순식간에 네 개가 되더니 점점 많아져서 마침내 온 방에 가득 찼다. 그 눈알들은 한참 있다가 사라졌는데 어디로 갔는지 알 수 없었다. 또 침상 앞을 보았더니, 머리카락이 방바닥에서 점점 많이 솟아나 마침내 머리 하나가 나왔는데, 그것은 다름 아닌 방상시(方相氏)⁴⁷⁾의 머리였다. 잠시 후 그 머리는 홀연히 저절로 사라졌다. 유흥도는 두려움에 떨다가 병이 깊어져 일어나지 못했다.

肅宗朝, 尙書郞房集, 頗恃權勢. 暇日, 私弟獨坐廳中, 忽有小兒前立, 年可十四五, 髣髴齊眉, 而持一布囊, 不知所從來. 房初謂是親故家相省, 問之不應. 又問囊中何物, 小兒笑曰: "眼睛也." 遂傾囊中, 可數升眼睛, 在地四散, 皆緣牆上屋. 一家驚怪, 便失小兒所在, 眼睛又不復見. 後集坐事誅.
零陵太守廣陵劉興道罷郡, 住齋中, 安床在西壁下. 忽見東壁邊有一眼, 斯須之間, 便有四, 漸漸見多, 遂至滿室. 久乃消散, 不知所在. 又見床前, 有頭髮從土中稍稍繁多, 見一頭而出, 乃是方相頭. 奄忽自滅. 劉憂怖, 沈疾不起.

* 이 고사는 《태평광기》 권362 〈요괴 · 방집〉과 권141 〈징응 · 유흥도〉에 실려 있다.

47) 방상시(方相氏) : 귀신을 쫓기 위해 장례 행렬의 맨 앞에 세우는 신상(神像)으로, 그 모습이 매우 험악하다.

19-53(0427) 양신긍

양신긍(楊愼矜)

출《명황잡록(明皇雜錄)》

    당(唐)나라의 양신긍은 수(隋)나라 황실의 후손이다. 그의 부친 양숭례(楊崇禮)는 태부경(太府卿)을 지냈으며 소릉원(少陵原)에 묻혔는데, 묘역 안의 초목이 모두 피를 흘렸다. 묘역 관리자가 그 일을 아뢰자 양신긍은 크게 두려워하며 사경충(史敬忠)에게 물었다. 사경충은 술법을 지니고 있었으므로 푸닥거리를 하면 된다고 말하면서 양신긍의 후원에서 크게 불사를 열었다. 양신긍은 퇴조하고 돌아오면 웃통을 벗고 족쇄와 수갑을 찬 채 가시덤불 위에 앉았다. 이렇게 수십 일을 했더니 초목에서 흐르던 피도 그쳤다. 미 : 화를 물리치는 것은 바로 화를 만드는 실마리이니, 사람은 운명에 따라 분수를 지키지 않으면 안 된다. 사경충이 말했다.

    "화를 면할 수 있을 것입니다."

    양신긍은 감사하며 시녀 명주(明珠)를 사경충에게 주었는데 명주는 매우 아름다웠다. 사경충은 가는 길에 팔이(八姨)[48]의 집 앞을 지나갔는데, 팔이가 마침 누대에 올라 큰길을 내려다보고 있었다. 팔이는 사경충과 면식이 있었기에 사람을 시켜 그에게 말했다.

"어디서 뒤따르는 수레를 얻었습니까?"

사경충이 미처 대답하기 전에 팔이가 사람을 시켜 수레의 발을 들추고 살펴보게 했다. 팔이는 마침내 사경충을 한사코 붙잡으면서 말했다.

"뒤 수레의 미인을 나에게 주길 청합니다."

그러고는 그 수레를 몰고 안으로 들어오게 하니 사경충은 감히 거절하지 못했다. 팔이는 다음 날 궁궐에 들어가면서 명주에게 뒤따르게 했다. 황제[현종]가 명주를 보고 남달리 여겨 어디서 왔느냐고 묻자 명주가 말했다.

"양신궁 집안의 시녀였는데 근자에 사경충에게 보내졌습니다."

황제가 말했다.

"사경충은 어떤 사람이기에 양신궁이 자신의 시녀를 보냈는가?"

이에 명주가 푸닥거리했던 일을 자세히 아뢰자, 황제는 크게 노해 이임보(李林甫)에게 그 일을 알렸다. 이임보는 평

---

48) 팔이(八姨) : 양귀비(楊貴妃)의 누이동생. 양귀비의 자매는 모두 재주와 미모를 지니고 있었는데, 현종(玄宗)은 맏이인 대이(大姨)를 한국부인(韓國夫人)에, 삼이(三姨)를 괵국부인(虢國夫人)에, 팔이를 진국부인(秦國夫人)에 각각 봉했다. 이들은 황제의 총애를 받고 궁전을 자유롭게 드나들었으며 위세가 대단했다.

소 양신궁의 재주라면 반드시 재상이 될 것이라고 시기했기에 길온(吉溫)에게 그를 음해하게 했으며, 양신궁에게 유감을 갖고 길온에게 그 일을 조사하게 했다. 미: 무슨 심술인가? 길온은 양신궁이 스스로 멸망한 수나라의 후예라 여기고 은밀히 대역을 도모해 장차 선조의 기업(基業)을 회복하려 했다고 무고했다. 그리하여 양신궁에게 자결하라는 명이 내려졌고 그의 일족도 모두 온전하지 못했다.

唐楊愼矜, 隋室之後. 其父崇禮, 太府卿, 葬少陵原, 封域之內, 草木皆流血. 守者以言, 愼矜大懼, 問史敬忠. 忠有術, 謂可禳之, 乃於愼矜後園大陳法事. 罷朝歸, 則裸袒桎梏, 坐於叢棘. 如是數旬, 流血亦止. 眉: 禳禍卽產禍之端, 人不可不安命. 敬忠曰: "可以免禍." 愼矜德之, 遺侍婢明珠, 明珠有美色. 路由八姨門, 姨方登樓, 臨大道, 姨與敬忠相識, 使人謂曰: "何得從車乎?" 敬忠未答, 使人去簾觀之. 姨於是固留敬忠, 乃曰: "後車美人, 請以見遺." 因駕其車以入, 敬忠不敢拒. 姨明日入宮, 以侍婢從. 帝見而異之, 問其所來. 明珠曰: "楊愼矜家人也, 近贈史敬忠." 帝曰: "敬忠何人, 而愼矜輒遺其婢?" 明珠乃具言厭勝之事, 上大怒, 以告林甫. 林甫素忌愼矜才, 必爲相, 以吉溫陰害, 有憾於愼矜, 下溫案之. 眉: 何等心術? 溫誣愼矜以自謂亡隋遺裔, 潛謀大逆, 將復宗祖之業. 於是賜自盡, 皆不全其族.

* 이 고사는 《태평광기》 권143 〈징응·양신궁〉에 실려 있다.

19-54(0428) 최언증

최언증(崔彦曾)

출《삼수소독》

형양군(榮陽郡)의 성 서쪽에 영복호(永福湖)가 있었는데, 정수(鄭水)를 끌어들여 호수의 물을 채웠다. 평상시에는 호수 기슭을 빙 둘러 누대마다 꽃과 나무를 심어 놓았는데, 이곳은 바로 태수(太守)가 교외에서 노고를 위로하거나 송별연을 벌이는 장소였다. 서남쪽 빈 땅에는 많은 키 큰 대나무가 숲을 이루고 있었는데, 이곳은 바로 옛 서주절도사(徐州節度使)인 상시(常侍) 최언증의 별장이었다. [당나라] 함통(咸通) 연간(860~874)에 방훈(龐勛)이 난을 일으켰을 때, 최언증이 역적들에게 붙잡히자 호수의 물이 사흘 동안 피가 엉긴 것처럼 붉은빛을 띠었는데, 얼마 지나지 않아서 최언증이 죽었다는 소식이 들려왔다. 옛날 하간왕[河間王 : 이효공(李孝恭)]이 보공석(輔公祏 : 수말 당초 농민 반군의 우두머리)을 정벌하러 갔을 때, 배 안에서 여러 장수들과 함께 연회를 즐기면서 좌우 신하들에게 황금 주발로 강물을 따르라고 했는데, 막 강물을 마시려 했을 때 강물이 갑자기 피로 변하자 온 좌중이 대경실색했다. 그러자 하간왕이 천천히 말했다.

"주발 안의 피는 보공석이 머리를 내줄 징조요."

과연 보공석을 격파했다. 화복은 이처럼 알기 어려운 것이다. 미 : 만약 화복을 알기 쉽다면 어찌 천명이라 하겠는가?

滎陽郡城西有永福湖, 引鄭水以漲之. 平時環岸皆臺樹花木, 乃太守郊勞班餞之所. 西南壖多修竹喬林, 則故徐帥崔常侍彦曾之別業也. 咸通中, 龐勛作亂, 彦曾被執, 湖水赤如凝血者三日, 未幾而凶問至. 昔河間王之征輔公祏也, 舟中宴群帥, 命左右以金碗酌江水, 將飮之, 水至忽化爲血, 合座失色. 王徐曰 : "碗中之血, 公祏授首之徵." 果破之. 禍福之難明也如是. 眉 : 使禍福易明, 何謂天命?

* 이 고사는 《태평광기》 권144 〈징응·최언증〉에 실려 있다.

19-55(0429) 여군

여군(呂群)

출《하동기》

당(唐)나라 진사(進士) 여군은 원화(元和) 11년(816)에 과거에 낙방하고 촉(蜀) 지방을 유람했다. 그는 성격이 거칠고 편협해 포용력이 없었기에 비복들은 이를 갈지 않은 적이 없었다. 한번은 포사도(褒斜道)를 지나갔는데 길을 절반도 가지 않았을 때 부리던 사람들이 대부분 도망가 버리고 오직 하인 하나만 남아 있자 여군은 처량한 생각이 들었다. 길을 가다 한 산봉우리에 이르자 말안장을 풀고 말을 놓아둔 채 지팡이를 짚고 오솔길을 찾아갔는데, 자기도 모르게 몇 리를 갔다가 둘러보니 삼나무와 소나무가 아주 무성했고 개울에 다리가 놓여 있었다. 그리고 초당 하나가 있었는데, 매우 한적하고 고요해 도사가 사는 곳 같았으나 사람은 보이지 않았다. 다시 뒷방으로 들어갔더니 사람이 들어갈 만한 너비에 깊이가 몇 척 되는 갓 파 놓은 흙구덩이가 있었는데, 그 가운데에 기다란 칼 한 자루가 꽂혀 있고 그 옆에 칼 두 자루가 놓여 있었다. 또 흙구덩이 옆벽에 큰 글씨로 이렇게 쓰여 있었다.

"두 입[口]에 한 입[口]을 더한다."

여군은 그곳을 술사가 엽승술(厭勝術)49)을 하는 곳이라 여기고 이상하게 생각하지 않았다. 그러나 1~2리를 가서 나무꾼에게 아까 본 곳이 누가 사는 곳인지를 물었더니 나무꾼이 말했다.

"이 근처에는 그런 곳이 전혀 없습니다."

그래서 되돌아가서 살펴보았으나 그 집이 보이지 않았다. 후에 여군은 사람들이 모여 있는 곳에 가면 반드시 먼저 그 일에 대해 알아보았는데, 어떤 사람이 이렇게 해석했다.

"두 입[呂]은 당신의 성(姓)이며, 입을 하나 더하면 '품(品)' 자가 됩니다. 칼 세 자루[三刀]는 '주(州)' 자의 형상이니, 당신은 훗날 관직이 봉록 2000석의 지위인 자사(刺史)에 이를 것입니다."

여군은 마음속으로 그럴 수 있겠다고 여겼다. 여군은 검남(劍南)의 경계에 이르렀을 때 주군(州郡)에서 얻은 돈이 십만 냥에 달했는데, 성도(成都)에서 노복・말・의복 등 필요한 것을 사서 행장이 다시 넉넉해졌다. 성도 사람 중에 남수(南竪)라고 하는 노복은 음흉하고 교활해서 오랫동안 팔리지 않았는데, 여군은 2만 냥에 그를 샀다. 얼마 후에 여군이 남수를 채찍질하고 욕을 하자 그는 도저히 명을 감당하

---

49) 엽승술(厭勝術) : 술사가 주술로 사람이나 귀신을 제압하는 술법.

지 못해, 결국 일꾼과 함께 남몰래 여군을 죽일 마음을 품었으나 기회를 엿보면서 아직 실행하지 못하고 있었다. 여군이 한주(漢州)에 이르자 그곳 현령이 여군을 위해 주연을 베풀었는데, 그때 여군은 새로 지은 매우 화려하고 깨끗한 초록빛 능라 갓옷을 입고 있었다. 현령이 막 촛불을 켜고 누대로 올라가다가 촛농 몇 방울이 떨어져 여군의 갓옷에 얼룩이 지자 현령이 농담으로 말했다.

"내가 그대의 갓옷을 가져가겠소."

그러자 여군이 말했다.

"가져가면 도적질이 되지요."

여군은 다시 미주(眉州)로 가서 10여 일을 유숙하다가 동지 전날 저녁에 미주 서쪽의 정견사(正見寺)에 머물렀는데, 그 하인들이 또 여군을 해치려 했지만 때마침 그 절의 스님이 노환으로 임종을 앞두고 있어서 촛불을 계속 켜 두었기 때문에 그 계획을 실행하지 못했다. 여군은 그날 밤에 갑자기 우울해져서 동쪽 벽에 시 두 수를 썼다. 그 첫 수는 이러했다.

"길을 떠나 삼촉(三蜀)50)을 다 가 보고 나면, 이 몸은 양

---

50) 삼촉(三蜀) : 촉군(蜀郡)·광한군(廣漢郡)·건위군(犍爲郡)을 함께 부르는 말.

생(陽生)51)을 만나게 되리라. 사그라지는 등잔불에 의지해, 서로 기댄 채 날 밝을 때까지 앉아 있노라."

둘째 수는 이러했다.

"지신제(地神祭)52) 후에 둥지의 제비와 이별하고, 서리 내리기 전에 들쑥과 작별하리라. 원컨대 꿈에 나비가 되어, 날아가 관중(關中)을 찾아가리라." 미: 시가 좋다.

여군은 시를 다 쓰고 난 뒤에 한참 동안 읊조리면서 몇 줄기 눈물을 흘렸다. 여군은 다음 날인 동지에 팽산현(彭山縣)에 도착했는데, 그곳 현령이 여군을 방문했을 때 여군은 무기력한 모습으로 현령에게 말했다.

"저는 아마도 죽으려나 봅니다. 어지러운 심사를 도저히 견딜 수 없습니다."

현령이 말했다.

"내가 듣기로 그대는 3품 자사(刺史) 벼슬에 제수될 것이라는 말이 있으니, 마음을 느긋하게 가져도 될 것이오."

현령은 즉시 여군을 위해 술자리를 마련하고 매우 즐겁게 마셨다. 삼경이 되어 여군은 만취한 상태로 업혀서 객사로 돌아왔는데, 흉악한 노복들이 이미 여군의 침상 아래에

---

51) 양생(陽生) : 노복 남수(南竪)를 뜻한다. 이름에 "남(南)" 자가 있기 때문에 양생이라고 한 것이다.

52) 지신제(地神祭) : 토지신에 드리는 제사로 춘분과 추분에 지낸다.

여군만 한 크기의 몇 척 깊이의 구덩이를 파 놓고 있었다. 여군이 도착하자 그들은 그를 들어 구덩이 속에 넣고 그의 머리를 베었으며, 또한 그가 갖고 다니던 칼을 그의 심장에 박고 흙으로 덮은 후에 각자 모든 옷가지와 짐을 싣고 말에 안장을 얹은 뒤 떠났다. 한 달 남짓 후에 노복 일당은 성도(成都)에 이르러 여군의 옷과 물건을 거의 다 팔았다. 그중 한 사람은 초록색 갓옷을 나눠 갖고 길을 떠나 장차 북쪽으로 돌아가려다가, 한주에 이르러 길거리에서 그 옷을 팔고 있었다. 그런데 때마침 한주의 현령이 출타했다가 우연히 그 옷을 보게 되었는데, 촛농이 떨어져 얼룩진 것을 알아보고 그를 사로잡아 심문했더니, 그는 즉시 모든 죄를 인정했다. 당시 서촉(西蜀)을 진수하고 있던 승상(丞相) 이이간(李夷簡)이 그 도적 일당을 모두 체포했다. 그러고는 여군의 시체가 묻힌 곳을 파 보았더니 이전에 포중(褒中 : 포사도)에서 본 것과 똑같았다.

唐進士呂群, 元和十一年下第, 遊蜀. 性粗偏不容物, 僕使者未嘗不切齒. 時過褒斜未半, 所使多逃去, 唯有一廝養, 群意悽悽. 行次一山嶺, 復歇鞍放馬, 策杖尋徑, 不覺數里, 見杉松甚茂, 臨溪架水. 有一草堂, 境頗幽邃, 似道士所居, 但不見人. 復入後齋, 有新穿土坑, 長可容身, 其深數尺, 中值[1]一長刀, 傍置二刀. 又於坑傍壁上大書云:"兩口加一口." 群意謂術士厭勝之所, 亦不爲異. 去一二里, 問樵人, 向之所見者, 誰氏所處, 樵人曰:"近並無此處." 因復窺之, 則不見矣.

後每到衆會之所, 必先訪其事, 或解曰:"兩口, 君之姓也, 加一口, '品'字也. 三刀, '州'字之象, 君後位至刺史二千石矣." 群心然之. 行至劍南界, 計州郡所獲百千, 遂於成都買奴馬服用, 行李復泰矣. 成都人有曰南竪者, 凶猾無狀, 貨久不售, 群則以二十緡易之. 旣而鞭撻毀罵, 奴不堪命, 遂與其儔保潛有戕殺之心, 而伺便未發. 群至漢州, 縣令爲群致酒, 時群新製一綠綾裘, 甚華潔. 方燃炬上臺, 蠟淚數滴, 污群裘, 縣令戲曰: "僕且拉君此裘." 群曰: "拉則爲盜矣." 復至眉州, 留十餘日, 冬至之夕, 逗宿眉西之正見寺, 其下且欲害之, 適遇院僧有老病將終, 侍燭不絶, 其計不行. 群此夜忽不樂, 乃於東壁題詩二篇. 其一曰: "路行三蜀盡, 身及一陽生. 賴有殘燈火, 相依坐到明." 其二曰: "社後辭巢燕, 霜前別蒂蓬. 願爲蝴蝶夢, 飛去覓關中." 眉: 詩自好. 題訖, 吟諷久之, 數行淚下. 明日冬至, 抵彭山縣, 縣令訪群, 群形貌索然, 謂縣令曰: "某殆將死乎. 意緒不堪之甚." 縣令曰: "聞君有刺史三品之說, 足自寬也." 縣令卽爲置酒極歡. 至三更, 群大醉, 舁歸館中, 凶奴等已於群所寢床下穿一坑, 如群之大, 深數尺. 群至, 則舁置坑中, 斷其首, 又以群所攜劍當心釘之, 覆以土訖, 各乘服所有衣裝鞍馬而去. 後月餘日, 奴黨至成都, 貨鬻衣服略盡. 有一人分得綠裘, 徑將北歸, 却至漢州街中鬻之. 適遇縣令偶出見之, 識其燭淚所污, 擒而問焉, 卽皆承伏. 時丞相李夷簡鎭西蜀, 盡捕得其賊. 乃發群死處, 於裹中所見, 如影響焉.

* 이 고사는《태평광기》권144〈징응·여군〉에 실려 있다.

1 치(値):《태평광기》에는 "식(植)"이라 되어 있는데, 문맥상 타당하다.

19-56(0430) 백마사

백마사(白馬寺)

출《조야첨재》미 : 사원의 흉조다(僧寺咎徵).

    당(唐)나라 무종(武宗)이 즉위하자, 동도(東都 : 낙양) 백마사53)의 철 불상 머리가 아무 이유 없이 저절로 불전(佛殿)의 문 바깥으로 떨어졌다. 그 후에 비구와 비구니를 매우 엄하게 잡아들여 환속한 사람이 10명 가운데 8~9명이나 되었다.

唐武宗卽位, 東都白馬寺鐵像頭無故自落於殿門外. 自後捉搦僧尼嚴急, 還俗者十八九焉.

* 이 고사는 《태평광기》 권163 〈참응 · 백마사〉에 실려 있다.

---

53) 백마사 : 불교가 중국에 전래된 후에 가장 먼저 세워진 사원으로, 후한 영평(永平) 11년(68)에 세워졌다고 한다. 지금의 허난성(河南省) 뤄양시(洛陽市) 동쪽 교외에 있다.

감응(感應)

구본에는 따로 〈정감〉이 〈부인〉부에 있는데 지금 한데 합쳐 넣었다.

舊另有〈情感〉在〈婦人〉部, 今併入.

19-57(0431) 한 무제

한무제(漢武帝)

출《소설》 미 : 하늘에 감응한 일이다(感天).

　한나라 무제가 한번은 미복(微服) 차림을 하고 어떤 집을 찾아갔는데, 그 집에 있던 경국지색(傾國之色)의 여종을 무제가 좋아해 결국 그 집에 유숙하면서 밤에 주인집 여종과 함께 잠자리에 들었다. 그날 천문에 뛰어난 한 서생도 그 집에 유숙했는데, 난데없이 객성(客星 : 혜성)이 나타나 제성(帝星)54)을 가리는 것이 너무 급박하자, 서생은 몹시 놀라고 두려워서 "어허!" 하고 연거푸 소리치다가 자신도 모르게 목소리가 높아졌다. 또 보았더니 한 남자가 칼을 들고 무제가 자고 있는 방으로 들어가려다가 서생이 몹시 급하게 소리치는 것을 듣고 자기 때문이라고 생각해서 움츠리고 달아났는데, 그 즉시 객성이 물러갔다. 무제가 그 소리를 듣고 이상히 여겨 물었더니, 서생이 자신이 본 것을 자세히 말하므로 무제는 그제야 깨닫고서 말했다.

　"필시 이 여종의 남편이 짐에게 흉악한 짓을 자행하려 했

---

54) 제성(帝星) : 북극(北極) 오성(五星) 중에서 가장 밝은 별로, 천제성(天帝星)이라고도 한다.

던 것이다!"

그러고는 기문우림(期門羽林: 황제 호위병)을 소집하고 집주인에게 말했다.

"짐은 천자다."

그리하여 그 남자를 사로잡아 심문하고 그가 죄를 인정하자 주살했다. 무제가 탄식하며 말했다.

"이는 아마도 하늘이 서생의 마음을 깨우쳐서 짐의 몸을 보우하게 하신 것이리라!"

그러고는 서생에게 후한 상을 내렸다.

漢武帝嘗微行, 造主人家, 家有婢國色, 帝悅之, 仍留宿, 夜與主婢臥. 有一書生亦寄宿, 善天文, 忽見客星將掩帝座甚逼, 書生大驚懼, 連呼"咄咄!", 不覺聲高. 仍又見一男子操刀將入戶, 聞書生聲甚急, 謂爲己故, 遂縮走, 客星應時而退. 帝聞其聲, 異而問之, 書生具說所見, 帝乃悟曰: "必此人婿也, 將欲肆凶惡於朕!" 乃召集期門羽林, 語主人曰: "朕天子也." 於是擒奴問而款服, 乃誅之. 帝嘆曰: "斯蓋天啓書生之心, 以扶祝[1]朕躬!" 乃厚賜之.

* 이 고사는 《태평광기》 권161 〈감응 · 한무제〉에 실려 있는데, 출전이 빠져 있다.

1 축(祝):《태평광기》에는 "우(祐)"라 되어 있는데, 문맥상 보다 타당하다.

19-58(0432) 소령 부인

소령부인(昭靈夫人)

출《진류풍속전(陳留風俗傳)》 미 : 이하는 귀신에 감응한 일이다(以下感神鬼).

소황현(小黃縣)은 송(宋) 땅의 황향(黃鄕)이다. 패공(沛公 : 한고조 유방)이 병사를 일으켜 벌판에서 전쟁을 하다가 황향에서 그의 모친을 잃었다. 천하가 평정된 뒤에 패공은 사자를 보내 재궁(梓宮 : 관)으로 어두운 벌판에서 혼을 부르게 했다. 그러자 붉은 뱀 한 마리가 물에서 스스로 몸을 씻고 재궁으로 들어왔다. 뱀이 목욕한 곳에 머리카락이 남아 있었기에 시호를 "소령 부인"이라 했다. 미 : 일이 매우 괴벽하다.

小黃縣者, 宋地黃鄕也. 沛公起兵野戰, 喪皇妣於黃鄕. 天下平定, 乃使使者以梓宮招魂幽野. 於是有丹蛇在水自灑濯, 入於梓宮. 其浴處有遺髮, 故謚曰"昭靈夫人". 眉 : 事甚僻.

* 이 고사는 《태평광기》 권456 〈사(蛇)·소령부인〉에 실려 있다.

19-59(0433) 임성왕

임성왕(任城王)

출 '왕자년《습유기》'

　　위(魏)나라 임성왕 조장(曹章)[55]이 죽자, 한(漢)나라 동평왕(東平王 : 유창)[56] 때처럼 성대하게 장례를 치렀다. 상여가 나갈 즈음에 공중에서 수백 명이 곡읍(哭泣)하는 소리가 들리자, 상여꾼이 말했다.

　　"옛날 반란군에게 살해당한 자들은 모두 관도 없이 묻혔는데, 임성왕께서 인자하신 은혜를 베풀어 그들의 썩은 뼈를 거두어 잘 안장해 주셨기에 죽은 자들이 지하에서 기뻐했으니, 지금 그 혼령들이 그때의 감격을 그리워하며 우는 것입니다." 미 : 귀신이 장송(葬送)하다니 크게 기이하다.

魏任城王章薨, 如漢東平王禮葬. 及喪出, 聞空中數百人泣聲, 送者言 : "昔亂軍殺傷者皆無棺槨, 王之仁惠, 收其朽骨,

---

55) 조장(曹章) : 무제 조조(曹操)의 아들.《삼국지(三國志)》〈위서(魏書)〉에는 "조창(曹彰)"이라 되어 있다.

56) 동평왕(東平王) : 유창(劉蒼). 동한 광무제(光武帝) 유수(劉秀)의 아들로, 현량(賢良)한 번왕(藩王)으로 알려져 있다.

死者歡於地下, 精靈以之懷感焉." 眉 : 鬼送葬, 大奇.

* 이 고사는 《태평광기》 권161 〈감응·위임성왕〉에 실려 있다.

19-60(0434) 유경

유경(劉京)

출《구강기(九江記)》

임강군(臨江郡)의 백성 유경은 효행이 뛰어나 향리에서 존경받았다. 한번은 강물이 갑자기 넘쳐서 마을 사람들이 모두 떠내려가 익사했다. 그때 유경이 모친을 업고 소리쳐 울었더니, 갑자기 커다란 거북이 그 앞에 이르러 온 가족 일곱 명이 모두 거북의 등에 올라탔다. 거북은 10여 리쯤 가서 한 높은 언덕에 도착한 뒤에 사라져 버렸다.

臨江郡民劉京, 孝行鄕里推敬. 時江水暴溢, 居者皆漂溺. 京負其母號泣, 忽有大龜至其前, 擧家七口, 俱上龜背. 行十許里, 及一高岸, 龜遂失之.

* 이 고사는 《태평광기》 권161 〈감응·유경〉에 실려 있다.

19-61(0435) **안함**

안함(顔含)

출《중흥서》

진(晉)나라 때 안함의 형수가 병이 들었는데, 염사(髥蛇 : 왕뱀)의 쓸개가 필요했으나 구할 수 없었다. 안함이 여러 날을 근심하고 있었는데, 어떤 동자가 푸른 주머니를 가지고 와서 안함에게 주었다. 안함이 열어 보았더니 바로 뱀의 쓸개였다. 동자는 푸른 새로 변해 날아갔다.

晉顔含嫂病, 須髥蛇膽, 不能得. 含憂嘆累日, 有一童子持青囊授含. 含視, 乃蛇膽也. 童子化爲靑鳥飛去.

* 이 고사는 《태평광기》 권456 〈사(蛇) · 안함〉에 실려 있다.

19-62(0436) 최서

최서(崔恕)

출《유양잡조》

　　초군(譙郡)에 공조간(功曹澗)이라는 곳이 있었는데, [북제] 천통(天統) 연간(565~569)에 제남(濟南) 사람 내 부군(來府君 : 부군은 태수에 대한 존칭)이 초군태수로 제수되었다. 군의 공조(功曹)로 있던 청하(淸河) 사람 최서는 약관의 나이에 사람들로부터 훌륭한 품성을 지니고 있다는 칭송을 받았다. 당시 봄에서 여름까지 가뭄이 계속되었는데, 그를 전송하러 온 사람이 1000명이 넘었다. 그 골짜기에 이르렀을 때 사람들은 몹시 갈증을 느꼈고, 내 공(來公 : 내 부군)도 물을 마시고 싶은 기색이 역력했다. 그때 최서는 혼자 푸른 새 한 마리가 그 골짜기 안에서 날아오르다가 내려앉다가 하는 것을 보고 이상하게 여겨 그곳으로 갔다. 새가 날아오른 곳에 사방 5~6촌 크기의 돌이 하나 보였는데, 최서가 채찍으로 돌을 치자 그곳에서 맑은 샘물이 솟아났다. 최서가 은병(銀甁)에 물을 담아 병이 가득 차자 샘물이 곧바로 말라 버렸다. 물은 오직 내 공과 최서가 함께 마실 만큼뿐이었다.

미 : 기이한 일이다. 논자들은 최서의 덕이 천지신명을 감동시켜 일어난 일이라고 생각했다.

譙郡有功曹岫, 天統中, 濟南來府君, 出除譙郡. 功曹淸河崔恕, 弱冠有令德於人. 時春夏積旱, 送別者千餘人. 至此岫上, 衆渴甚, 來公有思水之色. 恕獨見一靑鳥於岫中乍飛乍止, 怪而就焉. 鳥起, 見一石, 方五六寸, 以鞭撥之, 淸泉湧注. 盛以銀甁, 甁滿, 水立竭. 惟來公與恕供飮而已. 眉：奇事. 議者以爲德感所致.

* 이 고사는《태평광기》권162〈감응・최서〉에 실려 있다.

19-63(0437) 스님에게 공양한 촌사람
촌인공승(村人供僧)
출《유양잡조》

세간에 어떤 촌사람이 스님을 공양하며 주문을 내려 주길 빌었다. 그러자 스님이 그를 속여 말했다.

"나귀!"

그 사람은 아침저녁으로 나귀를 외웠다. 몇 년이 지나 그가 물에 자신을 비춰 보았더니 푸른 털의 나귀가 그의 등에 붙어 있었다. 무릇 병에 걸렸거나 악귀에 씌었을 경우 그 사람이 그곳으로 가면 즉시 나았다. 미: 정성의 지극함이다. 나중에 스님이 속인 것을 알고 나서는 주문의 효력도 사라졌다.

世有村人供於僧者, 祈其密言. 僧紿之曰: "驢!" 其人遂日夕念之. 經數歲, 照水, 見靑毛驢附於背. 凡有疾病魅鬼, 其人至其所, 立愈. 眉: 精誠之至. 後知其詐, 咒效亦歇.

* 이 고사는 《태평광기》 권436 〈축수(畜獸)·촌인공승〉에 실려 있다.

19-64(0438) 나도종

나도종(羅道悰)

출《광덕신이록(廣德神異錄)》

　　당(唐)나라의 사죽원(司竹園 : 대나무 동산 관리) 나도종은 상서를 올렸다가 황제의 뜻을 거슬러 유배 가게 되었다. 당시 함께 유배 가던 사람이 도중에 병에 걸려 죽게 되자 울면서 말했다.

　　"뼈를 타향에 버려두는 것이 한스럽소."

　　나도종이 말했다.

　　"내가 만약 살아 돌아간다면 마땅히 그대의 유골을 거두어 함께 돌아가겠소."

　　마침내 그를 묻어 주고 떠났다. 나중에 나도종이 돌아갈 때 홍수로 그의 무덤이 떠내려가는 바람에 그 장소를 알 수 없었다. 나도종이 곡하면서 그에게 고하며 영험함을 보여 달라고 청했더니, 잠시 후에 물가가 끓어올랐기에 다시 빌었다.

　　"만약 정말로 이 아래에 있다면 다시 한번 물을 끓게 해 주시오."

　　물이 다시 끓어오르자 나도종은 마침내 그의 무덤을 찾아내 묘지명을 확인하고 그의 유골을 짊어지고 고향으로 돌아갔다.

唐司竹園羅道悰上書忤旨, 配流. 時有同流者, 道病卒, 泣曰: "所恨委骨異壤." 道悰曰: "吾若生還, 當取同歸." 遂瘞之而去. 及還, 爲大水漂蕩, 失其所在. 道悰哭告之, 請示其靈, 俄而水際沸湧, 又祝曰: "如眞在此下, 更請一沸." 又然. 遂得之, 志銘可驗, 負之還鄕.

* 이 고사는 《태평광기》 권162 〈감응·나도종〉에 실려 있다.

19-65(0439) 이언좌

이언좌(李彦佐)

출《궐사(闕史)》

　　이언좌가 창경절도사(滄景節度使)로 있을 때, 당(唐)나라 태화(太和) 9년(835)에 부양(浮陽)의 군대에 명해 북쪽으로 황하(黃河)를 건너가라는 조서가 내려왔다. 그때는 12월 겨울이었는데 제남(濟南)에 이르러 군(郡)에서 얼음을 깨고 배를 저어 가다가 얼음이 배에 부딪쳐 배가 뒤집히는 바람에 조서를 잃어버렸다. 이언좌는 놀라고 두려운 나머지 엿새 동안 침식을 전폐해 귀밑털과 머리카락이 모두 허옇게 셌다. 이언좌는 나루터 관리에게 영을 내려 조서를 찾지 못하면 모두 죽을 것이라 했다. 나루터 관리는 두려움에 떨면서 이 공(李公 : 이언좌)에게 하백(河伯 : 황하의 신)에게 기도하길 청하면서, 이 공의 지성과 덕성에 의지해 목숨을 걸고 찾아내겠다고 했다. 이언좌는 곧장 영을 내려 술을 준비하고 기도하면서 하백에게 말을 전해 따져 물었다.

　　"성명하신 천자께서 위에 계시면서 명산대천에 축사(祝史 : 제사를 담당하는 관리)들이 모두 때맞춰 제사를 드리고, 나의 관할 경계에서 망사(望祀 : 멀리 산천의 신에 드리는 제사)를 빠뜨린 적이 없으니, 당신 하백은 수족류(水族類)

의 수장으로서 마땅히 천자의 조서를 지켜야 하거늘, 어째서 도리어 그것을 물속에 빠뜨렸습니까? 혹시라도 조서를 찾지 못한다면 나는 장차 재를 올려 하늘에 그 사실을 알릴 것이고, 그러면 하늘이 당신을 문책할 것입니다."

나루터 관리가 얼음에 술을 뿌리고 제문(祭文)을 마치자 갑자기 우레 같은 소리가 나더니 황하의 얼음이 중간에 30장(丈) 정도 갈라졌다. 나루터 관리는 이언좌의 정성이 이미 전달되었음을 알고 낚싯대를 물속에 넣어 조서를 건져 냈는데, 봉함은 처음과 같았고 전인(篆印)만 약간 젖어 있을 뿐이었다.

李彦佐在滄景. 唐太和九年, 有詔詔浮陽兵北渡黃河. 時冬十二月, 至濟南, 郡使擊冰進舟, 冰觸舟, 舟覆, 詔失. 彦佐驚懼, 不寢食六日, 鬚髮俱白. 乃令津吏, 不得詔盡死. 吏懼, 且請公一祈禱於河, 吏憑公誠明, 以死索之. 彦佐乃令具爵酒, 及祝, 傳語詰河: "明天子在上, 川瀆山岳, 祝史咸秩, 予境之望祀未嘗匱, 爾河伯泊鱗介之長, 當衛天子詔, 何反溺之乎? 或不獲, 予將齋告於天, 天將譴爾." 吏酹冰辭已, 忽有聲如震, 河冰中斷, 可三十丈. 吏知彦佐精誠已達, 乃沉鈎索而出, 封角如舊, 惟篆印微濕耳.

* 이 고사는 《태평광기》 권162 〈감응·이언좌〉에 실려 있다.

19-66(0440) 땜장이 호씨

호정교(胡釘鉸)

출《운계우의》

    열어구(列御寇 : 열자)의 묘는 정주(鄭州) 교외의 수풀에 있는데, 그 마을에 사는 호생(胡生)이라는 사람은 집이 가난해 어려서부터 거울을 닦고 깨진 솥을 땜질하는 일을 생업으로 했다. 그는 어쩌다가 단 과일이나 좋은 차나 맛있는 술을 얻게 되면 그때마다 열어구의 무덤에 제사를 지냈는데, 마치 총명함과 지혜를 구하고 도를 배우고 싶어 하는 것 같았다. 그렇게 하기를 1년이 지난 어느 날 밤 꿈에 한 사람이 나타나 칼로 그의 배를 가르더니 책 한 권을 넣어 주었다. 호생은 꿈에서 깨어나자 마음먹은 대로 시를 읊게 되었는데, 모두 화려하고 아름다운 시구로 스승이나 친구의 도움을 받지 않은 것이었다. 하지만 끝내 비천한 생업을 버리지 않고 은자의 풍모를 지니고 있었기에 원근에서 그를 "땜장이 호씨"라 불렀다. 태수(太守)와 명사들이 모두 그를 우러러보았고 그의 집으로 덕망 있는 사람들이 많이 찾아왔는데, 간혹 재물을 가져오는 사람은 반드시 거절했지만 간혹 차와 술을 가지고 오는 사람은 흔연히 맞이했다. 그의 시 중에서 〈희포전한소부견방(喜圃田韓少府見訪 : 포전현의 한 소부가 찾아온 것을 기뻐하며〉에서는 이렇게 읊었다.

"갑자기 매복(梅福)57)이 찾아왔다는 말을 듣고, 웃으며 하의(荷衣 : 은자의 옷) 걸치고 초당을 나오네. 아이들은 말과 수레 보는 게 익숙지 않아, 다투어 갈대꽃 깊은 곳으로 들어가 숨네."

또 〈관정주최낭중제기수양(觀鄭州崔郎中諸妓繡樣 : 정주 최 낭중의 기녀들이 수놓는 것을 구경하며)〉에서는 이렇게 읊었다.

"날 저물어 당(堂) 앞의 꽃술 아름답게 피어나니, 다투어 작은 붓 쥐고 평상에 올라가 그 모습 그리네. 수를 다 놓고 뭐 하러 봄 뜰 안으로 향하는가? 꾀꼬리 불러들여 수놓은 버드나무 가지에 내려앉게 하려고 그러지."

또 〈강제소아수조(江際小兒垂釣 : 강가에서 아이가 낚싯대를 드리우다)〉에서는 이렇게 읊었다.

"흐트러진 머리의 어린아이 낚시 배우느라, 푸른 이끼에 비스듬히 앉아 풀로 몸을 가리네. 길 묻는 나그네 멀리서 손을 흔들지만, 물고기 놀랄까 봐 걱정해 대답하지 않는다네."

---

57) 매복(梅福) : 자는 자진(子眞). 한나라 때 사람으로, 일찍이 남창현위(南昌縣尉)를 지냈다. 왕망(王莽)이 정권을 잡자 세상을 버리고 은거했다가 나중에 신선이 되었다고 한다. 여기서는 한 소부를 비유한다.

평 : 호정교는 시상을 모두 갖추었지만 후인들은 장타유(張打油)[58]와 함께 언급하니 억울하도다!

列御寇墓在鄭郊藪, 里有胡生者, 家貧, 少爲洗鏡鍍釘之業. 遇甘果名茶美醞, 輒祭於御寇之壟, 似求聰慧而思學道. 歷稔, 忽夢一人刀劃其腹開, 以書一卷納焉. 及覺, 而吟咏如意, 皆綺美之詞, 所得不由於師友也. 然終不棄猥賤之業, 有隱者風, 遠近號爲"胡釘鉸". 太守名流, 皆仰矚之, 而門多長者, 或有遺賂, 必拒, 或持茗酒而來, 則忻然接焉. 其詩如〈喜圃田韓少府見訪〉云 : "忽聞梅福來相訪, 笑著荷衣出草堂. 兒童不慣見車馬, 爭入蘆花深處藏." 又〈觀鄭州崔郎中諸妓繡樣〉云 : "日暮堂前花蕊嬌, 爭拈小筆上床描. 繡成安向春園裏? 引得黃鶯下柳條." 〈江際小兒垂釣〉云 : "蓬頭稚子學垂綸, 側坐蒼苔草映身. 路人借問遙招手, 祗恐魚驚不應人."

評 : 胡釘鉸盡有詩思, 後人乃與張打油並稱, 冤哉!

* 이 고사는 《태평광기》 권162 〈감응·호생(胡生)〉에 실려 있다.

---

58) 장타유(張打油) : 당나라 개원(開元) 연간(713~741)에 평측(平仄)과 압운(押韻)에 구애받지 않고 풍자시를 짓는 데 뛰어났다고 알려진 시인. 후대에 평측과 압운이 맞지 않는 비속한 시를 타유시(打油詩)라고 했다.

19-67(0441) 역양현의 노파

역양온(歷陽媼)

출《독이지》

    역양현(歷陽縣)에 사는 한 노파는 늘 선한 일을 했다. 어느 날 한 젊은이가 노파의 집에 들러 먹을 것을 달라고 했는데 노파는 아주 공손하게 그를 대접했다. 젊은이는 떠나면서 노파에게 말했다.

    "현청(縣廳) 문의 문턱에 피가 있거든 산으로 올라가 화난(禍難)를 피하십시오."

    그때부터 노파는 날마다 현청으로 가서 살펴보았다. 문지기가 노파에게 무슨 일이냐고 묻자 노파가 젊은이가 가르쳐 준 일을 갖추어 말했더니, 문지기는 곧 장난으로 문턱에 닭의 피를 발라 두었다. 다음 날 노파는 문턱에 피가 있는 것을 보고 바로 닭장을 들고 산 위로 올라갔다. 그날 저녁에 현이 물에 잠겨 호수로 변해 버렸는데, 지금 화주(和州)의 역양호(歷陽湖)가 바로 그곳이다.

歷陽縣有一媼, 常爲善. 忽有少年過門求食, 媼待之甚恭. 臨去, 謂媼曰: "縣門閫有血, 可登山避難." 自是媼日往看之. 門吏問其狀, 媼具述少年所教, 吏卽戲以鷄血塗門閫. 明日, 媼見有血, 乃携鷄籠走上山. 其夕, 縣陷爲湖, 今和州歷陽湖是也.

* 이 고사는 《태평광기》 권163 〈참응·역양온〉에 실려 있다.

19-68(0442) 하간군의 남자

하간남자(河間男子)

출《법원주림》미 : 이하는 정에 감응한 일이다(以下情感).

진(晉)나라 무제(武帝) 때 하간군(河間郡)의 어떤 남녀가 서로 사랑해 배필이 되자고 약속했다. 그 후 남자가 군대에 가서 여러 해 동안 있게 되자 여자의 부모가 딸을 다른 사람에게 시집보냈는데, 여자는 얼마 후에 근심하다가 죽었다. 남자가 돌아와서 비통해하며 여자의 무덤에 갔는데, 막 곡을 하려다가 슬픈 마음을 가누지 못해 마침내 무덤을 파고 관을 열었더니 여자가 즉시 살아났다. 그래서 여자를 업고 집으로 돌아와서 잘 보양했더니, 여자는 며칠 만에 평소대로 회복되었다. [그 소문을 듣고] 여자의 남편이 찾아와서 부인을 돌려 달라고 했지만, 그 남자는 돌려주지 않으면서 말했다.

"그대의 부인은 이미 죽었소. 세상천지에 어찌 죽은 사람이 다시 살아날 수 있단 말이오? 이 사람은 하늘이 나에게 내려 주신 것이니 그대의 부인이 아니오."

그래서 소송을 걸었는데 현에서 판결할 수 없자 정위(廷尉)에게 판결을 의뢰했더니 정위가 상주했다.

"지극한 정성으로 천지를 감동시켰기 때문에 죽었다가

다시 살아난 것입니다. 이 사건은 상식적인 이치에서 벗어 나 것이니 무덤을 판 자에게 여자를 돌려주라고 판결합니 다."

晉武帝世, 河間郡有男女相悅, 許相配適. 旣而男從軍積年, 父母以女別適人, 無幾而憂死. 男還悲痛, 乃至冢所, 始欲哭 之, 不勝其情, 遂發冢開棺, 卽時甦活. 因負還家將養, 數日 平復. 其夫乃往求之, 其人不還, 曰:"卿婦已死. 天下豈聞 死人可復活耶? 此天賜我, 非卿婦也." 於是相訟, 縣不能決, 讞於廷尉, 廷尉奏:"以精誠之至, 感於天地, 故死而更生. 在常理之外, 斷以還開冢者."

* 이 고사는 《태평광기》 권161 〈감응・하간남자〉에 실려 있다.

19-69(0443) 신사총

신사총(神士冢)

출《계몽(系蒙)》

　유송(劉宋) 소제(少帝) 때 남서주(南徐州)의 한 선비가 화산(華山)에서 운양(雲陽)으로 가는 길에 객사에서 18~19세쯤 되어 보이는 한 여자를 보았는데, 그녀를 좋아했으나 그 뜻을 전할 방법이 없어서 결국 마음의 병이 되었다. 어머니가 그 까닭을 묻자 선비는 어머니께 사실을 말씀드렸다. 그래서 선비의 어머니가 화산과 운양으로 가서 그 여자를 수소문해 만난 뒤에 사정을 이야기했다. 여자는 그 말을 듣고 감동해 자신의 폐슬(蔽膝 : 무릎 덮개)을 벗어서 선비의 어머니에게 그것을 선비의 자리 밑에 몰래 감춰 놓으라고 하면서, 그것을 깔고 누우면 틀림없이 병이 나을 것이라고 했다. [여자의 말대로 했더니] 며칠 만에 과연 선비의 병이 나았다. 어느 날 선비가 문득 자리를 들쳤다가 폐슬을 보고는 그것을 부여잡고 울다가 숨이 거의 끊어질 지경에 이르러 어머니에게 말했다.

　"제 장례를 치를 때 화산에서 출발해 지나가 주세요."

　어머니는 그의 뜻을 따르기로 했다. [선비의 상여가] 여자의 집 문에 이르렀을 때 상여 끄는 소를 때렸으나 가지 않앉다. 잠시 기다렸더니 여자가 목욕하고 화장을 끝낸 뒤에 나와서 노래[59]를 불렀다.

"화산의 땅. 당신이 이미 날 위해 죽었으니, 나 혼자 살아 남은들 누굴 위해 단장하리오? 당신이 날 진정 사랑하신다면, 저 관이 날 위해 열리리라."

노래가 끝났을 때 과연 관이 열리자 여자는 마침내 관 속으로 뛰어들어 갔다. 그리하여 두 사람을 합장하고 그 무덤을 "신사총"이라 불렀다.

宋少帝時, 南徐有一士子, 從華山往雲陽, 見客舍中有一女子, 年可十八九, 悅之無因, 遂成心疾. 母問其故, 具以啓母. 母往至華山·雲陽, 尋見女子, 具說之. 女聞感之, 因脫蔽膝, 令母密藏於席下, 臥之當愈. 數日果瘥. 忽擧席, 見蔽膝, 持而泣之, 氣欲絶, 謂母曰: "葬時從華山過." 母從其意. 比至女門, 牛打不行. 且待須臾, 女妝點沐浴竟而出, 歌曰: "華山畿. 君旣爲儂死, 獨活爲誰施? 君若見憐時, 棺木爲儂開." 言訖, 棺木開, 女遂透棺中. 因合葬, 呼曰"神士冢".

* 이 고사는 《태평광기》 권161 〈감응·남서사인(南徐士人)〉에 실려 있다.

59) 노래 : 이 노래가 바로 악부(樂府) 오성가곡(吳聲歌曲)의 〈화산기(華山畿)〉다.

19-70(0444) 분 파는 여자와 최호
매분아 · 최호(賣粉兒 · 崔護)

출《유명록》 출《본사시(本事詩)》

아주 부유한 어떤 집에 오직 아들 하나만 있었는데 그 집에서는 그 아들을 지나칠 정도로 사랑했다. 아들은 저잣거리를 돌아다니다가 호분(胡粉)을 팔고 있는 한 아름다운 여자를 보고 사랑에 빠졌지만 그 마음을 스스로 전할 길이 없었다. 그래서 분을 산다는 구실로 매일같이 시장으로 갔지만 분을 사고는 곧 떠났다. 여자는 처음에는 별말이 없었지만 점점 오래될수록 그를 깊이 의심하게 되었다. 다음 날 그가 또 오자 여자가 물었다.

"당신은 이 분을 사다가 어디에 쓰시려 하십니까?"

남자가 대답했다.

"당신을 사랑하는 마음을 품고 있으나 감히 스스로 그 뜻을 전달하지 못했습니다. 하지만 늘 보고 싶은 마음에 이 핑계를 대고 그대의 모습을 보려고 한 것입니다."

여자는 뭉클하게 감동을 받아 마침내 서로 만나기로 허락했는데, 바로 다음 날 저녁으로 날을 잡았다. 그날 밤이 되자 남자는 집에 편히 누워 여자가 오기만을 기다렸다. 어스름한 저녁이 되자 여자가 과연 왔는데, 남자는 기쁨을 주체

하지 못하고 그녀의 팔을 잡으며 말했다.

"나의 숙원을 오늘에야 풀게 되었군요!"

그러고는 너무 기뻐서 뛰다가 그만 죽어 버렸다. 여자는 당황스럽고 두려운 나머지 어찌할 바를 몰라 달아났다가 다음 날 호분 가게로 돌아갔다. 남자의 부모는 아침 식사 때가 되었는데도 아들이 일어나지 않는 것을 이상해하며 가서 보았더니 아들이 이미 죽어 있었다. 미 : 그가 죽은 지 오래되었다. 아들의 시신을 염할 때 부모가 한 상자를 열어 보았더니 100여 봉지의 호분이 나왔는데, 크고 작은 것들이 한 무더기로 쌓여 있었다. 그 어머니가 말했다.

"내 아들을 죽인 것은 필시 이 호분일 것이다."

그러고는 시장으로 들어가서 두루 돌며 호분을 샀는데, 그 여자의 차례가 되어 비교해 보았더니 포장한 솜씨가 아들이 가지고 있던 것과 똑같았다. 마침내 그 여자를 붙잡고 물었다.

"어째서 내 아들을 죽였느냐?"

여자는 그 말을 듣고 흐느껴 울면서 사실대로 고했다. 그러나 남자의 부모는 그 말을 믿지 않고 결국 관가에 고소했다. 여자가 말했다.

"제가 어찌 더 이상 죽음을 아까워하겠습니까! 다만 한 번만 그의 시신에 다가가서 슬픔을 다하게 해 주십시오."

현령(縣令)이 이를 허락하자, 그녀는 곧장 가서 남자의 시신을 어루만지면서 통곡하며 말했다.

"불행히도 이 지경에 이르렀구나! 만약 죽어 혼령이 된다 한들 다시 무엇을 한탄하겠느냐!"

바로 그때 남자가 갑자기 다시 살아나 그간의 정황을 자세히 말했다. 마침내 두 사람은 부부가 되었으며 자손이 번성했다.

박릉(博陵)의 최호는 용모가 매우 준수했으나 성품이 고결해 함께 어울리는 사람이 적었다. 그는 진사(進士)에 급제한 뒤 청명절(淸明節)에 도성 남쪽을 혼자 돌아다니다가 한 장원을 발견했다. 그 장원은 한 이랑 너비의 집에 꽃과 나무가 우거져 있어서 사람이 살고 있지 않은 것처럼 적막했다. 그가 문을 두드린 지 한참 지나서 한 여자가 문틈으로 내다보며 물었다.

"누구신지요?"

최호는 자신의 성씨를 대답하며 말했다.

"봄 경치를 찾아 혼자 돌아다니고 있는데, 술을 마시고 목이 마르니 물 좀 주셨으면 합니다."

여자는 안으로 들어가더니 물 한 그릇을 가지고 왔다. 그녀는 문을 열고 평상을 펴더니 최호에게 앉으라고 했다. 그러고는 작은 복숭아나무의 비스듬한 가지에 혼자 기대서 있었는데, 최호에게 깊은 정을 품고 있는 듯 보였으며 아름다운 자태 또한 곱기 그지없었다. 최호가 말로 건드려 보았으나 그녀는 대답하지 않았다. 두 사람은 서로 한참 동안 쳐다보기만 했다. 최호가 작별하고 떠나자 그녀는 문까지 나와 전송했는데, 감정을 추스르지 못하는 듯하면서 안으로 들어갔다. 최호도 그녀를 돌아보다가 돌아갔으며, 그 후로는 다시 그곳에 가지 않았다. 이듬해 청명절이 되자 최호는 갑자기 그녀가 생각나서 감정을 억누르지 못하고 곧장 그곳을 찾아갔다. 미 : 1년 만에야 생각이 났다니 최랑(최호)은 박정하도다! 문과 정원은 예전과 다름이 없었으나 문은 이미 잠겨 있었다. 그래서 최호는 왼쪽 문짝에 시를 써 놓았다.

"작년 오늘에 이 문에 왔을 땐, 복사꽃 같은 얼굴 발그레했지. 그 얼굴 어디로 갔는지 모르겠지만, 복사꽃만 예전처럼 봄바람 속에서 웃고 있네."

며칠 후에 최호는 우연히 도성 남쪽에 갔다가 다시 그곳을 찾아갔는데, 안에서 곡하는 소리가 들려 문을 두드리고 물어보니 한 노인이 나와서 말했다.

"당신은 혹시 최호가 아니시오?"

최호가 말했다.

"그렇습니다."

노인은 다시 울면서 말했다.

"당신이 내 딸을 죽였소!"

최호는 놀라고 슬퍼하면서 대답할 바를 알지 못했다. 노인이 말했다.

"내 딸은 계년(笄年 : 15세로 여자가 시집갈 나이)에 글도 알지만 아직 시집을 가지 않고 있었는데, 작년 이후로 늘 뭔가를 잃어버린 양 넋을 놓고 지냈소. 일전에 함께 외출했다가 돌아오는 길에 왼쪽 문짝에 적혀 있는 글을 보고 읽고 나서 집 안으로 들어가더니 병이 들었으며, 결국 며칠 동안 음식을 끊고 지내다가 죽고 말았소. 나는 늙었고 오직 이 딸 하나뿐이었는데, 여태껏 시집보내지 않은 것은 장차 군자를 찾아 내 몸을 의탁하려 했기 때문이었소. 그런데 지금 불행히도 이렇게 죽었으니 당신이 죽인 게 아니겠소?"

그러더니 다시 최호를 부여잡고 대성통곡했다. 최호도 슬픔이 복받쳐 안으로 들어가서 곡을 하게 해 달라고 청했다. 그녀는 침상에 단정히 뉘어져 있었는데, 최호는 그녀의 머리를 들어 자신의 다리에 누이고 곡하면서 축원하며 말했다.

"내가 여기 있소!"

그러자 잠시 후 그녀가 눈을 뜨더니 반나절 만에 다시 살아났다. 노인은 크게 기뻐하며 마침내 딸을 최호에게 시집보냈다.

평 : 두 고사는 흡사 짝을 이루는 문장 같다.

有人家甚富, 止有一男, 寵恣過常. 遊市, 見一女子美麗, 賣胡粉, 愛之, 無由自達. 乃託買粉, 日往市, 得粉便去. 初無所言,積漸久,女深疑之.明日復來,問曰:"君買此粉,將欲何施?"答曰:"意相愛樂,不敢自達.然恒欲相見,故假此以觀姿耳."女悵然有感,遂相許以私,克以明夕.其夜,安寢堂屋,以俟女來.薄暮果到,男不勝其悅,把臂曰:"宿願始伸於此!"歡踴遂死.女惶懼不知所以,因遁去,明還粉店.至食時,父母怪男不起,往視,已死矣.眉:其死久矣.當就殯斂,發篋笥中,見百餘裹胡粉,大小一積.其母曰:"殺我兒者,必此粉也."入市遍買胡粉,次及此女,比之手跡如先.遂執問女曰:"何殺我兒?"女聞嗚咽,具以實陳.父母不信,遂以訴官.女曰:"妾豈復恡死!乞一臨尸盡哀."縣令許焉,徑往撫之哭曰:"不幸致此!若死魂而靈,復何恨哉!"男豁然更生,具說情狀,遂爲夫婦,子孫繁茂.

博陵崔護資質甚美,而孤潔寡合.舉進士第,清明日,獨遊都城南,得居人莊.一畝之宮,花木叢萃,寂若無人.扣門久之,有女子自門隙窺之,問曰:"誰耶?"護以姓氏對,曰:"尋春獨行,酒渴求飲."女入,以杯水至.開門,設床命坐.獨倚小桃斜柯佇立,而意屬殊厚,妖姿媚態,綽有餘妍.崔以言挑之,不對.彼此目注者久之.崔辭去,送至門,如不勝情而入.崔亦睠盼而歸,爾後絕不復至.及來歲清明日,忽思之,情不可抑,徑往尋之.眉:周歲方思,崔郎少情哉!門院如故,而已扃鎖.崔因題詩於左扉曰:"去年今日此門中,人面桃花相映紅.人面不知何處去,桃花依舊笑春風."後數日,偶至都城南,復往尋之,聞其中有哭聲,扣門問之,有老父出曰:"君非崔護耶?"曰:"是也."又哭曰:"君殺吾女!"崔驚怛,莫知所答.父曰:"吾女笄年知書,未適人,自去年已來,常恍惚若有所失.比日與之出,及歸,見左扉有字,讀之,入門而病,遂絕食數日而死.吾老矣,惟此一女,所以不嫁者,將求君子以託吾身.今不幸而殞,得非君殺之耶?"又持崔大哭.崔亦

感慟, 請入哭之. 尙儼然在牀, 崔擧其首, 枕其股, 哭而祝曰:
"某在斯!" 須臾開目, 半日復活. 老父大喜, 遂以女歸之.

評 : 二事恰好對股文字.

* 이 고사는 《태평광기》 권274 〈정감·매분아〉와 〈최호〉에 실려 있다.

19-71(0445) 옥소

옥소(玉簫)

출《운계우의》

당(唐)나라 서천절도사(西川節度使) 위고(韋皐)는 젊었을 때 강하(江夏)를 유람하다가 강 사군(姜使君)의 관사에 머물렀다. 강씨(姜氏 : 강 사군)의 어린 아들 강형보(姜荊寶)는 이미 이경(二經 : 《시경》과 《서경》)을 학습했는데, 비록 위고를 형이라 불렀으나 그를 아버지처럼 모셨다. 강형보에게는 옥소라고 하는 겨우 열 살 된 어린 여종이 있었는데, 강형보는 늘 그녀에게 위 형(韋兄 : 위고)을 공손히 모시게 했으며 옥소 또한 정성스럽게 위고를 받들었다. 2년 후에 강 사군은 관직을 구하러 관중(關中)으로 들어갔는데, 집안 식구들은 따라가지 않았다. 이에 위고는 거처를 옮겨 두타사(頭陀寺)에 머물렀는데, 강형보는 때때로 옥소를 그곳으로 보내 위고를 모시도록 했다. 옥소가 어느 정도 자라자 둘 사이에 사랑의 감정이 생겼다. 그때 염찰사(廉察使) 진 상시(陳常侍)는 위고의 숙부가 보낸 편지를 받았는데 이렇게 적혀 있었다.

"조카 위고가 오랫동안 당신의 주군(州郡)에서 객지 생활을 하고 있으니, 그를 돌려보내 부모님을 찾아뵙도록 해 주시길 간절히 바랍니다."

 염찰사는 편지를 열어 보고 나서 위고에게 배와 의복 등 필요한 물품을 보내 주었다. 아울러 위고가 지체할까 봐 걱정해 [옥소와 강형보를] 만나지 말라고 당부했으며, 배를 강가에 대어 놓고 뱃사공에게 떠나라고 재촉했다. 위고는 날이 어두워지고 나서야 눈물을 훔쳐 내며 편지를 써서 강형보에게 이별을 고했다. 강형보는 곧장 옥소와 함께 왔는데 슬픔과 기쁨이 교차했다. 강형보는 옥소에게 위고를 따라가라고 명했으나, 위고는 부모님을 오래도록 찾아뵙지 못해서 감히 그녀와 함께 갈 수가 없다고 하면서 한사코 사양했다. 미 : 큰 잘못이다. 그러면서 이렇게 언약했다.

 "짧으면 5년, 길면 7년 안에 옥소를 데리러 오겠다."

 그러고는 옥가락지 하나와 시 한 수를 남겨 주었다. 그러나 5년이 지나도록 위고가 오지 않자 옥소는 앵무주(鸚鵡洲)에서 조용히 기도를 올렸다. 또 2년을 넘어 8년째 되던 봄에 옥소가 탄식하며 말했다.

 "위씨 댁 낭군께서 떠나신 지 7년이구나. 안 오시는 게야!"

 그러더니 마침내 음식을 끊고 지내다 죽었다. 강씨(姜氏 : 강형보)는 그녀의 절조를 가련히 여겨 옥가락지를 그녀의 가운뎃손가락에 끼워 주고 함께 묻었다. 미 : 구절구절 강생(강형보)의 충후함이 드러나니, 나중에 보호받아 억울함을 씻는 것이 당연하다. 나중에 위고는 촉(蜀) 지방을 진수하게 되었는데,[60] 관부에 도착한 지 사흘 만에 죄수들을 심문해서 그들의 억울함을 씻어 주었다. 가벼운 죄와 무거운 죄를 짓고 잡혀 있던 자가 300여 명에 달했는데, 그중에서 다섯 가지 형구를 한꺼번에 차고 있던 한 죄수가 청사를 훔쳐보며 혼잣말을 했다.

"복야(僕射)[61]는 옛날의 위 형이다."

그리고는 큰 소리로 말했다.

"복야 나리! 복야 나리! 강씨 집안의 형보를 기억하십니까?"

위고가 말했다.

"잘 기억하고 있다."

"제가 바로 형보입니다."

위 공(韋公 : 위고)이 말했다.

"무슨 죄를 지었기에 이토록 무거운 형구를 차고 있느냐?"

---

60) 위고는 촉(蜀) 지방을 진수하게 되었는데 : 《구당서(舊唐書)》에 따르면, 위고는 정원(貞元) 원년(785)에 서천절도사(西川節度使)가 되었다.

61) 복야(僕射) : 본래는 재상에 해당하지만, 대부분의 절도사에게 이 직함을 더해 주어 영예를 드러내게 했다.

강형보가 대답했다.

"저는 공과 헤어진 뒤에 곧 명경과(明經科)에 급제했으며, 다시 청성현령(靑城縣令)으로 선발되었습니다. 그런데 하인이 잘못해서 관사 창고에 보관 중이던 명패(命牌)와 관인(官印) 등을 불태웠습니다."

위고가 말했다.

"그것은 하인이 저지른 것이지 결코 자신의 잘못이 아니다."

그러고는 즉시 그의 억울함을 씻어 주고 아울러 그의 묵수(墨綬)[62]를 돌려주었으며, 그를 미주목(眉州牧)에 제수해 달라고 상주했다. 칙령이 내려오자 위고는 강형보가 아직 부임하기 전에 잠시 자신의 막객(幕客)으로 머물게 했다. 그때는 큰 전란을 겪은 뒤여서 새로 진열을 정비하느라 일이 매우 바빴으므로, 몇 달이 지난 후에야 비로소 물었다.

"옥소는 어디에 있느냐?"

강형보가 말했다.

"복야께서 배를 대 놓고 있던 날 저녁에 그녀에게 약속을 남기면서 7년을 기약하셨습니다. 그런데 기한이 지나도록 오시지 않자 그녀는 음식을 끊고 지내다가 죽었습니다."

---

62) 묵수(墨綬) : 검은색 인끈으로 5품관이 찼다.

그러면서 위고가 옥소에게 옥가락지를 남겨 주면서 지어 준 시를 읊었다.

"꾀꼬리가 [이 옥가락지를] 물어 온63) 지도 벌써 몇 해 봄이 지났는데, 이별할 때 손에서 빼내 가인(佳人)에게 남겨 주네. 장강(長江)에서는 어서(魚書)64) 한 장 오지 않으니, 보고픈 마음 달래 보려고 꿈속에서 진(秦) 땅으로 들어가네."

위고는 그 시를 듣고 더욱 슬퍼하고 탄식했으며, 널리 불경을 베껴 쓰고 불상을 만들어서 옥소의 일편단심에 보답했다. 또한 그녀를 그리워했지만 다시 만날 수는 없었다. 당시에 조 산인(祖山人 : 점쟁이 조씨)이라는 자가 소옹(少翁)의 법술65)을 부릴 줄 알아서 이미 죽은 사람을 직접 만나게 해 줄 수 있었다. 조 산인은 다만 부공(府公 : 위고)에게 7일간 목욕재계를 하라고 했다. 어느 맑은 날 밤에 옥소가 드디어

---

63) 꾀꼬리가 [이 옥가락지를] 물어 온 : 전설에 따르면, 한나라 때 양보(楊寶)가 어렸을 때 꾀꼬리 한 마리를 구해 주었는데, 나중에 그 꾀꼬리가 매년 봄에 옥가락지를 물고 와서 그에게 주었다고 한다.

64) 어서(魚書) : 사랑하는 사람끼리 주고받는 편지를 비유한다.

65) 소옹(少翁)의 법술 : 이미 죽은 사람을 이승으로 불러오는 법술. 한나라 무제 때 이소옹(李少翁)이라는 도사가 법술을 부려 이미 죽은 이 부인(李夫人)을 불러와서 무제와 만나게 해 주었다고 한다.

오더니 감사하며 말했다.

"복야께서 불경을 쓰고 불상을 만들어 주신 덕분에 열흘 후면 바로 환생하게 되었습니다. 그 후로 13년이 지나면 다시 당신의 시첩(侍妾)이 되어 크나큰 은혜에 보답할 것입니다."

그러고는 떠나면서 미소를 지으며 말했다.

"서방님께서 박정하셔서 사람을 생사의 길로 갈라놓았지요!"

나중에 위고는 농우(隴右)의 공훈[66]을 세워 덕종(德宗) 재위 기간 내내 전임되지 않고 촉 지방을 다스렸으며, 여러 벼슬을 거쳐 중서령(中書令)이 되었다. 천하 사람들이 모두 그를 따랐으며 노북(瀘僰)[67]도 귀순했다. 위고의 생일이 되면 여러 절도사들이 축하하며 모두 진귀한 선물을 바쳤다. 그때 동천(東川)의 노 팔좌(盧八座)[68]가 가희(歌姬) 한 명을 보내왔는데, 아직 열여섯 살[69]도 되지 않았으며 또한 옥

---

[66] 농우(隴右)의 공훈 : 위고가 농우행영유후(隴右行營留後)로 있으면서 주차(朱泚)의 난을 평정한 공적을 말한다.

[67] 노북(瀘僰) : 서남 지방의 소수 민족으로 노수(瀘水) 서쪽에 있던 북족(僰族)을 말한다.

[68] 노 팔좌(盧八座) : '팔좌'는 육부상서(六部尙書)와 좌우복야(左右僕射)를 합쳐 부르는 말이다.

소라고 불렸다. 자세히 보니 정말로 강씨 집에 있던 그 옥소였으며, 그녀의 가운뎃손가락에 살짝 나 있는 가락지 자국은 이별할 때 남겨 주었던 그 옥가락지와 다르지 않았다. 위고가 탄식하며 말했다.

"내 이제야 살고 죽는 운명이란 가고 온다는 것을 알게 되었으니, 옥소의 말이 바로 이렇게 증험되었구나!"

唐西川節度使韋臯, 少遊江夏, 止於姜使君之館. 姜氏孺子曰荊寶, 已習二經, 雖兄呼韋, 而事之如父也. 荊寶有小靑衣曰玉簫, 年纔十歲, 常令祗侍韋兄, 玉簫亦勤於應奉. 後二載, 姜使君入關求官, 家累不行. 韋乃易居, 止頭陀寺, 荊寶亦時遣玉簫往彼應奉. 玉簫年稍長大, 因而有情. 時廉使陳常侍得韋季父書云 : "侄臯久客貴州, 切望發遣歸覲." 廉使啓緘, 遺以舟楫服用. 仍恐淹留, 請不相見, 泊舟江瀨, 俾篙工促行. 韋昏嗟拭淚, 乃裁書以別荊寶. 寶頃刻與玉簫俱來, 旣悲且喜. 寶命玉簫從行, 韋以違覲日久, 不敢與俱, 乃固辭之. 眉 : 大錯. 遂與言約 : "少則五載, 多則七年, 取玉簫." 因留玉指環一枚, 並詩一首遺之. 旣五年, 不至, 玉簫乃靜禱於

69) 열여섯 살 : 원문은 "파과지년(破瓜之年)". 여자 나이 16세와 남자 나이 64세를 가리킨다. "과(瓜)" 자를 세로로 파자(破字)하면 여덟 팔(八) 자가 둘이 되므로, 이를 더하면 16이 되고 곱하면 64가 된다. 또한 여자가 처녀성을 잃는다는 뜻으로, 옛날에 여자의 결혼 적령기인 16세를 뜻하기도 한다.

鸚鵡洲. 又逾二年, 至八年春, 玉簫嘆曰: "韋家郎君, 一別七年. 是不來矣!" 遂絕食而殞. 姜氏憫其節操, 以玉環著於中指而同殯焉. 眉: 節節見姜生忠厚, 後之護雪有自矣. 後韋鎮蜀, 到府三日, 詢鞠獄囚, 滌其冤濫. 輕重之繫, 近三百餘人, 其中一輩, 五器所拘, 偸視廳事, 私語曰: "僕射是當時韋兄也." 乃厲聲曰: "僕射! 僕射! 憶姜家荊寶否?" 韋曰: "深憶之." "卽某是也!" 公曰: "犯何罪而重繫?" 答曰: "某辭公之後, 尋以明經及第, 再選靑城縣令. 家人誤爇廨舍庫牌印等." 韋曰: "家人之犯, 固非己尤." 卽與雪冤, 仍歸墨綬, 乃奏眉州牧. 敕下, 未令赴任, 且留賓幕. 時屬大軍之後, 草創事繁, 凡經數月, 方問: "玉簫何在?" 姜曰: "僕射維舟之夕, 與伊留約, 七載是期. 旣逾時不至, 乃絕食而終." 因吟留贈玉環詩云: "黃雀銜來已數春, 別時留解贈佳人. 長江不見魚書至, 爲遣相思夢入秦." 韋聞之, 益增悽嘆, 廣修經像, 以報夙心. 且想念之懷, 無由再會. 時有祖山人者, 有少翁之術, 能令逝者相親. 但令府公齋戒七日. 淸夜, 玉簫乃至, 謝曰: "承僕射寫經造像之力, 旬日便當託生. 却後十三年, 再爲侍妾, 以謝鴻恩." 臨去, 微笑曰: "丈夫薄情, 令人死生隔矣!" 後韋以隴右之功, 終德宗之代, 理蜀不替, 累遷中書令. 天下響附, 爐燧歸心. 因作生日, 節鎭所賀, 皆貢珍奇. 獨東川盧八座送一歌姬, 未當破瓜之年, 亦以玉簫爲號. 觀之, 乃眞姜氏之玉簫也, 而中指有肉環隱出, 不異留別之玉環也. 韋嘆曰: "吾乃知存歿之分, 一往一來, 玉簫之言, 斯可驗矣!"

* 이 고사는 《태평광기》 권274 〈정감·위고(韋皋)〉에 실려 있다.

참응(讖應)

19-72(0446) 당흥촌과 할미 얼굴

당흥촌 · 아파면(唐興村 · 阿婆面)

출《조야첨재》출《지전록(芝田錄)》미 : 말의 참응이다(語讖).

서경(西京 : 장안)의 조당(朝堂) 북쪽에 있는 커다란 홰나무는 수(隋)나라 때 당흥촌이라 불렸다. 문황제(文皇帝)가 장안성(長安城)으로 도읍을 옮긴 후, 장작대장(將作大匠) 고영(高穎)은 늘 그 나무 아래에 앉아서 일을 감독했다. 그 후 다른 나무를 심을 때 줄이 똑바르지 않아서 홰나무를 베어 내려 했더니 황제가 말했다.

"고영이 이 나무 아래에 앉았으니 베어 내서는 안 된다."

지금 [당나라] 선천(先天) 연간(712~713)에까지 이르는 130년 동안 그 홰나무는 여전히 서 있으며, 줄기와 잎이 무성하고 밑동과 뿌리가 넓게 퍼져서 다른 나무들과는 다르다.

수나라 양제(煬帝)와 [당나라] 신요(神堯) 고조(高祖)는 모두 독고씨(獨孤氏)가 외가였는데, 신요는 양제에게 늘 업신여김을 당했다. 나중에 황제가 연회를 베풀었을 때 양제는 사람들 앞에서 신요를 희롱했다. 신요는 얼굴이 길고 주름이 많았으므로 양제는 그를 "아파면(阿婆面 : 할미 얼굴)"이라고 불렀다. 신요는 분노하고 불쾌했으며 집으로 돌아와서도 분을 삭이지 못하다가 집안사람들에게 말했다.

"내 신세가 불쌍하다. 오늘 또 황상에게 공개적으로 아파 면이라는 비방을 받았으니, 이에 근거하면 내 자손들은 굶주려 얼어 죽는 일을 면하지 못할 것이다."

사람들은 모두 아무 말이 없었는데, 두 황후(竇皇后 : 신요의 황후)가 뛸 듯이 기뻐하며 말했다.

"그 말은 온 집안이 경하해도 됩니다."

신요는 그 뜻을 깨닫지 못한 채 위로하는 말이라고 생각했다. 두 황후가 말했다.

"공은 당(唐) 땅에 봉해질 것입니다. '아파'는 바로 당(堂)의 주인이며, '당(堂)'은 당(唐)을 말합니다."

신요는 근심이 확 풀리면서 기뻐했다.

西京朝堂北頭有大槐樹, 隋曰唐興村. 文皇帝移長安城, 將作木匠高穎常坐此樹下檢校. 後栽樹行不正, 欲去之, 帝曰 : "高穎坐此樹下, 不須伐之." 至今先天一百三十年, 其樹尙在, 柯葉森疏, 根株盤礴, 與諸樹不同.

隋煬帝與神堯高祖俱是獨孤外家, 神堯與煬帝常侮狎. 後因賜宴, 煬帝於衆, 因戲神堯. 神堯高顔面皺, 帝目爲"阿婆面". 神堯忿恚不樂, 泊歸就第, 快悵不已. 謂家人曰 : "某身世可悲. 今日更被上顯毁云阿婆面, 據是, 兒孫不免饑凍矣." 衆皆無言, 竇皇后欣躍曰 : "此言可以室家相賀!" 神堯不喩, 謂是解免之詞. 后曰 : "公封於唐. 阿婆乃是堂主, 堂者, 唐也." 神堯澳然喜悅.

* 이 고사는 《태평광기》 권163 〈참응·고영(高穎)〉과 〈신요(神堯)〉에 실려 있다.
1 목(木) : 《태평광기》 명초본에는 "대(大)"라 되어 있는데, 문맥상 타당하다.

19-73(0447) 필설아와 입파

필설아 · 입파(苾挈兒 · 入破)

출《조야첨재》출《전재록(傳載錄)》미 : 이하는 노래의 참응이다(以下歌曲讖).

[당나라] 무주(武周 : 측천무후) 수공(垂拱) 연간(685~688) 이래로 도성에서 불린 〈필설아〉라는 노래의 가사는 모두 요사스럽고 부정했다. 나중에 알고 보았더니 장역지(張易之)의 어릴 적 이름이 필설이었다.

천보(天寶) 연간(742~756)에 대부분의 악장은 〈양주(涼州)〉·〈감주(甘州)〉·〈이주(伊州)〉 따위처럼 변방의 지명으로 명칭을 삼았다. 그 곡들은 번성(繁聲)[70]을 주로 썼고, 입파(入破)[71]로 유명했다. 훗날 그 지역은 모두 서번(西蕃)에게 함락당했는데, 바로 그 징조[72]였던 것이다.

---

70) 번성(繁聲) : 기존의 5음계 체제를 더욱 복잡하게 만든 음계.

71) 입파(入破) : 당송(唐宋)의 대곡(大曲)에서 사용하는 용어. 대곡은 산서(散序)·중서(中序)·파(破)의 세 단락으로 이루어지는데, '입파'는 바로 마지막 '파' 단락의 초입 부분을 말한다. 모든 악기가 합주되면서 급하고 번쇄한 소리가 난다.

72) 징조 : '번성(繁聲)'의 '번(繁)' 자가 '서번(西蕃)'의 '번(蕃)'과 발음이 같고, '입파(入破)'의 '파(破)' 자에 격파당한다는 뜻이 있다.

周垂拱已來, 京都唱〈苾芻兒〉歌詞, 皆是邪曲. 後張易之小名苾芻.

天寶中, 樂章多以邊地爲名, 若〈凉州〉·〈甘州〉·〈伊州〉之類. 其曲遍繫¹聲, 名入破. 後其地盡爲西蕃所沒破, 乃其兆矣.

* 이 고사는《태평광기》권163〈참응·필설아〉와 권204〈악(樂)·천보악장(天寶樂章)〉에 실려 있다.

1 계(繫):《태평광기》명초본에는 "번(繁)"이라 되어 있는데, 문맥상 타당하다.

19-74(0448) '국' 자를 바꾸다
개국자(改國字)

출《조야첨재》미 : 이하는 글자의 참응이다(以下字讖).

천수(天授) 연간(690~692)에 측천무후(則天武后)는 글자를 새롭게 고치기를 좋아했으며, 또한 금기시하는 것도 많았다. 유주(幽州) 사람 심여의(尋如意)가 봉서(封書)를 올려 아뢰었다.

"국(國) 자 안에 '혹(或)'이 있는 것은 혹 천하가 어지러워질 상이니, 청컨대 큰입구몸(囗) 안에 '무(武)'를 넣음으로써 그 기운을 누르십시오."

측천무후는 크게 기뻐하며 명령을 내려 즉시 그의 말에 따랐다. 그런데 한 달여 후에 또 어떤 사람이 봉서를 올려 아뢰었다.

"'무(武)'가 큰입구몸(囗) 안에 위축되어 있어서 수(囚) 자와 다름이 없으니, 이는 매우 상서롭지 못합니다."

측천무후는 깜짝 놀라 황급히 앞에 내렸던 명령을 거두고 다시 큰입구몸(囗) 안에 '팔방(八方)' 자를 넣으라고[국(圀)] 했다. 나중에 효화황제(孝和皇帝 : 중종)가 즉위해 과연 측천무후를 상양궁(上陽宮)에 유폐시켰다.

天授中, 則天好改新字, 又多忌諱. 有幽州人尋如意上封云 :

"國字中'或', 或亂天象, 請□中安'武'以鎭之." 則天大喜, 下制卽依. 月餘, 有上封者云:"'武'退在□中, 與囚字無異, 不祥之甚." 則天愕然, 遽追制, 改令中爲'八方'字. 後孝和卽位, 果幽則天於上陽宮.

* 이 고사는《태평광기》권139〈징응(徵應)·유주인(幽州人)〉에 실려 있다.

19-75(0449) 왕탁

왕탁(王鐸)

출《북몽쇄언》

당(唐)나라 건부(乾符) 연간(874~879)에 진국공(晉國公) 왕탁(王鐸)이 제도도통(諸道都統)이 되었다. 그때 목성(木星)이 남두성(南斗星)으로 들어가 며칠 동안 물러가지 않았다. 왕탁이 그것을 보고 점성술사에게 물었다.

"길흉이 어떠한가?"

모두들 말했다.

"금성(金星)·화성(火星)·토성(土星)이 남두성을 범하면 재앙이 되지만, 오직 목성은 마땅히 복이 됩니다."

당시 변강(邊岡)이라는 술사는 천문을 깊이 알고 역수(曆數)에 정통했는데, 그가 진국공에게 말했다.

"남두성은 제왕을 상징하는 별자리이고 목성은 복을 주는 신이므로 이것으로 제왕의 일을 점쳐 볼 수 있지만, 지금은 복이 되는 것이 아닙니다. 틀림없이 나중에 징험이 있을 것이지만 아직은 감히 말할 수 없습니다."

다른 날에 진국공이 좌우 사람들을 물린 채 은밀히 물었더니 변강이 말했다.

"목성이 남두성으로 들어갔으니 마땅히 왕이 될 징조입

니다. 목성이 남두성 안에 있으니 '주(朱)' 자입니다."

식자들은 당나라에 일찍이 '비의(緋衣 : 붉은 옷)'의 참어(讖語)가 있었다고 말했고, 어떤 이는 장래에 국운이 바뀔 것이라고 말하면서 혹은 배씨(裵氏)라고도 하고 혹은 우씨(牛氏)라고도 했다. '배(裵)' 자는 '비의(緋衣)'가 되고, '우(牛)' 자에 '인(人)' 자를 더하면 바로 '주(朱)'가 된다. 그래서 진국공(晉國公) 배도(裵度)와 상국(相國) 우승유(牛僧孺)는 매번 이러한 비방에 시달렸다. 하지만 천명이 탕산(碭山)의 주씨[朱氏 : 주전충(朱全忠), 즉 주온(朱溫)]에게 주어질 것을 어찌 알았겠는가? 미 : "비의를 입은 어린아이는 배를 드러내 놓고 있고, 하늘 위에 있는 입은 쫓겨나네"[73]라는 참어는 배도가 오원제(吳元濟)를 격파함으로써 이미 응험되었다.

唐乾符中, 晉公王鐸爲諸道都統. 時木星入南斗, 數夕不退. 鐸觀之, 問諸星者 : "吉凶安在?" 咸曰 : "金·火·土犯斗, 卽爲災, 惟木當爲福耳." 時有術士邊岡, 洞曉天文, 精通曆數,

---

73) "비의를 입은 어린아이는 배를 드러내 놓고 있고, 하늘 위에 있는 입은 쫓겨나네" : '비의(緋衣)'는 '배(裵)' 자로 배도(裵度)를 암시하고, '하늘[天] 위에 있는 입[口]'은 '오(吳)' 자로 오원제(吳元濟)를 암시한다. 본문에서 말한 "비의의 참어"는 이것을 말한다. 당나라 헌종(憲宗) 때 회서절도사(淮西節度使) 오원제가 채주(蔡州)에서 반란을 일으키자, 원화(元和) 12년(817)에 재상 배도가 이를 평정했다.

謂晉公曰:"惟斗帝王之宮宿, 惟木爲福神, 當以帝王占之, 然則非福於今. 必當有驗於後, 未敢言之." 他日, 晉公屏左右密問, 岡曰:"木星入斗, 當王之兆. 木在斗中, '朱'字也." 識者言唐世嘗有'緋衣'之讖, 或言將來革運, 或姓裴, 或姓牛. 以裴字爲緋衣, 牛字著人, 卽朱也. 所以裴晉公度, 牛相國僧孺, 每權此謗. 安知鍾於碭山之朱乎? 眉:"緋衣小兒坦其腹, 天上有口被驅逐", 裴度破吳元濟, 已應之矣.

* 이 고사는 《태평광기》 권163 〈참응·왕탁〉에 실려 있다.

19-76(0450) 글자를 이룬 나무

목성문(木成文)

출《계신록》

[오대] 후량(後梁) 개평(開平) 2년(908)에 조정에서 장수 이사안(李思安)에게 노주(潞州)를 공격하게 했다. 이사안은 호구관(壺口關)에 군영을 세우고 나무를 베어 목책(木柵)을 만들었는데, 커다란 나무 한 그루를 베었더니 나무 안에 예서(隷書) 여섯 자가 붉은 글자로 적혀 있었다.

"천십사재석진(天十四載石進)."

이사안이 표문을 올려 상주하자 신하들은 모두 경하하며 14년 후에 필시 먼 곳의 이민족이 진귀한 보물을 바칠 것이라고 생각했다. 하지만 사천소감(司天少監) 서홍(徐鴻)은 가까운 사람에게 말했다.

"예로부터 한 글자로 연호를 삼은 적이 없으니, 하늘에서 천명을 내리면서 어찌 글자를 빠뜨렸겠는가? 나는 병신년(丙申年)에 틀림없이 석씨(石氏)가 이곳에서 왕이 될 것이라고 생각한다. '사(四)' 자 중간의 세로 획 두 개를 옮겨 '천(天)' 자의 좌우에 놓으면 바로 '병(丙)' 자가 되고, '사(四)' 자의 바깥 둘레를 옮겨 '십(十)' 자로 꿰뚫으면 바로 '신(申)' 자가 된다." 미 : 파자법(破字法)이다.

나중에 병신년이 되어 후진(後晉)의 고조[高祖 : 석경당(石敬瑭)]가 석씨로서 병주(幷州)에서 일어났으니, 서홍이 말한 대로였다.

梁開平二年, 使其將李思安攻潞州. 營於壺口關, 伐木爲柵, 破一大木, 木中朱書隷文六字, 曰 : "天十四載石進." 思安表上之, 其群臣皆賀, 以爲十四年必有遠夷貢珍寶者. 其司天少監徐鴻謂所親曰 : "自古無一字爲年號者, 上天符命, 豈闕文乎? 吾以丙申之年, 當有石氏王此地者. 移'四'字中兩竪, 置'天'字左右, 卽'丙'字也, 移'四'之外圍, 以'十'字貫之, 卽'申'字也." 眉 : 拆字法. 後至丙申歲, 晉高祖以石姓起幷州, 如鴻之言.

* 이 고사는 《태평광기》 권163 〈참응 · 목성문〉에 실려 있다.

19-77(0451) 원재

원재(元載)

출《통유록(通幽錄)》미 : 이하는 시의 참응이다(以下詩讖).

당(唐)나라의 원재가 재상으로 있을 때 한낮에 어떤 서생이 그를 찾아왔다. 서생은 원재를 뵙고 절을 올리며 말했다.

"공께서 의로움을 숭상하고 선비를 좋아하신다고 들었습니다."

서생은 불쑥 시 한 수를 바쳐 자신의 뜻을 담았는데, 그 시는 다음과 같았다.

"성 남쪽 긴 길에는 묵을 곳이 없고, 억새꽃은 버들개지처럼 어지럽게 피어 있네. 바다제비가 진흙 물고 와 둥지를 틀려 해도, 아무도 없는 빈집이라 도로 날아가 버리네."

원재는 그 뜻을 깨닫지 못하고 있었는데, 서생은 문을 나서더니 사라져 버렸다. 1년 남짓 후에 원재는 국법에 걸려 집안이 망했다.

唐元載爲相時, 正晝有書生詣焉. 旣見, 拜語曰 : "聞公高義好士." 輒獻詩一篇, 以寄其意, 詞曰 : "城南路長無宿處, 荻花紛紛如柳絮. 海鷰銜泥欲作窠, 空屋無人却飛去." 載亦不曉其意, 旣出門而沒. 後歲餘, 載被法家破矣.

* 이 고사는《태평광기》권143〈징응·원재〉에 실려 있다.

19-78(0452) 지공 대사의 예언
지공사(志公詞)
출《가화록(嘉話錄)》

역호(逆胡 : 안녹산)의 난에 대해 양(梁)나라의 지공 대사[志公大師 : 지보(志寶)]가 이미 글을 남겨 두었다.

"뿔 둘 달린 여자가 녹색 옷을 입고, 태항산(太行山)을 등진 채 임금을 맞이하지만, 발이 하나인 달에 반드시 사라진다네."

뿔 둘 달린 여자[兩角女子]는 '안(安)' 자이고, 녹색은 '녹(祿)'이며, 발이 하나인 달[一止之月]은 정월(正月)이다. 안녹산(安祿山)은 과연 정월에 패망했다.

逆胡之亂, 梁朝志公大師已有詞曰 : "兩角女子綠衣裳, 却背太行邀君王, 一止之月必消亡." 兩角女子, '安'字也, 綠者, 祿也, 一止, 正月也. 果正月敗亡.

* 이 고사는 《태평광기》 권163 〈참응·지공사〉에 실려 있다.

19-79(0453) 스님 보만

승보만(僧普滿)

출《광고금오행기》

택주(澤州)와 노주(潞州) 지역에 보만이라고 부르는 스님이 있었는데, 그가 말한 일이 종종 징험되었다. 건중(建中) 연간(780~783) 초에 보만이 노주의 불사에 시를 적어 놓았다.

"이 강물이 경수(涇水)로 연결되니, 두 구슬로 인해 피가 하천에 가득하네. 푸른 소가 붉은 호랑이를 거느리면, 다시 태평한 세월이라 부르리라."

보만이 시를 적은 후에 사람들은 그 의미를 알 수 없었다. 나중에 역적 주차(朱泚)가 병사를 일으키자 사람들은 비로소 그 의미를 깨닫게 되었다. 이 강물[此水]은 '차(泚)' 자이고, 경수는 경주(涇州)에서부터 병란이 일어난다는 말이며, 두 구슬은 주차와 [그의 동생] 주도(朱滔)를 말한다. 푸른 소는 흥원(興元) 2년 을축년(乙丑年)74)을 말하는데, 을(乙)은

---

74) 흥원(興元) 2년 을축년(乙丑年) : '흥원'은 당 덕종(德宗)의 연호(784)로 1년만 사용했고 갑자년(甲子年)이며, '을축년'은 덕종 정원(貞元) 원년(785)이므로, 역사적인 사실과는 차이가 있다. 주차(842~

[오행(五行)에서] 목(木)에 해당하고, [목은 푸른색에 해당하며], 축(丑)은 소를 뜻한다. 이듬해 병인년(丙寅年)에 연호를 정원(貞元)으로 바꾸었는데,75) 병(丙)은 [오행에서] 화(火)에 해당하고, [화는 붉은색에 해당하며], 인(寅)은 호랑이를 뜻한다. 이때에 이르러 역적이 평정되었다.

澤·潞有僧, 號普滿, 言事往往有驗. 建中初, 於潞州佛舍中題詩云: "此水連泚水, 雙珠血滿川. 靑牛將赤虎, 還號太平年." 題詩後, 人莫能知. 及賊泚稱兵, 衆方解悟. 此水者, '泚'字, 涇水者, 自涇州兵亂也, 雙珠者, 泚與滔也. 靑牛者, 興元二年[1]乙丑歲, 乙者, 木也, 丑者, 牛也. 明年改元貞元, 歲在丙寅, 丙者, 火也, 寅者, 虎也. 至是賊已平.

* 이 고사는 《태평광기》 권140 〈징응·승보만〉에 실려 있는데, 출전이 "《광덕신이록(廣德神異錄)》"이라 되어 있다.
1 이년(二年) : "원년(元年)"의 오기로 보인다.

784)는 덕종 건중(建中) 4년(783)에 경원(涇原)에서 반란을 일으켜 군사들에 의해 황제로 옹립되어 국호를 대진(大秦), 연호를 응천(應天)이라 했다가, 흥원 원년(784)에 다시 국호를 한국(漢國), 연호를 천황(天皇)으로 고쳤으며, 같은 해에 패주하던 도중에 부장에게 살해되었다.
75) 이듬해 병인년(丙寅年)에 연호를 정원(貞元)으로 바꾸었는데 : 실제로는 을축년(785) 정월에 '정원'으로 개원(改元)했으므로, 이 역시 착오로 보인다. '병인년'은 정원 2년(786)이다.

19-80(0454) 무성히 자라는 풀

초중생(草重生)

출《회계록(會稽錄)》

처음에 동창(董昌)76)이 아직 패하기 전에 어떤 미친 사람이 월주(越州) 기정(旗亭)의 객사(客舍)에 4구의 시를 많이 적어 놓았다.

"날마다 풀이 무성하게 자라나, 유유히 소성(素城) 옆에 있네. 제후가 흰 토끼를 쫓으니, 여름이 가득하면 경호(鏡湖)가 평온해진다네."

처음에는 사람들이 그 말을 이해하지 못하다가 동창이 패하자 비로소 깨달았다. 풀이 무성하다[草重]는 '동(董)' 자가 되고, 날마다[日日]는 '창(昌)' 자가 된다. 소성(素城)은 수(隋)나라 월국공(越國公) 양소(楊素)가 세운 월성(越城)이다. 제후(諸侯)는 후(猴 : 원숭이)로 전유(錢鏐)가 원숭이띠[申]임을 뜻하고, 흰 토끼[白兎]는 동창이 토끼띠[卯]임을 뜻한다. 여름이 가득하다[夏滿]는 6월을 말하고, 경호(鏡湖)

---

76) 동창(董昌) : 당나라 말에 월주관찰사(越州觀察使)를 지내다가 반란을 일으켜, 국호를 나평(羅平)이라 하고 제위에 올랐으나, 후에 오월(吳越)을 세운 전유(錢鏐)에게 패해 자살했다.

는 월중(越中)을 말한다.

初董昌未敗前, 狂人於越州旗亭客舍多題詩四句, 曰 : "日日草重生, 悠悠傍素城. 諸侯逐白兎, 夏滿鏡湖平." 初人不曉其詞, 及昌敗方悟. 草重, '董'字, 日日, '昌'字. 素城, 越城, 隋越國公楊素所築也. 諸侯者, 猴乃錢鏐申生屬也, 白兎, 昌卯生屬也. 夏滿, 六月也, 鏡湖者, 越中也.

* 이 고사는 《태평광기》 권163 〈참응・초중생〉에 실려 있다.

19-81(0455) 최서

최서(崔曙)

출《본사시》

　당(唐)나라의 최서는 진사(進士)에 급제한 후 〈명당화주(明堂火珠)〉라는 시를 지었다.

　"한밤에 보름달이 나란히 떠 있더니, 새벽이 되자 별 하나만 외롭게 남았네."

　당시 사람들은 이를 경구(警句)라고 칭찬했다. 이듬해에 최서가 죽었는데, 이름이 성성(星星)인 딸 하나만 있었다. 사람들은 비로소 그 시가 최서 자신의 앞날을 예언한 것임을 깨달았다.

唐崔曙擧進士, 作〈明堂火珠〉詩, 曰 : "夜來雙月滿, 曙後一星孤." 時稱警句. 及來年, 曙卒, 唯一女名星星, 人始悟其自讖.

* 　이 고사는 《태평광기》 권143 〈징응・최서〉에 실려 있다.

19-82(0456) 우구곡

우구곡(牛口谷)

출《조야첨재》미 : 이하는 지명의 참응이다(以下地名識).

    당(唐)나라의 손전(孫佺)은 유주도독(幽州都督)이 되어 5월에 북쪽을 정벌하고자 했는데, 당시 군사(軍師) 이처욱(李處郁)이 간언했다.

    "5월에 남쪽은 화(火)에 해당하고 북쪽은 수(水)에 해당하니, 화가 수로 들어가면 반드시 소멸하게 됩니다."

    하지만 손전은 그의 말을 따르지 않았다가 과연 8만의 병사를 잃고 말았다. 옛날 [수나라 말에] 두건덕(竇建德)이 우구곡(牛口谷)에서 왕세충(王世充)을 구하려 했는데, 당시 사람들이 말했다.

    "두[竇 : 두(豆)와 발음이 같음]가 소의 입[牛口]으로 들어가니, 어찌 돌아오기를 기대할 수 있겠는가?"

    과연 두건덕은 진왕(秦王 : 이세민)에게 사로잡혔다. 손전이 북쪽으로 떠날 때 이처욱이 말했다.

    "밥[飧] 미 : 손(飧)과 손(孫)은 음이 같다. 이 목구멍[咽]으로 넘어가면 백에 하나도 온전하지 못할 것입니다."

    산동(山東) 사람들은 진밥을 '손(飧)'이라 하고, 유주의 이북은 모두 연[燕 : 인(咽)과 발음이 같음] 땅이었으므로, 그렇게 말했던 것이다.

唐孫佺爲幽州都督, 五月北征, 時軍師李處郁諫:"五月南方火, 北方水, 火入水必滅." 佺不從, 果沒八萬人. 昔竇建德救王世充於牛口谷, 時謂:"竇入牛口, 豈有還期?" 果被秦王所擒. 其孫佺之北也, 處郁曰:"飱 眉:飱孫音同. 若入咽, 百無一全." 山東人謂濕飯爲'飱', 幽州以北幷爲燕地, 故云.

* 이 고사는 《태평광기》 권163 〈참응·손전(孫佺)〉에 실려 있다.

19-83(0457) 매회촌

매회촌(埋懷村)

출《국사보(國史補)》

　　마수(馬燧)가 이회광(李懷光)[77]을 토벌하고자 태원(太原)으로부터 병사를 이끌고 오다가 보정(寶鼎)에 이르러 군영을 쳤다. 마수가 그곳의 지명을 묻고 매회촌이라고 하자 크게 기뻐하며 말했다.

　　"반드시 역적을 사로잡을 수 있겠구나!"

馬燧討李懷光, 自太原引兵, 至寶鼎下營. 問其地, 名埋懷村, 乃大喜曰 : "擒賊必矣!"

77) 이회광(李懷光) : 당나라의 명장으로 말갈족 출신이다. 무예가 출중해 일찍이 명장 곽자의(郭子儀)를 따라 참전해 전공을 세웠다. 안사의 난을 평정하는 데 참여해 빈녕절도사(邠寧節度使)가 되었고, 덕종(德宗)이 즉위한 후 삭방절도사(朔方節度使)가 되었다. 토번의 침입을 막아 내고, 위박절도사(魏博節度使) 전열(田悅)의 반군을 토벌했으며, 역적 주차(朱泚)를 공격했다. 공훈이 날로 성대해짐에 따라 재상 노기(盧杞)의 모함과 덕종의 시기를 받게 되자, 마침내 흥원(興元) 원년(784)에 주차와 연합해 조정에 반기를 들었다. 이듬해인 정원(貞元) 원년(785)에 하동절도사(河東節度使) 마수(馬燧)가 그를 토벌하고 하중부(河中府)를 평정했다.

* 이 고사는《태평광기》권163〈참응·이회광(李懷光)〉에 실려 있다.

권20 정수부(定數部)

정수(定數) 1

이 권은 대부분 과명(科名)·녹위(祿位)·빈부의 일을 실었다.
此卷多載科名·祿位·貧富之事.

20-1(0458) 두로서

두로서(豆盧署)

출《전정록(前定錄)》미 : 이하는 과명의 정해진 운수다(以下科名定數).

　　두로서는 본명이 보진(輔眞)이었다. [당나라] 정원(貞元) 6년(790)에 진사(進士) 시험에 응시했으나 낙제하자 장차 신안(信安) 지방을 유람할 작정으로, 자신이 지은 글을 가지고 가서 그곳의 군수 정식첨(鄭式瞻)을 배알했다. 정식첨은 잘 예우하면서 두로서에게 말했다.

　　"그대는 복성(復姓)이어서 두 자 이름이 어울리지 않네."

　　두로서는 일어나 감사하면서 그에게 고쳐 달라고 청했다. 정식첨은 저(著)·조(助)·서(署)와 같은 몇 글자를 쓰더니 두로서에게 스스로 선택하게 했다. 그날 밤 두로서의 꿈에 한 노인이 나타나 말했다.

　　"사군(使君 : 군수에 대한 존칭)이 그대를 위해 이름을 고쳐 주었다고 들었는데, 그대는 네 번 과거에 응시한 끝에 명성을 이룰 것이니 사(四)가 가장 좋네. 20년 후에는 이곳의 군수가 될 걸세."

　　그러면서 군의 빈 땅을 가리키며 말했다.

　　"여기에 정자를 세우면 좋겠네."

　　두로서가 깨어나 곰곰이 생각해 보았더니, 사(四)는 바로 '서(署)' 자였으므로 마침내 그것으로 이름을 삼았다. 2년 뒤에 두로서는 과거에 또 낙방하자 꿈이 맞지 않는다고 생각했다. 다시 2년 뒤에 두로서는 과연 과거에 급제했으니, 대개 이름을 바꾼 뒤로 네 번째 응시한 것이었다. 대화(大和) 9년(835)에 두로서는 비서소감(秘書少監)으로 있다가 구주자사(衢州刺史)가 되었다. 두로서는 임지에 도착한 뒤, 관할 군을 순시하다가 옛날 꿈속에서 노인이 가리켜 준 빈 땅을 찾아내서 그곳에 정자 하나를 짓고 이름을 "징몽정(徵夢亭)"이라 했다.

豆盧署, 本名輔眞. 貞元六年, 舉進士下第, 將遊信安, 以文謁郡守鄭式瞻. 瞻甚禮之, 因謂署曰 : "子復姓, 不宜兩字爲名." 署起謝, 且求其改. 式瞻書數字, 若著·助·署者, 俾自擇之. 其夕夢一老人謂曰 : "聞使君與子更名, 子當四擧成名, 四者甚佳. 後二十年, 爲此郡守." 因指郡隙地曰 : "此可以建亭臺." 旣寤思之, 四者, '署'字也, 遂以爲名. 旣二年, 又下第, 以爲夢無徵. 後二年, 果登第, 蓋自更名後四擧也. 大和九年, 署自秘書少監爲衢州刺史. 旣至, 周覽郡內, 得夢中所指隙地, 遂構一亭, 名曰"徵夢亭".

* 이 고사는 《태평광기》 권151 〈정수·두로서〉에 실려 있다.

20-2(0459) 이퇴

이퇴(李頎)

출《전정록》

[당나라] 정원(貞元) 연간(785~805)에 거인(擧人 : 향시 합격자) 이퇴는 막 과거 시험에 응시하려 했는데, 명성을 크게 떨치고 있었다. 어느 날 갑자기 그의 꿈에 자주색 옷을 입은 한 사람이 나타나 말했다.

"마땅히 예부시랑(禮部侍郎) 고소련(顧少連) 밑에서 급제하게 될 것이오."

이퇴는 잠에서 깨어나 조정의 관원을 살펴보았으나 고씨 성을 가진 사람은 아무도 없었다. 얼마 후 어떤 사람이 명함을 전하면서 진사(進士) 고소련이 뵙고자 한다고 말했다. 이퇴가 깜짝 놀라 그를 만나 보고 나서 그의 문하생이 되겠다는 뜻을 갖추어 말했더니 고소련이 말했다.

"나는 이제 막 시험장에 도착했으니, 절대로 그런 일은 없을 것이오."

다음 해에 이퇴는 과연 낙방했다. 정원 9년(793)에 이르러 고소련이 호부시랑(戶部侍郎)으로서 임시로 지공거(知貢擧)가 되자, 그때까지 급제하지 못하고 있던 이퇴가 은밀히 그를 찾아갔다. 그런데 [급제자 명단을 적은 방문을 내걸려는 즈음에 당시 재상이 어떤 사람을 특별히 부탁하는 바람에 이퇴는 또 낙방해 그저 울음만 삼킬 뿐이었다. 그 이듬해 가을에 고소련이 예부시랑에 임명되었을 때, 이퇴는 비로소 급제했다.

貞元中, 有擧人李頲, 方就擧, 聲價極振. 忽夢一人紫衣云: "當禮部侍郎顧少連下及第." 寐覺, 省中朝並無姓顧者. 及頃, 有人通刺, 稱進士顧少連謁. 頲驚而見之, 具述當爲門生, 顧曰: "某纔到場中, 必無此事." 來年, 頲果落第. 至貞元九年, 顧少連自戶部侍郎權知貢擧, 頲猶未第, 因潛往造焉. 臨放榜, 時相特囑一人, 頲又落, 但泣而已. 來年秋, 少連拜禮部侍郎, 頲乃登第.

* 이 고사는 《태평광기》 권151 〈정수·이퇴〉에 실려 있는데, 출전이 《감정록(感定錄)》이라 되어 있다.

20-3(0460) 세 번 급제한 정씨

정씨삼방(鄭氏三榜)

출《야사(野史)》

하중소윤(河中少尹) 정복례(鄭復禮)가 처음 진사(進士) 시험에 응시했을 때, 열 번이나 시험을 봤지만 모두 낙제해 심한 곤경에 처해 있었다. 천복사(千福寺)의 스님 홍도(弘道)는 사람들의 말에 따르면, 낮에는 문을 닫고 자다가 저녁이면 저승에서 일을 처리하는데 열 명이 머리를 조아리며 빌면 여덟아홉 명은 거절한다고 했다. 정복례는 한창 자신의 기구한 운명에 대해 애태우다가 날을 택해 목욕재계한 뒤에 그를 찾아갔더니 홍도가 말했다.

"무재[茂才 : 수재(秀才)와 같은 말로 정복례를 가리킴]가 적신지탄(積薪之歎)[78]을 품고 있는 것을 알고 있지만, 노력해 정진한다면 결국 훌륭한 명성을 이룰 것입니다. 그러나 그 일은 기이해서 말할 수 없습니다."

정복례가 절하며 그 시기를 알려 달라고 청하자 홍도가

---

78) 적신지탄(積薪之歎) : 장작을 쌓을 때 나중에 쌓은 것이 위로 올라가고 먼저 쌓은 것은 밑에 깔리는 것처럼, 오래도록 남의 밑에 있으면서 등용되지 못하는 처지를 한탄하는 것을 말한다.

말했다.

"모름지기 네 가지 일이 이루어진 연후에야 그 뜻을 이룰 수 있습니다. 네 가지 중에 하나라도 부족하면 다시 원망을 품게 될 것입니다. 이처럼 혈육이 차례대로 세 번 급제할 것입니다. 세 번 급제하기 전에는 사다리로 하늘에 오르는 것처럼 매우 어려울 것이지만, 세 번 급제한 뒤에는 손바닥을 뒤집는 것처럼 쉬울 것입니다."

정복례는 이해할 수 없어서 깜짝 놀라 쳐다보다가 다시 절하고 그 네 가지 일을 청해 물었다. 홍도는 한참 동안 망설이다가 말했다.

"삼가 다른 사람에게는 말하지 마십시오. 당신이 명성을 이루기 위해서는 네 가지 조건이 있어야 하는데, 역시 기이하다고 여길 것입니다. 첫째는 나라에서 연호를 바꾼 지 두 번째 해여야 합니다. 둘째는 예부시랑(禮部侍郎)이 재차 지공거(知貢擧)를 맡아야 합니다. 셋째는 장씨(張氏) 성을 가진 사람이 2등을 해야 합니다. 넷째는 그해에 합격한 사람 중에 곽팔랑(郭八郞 : 곽씨 집안의 항렬이 여덟 번째인 사람)이 있어야 합니다. 이 네 가지 중에 하나라도 빠지면 일이 제대로 이루어지지 않을 것입니다. 이처럼 당신의 동생과 조카까지 세 번의 급제는 대개 이러한 조건을 따르게 될 것입니다."

정복례는 그 말을 크게 의심하며 답답하고 막막해져서

더 이상 희망이 없다고 생각했다. [당나라] 장경(長慶) 2년 (822)에 어떤 사람이 정복례의 성명을 주고관(主考官)에게 추천했지만, 그는 주고관이 재차 지공거를 맡은 사람이 아니었기에 마음속으로 혹시나 했으나 과연 급제하지 못했다. 그러다가 연호가 바뀌어 보력(寶曆) 2년(826)에 이르러 신창(新昌) 사람 양 공(楊公)이 재차 문병(文柄 : 지공거)을 맡게 되자, 정복례는 속으로 기뻐했지만 그 일을 감히 발설하지 못했다. 이듬해 봄에 정복례는 과연 급제했는데, 2등을 한 사람의 성명은 장지실(張知實)이었고 같은 해에 급제한 곽팔랑의 이름은 언양(言揚)이었다. 정복례는 한참 동안 그 기이함에 찬탄하며 작은 서책의 끝에 이 일을 기록하면서 혼자 스스로 말했다.

"홍도는 이처럼 세 번 급제할 것이라고 말했는데, 한 번도 너무 기이하거늘 세 번이나 이럴 수 있단 말인가?"

다음으로 옛 상서우승(尙書右丞) 정헌(鄭憲)이 과거에 응시했다. 태화(太和) 2년(828)에 정헌은 자못 명성이 높았지만 주고관이 재차 지공거를 맡은 사람이 아니었는데, 시험일에 과연 가까운 친척 상을 당하는 슬픔을 겪게 되었다. 그는 그 후 태화 9년(835)에 과거에 응시했지만 간발의 차이로 떨어졌다. 그러다가 연호가 바뀌어 개성(開成) 2년(837)에 이르러 고개(高鍇)가 재차 문병을 맡게 되었고 이듬해에 정헌은 과연 상위로 급제했는데, 2등을 한 사람의 성명은 장

당(張棠)이었고 같은 해에 급제한 곽팔랑의 이름은 식(植)이었다. 그래서 정복례는 또 작은 서책의 말미에 덧붙여 기록했다. 세 번의 급제 중에서 비록 한 번이 빠지기는 했지만, 두 번의 급제는 조금도 틀림이 없었다. 정복례는 내실에서 혼자 스스로 말했다.

"어떻게 이럴 수가 있단 말인가?"

당시에 홍도 스님은 이미 어디로 갔는지 알 수 없었다. 다음으로 옛 부마도위(駙馬都尉) 정호(鄭顥)가 과거에 응시했는데, 당시 그는 명성이 널리 퍼져 있었다. [그럼에도 불구하고 급제하지 못했다.] 그러다가 연호가 바뀌어 회창(會昌) 2년(842)에 이르러 예부시랑 유경(柳璟)이 재차 문병을 맡았을 때 부마도위(정호)는 장원으로 급제했는데, 2등을 한 사람의 이름은 장잠(張潛)이었고 같은 해에 급제한 곽팔랑의 이름은 경(京)이었다. 홍도가 한 말은 틀림이 없었다. 미: 일이 정말로 기이하도다!

河中少尹鄭復禮始應進士擧, 十上不第, 困厄且甚. 千福寺僧弘道者, 人言晝閉關以寐, 夕則視事於陰府, 士祈叩者, 八九拒之. 復禮方蹇躓憤悗, 乃擇日齋沐候焉, 道曰 : "知茂才抱積薪之嘆, 勉旃進取, 終成美名. 然其事類異, 不可言也." 鄭拜請其期, 道曰 : "須四事相就, 然後遂志. 四缺其一, 則復負冤. 如是者, 骨肉相繼三榜. 三榜之前, 猶梯天之難, 三榜之後, 則反掌之易也." 鄭愕視不可喩, 則又拜請四事之目. 道持疑良久, 則曰 : "愼勿言於人. 君之成名, 其事有四,亦可以爲異矣. 其一, 須國家改元之第二年. 其二, 須是禮部侍郎再知貢擧. 其三, 須是第二人姓張. 其四, 同年須有郭八郞. 四者闕一, 則功虧一簣矣. 如是者, 賢弟侄三榜, 率須依此." 鄭大疑其說, 鬱鬱不樂, 以爲無復望也. 長慶二年, 人有導其名姓於主文者, 鄭以非再知貢擧, 意甚疑之, 果不中第. 直至改元寶曆二年, 新昌楊公再司文柄, 乃私喜, 其事未敢洩言. 來春, 果登第, 第二人姓張名知實, 同年郭八郞名言揚. 鄭奇嘆且久, 因紀於小書之杪, 私自謂曰: "道言三榜率須如此, 一之已異, 可用三乎?" 次至故尙書右丞憲應擧. 太和二年, 頗有籍甚之譽, 以主文非再知擧, 試日果有期周之恤. 後太和九年, 擧敗於垂成. 直至改元開成二年, 高鍇再司文柄, 明年果登上第, 第二人姓張名棠, 同年郭八郞名植. 因又附於小書之末. 三榜雖欠其一, 兩榜且無小差. 閨門之內私相謂曰: "豈其然乎?" 時僧弘道已不知所往矣. 次至故駙馬都尉顥應擧, 時譽轉洽. 至改元會昌之二年, 禮部柳侍郎璟再司文柄, 都尉以狀頭及第, 第二人姓張名潛, 同年郭八郞名京. 弘道所說無差焉. 眉: 事大奇!

* 이 고사는 《태평광기》 권155 〈정수·곽팔랑(郭八郞)〉에 실려 있다.

20-4(0461) 육빈우

육빈우(陸賓虞)

출《전정록》

　　육빈우는 진사(進士) 시험에 응시하기 위해 도성에 머물고 있었다. 유영(惟瑛)이란 스님은 운명을 잘 점쳤는데, [당나라 보력(寶曆) 2년(826) 봄에 육빈우는 과거를 그만두고 오(吳)로 돌아가고자 해서 유영에게 떠날 계획을 알려 주었더니 유영이 말했다.

　　"내년에 명성을 이룰 것이니 돌아갈 필요가 없습니다. 단지 경조부(京兆府)의 천거만 얻는다면 반드시 높은 등수로 급제할 것입니다."

　　육빈우가 말했다.

　　"저는 일찍이 세 차례나 경조부에 갔으나 아직 천거를 받지 못했습니다. 올해의 경우에는 더욱 어려움이 심할 것 같습니다."

　　유영이 말했다.

　　"그렇지 않습니다. 당신이 명성을 이루려면 반드시 경조부의 천거를 받아야 하며, 다른 곳에서는 안 됩니다. 7월 6일에 만약 물고기를 먹는다면 특등의 천거와 급제는 반드시 이루어질 것입니다." 미 : 물고기를 먹는 것도 운수에 정해져 있다면 하물며 다른 것임에랴?

이에 육빈우는 유영의 말을 진창리(晉昌里)의 들창에 써 놓고 날마다 그 말을 되새겼다. 몇 달 후에 육빈우는 정공리(靖恭里)의 북문에서 낭관(郎官) 한 사람을 기다렸는데, 때마침 조정의 관원을 만나 결국 종손(從孫)인 육문례(陸聞禮)의 집으로 돌아가서 쉬었다. 들어가자 육문례가 기쁘게 맞이하며 말했다.

"어떤 사람이 잉어 두 마리를 선물했는데 지금 막 삶으려던 참입니다."

육빈우는 평소에 물고기를 좋아했으므로 곧 탕을 끓이게 해서 함께 먹었다. 며칠 후에 육빈우는 들창에 써 놓았던 글을 보았는데, [자신이 잉어를 먹었던 날이] 바로 7월 6일이었다. 육빈우는 급히 수레 채비를 명해 유영을 찾아가서 그를 속여 말했다.

"장차 포관(蒲關)을 유람할까 해서 작별하러 찾아왔습니다."

유영이 웃으며 말했다.

"물고기를 이미 드셔 놓고 뭐 하러 포관을 유람합니까?"

육빈우는 유영의 말을 깊이 믿고 경조부의 천거를 얻으러 가서 과연 특등의 천거를 받았으며, 이듬해에 과거에 급제했다.

陸賓虞擧進士, 在京師. 有僧惟瑛知術數, 寶曆二年春, 賓虞欲罷擧歸吳, 告惟瑛以行計, 瑛曰 : "來歲成名, 不必歸矣. 但取京兆薦送, 必在高等." 賓虞曰 : "某曾三就京兆, 未始得事. 今歲之事, 尤覺甚難." 瑛曰 : "不然. 君之成名, 不以京兆薦送, 他處不可也. 至七月六日, 若食水族, 則殊等與及第必矣." 眉 : 食水族亦數定, 况他乎? 賓虞乃書於晉昌里之牖, 日省之. 數月後, 因於靖恭北門候一郎官, 適遇朝客, 遂回憩於從孫聞禮之舍. 旣入, 聞禮喜迎曰 : "有人惠雙鯉魚, 方欲烹之." 賓虞素嗜魚, 便令作羹共食. 後日因視牖間所書字, 則七月六日也. 遽命駕詣惟瑛, 且紿之曰 : "將遊蒲關, 故以訪別." 瑛笑曰 : "水族已食矣, 遊蒲關何爲?" 賓虞深信之, 因取薦京兆府, 果得殊等, 明年登第.

* 이 고사는《태평광기》권154〈정수·육빈우〉에 실려 있다.

20-5(0462) 왕현

왕현(王顯)

출《조야첨재》미 : 이하는 녹위의 정해진 운수다(以下祿位定數).

왕현과 문황제(文皇帝 : 당 태종)는 [한나라의] 엄릉(嚴陵 : 엄광)79)처럼 어릴 적 친구였는데, 문황제가 미천했을 때 늘 왕현을 놀리며 말했다.

"왕현은 늙을 때까지 고치를 만들지80) 못할 것이다."

나중에 문황제가 등극했을 때 왕현이 알현하면서 아뢰었다.

"신은 오늘 고치를 만들 수 있겠지요?"

문황제가 웃으며 말했다.

"아직은 알 수 없지."

그리고는 왕현의 세 아들을 불러들여 모두 5품 벼슬을 제

---

79) 엄릉(嚴陵) : 엄자릉(嚴子陵)을 말한다. 본명은 엄광(嚴光) 또는 엄준(嚴遵), 자는 자릉이다. 후한 때의 고사(高士)로, 어렸을 때 광무제(光武帝) 유수(劉秀)와 친구로 지내면서 함께 공부했다. 광무제가 즉위한 후에는 은거하면서 여러 차례 조정의 부름에도 벼슬길에 나아가지 않고 부춘산(富春山)에서 농사지으며 살다가 80세에 죽었다.

80) 고치를 만들지 : 누에가 고치를 만들어 영역을 확보하듯이 자신의 입지를 세운다는 뜻이다.

수했지만, 왕현에게만 벼슬을 내리지 않았다. 문황제가 왕현에게 말했다.

"경에겐 귀하게 될 팔자가 없어서 그런 것이지, 짐이 경에게 벼슬 주는 것이 아까워서가 아니오."

왕현이 말했다.

"아침에 귀해진다면 저녁에 죽더라도 만족하겠습니다."

그때 복야(僕射) 방현령(房玄齡)이 말했다.

"폐하께서는 이미 잠룡(潛龍) 시절에 왕현과 교분이 있으셨는데, 어찌하여 그에게 벼슬을 내리지 않으십니까?"

그래서 문황제는 왕현에게 3품 벼슬을 내려 주고 자포(紫袍)와 금대(金帶)를 가져오게 해서 그에게 하사했는데, 그날 밤에 왕현은 죽었다.

王顯與文皇有嚴陵之舊, 微時常戲曰 : "王顯抵老不作繭." 及帝登極而顯謁, 因奏曰 : "臣今日得作繭耶?" 帝笑曰 : "未可知也." 召其三子, 皆授五品, 顯獨不及. 謂曰 : "卿無貴相, 朕非爲卿惜也." 曰 : "朝貴, 夕死足矣." 時僕射房玄齡曰 : "陛下旣有龍潛之舊, 何不試與之?" 帝與之三品, 取紫袍·金帶賜之, 其夜卒.

* 이 고사는 《태평광기》 권146 〈정수·왕현〉에 실려 있다.

20-6(0463) 두붕거

두붕거(杜鵬擧)

출《처사소시화전(處士蕭時和傳)》

　[당나라] 경룡(景龍) 연간(707~710) 말에 위 서인(韋庶人 : 위후)이 국정을 전횡했다. 두붕거는 당시 제원현위(濟源縣尉)로 있다가 부군(府君 : 태수의 존칭)의 부름을 받고 낙성(洛城 : 낙양)으로 가서 서적을 정리했는데, 어느 날 밤에 갑자기 죽자 친빈(親賓)[81]이 그를 위해 소렴(小殮)[82]을 준비했다. 두붕거의 부인 울지씨(尉遲氏)는 울지경덕(尉遲敬德)의 손녀로, 성품이 지혜롭고 강인했는데 그녀가 말했다.

　"공은 산술(算術)이 신묘했는데, 스스로 방백(方伯)의 지위에 이를 것이라 말씀하셨으니, 설마하니 오늘 영원히 세상을 떠나시겠습니까?"

　그러고는 편안히 있으면서 곡을 하지 않았다. 사흘째 저

---

81) 친빈(親賓) : 갑자기 상을 당했을 때, 경황이 없는 상주를 대신해 빈소에 서게 하는 사람을 말한다.

82) 소렴(小殮) : 상례(喪禮) 가운데 하나로, 죽은 사람을 목욕시키고 옷을 갈아입히고 이불을 덮어 주는 일을 말한다.

녁이 되자 두붕거가 천천히 소생하더니 며칠 뒤에는 비로소 말을 했는데, 다음과 같은 이야기를 해 주었다.

처음에 보았더니 두 사람이 부절을 들고 두붕거를 부르러 와서 그를 데리고 휘안문(徽安門)을 나섰는데, 문틈은 1촌(寸)쯤 되었으나 통과할 때는 오히려 넓었다. 그 길로 곧장 북망산(北邙山)으로 올라갔는데, 10여 리를 갔을 때 바닥이 보이지 않는 커다란 구덩이가 있었다. 사자가 두붕거에게 그 속으로 들어가라고 했는데, 그가 크게 두려워하자 사자가 말했다.

"눈을 감으시오."

그러고는 그의 손을 잡고 마치 나는 것 같더니 순식간에 발이 땅에 닿았다. 지름길을 찾아 동쪽으로 수십 리를 갔더니, 마치 겨울날의 먹구름처럼 하늘이 어두컴컴해졌다. 마침내 한 관청에 도착했는데, 건물과 담장이 크고 웅장했다. 사자가 두붕거를 데리고 들어갔더니, 푸른 옷을 입은 사람이 의자에 걸터앉아 있다가 두붕거에게 앞으로 나오라고 했다. 그때 옆에 있던 개 한 마리가 사람의 말로 말했다.

"착오입니다. 성명은 같지만 그 관리가 아닙니다."

푸른 옷 입은 사람은 사자를 매질한 뒤 부절을 바꾸고 그에게 두붕거를 데려가게 했다. 그런데 몸 반쪽에 다리가 둘 달린 말 한 마리가 펄쩍 뛰어 앞으로 나와 말했다.

"제가 지난날 두붕거에게 살해되었으니, 오늘 그 원한을 풀어 주시길 청합니다."

두붕거도 그 일을 분명히 기억하고 있었기에 호소했다.

"일찍이 역참의 일을 맡고 있을 때 칙사가 말을 죽이라고 해서 죽였을 뿐 제 뜻이 아니었습니다."

푸른 옷 입은 사람이 관리에게 문서를 가져오게 해서 살펴보았는데, 정말 그러했기에 말은 결국 물러갔다. 옆으로 보았더니 한 관리가 손을 흔들고 눈짓을 하면서 일을 처리하도록 했는데, 두붕거를 보호해 위기에서 벗어나게 해 주려는 것 같았다. 그 일에 대한 증명이 끝나자, 그 관리는 인사를 하고 나갔다. 푸른 옷 입은 사람이 문밖까지 두붕거를 배웅하면서 말했다.

"저는 살아 있는 사람으로 안주의 편호(編戶)83)입니다. 소부(少府 : 현위의 별칭)께서는 틀림없이 안주도독(安州都督)이 되실 것이기 때문에 미리 경의를 표하니 부디 자중자애하십시오."

푸른 옷 입은 사람이 말을 마치고 나자, 아까 그에게 지시했던 관리가 달려 나와서 말했다.

"저는 성이 위(韋)이고 이름이 정(鼎)이며, 역시 살아 있는 사람으로 상도(上都 : 장안) 무본방(務本坊)에 살고 있습

---

83) 편호(編戶) : 민간의 호적에 편입된 서민.

니다."

그러고는 아까 자신이 도움을 주었다고 말하면서 돈 10만 냥을 달라고 했다. 두붕거가 마련할 수 없다고 거절하자 위정이 말했다.

"저는 비록 살아 있는 사람이지만 지금 여기에서는 지전(紙錢)을 사용하니, 쉽게 마련할 수 있을 것입니다."

두붕거는 그리하겠다고 허락했다. 위정이 또 부탁했다.

"지전을 태울 때 밑에 물건을 깔아 지전이 부디 땅에 닿지 않도록 해 주시고, 아울러 제 이름을 부르시면 제가 즉시 사람을 보내 받겠습니다."

위정이 또 말했다.

"기왕 여기까지 오셨으니, 어찌 본인[當家] 미 : 당가(當家)는 주인공과 같다. 의 명부를 보지 않을 수 있겠습니까?"

그러고 나서 위정은 두붕거를 데리고 "호부(戶部)"라고 적혀 있는 한 건물로 들어갔는데, 방과 복도의 사방에 장부가 산더미처럼 쌓여 있었다. 그 가운데 세 칸짜리 가각고(架閣庫)[84]가 특히 높았는데, 황색 휘장으로 덮여 있었고 금글씨로 "황적(皇籍)"이라 적힌 편액이 달려 있었다. 나머지 문서는 모두 선반 위에 그대로 놓여 있었고, 가끔씩 자주색 덮

---

84) 가각고(架閣庫) : 도서와 문서를 보관해 두는 서고(書庫).

개로 덮여 있는 함이 있었다. 위정이 말했다.

"이것은 재상의 명부입니다."

그러고는 두붕거를 잡아끌어 두씨의 명부를 가리켰는데, "복양방(濮陽房)"이라는 서첨(書籤)이 붙어 있는 자주색 함 네 개가 있었다. 함을 열고 명부를 펼쳐 보았더니 두붕거에게 세 아들이 있었는데, 당시 아직 태어나지 않았지만 명부에는 이미 이름이 올라 있었다. 두붕거는 붓을 달라고 해서 그 이름을 팔에 적었다. 두붕거가 머뭇거리면서 더 둘러보려고 하자 위정이 말했다.

"여기에 머물 수 없는 이상 빨리 돌아가셔야 합니다."

위정은 두붕거를 데리고 나와서 다른 관리에게 그를 전송하게 했다. 그를 전송하는 관리가 말했다.

"저는 배고픔에 시달리고 있는데, 이 기회를 만나지 않았다면 밖으로 나올 수 없었을 것입니다. 부디 제가 다른 곳으로 가서 밥 한 끼만 얻어먹을 수 있도록 허락해 주십시오. 당신은 그저 이 길만 따라가면 저절로 집에 도착하실 것입니다."

두붕거는 그를 붙잡으려 했지만 그럴 수 없었기에 결국 혼자서 서쪽으로 갔는데, 길 왼쪽에 갑자기 새로 지은 성 하나가 보였고, 기이한 향기가 몇 리까지 풍겼으며, 성을 둘러싸고 모두 갑옷 입은 병사들이 무기를 들고 있었다. 두붕거가 물어보았더니 병사가 말했다.

"상왕(相王 : 예종)께서 이곳에서 천자의 자리에 오르시기에 천인(天人) 400명이 전송하러 왔습니다."

두붕거는 일찍이 상왕부(相王府)의 관리를 지낸 적이 있었기 때문에 이 말을 듣고 매우 기뻐했다. 담장에 커다란 구멍이 나 있었기에 두붕거는 그곳을 통해 안을 분명하게 들여다볼 수 있었다. 천인 수백 명이 상왕을 에워싸고 있었고, 채색 구름이 땅에 가득했으며, 천인들은 모두 신선의 옷을 입고 있었는데 모든 것이 마치 그림 같았다. 상왕 앞에서 어떤 여자가 향로를 들고 상왕을 인도하고 있었는데, 가까이 다가가서 자세히 엿보았더니 그녀의 치마와 허리띠에 기러기의 이빨 자국처럼 가위로 자른 듯한 자국이 나 있었다. 상왕의 머리 위로 태양 하나가 휘황찬란하게 빛나고 있었는데, 직경이 1장(丈) 남짓이나 되었다. 상왕의 뒤로 모두 19개의 태양이 줄지어 서 있었는데, 크게 빛나는 것이 모두 상왕의 머리 위에 있는 것과 같았다. 잠시 후에 붉은 군복을 입은 금위(禁衛) 기병이 상왕을 맞이하러 왔는데, 갑옷 입은 병사가 두붕거에게 떠나라고 하자 두붕거는 가던 길로 되돌아가 계속 가다 보니 자기도 모르는 사이에 휘안문에 이미 도착해 있었다. 휘안문은 잠겨 있었지만 떠날 때와 마찬가지로 쉽게 통과했다. 두붕거는 집에 도착해서 자신의 몸이 침상 위에 있는 것을 보고 훌쩍 뛰어 몸속으로 들어간 뒤에 마침내 깨어났다.

팔 위에 적은 글은 마치 썩은 나무에 쓴 것처럼 보였지만, 글자는 여전히 뚜렷하게 남아 있었다. 두붕거는 지전 10만 냥을 불사르면서 위정을 불러 건네주었다. 두붕거는 시대가 바뀔 운수와 당나라가 중흥할 때를 알고 있었기 때문에 옛일을 빌려 예종(睿宗)을 알현했다. 그러자 예종이 두붕거의 손을 잡고 말했다.

"어찌 감히 그대의 은덕을 잊겠는가!"

얼마 후에 두붕거는 위정을 찾아갔는데, 그는 막 세상을 떠난 상태였다. 예종은 등극하고 난 뒤에 두붕거를 우습유(右拾遺)에 제수하면서 이렇게 썼다.

"생각은 풍아(風雅)에 들어맞고, 신령스러움은 귀신에 통한다."

예종은 칙령을 내려 궁중의 비빈과 공주 수십 명에게 똑같은 옷을 입히고 단장하게 한 뒤에 두붕거에게 향로를 들었던 사람을 찾아보라고 했다. 두붕거가 멀리서도 알아보았는데, 다름 아닌 태평 공주(太平公主)였다. 치마와 허리띠가 왜 그렇게 되었냐고 묻자 태평 공주가 말했다.

"한창 곤룡포를 다리다가 갑자기 불똥이 튀어 허리띠를 태웠는데, 허둥대다가 미처 옷을 갈아입지 못했습니다."

성인의 출현은 진실로 하늘의 뜻임을 알게 되었다. 두붕거가 본 것은 예종이 등극하기 3년 전의 일이었다. 후에 두붕거는 과연 안주도독이 되었다.

평 : 일설에 따르면, 두붕거의 부친이 일찍이 꿈에서 재상비(宰相碑)라고 하는 커다란 비석 하나를 보았는데, 이미 재상이 된 사람들은 그 글자를 금으로 박아 넣었고, 아직 재상이 되지 않은 사람들은 기둥 위에 이름을 새겨 놓았다. 두붕거의 아버지가 꿈속에서 묻길, "두씨 집안의 아들도 있소?"라고 하자, 누군가 대답하길, "있소이다"라고 하면서 그에게 마음대로 둘러보게 했다. 그가 기억하기로 두씨 성(姓) 밑에 조(鳥) 편방(偏旁)에 무슨 글자가 붙어 있었는데, 그 글자를 잊어버렸기에 아들 이름을 붕거라고 했으며, 나중에 두붕거에게 말하길, "네가 재상이 되지 못한다면 대대로 조(鳥) 편방에 무슨 글자가 붙은 글자를 이름으로 해라"라고 했다. 그래서 두붕거는 아들의 이름을 홍점(鴻漸)이라 했는데, 두홍점이 결국 재상에 임명되었다.

景龍末, 韋庶人專制. 杜鵬舉時尉濟源縣, 爲府召至洛城修籍, 一夕暴卒, 親賓將具小殮. 夫人尉遲氏, 敬德之孫也, 性通明强毅, 曰 : "公算術神妙, 自言官至方伯, 今豈長往耶?" 安然不哭. 洎三夕, 徐甦, 數日方語, 云 : 初見兩人持符來召, 遂相引徹安門出, 門隙容寸, 過之尙寬. 直上北邙山, 可十餘里, 有大坑, 視不見底. 使者令入, 鵬舉大懼, 使者曰 : "可閉目." 執手如飛, 須臾足已履地. 尋小徑東行, 凡數十里, 天氣昏慘, 如冬凝陰. 遂至一廨, 牆宇宏壯. 使者引入, 碧衣者踞坐, 命鵬舉前. 旁有一狗, 人語云 : "誤. 姓名同, 非此官也."

答使者,改符令去.有一馬,半身兩足,跳梁而前曰:"往爲鵬舉所殺,今請理寃."鵬舉亦醒然記之,訴云:"曾知驛,敕使將馬令殺,非某所願."碧衣命吏取案審,然之,馬遂退.旁見一吏,揮手動目,教以事理,意相庇脫.所證既畢,遂揖之出.碧衣拜送門外云:"某是生人,安州編戶.少府當爲安州都督,故先施敬,願自保持."言訖,而向所教之吏趨出云:"姓韋名鼎,亦是生人,在上都務本坊."自稱向來有力,祈錢十萬.鵬舉辭不能致,鼎云:"某雖生人,今於此用紙錢,易致耳."遂許之.亦囑云:"焚時願以物籍之,幸不著地,兼呼韋鼎,某卽自使人受."鼎又云:"既至此,豈不要見當家眉:當家,猶云主翁.簿書?"遂引入一院,題云"戶部",房廊四周,簿帳山積.中三間,架閣特高,覆以黃帕,金字榜曰"皇籍".餘皆露架,往往有函,紫色蓋之.韋鼎云:"宰相也."因引指杜氏籍,書籤云"濮陽房",有紫函四.發開卷,鵬舉三男,時未生者,籍名已具.遂求筆,書其名於臂.意願踟躕,更欲周覽,韋鼎云:"既不住,亦要早歸."遂引出,令一吏送還.吏云:"某苦饑,不逢此,便無因得出.願許別去,冀求一食.但尋此道,自至其所."留之不可,鵬舉遂西行,道左忽見一新城,異香聞數里,環城皆甲士持兵.鵬舉問之,甲士云:"相王於此上天子,有四百天人來送."鵬舉曾爲相王府官,忻聞此說.牆有大隙,窺見分明.天人數百,圍繞相王,滿地彩雲,並衣仙服,皆如畫者.相王前有女人,執香爐引行.近窺帝衣裙帶狀似剪破,一如雁齒狀.相王戴一日,光明輝赫,近可丈餘.相王後凡有十九日,累累成行,光明皆如所戴.須臾,有綿騎來迎,甲士令鵬舉走,遂至故道,不覺已及徽安門.門閉,過之亦如去時容易.至家,見身在床上,躍入身中,遂寤.臂上所記,如朽木書,字尚分明.遂焚紙錢十萬,呼贈韋鼎.心知卜代之數,中興之期,遂以假故來謁睿宗.上握手曰:

"豈敢忘德!"尋求韋鼎,適卒矣. 及睿宗登極,拜右拾遺,詞云:"思入風雅,靈通鬼神." 敕宮人妃主數十,同其妝服,令視執爐者. 鵬擧遙識之,乃太平公主也. 問裙帶之由,公主云:"方爇龍衾,忽爲火迸蓺帶,倉惶不及更服." 乃知聖人之興,固自天也. 鵬擧所見,先睿宗龍飛前三年. 後果爲安州都督.

評:一說,鵬擧之父嘗夢有所之,見一大碑,云是"宰相碑",已作者,金塡其字,未者,刊名於柱上. 問:"有杜家兒否?" 曰:"有." 任自看之. 記得姓下有鳥偏旁曳脚,而忘其字,乃名子爲鵬擧,而謂之曰:"汝不作相,卽世世名字,當鳥旁而曳脚也." 鵬擧名子曰鴻漸,竟拜相.

* 이 고사는 《태평광기》 권300 〈신(神)·두붕거〉에 실려 있다.

1 제(帝):《태평광기》 명초본에는 "체(諦)"라 되어 있는데, 문맥상 타당하다.

20-7(0464) 장가정

장가정(張嘉貞)

출《명황잡록》

 [당나라] 개원(開元) 연간(713~741)에 황상(皇上 : 현종)은 나라 다스리는 일을 급선무로 삼고 특히 재상 선발에 주의를 기울였는데, 한번은 장가정을 재상으로 등용하고자 했으나 그의 이름을 잊어버렸다. 그래서 밤에 중인(中人 : 환관)에게 촛불을 들고 중서성(中書省)으로 가서 숙직 서고 있는 사람을 찾아보게 했더니, 중인이 돌아와서 중서시랑(中書侍郎) 위항(韋抗)이라고 아뢰었다. 황상은 즉시 위항을 침전(寢殿)으로 불러들이게 해서 말했다.

 "짐이 재상 한 명을 임명하고자 하는데, 평소 기억하기로 그의 풍모는 당시 중신(重臣)인 듯했고 성은 장씨(張氏)에 이름은 두 자였으며, 지금 북방의 후백(侯伯)을 맡고 있소. 측근 신하들에게 묻고 싶지 않아 미 : 무릇 속임을 당하는 경우는 모두 측근에게 물었다가 일을 그르친다.[85] 열흘 동안이나 생각했

---

[85] 모두 측근에게 물었다가 일을 그르친다 : 이 미비(眉批)의 원문은 "개□방좌우오사(皆□訪左右誤事)"라 되어 있어 한 글자가 판독 불가한데, 문맥을 고려해 추정해서 번역했다.

으나 결국 그 이름이 생각나지 않으니, 경이 한번 그의 이름을 말해 보시오."

위항이 아뢰었다.

"장제구(張齊丘)가 지금 삭방절도사(朔方節度使)를 맡고 있습니다."

황상이 곧 위항에게 조서의 초안을 짓게 하고 궁인에게 촛불을 들어 비추게 하자, 위항이 어전에서 무릎을 꿇은 채 붓을 들어 초안을 완성했다. 미 : 옛날에 임금과 신하의 친밀한 광경을 헤아려 볼 수 있다. 황상은 위항의 글재주가 민첩하면서도 전아한 것을 크게 칭찬하며 재촉해 조서를 쓰게 한 뒤에 그에게 중서성으로 돌아가 숙직을 서라고 명했다. 황상은 옷도 벗지 않은 채 아침까지 기다렸다가 장차 그 조서를 내리려고 했다. 미 : 성군(聖君)이다. 밤이 아직 절반도 지나지 않았을 때, 갑자기 중인이 다시 위항에게 침전으로 들어가 황상을 알현하라고 재촉했다. 황상이 위항을 맞이하며 말했다.

"장제구가 아니라 태원절도사(太原節度使) 장가정이었소."

황상은 따로 조서의 초안을 지으라고 명하면서 위항에게 말했다.

"비록 짐이 뜻을 미리 정하긴 했지만 이는 운명이라 말할 수 있소. 마침 짐이 근자에 대신들이 올린 상소문을 읽으면서 맨 먼저 한 통을 집었더니 바로 장가정의 표문이었소. 이로 인해 후련하게 비로소 그의 이름을 기억해 냈소." 미: 개원 연간 초에 정사에 근면함이 이와 같았다.

그러면서 사람을 등용하고 내치는 일을 마치 누군가가 주재하는 것 같아 거듭 감탄했다.

開元中, 上急於爲理, 尤注意宰輔, 嘗欲用張嘉貞爲相, 而忘其名. 夜令中人持燭, 於省中訪其直宿者, 還奏中書侍郎韋抗. 上卽令召入寢殿, 上曰: "朕欲命一相, 常記得風標爲當時重臣, 姓張而重名, 令[1]爲北方侯伯. 不欲訪左右, 眉: 凡受欺者, 皆□訪左右誤事. 句日念之, 終忘其名, 卿試言之." 抗奏曰: "張齊丘, 今爲朔方節度." 上卽令草詔, 仍令宮人持燭, 抗跪於御前, 援筆而成. 眉: 想見古時君臣親密景象. 上甚稱其敏捷典麗, 因促命寫詔, 敕抗歸宿省中. 上不解衣以待旦, 將降其詔書. 眉: 聖主. 夜漏未半, 忽有中人復促抗入見. 上迎謂曰: "非張齊丘, 乃太原節度張嘉貞." 別命草詔, 上謂抗曰: "雖朕志先定, 可以言命矣. 適朕因閱近日大臣章疏, 首擧一通, 乃嘉貞表也. 因此灑然, 方記得其名." 眉: 開元初, 政之勤如此. 復嘆用捨如有人主張.

* 이 고사는 《태평광기》 권148 〈정수·장가정〉에 실려 있다.
1 영(令): 《태평광기》에는 "금(今)"이라 되어 있는데, 문맥상 타당하다.

20-8(0465) 설옹

설옹(薛邕)

출《가화록》

　시랑(侍郎) 설옹은 재상이 될 만한 명망을 지니고 있었다. 당시 장 산인(張山人 : 점쟁이 장씨)이 관상을 잘 보았는데, 병부낭중(兵部郎中)으로 있던 최조(崔造)가 전진사(前進士 : 과거에 이미 급제했지만 아직 관직을 제수받지 못한 진사) 강공보(姜公輔)와 함께 설옹이 마련한 자리에 있었다. 설옹이 장 산인에게 물었다.

　"좌중에 재상이 될 사람이 있는가?"

　설옹은 마음속으로 자부하고 있었는데, 장 산인이 대답했다.

　"있습니다."

　설옹이 말했다.

　"몇 사람인가?"

　장 산인이 말했다.

　"두 사람입니다."

　설옹은 그중 한 사람이 필시 자기라고 생각하면서 말했다.

　"누구인가?"

장 산인이 말했다.

"최 공(崔公 : 최조)과 강 공(姜公 : 강공보)이 틀림없이 같은 시기에 재상이 될 것입니다."

설옹은 성을 내면서 불쾌해했다. 잠시 후에 최 낭중(崔郞中 : 최조)이 천천히 장 산인에게 물었다.

"어째서 같은 시기인가?"

최조가 이렇게 말한 것은 강공보는 이제 처음 벼슬길에 들어섰고 자신은 이미 정랑(正郞)86)이기 때문에 그 형세가 서로 비슷하지 않다고 생각했기 때문이었다. 장 산인이 말했다.

"운명이 그러하며, 또한 낭중은 강 공보다 뒤에 될 것입니다."

나중에 강공보는 경조공조(京兆功曹)로 있다가 한림학사(翰林學士)로 충임되었다. 당시 사람들은 경장(涇將 : 경원절도사) 요영언(姚令言)이 [반역을 일으킨] 주차(朱泚)를 잡으러 입성한 것을 알고 있었는데, 주차가 일찍이 경원절도사(涇原節度使)로 있으면서 군대의 인심을 얻었으므로, 강공보는 곧장 상소문을 올려 상황을 잘 살피라고 주청했

---

86) 정랑(正郞) : 상서성(尙書省) 육부(六部)의 낭중(郞中)으로, 정조랑(正曹郞)이라고도 한다.

다. 상소문을 올린 뒤 열흘 만에 덕종(德宗)은 [난을 피해] 봉천(奉天)으로 몽진하게 되자, 강공보의 간언을 받아들이지 않은 것을 후회했으며, 마침내 행재궁(行在宮)에서 강공보를 급사중평장사(給事中平章事 : 재상에 해당함)로 발탁했다. 최조는 강공보보다 반년 뒤에 정랑으로서 재상에 임명되었으니, 과연 같은 시기에 재상이 되었지만 강공보보다 뒤에 된 것이었다. 설옹은 결국 벼슬이 열조(列曹 : 군현의 속관)에서 끝났다.

평 : 설 시랑이 최조와 강공보를 업신여기는 것을 보니 선배라고 해서 후배를 홀시해서는 안 됨을 알겠고, 진통방(陳通方)이 왕파(王播)를 모욕한 것[87]을 보니 후배라고 해서 선배를 홀시해서는 안 됨을 알겠다.

薛邕侍郞有宰相望. 時有張山人善相, 崔造方爲兵部郞中, 與前進士姜公輔同在薛坐中. 薛問張山人 : "坐中有宰相否?" 意在自許, 張答云 : "有." 薛曰 : "幾人?" 曰 : "有兩人."

---

[87] 진통방(陳通方)이 왕파(王播)를 모욕한 것 : 진통방과 왕파는 같은 해에 진사에 급제했는데, 당시 25세인 진통방이 56세인 왕파를 연회석에서 모욕했지만, 나중에 진통방은 궁핍함에 시달리다 왕파에게 도움을 청했다. 이 고사는 본서 권37 〈경박부(輕薄部)·진통방〉(37-10)에 나온다.

薛意其一必己矣, 問 : "何人?" 曰 : "崔·姜二公必宰相也, 同時耳." 薛忿然不悅. 旣而崔郎中徐問張曰 : "何以同時?" 意謂姜公今披褐, 我已正郎, 勢不相近也. 張曰 : "命合如此, 郎中且在姜之後." 後姜爲京兆功曹, 充翰林學士. 時衆知涇將姚令言入城取朱泚, 泚曾帥涇, 得軍人心, 姜乃上疏請察之. 疏入十日, 德宗幸奉天, 悔不納姜言, 遂於行在擢姜爲給事中平章事. 崔後姜半年, 以正郎拜相, 果同時而在姜後. 薛竟終於列曹.

評 : 觀薛侍郞之邈崔·姜, 知前輩不可忽後輩. 觀陳通方之侮王播, 知後輩不可忽前輩.

* 이 고사는 《태평광기》 권151 〈정수·설옹〉에 실려 있다.

20-9(0466) 이규

이규(李揆)

출《전정록》

    상국(相國) 이규는 진사에 급제해 도성에 모여 있었는데, 선평방(宣平坊)의 왕생(王生)이 역점(易占)에 뛰어나다는 말을 듣고 그를 찾아가서 앞일을 물었다. 왕생은 매번 500문(文)으로 한 번 점을 봐 주었지만 사람들이 구름처럼 몰려들었기에, 아침부터 저녁까지 차례를 기다려도 허탕 치고 돌아가는 사람이 있을 정도였다. 그래서 이규는 비단을 들고 새벽에 찾아갔는데, 왕생이 괘를 짚어 보더니 말했다.

    "당신은 문장(文章)으로 선발되지는 않겠지만, 하남도(河南道)의 일개 현위(縣尉)는 될 수 있습니다."

    이규는 재주를 자부하고 있었기에 그렇게 될 리가 없다고 생각하면서 얼굴을 붉히며 가려고 했는데, 왕생이 말했다.

    "당신은 섭섭해하지 마십시오. 지금부터 몇 달 안에 틀림없이 좌습유(左拾遺)가 될 것이니, 앞의 일이 진정 끝은 아닙니다."

    이규의 화가 아직 다 풀리지 않았는데 왕생이 말했다.

    "만약 제 말대로 된다면 한번 왕림해 주십시오."

이규는 서판(書判)88)에 합격하지 못해 변주(汴州)의 진류현위(陳留縣尉)에 보임되자, 비로소 왕생의 말에 신빙성이 있다고 생각했다. 그 후에 이규가 왕생을 찾아가자, 왕생은 안석 아래에서 10여 장쯤 되는 봉서(封書) 한 통을 꺼내 그에게 주면서 말했다.

"당신이 습유(拾遺)에 제수되면 이 봉함을 열어 보십시오. 그렇게 하지 않으면 큰 화가 닥칠 것입니다."

이규는 그것을 간직했다. 이규가 진류현에 이르렀을 때, 당시 채방사(採訪使)로 있던 예약수(倪若水)는 이규의 재주가 뛰어나고 가문의 명망이 있었으므로 그를 머물게 하면서 임시로 부중(府中)의 일을 보게 했다. 때마침 군에서 황제께 청원할 일이 생겼는데, 조정에 아는 사람이 있는 자를 뽑다 보니 이규만 한 사람이 없었기에 그에게 다녀오라고 청했다. 개원(開元) 연간(713~741)에 군부(郡府)에서 상서하는 이씨 성을 가진 사람들은 모두 먼저 종정(宗正)89)을 배알했다. 당시 이구(李璆)가 종정의 장관으로 있었는데, 마침 존호(尊號 : 제왕의 호)를 올릴 때 이규가 이구를 배알하자, 이

---

88) 서판(書判) : 당나라 때의 인재 선발법으로 서법(書法)과 문리(文理)를 말한다.
89) 종정(宗正) : 황족의 명적(名籍)과 황족 관련 일을 맡아보던 종정시(宗正寺)의 관리.

구는 평소에 그의 재주를 들었기에 [존호에 대한] 표문 세 통을 써 보라고 청해 차례대로 올렸다. 황상이 이구를 불러 말했다.

"백관이 표문을 올렸지만 경만 한 것이 없었소. 짐은 매우 기쁘구려."

이구는 머리를 조아리고 사례하며 말했다.

"이것은 신이 쓴 것이 아니라 신의 조카인 진류현위 이규가 쓴 것입니다." 미 : 남의 공을 가로채지 않았다.

그래서 황상은 이규를 불러 접견하고 재상에게 명해 그의 문장을 시험해 보도록 했다. 당시 황문시랑(黃門侍郞)으로 있던 진씨(陳氏)가 세 편의 제목을 냈는데, 첫째는 〈자사성로낭부(紫絲盛露囊賦)〉, 둘째는 〈답토번서(答吐蕃書)〉, 셋째는 〈대남월헌백공작표(代南越獻白孔雀表)〉였다. 이규는 정오부터 유시(酉時 : 오후 5시~7시)까지 세 편의 글을 완성했는데, 글이 봉해지고 난 뒤에 다시 청했다.

"앞의 두 편은 여한이 없지만 마지막 한 편은 의심스러운 곳이 있으니 상세히 살펴보기를 원합니다."

봉함을 뜯어도 된다는 허락을 받자, 그는 여덟 글자를 지우고 옆에 두 구의 주를 단 후에 다시 봉함해서 바쳤다. 다음날 이규는 좌습유에 제수되었다. 열흘 남짓 뒤에 이규가 왕생의 봉서를 열어 보았더니, 세 편의 글이 모두 그 안에 있었으며 글자를 지우고 주를 단 것도 역시 같았다. 그는 급히 수레 채비를 명해 선평방으로 가서 왕생을 찾았지만 결국 다시 만나지 못했다.

李相國揆以進士調集在京師, 聞宣平坊王生善易筮, 往問之. 王生每以五百文決一局, 而來者雲集, 自辰及酉, 有空反者. 揆持一縑晨往, 生爲之開卦曰: "君非文章之選乎, 當得河南道一尉." 揆負才華, 不宜爲此, 變色而去, 王生曰: "君無怏怏. 自此數月, 當爲左拾遺, 前事固不可涯也." 揆怒未解, 生曰: "若果然, 幸一枉駕." 揆以書判不中第, 補汴州陳留尉, 始以王生之言有徵. 後詣之, 生於几下取一緘書, 可十數紙, 以授之曰: "君除拾遺, 可發此緘. 不爾, 當大咎." 揆藏之. 旣至陳留, 時採訪使倪若水以揆才華族望, 留假府職. 會郡有事, 須上請, 擇於中朝通者, 無如揆, 乃請行. 開元中, 郡府上書姓李者, 皆先謁宗正. 時李璆爲宗長, 適遇上尊號, 揆旣謁璆, 璆素聞其才, 請爲表三通, 以次上之. 上召璆曰: "百官上表, 無如卿者. 朕甚嘉之." 璆頓首謝曰: "此非臣所爲, 是臣從子陳留尉揆所爲." 眉不攏善. 乃召見揆, 命宰臣試文詞. 時陳黃門爲題目三篇, 其一曰〈紫絲盛露囊賦〉, 二曰〈答吐蕃書〉, 三曰〈代南越獻白孔雀表〉. 揆自午及酉而成, 旣封, 請曰: "前二首無所遺恨, 後一首有疑, 願得詳之." 及許拆緘, 塗八字, 旁注兩句, 封進. 翌日, 授左拾遺. 旬餘, 發王生之緘視之, 三篇皆在其中, 而塗注者亦如之. 遽命駕往宣平坊訪王生, 竟不復見矣.

* 이 고사는 《태평광기》 권150 〈정수·이규〉에 실려 있다.

20-10(0467) 최원종

최원종(崔元綜)

출《정명록(定命錄)》

　　최원종은 [당나라] 측천무후(則天武后) 시대에 재상이 되었는데, 영사(令史) 해삼아(奚三兒) 미 : 해삼아는 당시 운명에 정통한 자였다. 가 그에게 말했다.

　　"공께서는 지금부터 60일 이내에 틀림없이 남해(南海)로 유배당하실 것입니다. 그리고 6년 동안 세 번 죽을 고비를 만나겠지만 결국 죽지는 않을 것입니다. 그때 이후로는 관직을 바꿔 가다가 나중에는 도로 옛 벼슬자리에 앉을 것입니다. 수명은 거의 100세까지 살겠지만, 마지막에는 굶어 죽을 것입니다."

　　60일이 지나자 최원종은 과연 죄를 지어 남해의 남쪽으로 유배당했다. 몇 년이 지나 그는 100일 동안 이질에 걸려 피똥을 싸면서 위독한 지경에 이르렀으나 죽지는 않았다. 협 : 첫 번째 죽을 고비다. 그때 마침 사면령이 내려서 도성으로 돌아가게 되었는데, 배를 타고 바다를 건너다가 풍랑을 만나 배가 침몰하는 바람에 함께 배를 탔던 사람들이 모두 죽었다. 최 공(崔公 : 최원종) 혼자만 널빤지 하나를 끌어안고 파도를 따라 오르락내리락하면서 어느 해안가까지 표류한 끝에 갈대숲 속으로 들어갔다. 협 : 두 번째 죽을 고비다. 그런데 널빤지 위에 있던 긴 못 하나가 그의 등을 찔러 몇 촌 깊이로 박혔으며, 그 못 박힌 널빤지가 그를 내리누르는 바람에 흙탕물 속에서 밤낮으로 고통을 참으면서 신음만 하고 있을 뿐이었다. 협 : 세 번째 죽을 고비다. 그때 문득 어떤 뱃사람이 그 해안가에 왔다가 그의 신음 소리를 듣고 불쌍히 여겨 구해 주었는데, 뱃사람이 그를 부축해 배에 태운 뒤 못을 뽑아 주었더니, 그는 한참 있다가 살아났다. 뱃사람이 그의 성명을 묻자, 그는 옛 재상이라고 대답했다. 사람들은 그를 불쌍히 여겨 식량을 주었으며, 그는 길을 따라가면서 구걸을 했다. 그가 배 위에 누워 있을 때, 푸른 옷을 입은 한 관리를 보았는데, 바로 그가 재상으로 있을 당시의 영사였다. 그는 그 관리를 불러 함께 얘기를 나누었는데, 그 관리가 또 식량을 주어서 도와준 덕분에 그는 도성에 도착할 수 있었다. 6년 후에 관적(官籍)을 등록하고 돌아오자 선조(選曹 : 이부)에서 옛 재상의 일을 상주했고, 측천무후가 파격적으로 그에게 관직을 수여해 그는 적현위(赤縣尉)90)로부터 여러 벼슬

---

90) 적현위(赤縣尉) : 당나라의 현은 적(赤)·기(畿)·망(望)·긴(緊)·상(上)·중(中)·하(下)의 7등급으로 나누었는데, 도성에서 관할하던 현을 '적현'이라 하고, 도성 인근의 현을 '기현'이라 했으며, 그 나머지는 호구의 많고 적음에 따라 차등을 두었다.

을 거쳐 중서시랑(中書侍郞)에까지 이르렀다. 그가 99세가 되었을 때, 자식과 조카들은 모두 죽고 그 혼자만 남아 병든 채로 침상에 누워 있었다. 그는 하인들에게 죽을 가져오라고 했지만, 하인들은 그를 깔보고 모두 웃으면서 움직이지 않았다. 미 : 이렇게 이수(頤壽 : 100세)까지 장수하는 것은 좋게 일찍 죽느니만 못하다. 최 공은 이미 그들을 처벌할 수 없었기에 하인들은 모두 처분받지 않았으므로, 최 공은 분한 나머지 식사를 하지 않다가 며칠 만에 죽었다.

崔元綜, 則天朝爲宰相, 令史奚三兒. 眉 : 奚三兒, 當時精於命者. 云 : "公從今六十日內, 當流南海. 六年三歲¹合死, 然竟不死. 從此更作官職, 後還於舊處坐. 壽將百歲, 終以餒死." 經六十日, 果得罪, 流於南海之南. 經數年, 血痢百日, 至困而不死. 夾 : 一度. 會赦得歸, 乘船渡海, 遇浪漂沒, 同船人並死. 崔公獨抱一板, 隨波上下, 漂泊至一海渚, 入叢葦中. 夾 : 兩度. 板上一長釘, 刺脊上, 深入數寸, 其釘板壓之, 在泥水中晝夜忍痛, 呻吟而已. 夾 : 三度. 忽遇一船人來此渚中, 聞其呻吟, 哀而救之, 扶引上船, 與拔釘, 良久乃活. 問其姓名, 云是舊宰相. 衆人哀之, 濟以糧食, 隨路求乞. 於船上臥, 見一官人著碧, 是其宰相時令史. 喚與語, 又濟以糧食, 得至京師. 六年之後, 收錄乃還, 選曹以舊相奏上, 則天令超資與官, 自赤尉累遷至中書侍郞. 九十九矣, 子侄並死, 唯獨一身, 病臥在床. 顧令奴婢取飯粥, 奴婢欺之, 皆笑而不動. 眉 : 頤壽不如善妖. 崔公旣不能責罰, 奴婢皆不受處分, 乃感憤不食, 數日而死.

* 이 고사는 《태평광기》 권146 〈정수·최원종〉에 실려 있다.
1 세(歲) : 《태평광기》에는 "도(度)"라 되어 있는데, 문맥상 타당하다.

20-11(0468) 배서

배서(裵諝)

출《전정록》

  [당나라] 보응(寶應) 2년(763)에 호부낭중(戶部郎中) 배서는 노주자사(盧州刺史)로 나갔다. 그 군(郡)에 좌천되어 온 사람 두 명이 있었는데, 한 명은 무철(武徹)로 전중시어사(殿中侍御史)에서 장사(長史)로 폄적되었고, 다른 한 명은 우중경(于仲卿)으로 형부원외랑(刑部員外郎)에서 별가(別駕)로 폄적되었다. 배서가 군에 도착한 지 사흘째 되었을 때, 그 두 명이 그를 배알하러 왔다. 배서가 한창 그들과 함께 앉아 지난 일을 얘기하고 있었는데, 잠시 후에 관리가 명함 하나를 가지고 와서 말했다.

  "식객으로 있는 전(前) 소현주부(巢縣主簿) 방관(房觀)이 배알을 청합니다."

  배서는 다른 날 만나자며 거절했다. 방관이 사군(使君 : 자사의 존칭)과 친분이 있다고 스스로 말하자, 관리가 다시 들어가서 배서에게 아뢰었더니 배서가 말했다.

  "나는 안팎으로 친분이 있는 방씨가 없다."

  그러고는 방관에게 그의 부친과 조부의 관명과 성함을 적어 올리게 하자, 방관은 모두 대답하고 또 품속에서 오래된 편지 한 장을 꺼내 관리에게 주었다. 배서는 편지를 보고 정색하며 급히 소복을 준비하라 명한 뒤 동쪽 행랑에서 그를 맞이해 조문하면서 매우 슬퍼했다. 배서는 행랑에서 나와 상복도 갈아입지 않은 채 좌우를 돌아보며 물었다.

"이 부중(府中)의 관직에 월급 7000~8000냥 정도 받는 자리가 있는가?"

좌우에서 말했다.

"축요(逐要)91) 미 : 명칭이 매우 새롭다. 라고 하는 자리가 그것입니다."

배서는 급히 관리에게 첩지를 꺼내 오게 해서 방관을 임명했다. 당시 그 자리에 있던 두 사람은 서로 돌아보며 매우 이상하게 여겼지만 감히 물어보지 못했다. 배서는 걸상에 앉아 탄식하다가 두 사람에게 말했다.

"그대들은 폄적된 것을 더 이상 걱정하지 말지니, 일이란 본디 이미 예정된 것이네. 내가 개원(開元) 7년(719)에 하남부(河南府)의 문학(文學)을 그만두고 대량(大梁)으로 갔는데, 육사가(陸仕佳)가 준의현위(浚儀縣尉)로 있었네. 내가 그를 찾아갔을 때 그는 좌객인 진류현위(陳留縣尉) 이규(李

---

91) 축요(逐要) : 막직(幕職)의 명칭으로, 당나라 때 방진사(方鎭使)의 관부에 설치했다.

揆)와 개봉주부(開封主簿) 최기(崔器)와 함께 막 식사하고 있었는데, 전(前) 양주공조참군(襄州功曹參軍) 방안우(房安禹)가 뒤이어 왔네. 당시 그 자리에 있던 사람들은 그가 관상을 잘 본다는 말을 듣고 모두 관상을 봐 달라고 청했네. 방안우는 사양하지 않고 먼저 육사가에게 말하길, '관직이 두 번 바뀔 것이며 13년 뒤에 생을 마칠 것입니다'라고 했네. 다음으로 최기에게 말하길, '당신은 지금부터 20년 후에 관서(官署)의 장관이 될 것인데, 권력 있는 지위는 있되 관서의 업무는 보지 못할 것이며, 또한 수명을 다 누릴 것입니다'라고 했네. 다음으로 이규에게 말하길, '당신은 금년에 이름이 지존(至尊 : 황제)께 알려지고 13년 안에 가장 높은 신하의 자리에 오를 것입니다. 그러나 12년 뒤에는 까닭도 모른 채 버림을 받아 뜻을 잃게 될 것입니다'라고 했네. 다음으로 나에게 말하길, '이후로 명망 높은 관직을 지낼 것이지만 장군이나 재상이 되지는 않을 것이며, 수명은 80세에 이를 것입니다'라고 했네. 그는 말을 마치고 떠나면서 사적으로 나에게 말하길, '잠시 부탁드릴 일이 있으니 여관에 한번 들러주시길 바랍니다'라고 했네. 방안우가 돌아간 뒤에 나도 곧 뒤따라갔는데, 여관에 도착하자 그가 매우 친밀하게 얘기하며 말하길, '당신은 28년 후에 정랑(正郎)으로 있다가 강남의 군수(郡守)가 될 것입니다. 저는 내년에 아들 하나를 낳을 것인데, 나중에 당신이 다스리는 군의 관리가 될 것이며,

당신이 임지에 도착한 지 사흘째 되는 날에 삼가 배알하게 할 것입니다. 그런데 이 아들은 운명이 박복해서 많은 녹봉을 받을 수 없으니, 단지 만 냥 이하의 녹봉을 받게 해 주십시오'라고 했네. 미 : 세상 어디에 이렇게 관상을 잘 보는 자가 있단 말인가? 틀림없이 따로 기이한 술법을 전수받았을 것이다. 방관이 바로 방안우의 아들이네."

무철 등은 모두 이 일을 기이하게 여겼다. 육사가는 나중에 재차 감찰어사(監察御使)에 제수되었다가 죽었다. 최기는 나중에 사농승(司農丞)으로 있었는데, 숙종(肅宗)이 영무(靈武)에 있을 때 그가 올린 대책(對策)이 성지(聖旨)에 부합했기에 곧바로 대사농(大司農)에 임명되었으며, 숙종이 장안(長安)으로 돌아온 후에는 누차 황명을 받들어 사신의 직무를 수행하느라 10여 년이 지나도록 결국 자신의 관서에 가지 못했다. 이규는 그해에 우습유(右拾遺)에 제수되어 여러 관직을 거쳐 재상이 되었는데, 나중에 시류에 화합하지 못해 남중(南中) 지역에 20년간 유배되었다가, 국자감좨주(國子監祭酒)에 제수되고 토번회맹사(吐藩會盟使)에 충임되었으나 장차 출발하려고 할 때 죽었다. 이 모든 것이 방안우가 말한 대로였다. 방안우는 개원(開元) 21년(733)에 진사에 급제했으며, 관직은 남양현령(南陽縣令)에 그쳤다.

寶應二年, 戶部郎中裴諝出爲盧州刺史. 郡有二遷客, 其一曰武徹, 自殿中侍御史貶爲長史, 其一曰于仲卿, 自刑部員外郎貶爲別駕. 譎至郡三日, 二人來謁. 譎方與坐話舊, 俄而吏持一刺云:"寄客前巢縣主簿房琯請謁." 譎辭以他日. 琯自陳與使君有舊, 吏又入白譎, 譎曰:"吾中外無有房氏爲舊者." 乃令疏其父祖官諱, 琯具以對, 又於懷中探一紙舊書, 以授吏. 譎覽之愀然, 遽命素服, 引於東廡而吊之, 甚哀. 旣出, 未及易服, 顧左右問曰:"此有府職月請七八千者乎?" 左右曰: "有名逐要 眉: 名甚新. 者是也." 遽命吏出牒以署琯. 時二客相顧, 甚異之, 而莫敢發問. 譎旣就榻嘆息, 因謂二客曰:"君無爲復患遷謫, 事固已前定. 某開元七年, 罷河南府文學時, 至大梁, 有陸仕佳爲浚儀尉. 某往候之, 仕佳座客有陳留尉李揆‧開封主簿崔器方食, 有前襄州功曹參軍房安禹繼來. 時坐客聞其善相人, 皆請. 安禹無所讓, 先謂仕佳曰:'官當再易, 後十三年而終.' 次謂器曰:'君此去二十年, 當爲府寺官長, 有權位而不見曹局, 亦有壽考.' 次謂揆曰:'君今歲名聞至尊, 十三年間, 位極人臣. 後十二年, 廢棄失志, 不知其所以然也.' 次謂譎曰:'此後歷踐淸要, 然無將相, 年至八十.' 言訖將去, 私謂某曰:'少間有以奉託, 幸一至逆旅.' 安禹旣歸, 某卽繼往, 至則言款甚密, 曰:'君後二十八年, 當從正郎爲江南郡守. 某明年當有一子, 後合爲所守郡一官, 君至三日, 當令奉謁. 然此子命薄, 不可厚祿, 顧假俸十千已下.' 眉: 世間那有此善相? 當別受異術. 此卽安禹子也." 徹等咸異其事. 仕佳後再受監察御史卒. 器後爲司農丞, 肅宗在靈武, 以策稱旨, 驟拜大司農, 及歸長安, 累奉使, 後十餘年, 竟不至本曹局. 揆其年授右拾遺, 累至宰相, 後與時不協, 放逐南中二十年, 除國子祭酒, 充吐蕃會盟使, 旣將行而終. 皆如其言. 安禹開元二十一年進士及第, 官止南陽令.

* 이 고사는 《태평광기》 권150 〈정수‧배서〉에 실려 있다.

20-12(0469) 장거일

장거일(張去逸)

출《기문(紀聞)》

　[당나라] 숙종(肅宗) 장 황후(張皇后)의 할머니 두씨(竇氏)는 현종(玄宗)의 이모다. 현종은 모후(母后)가 일찍 돌아가셨기에 두씨가 양육해 준 은혜를 입었으므로, 경운(景雲) 연간(710~712)에 두씨를 등국부인(鄧國夫人)에 봉하고 황제가 그녀를 매우 존중했다. 그녀의 아들인 장거혹(張去惑)·장거영(張去盈)·장거사(張去奢)·장거일은 황제의 은총을 믿고 극도로 호화롭게 지냈다. 하루는 형제들이 함께 위수(渭水) 굽이에서 사냥을 하고 있었는데, 갑자기 길이가 2장(丈)이나 되는 거대한 뱀이 나타나 풀 위를 나는 듯이 민첩하게 미끄러져 갔다. 장거일은 말을 달리며 활을 당겨 한 발에 명중했으며, 따라온 기병에게 죽은 뱀을 걸고 가도록 했다. 잠시 후에 위수에서 안개가 피어오르더니 지척도 구분할 수 없을 정도로 어두워지면서 갑작스럽게 비가 몰아치고 천둥이 내리쳤는데 피할 곳도 없었다. 우연히 들판의 절을 만나자 장거일은 말을 버리고 곧장 불당 안으로 들어갔다. 맹렬한 불길처럼 천둥과 번개가 치더니 마침내 크게 모여들어 막 번갯불이 불당을 내리치려 할 때 공중에서 소

리가 들렸다.

"복야(僕射)를 놀라게 하지 말라!"

번갯불이 갑자기 흩어졌다가 잠시 후 다시 모여들자, 또 공중에서 소리가 들렸다.

"사공(司空)을 놀라게 하지 말라!"

번갯불이 즉시 멈췄다가 잠시 후 다시 모여들자, 또 공중에서 소리가 들렸다.

"태위(太尉)를 놀라게 하지 말라!"

이윽고 어둠에 덮여 있던 들판이 환하게 트였고, 결국 아무런 피해도 입지 않았다. 그러나 죽은 뱀과 따라온 기병은 모두 사라져 버렸다. 장거일은 이 일로 인해 자신이 부귀해질 것이라고 자부했는데, 몇 년 지나지 않아 병에 걸려 죽었고 벼슬은 태복경(太僕卿)에 이르렀다. 천보(天寶) 연간(742~756)에 그의 딸이 동궁(東宮)에 선발되어 양원(良媛 : 태자의 여관)이 되었다. 숙종이 양경(兩京 : 장안과 낙양)을 수복할 때 양원이 보좌한 공이 컸기 때문에, 지덕(至德) 2년(757)에 그녀는 숙비(淑妃)로 책봉되었다. 건원(乾元) 원년(758)에 숙종은 중서령(中書令) 최원(崔圓)에게 조서를 내려 부절(符節)을 가지고 가서 숙비를 황후로 책봉하도록 했다. 장거일은 황후의 부친으로서 전후로 세 번 관직이 추증(追贈)되었는데, 모두 공중에서 일러 준 것과 같았다. 미 : 사후의 관직 추증도 이미 예정되어 있는데, 하물며 생전임에랴!

肅宗張皇后祖母竇氏, 玄宗之姨母也. 玄宗先后早薨, 竇有鞠養之恩, 景雲中, 封鄧國夫人, 帝甚重之. 其子去惑·去盈·去奢·去逸, 依倚恩寵, 頗極豪華. 一日, 弟兄同獵渭曲, 忽有巨蛇長二丈, 騰趕草上, 迅捷如飛. 去逸因縱轡彎弧, 一發而中, 則命從騎掛之而行. 俄頃霧起於渭上, 咫尺昏晦, 驟雨驚電, 無所遁逃. 偶得野寺, 去逸卽棄馬, 徑依佛廟. 烈火震霆, 隨而大集, 方霆火交下之際, 則聞空中曰 : "勿驚僕射!" 霆火遽散, 俄而復臻, 又聞空中曰 : "勿驚司空!" 霆火頓止, 俄復驟集, 又聞空中曰 : "勿驚太尉!" 旣而陰翳廓然, 終無所損. 然死蛇從馬, 則已失矣. 去逸自負坐須富貴, 不數年, 染疾而卒, 官至太僕卿. 天寶中, 其女選東宮, 充良媛. 及肅宗收復兩京, 良媛頗有輔佐之力, 至德二載, 冊爲淑妃. 乾元元年, 詔中書令崔圓持節冊爲皇后. 而去逸以后父, 前後三贈官, 皆如空中之告耳. 眉 : 死後之贈已預定, 況生前乎!

* 이 고사는 《태평광기》권150 〈정수·장거일〉에 실려 있다.

20-13(0470) 오소성

오소성(吳少誠)

출《속정명록(續定命錄)》

오소성은 빈천했을 때 관건(官健)[92]으로 있다가 달아났는데, 상채현(上蔡縣)에 이르렀을 때 춥고 배가 고파 같은 무리에게 구걸했다. 상채현의 사냥꾼 몇 사람이 산에서 사슴을 잡았는데, 본래 규정에 따르면 큰 짐승을 잡은 자는 먼저 그 짐승의 오장육부를 꺼내 산신에게 제사 지내야 했다. 제사가 끝난 뒤에 사냥꾼들이 막 모여서 고기를 먹으려 했는데, 갑자기 공중에서 말하는 소리가 들렸다.

"오 상서(吳尙書)를 기다려라!"

사람들은 깜짝 놀라 먹는 것을 멈추었다. 한참 있다가 다시 고기를 먹으려 했는데, 또 공중에서 말하는 소리가 들렸다.

"오 상서가 곧 당도할 것인데, 어찌하여 잠시 기다리지

---

[92] 관건(官健) : 당나라 초의 부병제(府兵制)에서는 병사들이 무기와 식량을 스스로 마련했는데, 나중에 점차 관에서 이를 지급했기 때문에 '관건'이라 불렀다. 이들은 환경이 열악했기 때문에 종종 살길을 찾아 달아났다고 한다.

않느냐?"

잠시 후에 한 짐꾼이 작은 보따리를 들고 지나가다가 사냥꾼들을 보더니 인사하고 자리에 앉았다. 사냥꾼들이 그에게 성씨를 물었더니 오씨라고 해서 모두들 깜짝 놀랐다. 고기를 다 먹고 나서 사냥꾼들이 일어나 축하하며 말했다.

"공은 반드시 귀하게 될 것이니, 저희들의 성명을 기억해 주시면 고맙겠습니다."

사냥꾼들이 그 일의 자초지종을 자세히 말해 주자 오소성이 말했다.

"저는 달아난 병졸로 그저 붙잡히지만 않으면 족한데, 어찌 부귀해질 일이 있겠습니까?"

그러고는 크게 웃으며 그들과 작별했다. 몇 년 후에 오소성이 절도사(節度使)가 되어 공부상서(工部尙書)를 겸임하게 되자, 사람을 보내 사냥꾼들을 찾아내서 돈과 비단을 후하게 주었다.

吳少誠貧賤時, 爲官健, 逃去, 至上蔡, 凍餒求丐於儕輩. 上蔡縣獵師數人, 於中山得鹿, 本法獲巨獸者, 先取其腑臟祭山神. 祭畢, 獵人方欲聚食, 忽聞空中有言曰："待吳尙書!" 衆人驚駭, 遂止. 良久欲食, 又聞曰："尙書卽到, 何不且住?" 逡巡, 有一人是脚力, 携小袱過, 見獵者, 揖而坐. 問之, 姓吳, 衆皆驚. 食畢, 獵人起賀曰："公卽當貴, 幸記某等姓名." 具述本末, 少誠曰："軍健兒, 苟免擒獲足矣, 安有富貴之事?" 大笑而別. 後數年, 爲節度使, 兼工部尙書, 使人求獵者, 皆厚以錢帛賫之.

* 이 고사는 《태평광기》 권154 〈정수 · 오소성〉에 실려 있다.

20-14(0471) 위징

위징(魏徵)

출《조야첨재》

    [당나라] 위징이 복야(僕射)로 있을 때, 막 잠자리에 들었는데 두 명의 전사(典事)93)가 창 아래에서 논쟁하고 있었다. 그중 한 사람이 말했다.

    "우리의 관직은 모두 이 노인에 의해 결정되는 거야."

    다른 한 사람이 말했다.

    "모두 하늘에 의해 결정되는 거야."

    위징은 그들의 말을 듣고 마침내 편지 한 통을 써서 "이 노인에 의해 결정된다"고 말한 사람을 시랑부(侍郞府)로 보냈는데, 편지에 이렇게 썼다.

    "이 사람에게 좋은 관직을 주십시오."

    그 사람은 그 사실을 모르고 있었는데, 문을 나서다가 갑자기 가슴이 아픈 바람에 "하늘에 의해 결정된다"고 말한 사람을 통해 편지를 보냈다. 미: 편지에 이름이 적혀 있지 않으니

---

93) 전사(典事): 관명. 당나라 때 전중성(殿中省)·내시성(內侍省)·태상(太常)·위위(衛尉) 등의 여러 관서에 설치되어 서무(庶務)를 담당했다.

이전처럼 상소문이라고 생각했던 것이다. 다음 날 관직을 인준하면서 보았더니, "이 노인에 의해 결정된다"고 말한 사람은 탈락되었고, "하늘에 의해 결정된다"고 말한 사람은 들어 있었다. 위징이 이상히 여겨 물었더니 그들이 사실대로 대답했다. 그래서 위징이 탄식했다.

"관직과 복록이 하늘에 의해 결정된다고 하는 것은 대개 헛된 말이 아니로구나!"

唐魏徵爲僕射, 方寢, 有二典於窓下平章. 一人曰 : "我等官職總由此老翁." 一人曰 : "總由天上." 徵聞之, 遂作一書, 遣"由此老翁"人送至侍郞處, 云 : "與此人一員好官." 其人不知, 出門心痛, 憑"由天上"者送書. 眉 : 書中不著名, 猶想前代之疏. 明日引注, "由老翁"者被放, "由天"者得留. 徵怪之, 問焉, 具以實對. 乃嘆曰 : "官職祿料由天者, 蓋不虛也!"

* 이 고사는 《태평광기》 권146 〈정수·위징〉에 실려 있다.

20-15(0472) 적인걸

적인걸(狄仁傑)

출《정명록》

　[당나라] 적인걸은 폄적당해 가던 길에 변주(汴州)를 지나다가 그곳에서 반나절을 머물면서 병을 치료하고자 했다. 그러나 개봉현령(開封縣令) 곽헌가(霍獻可)가 뒤쫓아 와서 그날로 당장 현의 경계를 나가라고 하자, 적 공(狄公 : 적인걸)은 그에게 심한 원한을 품었다. 나중에 적 공이 조정으로 돌아와 재상이 되었을 때 곽헌가는 이미 낭중(郎中)으로 있었는데, 적공은 그를 중상하고자 했으나 성공하지 못했다. 측천무후(則天武后)가 적 공에게 어사중승(御史中丞)을 선발하라고 명했는데, 적 공은 두 번이나 어지를 받았으나 모두 잊어버렸다. 나중에 측천무후가 또 묻자, 적 공은 갑자기 대답하는 바람에 어명에 응하지 못한 채 오직 곽헌가만 기억났기에 마침내 그를 상주했으며, 곽헌가는 은전(恩典)으로 어사중승에 제수되었다. 나중에 적 공이 곽헌가에게 말했다.

　"나는 처음에 공에게 원한을 품었으나 지금 도리어 공을 천거했으니, 운명이란 사람에 의해 결정되지 않음을 알게 되었소." 미 : 곽헌가의 인품은 가히 알 수 있으니, 비록 그를 기억하고 있다고 해서 어찌 함부로 대답할 수 있단 말인가? 적 공이 크게 실수했다.

狄仁傑之貶也, 路經汴州, 欲留半日醫疾. 開封縣令霍獻可追逐當日出界, 狄公甚銜之. 及回爲宰相, 霍已爲郎中, 狄欲中傷之而未果. 則天命擇御史中丞, 凡兩度承旨, 皆忘. 後則天又問之, 狄公卒對, 無以應命, 唯記得霍獻可, 遂奏之, 恩制除御史中丞. 後狄公謂霍曰:"某初恨公, 今却薦公, 乃知命不由人也." 眉:獻可之人品可知矣, 雖記得, 可妄對乎? 狄公大錯.

* 이 고사는《태평광기》권146〈정수·적인걸〉에 실려 있다.

20-16(0473) 국사명

국사명(麴思明)

출《회창해이(會昌解頤)》

[당나라] 조동희(趙冬曦)는 이부상서(吏部尙書)를 맡고 있었다. 전례에 따르면, 매년 전조(銓曹:이부)의 관리는 각자 하나의 관직을 얻거나 혹은 친족을 추천할 수 있었기에 사람들이 모두 청탁의 말을 했다. 하지만 국사명이라는 영사(令史)는 2년 동안 청탁의 말을 한 적이 없었기에, 조동희는 이상히 여겨 하루는 그를 불러 말했다.

"지금의 내 권세로 3000여 명의 선객(選客:관리 선발에 응시한 자)들의 빈부와 귀천이 모두 내 붓에서 비롯했다. 다른 사람들은 모두 청탁을 하는데 그대만 유독 말을 하지 않는 것은 어째서인가?"

국사명이 말했다.

"대저 사람의 관명(官名)은 모두 운명에 정해진 것이며, 단지 상서의 붓을 빌릴 뿐입니다. 저는 운명이 아직 형통하지 않은 것을 스스로 알고 있으니, 감히 중요하지 않은 일로 상서를 번거롭게 하지 않는 것입니다."

조동희가 말했다.

"그대의 말과 같다면 바로 현인(賢人)이니, 스스로 길흉을 알 수도 있는가?"

국사명이 말했다.

"현인이라니 천만의 말씀입니다. 저는 내년에야 비로소 상서에게서 한 관직을 제수받게 될 것이기 때문에 청탁하지 않은 것입니다."

조동희가 말했다.

"내년에 무슨 관직을 제수받는다는 말인가?"

국사명은 계단 아래에서 내년에 관직을 제수받는 날짜를 적겠다고 청했으며, 또 상서에게 함께 그것을 봉함해서 청사의 벽 속에 넣어 진흙으로 봉하길 청하고 나서 재배하고 물러갔다. 조동희는 비록 말은 하지 않았지만 마음속으로 터무니없다고 여기면서, 그를 특이한 관직에 선발하리라고 작정했다. 어느 날 갑자기 황제가 온천궁(溫泉宮)에 행차했다가 흰 사슴이 하늘로 올라가는 것을 보고, 마침내 회창현(會昌縣)을 소응현(昭應縣)으로 바꾸고 이부에 칙령을 내려 그 현의 관리를 선발하게 했다. 조동희는 마침내 국사명을 그 현의 관리로 선발하고 나서 그를 불러 물었다.

"그대는 터무니없는 말을 했으니, 어찌 이 일을 미리 알 수 있었겠는가?"

국사명이 말했다.

"상서께 벽을 허물고 확인해 보시길 청합니다."

마침내 벽을 파내고 봉함한 것을 열었더니 이렇게 적혀

있었다.

"내년 모월 모일에 은전을 입어 소응현의 관리로 선발된다."

조동희는 크게 경이로워했으며, 그 후로는 무슨 일이 있을 때마다 사자를 보내 그에게 물었는데, 신기하게도 들어맞지 않음이 없었다.

趙冬曦任吏部尚書. 往例, 每年銓曹人吏, 各合得一官, 或薦親族, 衆人皆悉論請. 有令史麴思明者, 二年之內, 未嘗有言, 冬曦怪之, 一日召謂曰: "以某今日之勢, 三千餘人選客, 貧富賤貴, 皆自吾筆. 人皆有請, 而子獨不言, 何也?" 思明曰: "夫人一官一名, 皆是分定, 祇假尚書之筆. 思明自知命未亨通, 不敢以閑事撓於尚書." 冬曦曰: "如子之言, 乃賢人也, 兼能自知休咎耶?" 思明曰: "賢不敢當. 思明來年, 始合於尚書下授一官, 所以未能有請也." 冬曦曰: "來年授何官?" 思明請於階下書來年授官月日, 亦請尚書同封記, 藏廳壁中泥封之, 再拜而去. 冬曦雖不言, 心怪其妄, 常擬與注別異一官. 忽一日, 上幸溫泉, 見白鹿升天, 遂改會昌縣爲昭應, 敕下吏部, 令注其官. 冬曦遂與思明注縣, 乃召而問之曰: "子且妄語, 豈能先知此乎?" 思明曰: "請尚書壞壁驗之." 遂拆壁開封, 題云: "來年某月日, 蒙注昭應縣官." 冬曦大驚異, 自後凡事皆發使問之, 莫不神驗.

* 이 고사는 《태평광기》 권149 〈정수 · 국사명〉에 실려 있다.

20-17(0474) 맹 원외

맹원외(孟員外)

출《일사》

[당나라] 정원(貞元) 연간(785~805)에 맹 원외란 사람이 있었는데, 젊어서부터 진사(進士) 시험에 응시했으나 오랫동안 급제하지 못하자, 과거를 그만두려 했지만 그렇다고 달리 돌아갈 곳도 없었다. 그래서 맹 원외는 친척 어른인 성랑(省郞) 은 군(殷君)의 집에 의탁했는데, 은씨에게 천대와 멸시를 받았다. 그때 맹 원외는 학질에 걸려 병세가 날로 심해지자 친척 어른에게 말씀드렸다.

"저는 가난하고 박명해 필시 이 질병을 치료할 수 없을 것입니다. 아무래도 어르신의 화려한 저택을 더럽힐까 두려우니, 원컨대 운명에 맡겨 다른 곳에서 죽음을 기다리길 청합니다."

은씨는 역시 그에게 아무 말도 하지 않고 돈 300문(文)을 주었다. 맹 원외는 문을 나섰지만 어디로 가야 할지 몰랐다. 거리 서쪽에 용하다는 점쟁이가 있었는데, 매일 첫새벽부터 괘를 짚어 점을 치고 오후에는 가게 문을 닫고 발을 내려놓았다. 맹 군은 그를 찾아가서 자신의 기구한 운명과 장차 병들어 죽어 시궁창을 메우게 될 처지를 자세히 말해 주면서,

자신이 가지고 있던 3환(鐶 : 300문)의 돈을 몽땅 털어 복채로 주었다. 점쟁이는 마침내 맹 군을 머무르게 한 뒤 괘를 짚었는데, 괘가 나오자 놀라면서 말했다.

"젊은이는 10일 뒤에 틀림없이 중요한 직책을 맡아 7만 전의 봉록을 받게 될 것인데, 어찌하여 빈천하다고 말하시오?"

점쟁이는 맹 군을 자기 집에 머물게 하고 후하게 대접해 주었다. 그러나 이미 9일째가 되었지만 아무런 소식이 없었다. 그래서 맹 군은 도로 은 군의 집으로 갔는데, 은씨가 그를 보고 몹시 박대하면서 머물라고 붙잡지도 않기에, 맹 군은 마구간에서 하룻밤을 보냈다. 날이 밝았을 때, 금병장(禁兵將)으로서 칙명을 받고 외적과 대치하는 접경 지역의 관찰사(觀察使)로 임명된 사람이 왔는데, 그 사람은 은씨와 친한 사이였기에 말을 달려와서 은씨 집의 문을 두드렸다. 무인(武人)으로서 글을 전혀 알지 못하는 그 사람이 말했다.

"황제께 올릴 감사의 표문(表文)과 외적을 안무(安撫)할 서찰이 당장 필요한데 일이 좀 많아야지요. 공의 친척 중에 그 일을 도와줄 만한 문사(文士)가 있소이까?"

은씨는 한참 동안 생각했지만 추천할 만한 사람이 없었다. 그때 맹 군이 오랫동안 과거에 응시했으므로 그 일을 맡을 수 있을 것이라는 생각이 퍼뜩 들어서, 황급히 그를 불러들여 표문의 초안을 작성하게 했는데 문장이 매우 치밀하고 민첩했다. 그래서 맹 군을 군중(軍中)으로 초청해 일을 맡겼고 월급은 딱 7만 전이었는데, 바로 맹 군이 점을 본 후 10일째 되는 날이었다.

貞元中, 有孟員外者, 少時應進士擧, 久不中第, 將罷擧, 又無所歸. 託於親丈人省郞殷君宅, 爲殷氏賤厭. 瘴癘日甚, 乃白於丈人曰: "某貧薄, 疾病必不可救. 恐汚丈人華宇, 願委運, 乞待盡他所." 殷氏亦不與語, 贈三百文. 出門, 不知所適. 街西有善卜者, 每以淸旦決卦, 晝後則閉肆下簾. 孟君乃謁之, 具陳覉蹇, 將塡溝壑, 盡以所得三鐶爲卜資. 卜人遂留宿, 爲決一卦, 封成驚曰: "郞君更十日, 合處重職, 俸入七十千錢, 何得言貧賤?" 卜人遂留, 厚供給. 已至九日, 並無消息. 又却往殷君宅, 殷氏見, 甚薄之, 亦不留連, 寄宿馬廐. 至明, 有敕以禁兵將爲賊境觀察使, 其人與殷友善, 馳扣殷氏之門. 武人都不知書, 云: "便須一謝表, 兼鎭撫寇戡, 事故頗多. 公有親故文士, 頗能相助否?" 殷良久思之, 無可應者. 忽記得孟君久曾應擧, 可以充事, 遽引見之, 令草一表, 詞甚精敏. 因請爲軍中職事, 月俸正七十千, 乃卜後十日也.

* 이 고사는 《태평광기》 권151 〈정수 · 맹군(孟君)〉에 실려 있다.

20-18(0475) 두사온

두사온(杜思溫)

출《전정록》

    [당나라] 정원(貞元) 연간(785~805) 초에 태학생(太學生) 두사온은 금(琴)을 잘 탔는데, 대부분 공후(公侯)의 문관(門館)에서 노닐었다. 일찍이 빈객들을 따라서 밤에 성 밖의 구가취(苟家嘴)에서 유숙했는데, 한밤중에 산의 달빛이 대낮처럼 밝았다. 놀러 온 빈객들은 모두 취했지만 두사온만 홀로 금을 들고 강가로 가서 한가로이 배를 띄웠다. 홀연히 한 노인이 나타나 턱을 괴고 금 연주를 듣고 있었지만, 두사온은 좌중의 빈객이라 생각해 돌아보지 않았다. 곡이 끝나고 나서야 그는 아까 함께 놀러 온 사람이 아닌 것을 알고 황급히 금을 놓고 일어섰더니 노인이 말했다.

    "젊은이는 두려워하지 마시오. 나는 진(秦)나라 때 하남태수(河南太守)였던 양척(梁陟)이라는 사람인데, 난리를 만나 몸이 이 강물에 빠졌소. 평생 금 타기를 좋아했는데, 당신의 금 연주를 들으니 소리가 맑고 낭랑했기 때문에 와서 들었을 뿐이오. 지음(知音)은 만나기 어려운 법이니 사양하지 말고 나를 위해 한 곡 타 주시오."

    두사온이 〈침상(沉湘)〉이라는 곡을 연주했더니 노인이

말했다.

"이 곡이 처음 완성되었을 때 내가 일찍이 이 곡을 탔는데, 그 중간에 음을 짚는 것이 지금과는 조금 달랐소."

두사온이 그 다른 부분을 물어 그에 따라서 바로잡았더니, 소리의 운치가 예스러움에 젖어 매우 애절했는데, 당시 사람들이 들어 보지 못한 것이었다. 노인이 두사온에게 말했다.

"당신은 태학생이 아니오?"

두사온이 말했다.

"그렇습니다."

노인이 말했다.

"당신은 어찌하여 명예를 구하지 않고 늘 왕후의 집에서 악사 노릇이나 하고 있소?"

두사온이 놀라면서 가르침을 청하고 또 빈궁과 영달의 일을 물었더니 노인이 말했다.

"내 막내아들이 인간 세상의 봉록 장부를 주관하고 있으니, 내가 마땅히 당신을 위해 물어보겠소. 이틀 후에 이곳에서 다시 만납시다."

약속한 날짜가 되어 두사온이 가서 보았더니 노인 역시 그곳에 와 있었는데, 노인이 말해 주었다.

"애석하오! 당신은 끝내 명성을 이루지 못할 것이며 또한 정식 관리도 되지 못할 것이오. 그러나 파촉(巴蜀)에서 일단의 봉록을 받을 것인데, 19년 동안 봉록의 수입이 끊이지 않을 것이오. 하지만 삼가 무관직(武官職)은 맡지 말 것이니, 그리하면 틀림없이 큰 화가 닥칠 것이며 액막이를 해도 면하지 못할 것이오. 이를 기억하고 또 기억하시오."

노인은 말을 마친 뒤 사라졌다. 두사온은 이듬해에 또 과거에 낙방하자, 마침내 과거를 그만두고 서쪽으로 가서 성도(成都)에 이르러 자신의 기예를 가지고 위 영공(韋令公)을 배알했다. 위 영공은 그를 매우 중시해 누차 관적에 그의 이름을 올렸는데, 17~18년 동안 군대를 따라다니면서 받은 여러 가지 봉록이 최소한 월 2만 전은 되었다. 또한 대장의 딸을 아내로 맞이했으며, 거마와 저택이 매우 성대했다. 장인은 늘 두사온을 군영 안에 두려 했으나, 두사온은 노인의 말을 기억해 번번이 사양하고 나아가지 않았다. 이틀 후에 장인이 은밀히 위 영공에게 청해 마침내 두사온을 토격사(討擊使)에 보임했는데, 임명장이 나오고 나서야 그에게 알려 주었기에 감히 더 이상 사양할 수 없었다. 두사온은 화가 닥칠까 봐 늘 두려워해 먼 곳에 사신으로 가기를 청했지만 결국 그렇게 되지 못했다. 나중에 유벽(劉辟)이 모반을 일으켰을 때 두사온은 녹두성(鹿頭城)에 있었는데, 성이 함락되어 관군에게 살해되었다. 미 : 비록 알더라도 면할 수 없으니, 사람은 과연 하늘을 이길 수 없도다!

貞元初, 有太學生杜思溫, 善鼓琴, 多遊於公侯門館. 嘗從賓客夜宿城外苟家嘴, 中夜, 山月如畫. 而遊客皆醉, 思溫獨携琴, 臨水閑泛. 忽有一叟支頤來聽, 思溫謂是座客, 殊不回顧. 及曲罷, 乃知非向者同遊之人, 遽置琴而起, 老人曰: "少年勿怖. 余是秦時河南太守梁陟也, 遭難, 身沒於此中. 平生好鼓琴, 聞君弦軫淸越, 故來聽耳. 知音難遇, 無辭更爲我彈之." 思溫奏爲〈沉湘〉, 老人曰: "此弄初成, 吾嘗尋之, 其間音指稍異此." 思溫因求其異, 隨而正之, 聲韻涵古, 又多怨切, 時人莫之聞也. 叟因謂思溫曰: "君非太學諸生乎?" 曰: "然." 叟曰: "君何不求於名譽, 而常爲王門之伶人乎?" 思溫竦然受教, 且問窮達之事, 叟曰: "余之少子主管人間祿籍, 當爲君問之. 此後二日, 當再會於此." 至期而思溫往見, 叟亦至焉, 乃告曰: "惜哉! 君終不成名, 亦無正官. 然有一段祿在巴蜀, 一十九年, 俸入不絶. 但愼勿爲武職, 當有大禍, 非禳所免. 志之志之." 言訖, 遂不見. 思溫明年又下第, 遂罷擧, 西遊抵成都, 以所藝謁韋令公. 公甚重之, 累署要籍, 隨軍十七八年, 所請雜俸, 月不下二萬. 又娶大將女, 車馬第宅甚盛. 而妻父嘗欲思溫在轅門, 思溫記老人之言, 輒辭不就. 後二日, 密請韋令公, 遂補討擊使, 牒出方告, 不敢復辭. 而常懼禍至, 求爲遠使, 竟不果. 及劉辟反, 思溫在鹿頭城, 城陷, 爲官軍所殺. 眉: 雖知之, 亦不可免, 人果不能勝天哉!

* 이 고사는《태평광기》권149〈정수·두사온〉에 실려 있다.

20-19(0476) 이민구

이민구(李敏求)

출《하동기》

  이민구는 누차 진사 시험에 응시했으나 급제하지 못해 정처 없이 떠돌아다니면서 걸식하며 지냈다. [당나라] 태화(太和) 연간(827~835) 초에 장안(長安)의 여관에 있던 이민구는 날이 저물어 밤이 되자 시름에 겨워 자신의 신세를 한탄하며 앉아 있었다. 그런데 갑자기 몸과 혼이 서로 분리되는 듯하더니 몸이 표표히 구름처럼 떠다니다가 점차 언덕과 황량한 들녘을 지나갔는데, 산천초목은 인간 세상과 다름이 없었다. 한참 지나서 멀리 한 성이 보이기에 급히 달려가서 보았더니, 아주 많은 사람들이 크게 소리치며 왕래하고 수레와 말이 시끌벅적했다. 잠시 후에 흰옷을 입은 사람이 걸어와서 이민구에게 절을 하자 이민구가 말했다.

  "너는 옛날 내가 부리던 일꾼이 아니냐?"

  그 사람이 말했다.

  "소인은 바로 이랑(二郎 : 이민구)께서 10년 전에 부리시던 장안(張岸)입니다. 그때 저는 이랑을 따라 경주(涇州)로 갔다가 불행하게도 먼저 죽었습니다."

  이민구가 또 물었다.

"너는 무슨 일을 하느냐?"

장안이 대답했다.

"이곳에 온 이후로 유십팔랑(柳十八郞)을 모시면서 아주 많은 일을 하고 있습니다. 유십팔랑은 지금 태산부군(太山府君)의 판관(判官)으로 계시는데, 지위가 높고 세력이 대단하십니다. 이랑께서는 혹시 유십팔랑과 왕래하지 않으셨습니까? 지금 모름지기 그를 만나 보셔야 합니다."

장안은 먼저 들어가 아뢰겠다고 청했다. 잠시 후에 장안이 다시 나와서 이민구를 데리고 큰 관아로 들어갔다. 관아의 정북쪽에 붉은 기둥에 흰 벽을 한 커다란 청사 건물이 있었는데, 웅장하고 화려하기 그지없었다. 또 서쪽 행랑 아래의 목책 문 하나를 지나갔는데, 문밖에 누런 적삼과 짙은 녹색 적삼을 입은 사람들이 많이 있었다. 또 보았더니 붉은색과 자주색 관복을 입고 홀(笏)을 단정히 든 채 서 있는 자도 있고, 흰 적삼을 걸치고 상투를 드러낸 채 담에 기대어 있는 자도 있고, 칼[枷]과 쇠사슬을 차고 사람에게 끌려가 명을 기다리고 있는 자도 있고, 공문서를 끌어안고 문 안을 엿보면서 안으로 들어가려고 하는 자도 있었는데, 이렇게 수백 명의 사람들이 모여 있는 것 같았다. 미 : 그림처럼 묘사했다. 이민구가 문으로 들어가려고 하자, 장안이 그 사람들에게 손을 내저으며 말했다.

"관아의 손님이 오셨습니다."

그러자 사람들이 일시에 머리를 숙이고 길을 열어 주었다. 잠시 뒤에 알자(謁者 : 손님을 인도하는 사람)가 이민구에게 읍(揖)하고 데리고 들어갔는데, 자주색 옷을 입은 관리가 관복을 차려입고 계단 아래에 서 있는 것이 보였다. 이민구가 달려가서 절을 하고 나서 고개를 들어 보았더니, 그는 바로 고인이 된 수재(秀才) 유해(柳澥)였다. 유해는 이민구를 자세히 살펴보다가 깜짝 놀라며 말했다.

"아직은 그대와 만나서는 안 되는데!"

그러고는 이민구에게 읍하고 자리에 올라 진지하게 얘기했는데, 살아 있을 때와 다르지 않았다. 유해가 말했다.

"저승과 이승은 엄연히 길이 다르거늘 오늘 친구가 이곳에 왔으니 정말 뜻밖의 일이네. 담당 관리가 잘못 잡아 온 건 아닐까? 다행히 내가 이곳에 있으니 마땅히 친구를 위해 일을 처리해 주겠네." 미 : 친구의 정이 대단해서 이 세상의 박정함과는 같지 않다.

이민구가 말했다.

"이곳에 오게 된 것은 누가 부른 것이 아니네."

유해는 한참 동안 곰곰이 생각하더니 말했다.

"이는 진실로 정해진 운명이라 하더라도 마땅히 속히 돌아가야 하네."

이민구가 말했다.

"나는 살아서 곤궁함으로 고생하는데 친구는 이곳에서

중요한 관직을 맡고 있으니, 힘 좀 써 줄 수 없겠는가?"

유해가 말했다.

"가령 그대가 인간 세상에서 관리로 있다면, 어찌 공적인 지위를 이용해 그 사욕을 따를 수 있겠는가? 미 : 인간 세상에서는 정작 반드시 그렇지만은 않다. 만약 이런 일을 도모한다면 처벌을 피하지 못할 것이네. 하지만 그대의 관록(官祿)과 운명을 알고 싶다면 아마도 힘을 써 볼 수 있을 것 같네."

그러고는 좌우에 있던 누런 적삼 입은 관리에게 말했다.

"이랑을 데리고 관아로 가서 앞으로 대략 3~4년간의 행적을 보여 주어라."

이민구는 곧바로 관리를 따라 물러 나와 큰 청사의 동쪽을 지나 따로 한 건물로 들어갔다. 그 건물은 약 예닐곱 칸의 커다란 사합옥(四合屋)94)으로 창과 문이 모두 열려 있었는데, 집 안 가득 커다란 서가 위에 셀 수 없을 만큼 많은 표제가 붙은 희고 누런 종이의 장부가 줄지어 있었다. 그 관리는 한 서가 앞에서 발길을 멈추고 장부 한 권을 빼내더니 손으로 수십 장을 넘기고는 10여 줄만 골라 이민구에게 읽게 했

---

94) 사합옥(四合屋) : 가운데에 정원을 두고, 북쪽에 정방(正房 : 본채), 동쪽에 동상방(東廂房 : 동쪽 사랑채), 서쪽에 서상방(西廂房 : 서쪽 사랑채), 남쪽에 도좌방(倒座房)이 ㅁ 자형으로 둘러싸고 있는 중국의 전통 주택 양식.

는데, 그 내용은 이러했다.

"이민구는 태화 2년(828)에 이르러 과거를 그만두고, 그해 5월에 돈 240관(貫 : 1관은 1000냥)을 얻게 된다."

또 그 옆에 붉은 글자로 주가 달려 있었다.

"그 돈은 이재(伊宰)가 장원을 판 돈으로 충당된다. 또 태화 3년(829)에 이르러 관직을 얻게 되며 장평자(張平子)에게서 녹봉을 받는다." 미 : 운명에 대해서도 말이 교묘하다.

이민구가 여기까지 읽자 관리가 다시 장부를 덮어 버렸다. 이민구가 그 나머지도 보여 달라고 간청했지만, 관리는 한사코 허락하지 않은 채 그를 데리고 밖으로 나갔다. 다시 문 하나를 지나갔는데 문짝이 비스듬히 열려 있기에 이민구가 머리를 기울여 들여다보았더니, 사합 대옥의 집 안 가득 평상이 있고 그 평상 위에 구리 도장 수백 개와 크고 작은 붉은 반점의 뱀 수백 마리가 섞여 있을 뿐 다른 물건은 없었다. 이민구가 관리에게 물었다.

"이것으로 무엇을 합니까?"

관리는 웃으면서 대답하지 않았다. 다시 유 판관(柳判官 : 유해)이 있는 곳으로 돌아왔더니, 유 판관이 이민구에게 말했다.

"그대를 더 머물게 하고 싶지만 그대가 이승으로 돌아갈 방법을 그르칠까 두렵네."

그러고는 이민구의 손을 잡고 작별하면서 장안을 돌아보

며 말했다.

"말에 안장을 채워 이랑이 돌아가는 길을 전송해라."

이민구는 말을 타고 바람처럼 달렸고 장안은 말고삐를 잡고 순식간에 어떤 곳에 도착했는데, 천지 사방이 칠흑같이 어두웠다. 장안이 말했다.

"이랑은 몸조심하십시오."

마치 누군가가 이민구를 커다란 구덩이 속으로 떠미는 것 같았는데, 그 순간 그는 마치 꿈에서 깨어난 듯했다. 시간은 동이 트고 있었고, 몸은 어젯밤에 앉아서 근심하던 곳에 그대로 있었다. 이민구는 이때부터 마침내 더 이상 과거를 볼 마음을 갖지 않았다. 몇 달 뒤에 이민구는 감당하지 못할 정도로 궁핍해져 굶주렸다. 몇 년 전에 이민구는 이신(伊愼)의 자제들로부터 누이동생의 남편이 되어 달라는 청을 받았는데, 그때는 한창 과거 공부하는 것을 자신의 소임으로 삼고 있었기에 곧바로 그 청을 받아들이지는 않았다. 그런데 이때에 이르러 어떤 사람이 다시 이민구에게 혼담을 꺼내자, 이민구는 흔쾌히 응하고 열흘도 되지 않아 마침내 혼인했다. 이씨(伊氏: 이신)에게는 다섯 딸이 있었는데, 그중에서 네 딸은 이미 다른 사람에게 시집갔기에 이민구는 막내딸을 아내로 맞이했다. 아내의 오라비 이재(伊宰)가 성 남쪽의 장원 하나를 팔아 돈 1000관을 얻었는데, 그것을 모두 다섯 여동생에게 나눠 주어 혼수품을 마련하게 했다. 이민구는 결혼하고 나서 즉시 200관을 받았다. 그런데 네 언니들이 말했다.

"동생은 가장 어리고 이랑 또한 가난하니, 어찌 각자 10관씩 거두어 도와주지 않을 수 있겠는가?"

이로 인해 이민구는 돈 240관을 얻게 되었으니, [저승의 장부 내용과] 조금도 차이가 없었다. 이민구는 이전에 남다른 명성을 가지고 있었지만 오랫동안 관리로 선발되지 못했는데, 그해에 이 돈을 사용해 관리 선발에 참여했다. 태화 3년(829) 봄에 이민구는 등주(鄧州) 향성현위(向城縣尉)에 제수되었다. 그는 부임한 지 몇 달 뒤에 현성 밖을 한가로이 거닐다가 무너진 담의 잡초 더미 속에서 오래된 비석 하나를 보았는데, 글자가 닳아 없어져 알아볼 수 없었다. 이민구가 비석 위의 이끼를 씻어 내게 해서 전서(篆書)로 적혀 있는 글자를 자세히 판별했더니 이러했다.

"한(漢)나라 장형(張衡)[95]의 비."

이민구는 [저승의 장부에서] "장평자에게서 녹봉을 받는다"고 한 것을 비로소 깨달았다.

---

95) 장형(張衡) : 후한 때의 유명한 문학자이자 천문학자 · 수학자 · 지리학자 · 발명가로, 자가 평자(平子)다.

李敏求屢舉進士不第,棲棲丐食.太和初,長安旅舍中,因暮夜愁惋而坐.忽覺形魂相離,其身飄飄如雲氣而遊,漸涉丘墟荒野之外,山川草木無異人間.良久,望見一城,卽趨就之,復見人物甚衆,呵呼往來,車馬繁鬧.俄有白衣人走來,拜敏求,敏求曰:"爾非我舊傭耶?"其人曰:"小人卽二郎十年前所使張岸也.是時隨從二郎涇州,岸不幸身先犬馬耳."又問曰:"爾何所事?"岸對曰:"自到此,便事柳十八郎,甚蒙驅使.柳十八郎,今見在太山府君判官,非常貴盛.二郎豈不共柳十八郎往來?今須見之."岸請先白.須臾,岸復出,引敏求入大衙門.正北有大廳屋,丹楹粉壁,壯麗窮極.又過西廡下一橫門,門外多是著黃衫慘綠衫人.又見著緋紫端簡而偵立者,披白衫露髻而倚牆者,有被枷鎖牽制於人而俟命者,有抱持文案窺覷門中而將入者,如叢約數百人.眉:敘事如畫.敏求將入門,張岸揮手於其衆曰:"官客來."其人一時俯首開路.俄頃,謁者揖敏求入,見著紫衣官人具公服,立於階下.敏求趨拜訖,仰視之,卽故柳澥秀才也.澥熟顧敏求,大驚:"未合與足下相見!"乃揖登席,綢繆敘話,不異平生.澥曰:"幽顯殊途,今日故人此來,大是非意事.莫有所由妄相追攝否?僕幸居此處,當爲故人理之."眉:大有故人情,不似陽世薄道.敏求曰:"所以至此者,非有人呼也."澥沉吟良久曰:"此固有定分,然宜速返."敏求曰:"受生苦窮薄,故人當要路,不能相發揮乎?"澥曰:"假使公在世間作官職,豈可將他公事從其私欲乎?眉:世間正不必然.苟有此圖,謫罰無逃矣.然要知祿命,庶可施力."因命左右一黃衫吏曰:"引二郎至曹司,略示三數年行止之事." 敏求卽隨吏却出,過大廳東,別入一院.院有四合大屋,約六七間,窗戶盡啓,滿屋唯是大書架,置黃白紙書簿,各題籤榜行列,不知紀極.其吏止於一架,抽出一卷文,以手葉却數十紙,卽翻卷十餘行, 命敏求讀之, 其文曰: "李敏求至太和二年罷擧, 其年五月, 得錢二百四十貫." 側注朱字: "其錢以伊宰賣莊錢充. 又至三年得官, 食祿張平子." 眉: 命中亦巧言. 讀至此, 吏復掩之. 敏求懇請見其餘, 吏固不許, 卽被引出. 又過一門, 門扇斜開, 敏求傾首窺之, 見四合大屋, 屋內盡有床榻, 上各有銅印數百顆, 雜以赤斑蛇, 大小數百餘, 更無他物. 敏求問吏: "用此何爲?" 吏笑而不答. 遂却至柳判官處. 柳謂敏求曰: "更欲奉留, 恐誤足下歸計." 握手敍別, 卽顧謂張岸: "可將鞍馬, 送二郎歸." 敏求乘馬如風, 張岸控轡, 須臾到一處, 天地昏黑. 張岸曰: "二郎珍重." 似被推落大坑中, 卽如夢覺. 於時向曙, 身乃在昨宵愁坐之所. 敏求從此遂不復有擧心. 後數月, 窮饑益不堪. 敏求數年前, 曾被伊愼諸子求爲妹婿, 時方以修進爲己任, 不卽納之. 至是, 有人復語敏求, 敏求欣然, 不旬, 遂成婚娶. 伊氏有五女, 其四皆已適人, 敏求妻其小者. 其兄宰方貨城南一莊, 得錢一千貫, 悉將分給五妹爲資裝. 敏求旣成婚, 卽時領二百千. 其姊四人曰: "某娘最小, 李郎又貧, 盍各率十千以助焉?" 由是敏求獲錢二百四十貫, 無差矣. 敏求先有別色身名, 久不得調, 其年, 乃用此錢參選. 三年春, 授鄧州向城尉. 任官數月, 閑步縣城外, 壞垣蓁莽之中, 見一古碑, 文字磨滅不可識. 敏求偶令滌去苔蘚, 細辨其題篆, 云: "晉[1]張衡碑." 因悟食祿張平子.

* 이 고사는 《태평광기》권157 〈정수·이민구〉에 실려 있다.
1 진(晉): "한(漢)"의 착오다.

20-20(0477) 이 군

이군(李君)

출《일사》

강릉부사(江陵副使) 이 군이 일찍이 낙양(洛陽)에서 도성으로 진사 시험을 보러 가다가 화음현(華陰縣)에 이르렀을 때, 흰옷을 입은 사람이 객점에 있는 것을 보았다. 이 군은 그와 얘기를 나누면서 화로를 둘러싸고 아주 흡족하게 술을 마셨다. 함께 길을 떠나 소응현(昭應縣)에 이르렀을 때 그 사람이 말했다.

"저는 서악(西嶽 : 화산)에서 은거하고 있는데, 당신의 후의를 많이 입었습니다. 그런데 제가 일이 있어서 내일 아침에 먼저 곧장 성안으로 들어가야 하므로 당신을 모실 수 없습니다. 혹시 향후의 일을 알고 싶지 않으십니까?"

이 군이 재배하며 간청하자 그 사람이 붓과 종이를 가져오라고 하더니, 달빛 아래에서 세 통의 서찰을 쓰고 나서 차례대로 봉함하면서 아주 위급할 때 열어 보라 하고는 떠났다. 이 군은 대여섯 차례 과거에 낙방한 끝에 집으로 돌아가려 해도 식량이 없었고 그대로 머무르려 해도 발붙일 곳을 찾을 수 없자 말했다.

"이렇게까지 곤궁한 처지에 놓이게 되었으니, 선형(仙

兄)의 봉서(封書)를 열어 보는 것이 좋겠다."

그러고는 목욕재계하고 이른 새벽에 향을 사르고 봉서를 열어 보았더니 이렇게 쓰여 있었다.

"모년 모월 모일에 궁핍해서 빈털터리가 되었을 때 첫 번째 봉서를 열어 볼 것이니, 청룡사(靑龍寺)의 문 앞에 앉아 있으시오."

이 군은 보고 나서 마침내 그곳으로 갔는데, 도착했더니 이미 날이 저문 뒤였다. 날이 어두워질 때까지 기다리다가 감히 돌아가지 못하고 속으로 자신을 비웃으며 말했다.

"이곳에 앉아 있다고 해서 돈을 얻을 수 있겠는가?"

잠시 뒤에 절의 주지 스님이 행자를 데리고 와서 문을 닫으려다가 이 군을 보고 말했다.

"뉘시오?"

이 군이 말했다.

"제 나귀가 지치고 사는 곳이 멀어서 앞으로 갈 수 없기에 장차 이곳에서 하룻밤 묵을까 합니다."

스님이 말했다.

"문밖은 바람이 차가우니 일단 절 안으로 들어오시오."

그러고는 이 군을 맞이해 들어가자 이 군이 나귀를 끌고 스님을 따라갔더니, 음식을 차리고 차를 끓여 주었다. 밤중에 스님이 이 군을 자세히 살펴보다가 성씨가 무엇인지 묻자 이 군이 말했다.

"이씨입니다."

스님이 깜짝 놀라며 말했다.

"송자현(松滋縣)의 이 장관(李長官)을 아시오?"

이 군이 일어나서 얼굴을 찡그리며 말했다.

"저의 선친이십니다."

그러자 스님이 눈물을 흘리며 말했다.

"나는 그의 오랜 친구인데, 방금 당신이 이 장관을 너무 닮았다고 느꼈소. 내가 당신을 찾은 지 이미 오래되었는데, 오늘에야 만나게 되었소!"

이 군은 눈물로 얼굴이 범벅이 되었다. 스님이 말했다.

"당신은 몹시 빈곤해 보이오. 지난날 이 장관이 돈을 가지고 벼슬을 구하러 왔는데, 이곳에 이르러 낭패를 보게 되어 가지고 있던 돈 2000관(貫)을 나한테 맡겼소. 그날 이후로 마치 무거운 짐을 지고 있는 듯했는데, 오늘 당신에게 돌려주게 되었으니 이 노승은 이 생에서 더 이상 할 일이 없소. 내일 문서 하나를 남겨 놓고 바로 돈을 가져가면 되오." 미: 노승 역시 고상한 사람이지만, 어디에 쓰려고 문서 하나를 남겨 놓으라고 했는지 모르겠으나 이른바 아직 속세를 벗어나지 못한 것이다.

이 군은 슬픔과 기쁨이 교차했다. 날이 밝자 이 군은 돈 꿰미를 싣고 떠났으며, 집을 마련해 편안하게 살면서 금세 부자가 되었다. 이 군은 또 3~4년 동안 과거에 낙방하자, 진토(塵土) 같은 삶을 근심하면서 과거를 그만두려다가 생각했다.

"이는 일생의 큰일이니, 선형의 두 번째 봉서를 열어 보는 것이 좋겠다."

이 군은 또 목욕재계하고 이른 새벽에 봉서를 열어 보았더니 이렇게 쓰여 있었다.

"모년 모월 모일에 장차 과거를 그만두려 할 때 두 번째 봉서를 열어 볼 것이니, 서시(西市)의 말채찍과 고삐 파는 가게의 첫머리에 앉아 있으시오."

이 군은 보고 나서 다시 그곳으로 갔는데, 도착한 뒤에 바로 누각에 올라가 술을 마시다가 아래에서 어떤 사람이 말하는 소리를 들었다.

"그 낭군에게 내일 새벽에 즉시 이곳으로 오라고 하시오. 돈이 없으면 바로 떠난다고 하시오. 본래는 돈으로 과거에 급제할 수는 없소."

이 군이 깜짝 놀라 물었더니 아래에 있던 손님이 말했다.

"시랑(侍郎)의 아드님이 절박한 이유로 돈 1000관이 필요한데, [그 돈을 가져오면] 과거에 급제할 수 있소. 어제 어떤 사람이 나하고 약속했는데 오지 않기에 지금 떠나려고 하오." 미 : 이러한 풍습이 당나라 때부터 이미 있었다.

이 군이 물었다.

"그 일이 사실이오?"

손님이 말했다.

"시랑의 아드님이 지금 누각 위의 방 안에 계시오."

이 군이 말했다.

"저는 거인(擧人)이고 돈도 있으니, 시랑의 아드님을 한 번 만나 뵐 수 있겠소?"

손님이 말했다.

"정말로 그러하다면 무엇 때문에 안 되겠소?"

이에 이 군이 위로 올라가서 과연 시랑의 아들을 만났다. 그가 말했다.

"과거의 주고관(主考官)이 나의 친숙부요."

이 군은 그 자리에서 약속을 받았고 이듬해에 과연 급제했다. 이 군은 나중에 관직이 전중강릉부사(殿中江陵副使)에 이르렀을 때 심장 통증을 앓았는데, 잠깐 사이에 몇 번이나 기절하다가 아주 위급한 지경에 이르게 되자 아내에게 말했다.

"선사(仙師)의 세 번째 봉서를 열어 보는 것이 좋겠소."

그래서 아내가 깨끗이 씻고 봉서를 열어 보았더니 이렇게 쓰여 있었다.

"모년 모월 모일에 강릉부사가 갑자기 심장 통증을 앓을 것이니 집안일을 처리하시오."

이틀 뒤에 이 군은 죽었다.

江陵副使李君, 嘗自洛赴進士擧, 至華陰, 見白衣人在店. 李與語, 圍爐飮啜甚洽. 同行至昭應, 曰：“某隱居西嶽, 甚荷郎君相厚之意. 有故, 明旦先徑往城中, 不得奉陪也. 莫要知向後事否?"李再拜懇請, 乃命紙筆, 於月下凡書三封, 次第緘題之, 甚急則開之, 乃去. 五六舉下第, 欲歸, 無糧食, 將住, 求容足之地不得, 曰: "此爲窮矣, 仙兄書可以開也." 乃沐浴, 清旦焚香啓之, 曰: "某年月日, 以困迫無資用, 開一封, 可青龍寺門前坐." 見訖, 遂往, 到已晚矣. 望至昏時, 不敢歸, 心自笑曰: "此處坐, 可得錢乎?"少頃, 寺主僧領行者至, 將閉門, 見李君, 曰: "何人?"曰: "某驢弱居遠, 前去不得, 將寄宿於此." 僧曰: "門外風寒, 且向院中." 遂邀入, 牽驢隨之, 具饌烹茶. 夜艾, 熟視李君, 問何姓, 曰: "姓李." 僧驚曰: "松滋李長官識否?"李起頓躄曰: "某先人也." 僧垂泣曰: "某久故舊, 適覺郎君酷似長官. 然奉求已多日矣, 今乃遇!"李君涕流被面. 因曰: "郎君甚貧. 長官比將錢物到求官, 至此狼狽, 有錢二千貫, 寄在某處. 自是以來, 如有重負, 今得郎君分付, 老僧此生無事矣. 明日留一文書, 便可挈去." 眉: 老僧亦高人, 但不知留一文書何用, 所謂未能免俗也. 李君悲喜. 及旦, 遂載錙而去, 鷽宅安居, 遽爲富室. 又三數年不第, 塵土困悴, 欲罷去, 思曰: "乃一生之事, 仙兄第二緘可以發也." 又沐浴, 清旦啓之, 曰: "某年月日, 以將罷舉, 開第二封, 可西市轎轡行頭坐." 見訖, 復往, 至卽登樓飲酒, 聞其下有人言: "敎他郎君平明卽到此. 無錢, 卽道. 元是不要錢及第." 李君驚而問之, 客曰: "侍郎郎君有切故, 要錢一千貫, 致及第. 昨有共某期不至者, 今欲去耳." 眉: 此風自唐已然矣. 李君問曰: "此事虛實?" 客曰: "郎君見在樓上房内." 李君曰: "某是舉人, 亦有錢, 郎君可一謁否?" 曰: "實如此, 何故不可?" 乃却上, 果見之. 云: "主司是親叔父." 乃面定約束, 明年果及第. 後官至殿中江陵副使, 患心痛, 少頃數絶, 危迫頗甚, 謂妻曰: "仙師第三封可以開矣." 妻遂灌洗, 開視之, 云 : "某年月日, 江陵副使忽患心痛, 可處置家事." 更兩日卒.

* 이 고사는 《태평광기》 권157 〈정수 · 이군〉에 실려 있다.

20-21(0478) 울지경덕

울지경덕(尉遲敬德)

출《일사》미 : 이하는 빈부의 정해진 운수다(以下貧富定數).

수(隋)나라 말에 어떤 서생이 태원(太原)에서 살았는데, 가난에 쪼들려 학생들을 가르치는 것으로 생계를 꾸려 나갔다. 그가 살던 집은 관청의 창고와 맞닿아 있었는데, 그가 담벼락에 구멍을 뚫고 들어갔더니 그 안에 수만 관(貫)의 돈이 있어 가져가려 했다. 그때 황금 갑옷을 입은 사람이 창을 들고 말했다.

"네가 돈을 가져가려면 울지 공(尉遲公 : 울지경덕)의 증서를 가져와야 한다. 이것은 울지경덕의 돈이다." 협 : 살펴보니 울지는 이름이 경덕이고 자는 공(恭)인데, 이름이 두 자이고 자가 한 자인 것을 사람들이 대부분 알지 못한다.

서생은 [울지경덕이란 사람을] 수소문했지만 만날 수 없었는데, 한번은 대장간에 갔더니 울지경덕이란 대장장이가 웃통을 벗고 머리를 풀어 헤친 채 한창 담금질을 하고 있었다. 서생은 그가 쉬는 틈을 엿보았다가 다가가서 절했더니 울지경덕이 말했다.

"무슨 일이오?"

서생이 말했다.

"저는 빈천하고 당신은 부귀하니, 당신께 돈 500관을 구하고자 하는데 주실 수 있겠습니까?"

울지경덕이 성을 내며 말했다.

"나는 대장장이인데 무슨 부귀함이 있겠소? 날 모욕하고 있구먼!"

서생이 말했다.

"만약 저를 불쌍히 여기신다면 증서 하나만 써 주십시오. 그 연유는 훗날 저절로 알게 되실 것입니다."

울지경덕은 하는 수 없이 서생에게 붓을 들게 하고는 말했다.

"아무개에게 돈 500관을 지급한다."

그러고는 날짜를 적고 그 뒤에 서명했다. 서생은 감사의 절을 한 뒤 작별하고 떠났다. 울지경덕과 그 무리는 박장대소하면서 서생이 망령 들었다고 생각했다. 서생은 증서를 받은 뒤 창고로 가서 황금 갑옷 입은 사람을 다시 만나 증서를 바쳤다. 그러자 그 사람이 웃으면서 말했다.

"맞는다."

그러고는 그 증서를 대들보 위의 높은 곳에 묶어 놓게 한 뒤 서생에게 딱 500관의 돈만 가져가게 했다. 나중에 울지경덕이 신요(神堯 : 당고조 이연의 존호)를 보좌해 뛰어난 공을 세운 뒤에 고향으로 돌아갈 것을 청하자, 신요는 칙명을 내려 그에게 돈을 보관한 창고 하나를 하사했는데, 장부를 검사하다가 500관의 돈이 부족하자 창고 관리자를 처벌하려 했다. 그때 문득 대들보 위에서 증서를 찾아내서 울지경덕이 살펴보았더니, 바로 자신이 대장장이로 있을 때 써 준 증서였다. 울지경덕은 며칠 동안 경탄했다.

隋末有書生, 居太原, 苦於家貧, 以敎授爲業. 所居抵官庫, 因穴而入, 其內有錢數萬貫, 遂欲携挈. 有金甲人持戈曰: "汝要錢, 可索取尉遲公帖來. 此是尉遲敬德錢也." 夾: 按, 尉遲名敬德, 字恭, 乃雙名單字, 人多不知. 書生訪求不見, 至鐵冶處, 有鍛鐵尉遲敬德者, 方袒露蓬首, 鍛鍊之次. 書生伺其歇, 乃前拜之, 敬德問曰: "何故?" 曰: "某貧困, 足下富貴, 欲乞錢五百貫, 得否?" 敬德怒曰: "某打鐵人, 安有富貴? 乃侮我耳!" 生曰: "若能哀憫, 但賜一帖. 他日自知." 敬德不得已, 令書生執筆, 曰: "錢付某乙五百貫." 具月日, 署名於後. 書生拜謝辭去. 敬德與其徒拊掌大笑, 以爲妄也. 書生旣得帖, 却至庫中, 復見金甲人呈之. 笑曰: "是也." 令繫於梁上高處, 遣書生取錢, 止於五百貫. 後敬德佐神堯, 立殊功, 請歸鄕里, 敕賜錢一庫, 閱簿, 欠五百貫, 將罪主者. 忽於梁上得帖子, 敬德視之, 乃打鐵時書帖. 累日驚嘆.

* 이 고사는 《태평광기》 권146 〈정수·울지경덕〉에 실려 있다.

20-22(0479) 왕무애

왕무애(王無㝥)

출《조야첨재》

    당(唐)나라의 왕무애는 도박을 좋아하고 매사냥을 잘했다. 문황제(文皇帝:태종)는 미천했을 때, 왕무애와 저포(樗蒲) 노름을 하면서 점수를 다투었는데, [옛날 석륵(石勒)이] 이양(李陽)96)에 대해 가졌던 것처럼 그에게 해묵은 감정이 있었다. 나중에 문황제가 등극하자, 왕무애는 숨어서 나오지 않았다. 그래서 문황제는 급사(給使)를 시켜 새매 한 마리를 저자에서 팔면서 그 값으로 20관(貫)을 불렀다. 왕무애는 내막도 모른 채 그 새매를 18관에 샀다. 급사가 그 사실을 아뢰었더니 문황제가 말했다.

    "그 사람은 틀림없이 왕무애다."

    마침내 왕무애를 불러오게 했더니, 왕무애는 황공해하고

---

96) 이양(李陽) : 오호 십육국 후조(後趙)의 군주 석륵(石勒)이 어렸을 때 이양의 이웃집에서 살았는데, 이양은 성격이 괴팍해 매번 삼[麻]을 담가 두는 연못을 차지하려고 석륵과 주먹 다툼을 했다. 나중에 석륵은 왕위에 오른 후 그에게 제일 좋은 땅을 하사하고 시흥태수(始興太守)로 임명했다.

두려워하면서 죄를 청했다. 그러나 문황제는 웃으면서 그에게 상을 주었는데, 춘명문(春明門)에 명을 내려 여러 주(州)에서 오는 짐수레를 사흘 동안 기다렸다가 모두 그에게 주도록 했다. 왕무애는 사흘 동안 그곳에 앉아 있었는데, 공교롭게도 파교(灞橋)가 무너지는 바람에 삼을 실은 수레 석 대만 얻었다.

唐王無㝵好博戱, 善鷹鷂. 文皇微時, 與無㝵蒲戱爭彩, 有李陽之宿憾焉. 帝登極, 㝵藏匿不出. 帝令給使將一鷂子於市賣之, 索錢二十千. 㝵不之知也, 酬錢十八貫. 給使以聞, 帝曰: "必王無㝵也." 遂召至, 惶懼請罪. 帝笑而賞之, 令於春明門待諸州庸車三日, 並與之. 㝵坐三日, 屬灞橋破, 唯得麻三車.

* 이 고사는 《태평광기》 권146 〈정수·왕무애〉에 실려 있다.

20-23(0480) 노회신

노회신(盧懷愼)

출《독이지》

　[당나라] 재상 노회신이 병도 없이 갑자기 죽었는데, 부인 최씨(崔氏)가 자식들에게 곡읍을 멈추라고 하면서 말했다.

　"공(公)의 운명이 다하지 않았다는 것을 나는 알고 있다. 공은 청렴하고 검소했으며 충직하게 나아가고 겸손하게 물러났으니, 사방에서 뇌물을 보내왔지만 터럭만큼도 받지 않았다. 장열(張說)과 함께 재상을 지냈는데, 지금 그는 받은 재화가 산처럼 쌓여 있지만 여전히 살아 있다. 그렇지만 사치와 검소함에 대한 보응이 어찌 거짓이겠느냐!"

　한밤중이 되어 공이 다시 살아나자, 좌우 사람들이 부인의 말을 아뢰었더니 노회신이 말했다.

　"이치상 [나와 장열은] 진실로 같지 않다. 저승의 관아에서는 30개의 화로에 아침저녁으로 장열을 위해서 풀무질해 마구 재화를 만들어 냈지만 나는 한 개의 화로도 없었으니, 어찌 함께 취급될 수 있겠는가?"

　노회신은 말을 마치고 나서 다시 숨이 끊어졌다.

盧相懷愼無疾暴卒, 夫人崔氏止其兒女號哭, 曰 : "公命未盡, 我得知之. 公淸儉而潔廉, 蹇進而謙退, 四方賂遺, 毫髮不留. 與張說同時爲相, 今納貨山積, 其人尙在. 而奢儉之報, 豈虛也哉!"及宵分, 公復生, 左右以夫人之言啓陳, 懷愼曰 : "理固不同. 冥司有三十爐, 日夕爲說鼓鑄橫財, 我無一焉, 惡可並哉?" 言訖復絶.

* 이 고사는《태평광기》권146〈염검(廉儉)·노회신〉에 실려 있다.

20-24(0481) 왕수

왕수(王叟)

출《원화기》

 [당나라] 천보(天寶) 연간(742~756)에 상주(相州) 사람 왕수는 업성(鄴城)에서 살았는데, 부유해 재물이 많았지만 부부 두 사람뿐이었고 자식도 없었다. 쌓아 놓은 곡식이 만 곡(斛:1곡은 10말)에 달했으나 부부는 몹시 인색해 항상 묵은 음식을 먹으면서 겨우 배만 채울 뿐 풍성함을 구하지 않았다. 장원과 저택도 굉장히 넓어서 소작인이 200여 가구나 되었다. 왕수가 한번은 객점을 둘러보다가 문득 한 객이 식사하고 있는 것을 보았는데, 음식이 풍성하기에 그에게 직업을 물었더니 그 객이 말했다.

 "여러 가지 분(粉)과 향약(香藥)을 팔고 있을 뿐입니다."

 왕수는 그가 도적질을 했으리라 의심하면서 물었다.

 "그대는 재산이 얼마나 되기에 입고 먹는 것이 이렇게 지나치도록 풍성하오?"

 그 사람이 말했다.

 "2000냥의 본전을 가지고 있으면서 날마다 이자를 불리되 본전만 보전하면 그 나머지는 바라지 않기 때문에 입고 먹는 것이 항상 풍족할 수 있습니다."

왕수는 마침내 크게 깨달아서 집으로 돌아가 부인에게 말했다.

"저 사람은 이익을 적게 얻지만 그것으로 생활을 충분히 하니 이치에 통달했다 할 수 있소. 나는 지금 쌓아 놓은 재물이 엄청나게 많지만 입고 먹는 것이 모두 열악하며 또 자식도 없으니 장차 이것을 누구에게 남겨 주겠소?" 미 : 모이면 반드시 흩어지지만, 세상의 인색하고 탐욕스런 무리는 정작 누구를 위해 재물을 지키는지 알지 못할 따름이다.

왕수는 마침내 창고를 열어 진기하고 좋은 것을 널리 사들였으며, 맛있는 것을 마음껏 먹었다. 며칠 지나지 않아 부부는 함께 꿈을 꾸었는데, 어떤 사람에게 붙잡혀 칼과 쇠사슬을 차고 옥에 갇힌 채 채찍질을 당했는데, 그 사람이 말했다.

"이자들이 함부로 군량을 축냈다."

꿈에서 깨어난 뒤 몇 년 지나서 부부는 모두 죽었다. 관군이 상주에서 안경서(安慶緒 : 안녹산의 아들)를 포위할 때 그의 곳집을 열어 군량으로 충당했다.

天寶中, 相州王叟者, 家鄴城, 富有財, 唯夫與妻, 更無兒女. 積粟近至萬斛, 而夫妻儉嗇頗甚, 常食陳物, 纔以充腸, 不求豐厚. 莊宅尤廣, 客二百餘戶. 叟嘗巡行客坊, 忽見一客方食, 盤飡豐盛, 叟問其業, 客云 : "唯賣雜粉香藥而已." 叟疑其作賊, 問 : "汝有幾財而衣食過豐也?" 此人云 : "唯有二千之本, 逐日食剩¹, 但存其本, 不望其餘, 故衣食常得足耳." 叟遂大悟, 歸謂妻曰:"彼人小得其利, 便以充身, 可謂達理. 吾今積財巨萬, 而衣食陳敗, 又無子息, 將以遺誰?" 眉:有聚必散, 世上慳貪之輩, 正不知爲何人守財耳. 遂發倉庫, 廣市珍好, 恣其食味. 不數日, 夫妻俱夢爲人所錄, 枷鏁禁繫, 鞭撻俱至, 云:"此人妄破軍糧." 覺後數年, 夫妻並卒. 官軍圍安慶緒於相州, 盡發其廩以供軍焉.

* 이 고사는 《태평광기》 권165 〈인색(吝嗇)·왕수〉에 실려 있다.
1 잉(剩):《태평광기》에는 "이(利)"라 되어 있는데, 문맥상 타당하다.

태평광기초 4

엮은이 풍몽룡
옮긴이 김장환
펴낸이 박영률

초판 1쇄 펴낸날 2024년 11월 28일

커뮤니케이션북스(주)
출판등록 제313-2007-000166호(2007년 8월 17일)
02880 서울시 성북구 성북로 5-11
전화 (02) 7474 001, 팩스 (02) 736 5047
commbooks@commbooks.com
www.commbooks.com

ⓒ 김장환, 2024

지식을만드는지식은
커뮤니케이션북스(주)의 고전 출판 브랜드입니다.
이 책은 저작권자와 계약해 발행했으므로, 본사의 서면 허락 없이는
어떠한 형태나 수단으로도 이 책의 내용을 이용할 수 없습니다.

ISBN 979-11-7307-010-5 94820
　　979-11-7307-000-6 94820 (세트)

책값은 뒤표지에 있습니다.